我欠你的幸福

风为裳／著

北方文艺出版社

图书在版编目（CIP）数据

我欠你的幸福 / 风为裳著．-- 哈尔滨：北方文艺出版社，2012.12
ISBN 978-7-5317-2961-7

Ⅰ．①我… Ⅱ．①风… Ⅲ．①长篇小说－中国－当代 Ⅳ．①I247.5

中国版本图书馆 CIP 数据核字（2012）第 256524 号

我欠你的幸福

作　　者 / 风为裳
责任编辑 / 安　璐　赵晓丹
装帧设计 / 雅格书装
出版发行 / 北方文艺出版社
地　　址 / 哈尔滨市道里区经纬街 28 号
网　　址 / http://www.bfwy.com
邮　　编 / 150010
电子信箱 / bfwy@bfwy.com
经　　销 / 新华书店
印　　刷 / 北京佳顺印务有限公司
开　　本 / 710×1000　1/16
印　　张 / 19
字　　数 / 260 千
版　　次 / 2012 年 12 月第 1 版
印　　次 / 2012 年 12 月第 1 次印刷
定　　价 / 32.00 元
书　　号 / ISBN 978-7-5317-2961-7

CONTENTS

目录

第1章 良心离家出走了 1

对于个人来说，唯一的权力是良心。冬天的第一场雪，良心离家出走了。

第2章 幸福在路上奔跑 18

一路寻觅一路奔跑，我们总在寻觅幸福的路上丢失了幸福，在寻觅爱的路上把爱弄丢……

第3章 爱恨本无缘由 36

每个人都只是一个点，因缘际会，这些平素无往来无交集的点有了交叉，织了网，有了爱恨。

第4章 伸手放掉乌云 60

心里的乌云滚滚袭来，是让它们越聚越多，还是伸手拔开，放掉乌云，这简单的选择人人都懂，却不是人人可以做到。

第5章 给不起的明天 96

遇到怎样的人，就会有怎样的婚姻。我们会为了另一半而改变自己的人生轨道，也会在某一时刻感动于对方为我们的付出和牺牲。但这都不是婚姻的全部要义。

第6章 像小言一样生活 118

幸福它是嘴里的糖，甜甜地从嘴里滑进肚子里；幸福它是一双脚上的鞋，带着我走啊走，不怕小石子不怕玻璃渣；幸福它是在天上一个大大的太阳，照着花儿照着我。幸福是像小言一样生活，细水长流。

第 7 章　不往拉起的网里投鱼食　147

女人总爱说的一句话是：谈恋爱时，你对我如何如何，男人嗤之以鼻。男人想说的是，谁会给落到网子里的鱼投鱼食啊？那不瞎耽误工夫吗？

第 8 章　婚姻贬值的速度如飞毛腿　178

有人说，别拿婚姻当儿戏，那是最快的贬值方式。携手走上红地毯的那一刻，红男绿女没有谁想着婚姻是场儿戏，只是，在之后的每个日子里，鸡飞狗跳墙，生活成了一场戏……

第 9 章　无声抽噎的生活默剧　214

至近至远东西，至深至浅清溪。至明至暗日月，至亲至疏夫妻。即使是一张桌上吃饭，一张床上睡觉，夫妻的心也并不是零距离，有时，甚至隔着崇山峻岭，大海汪洋……

第 10 章　最浪费的是没笑声的日子　244

每个女人都有两个版本：精装本和平装本。精装本是给别人看的，平装本是给家人和丈夫看的。可生活又不尽然，在外人面前那么端庄和蔼的人，在家里完全可能是另一种模样，谁知道呢？

第 11 章　爱有所及方是幸福的证据　265

女人像猫，男人像狗，婚姻则是猫狗大战。所谓婚姻之道，不过是，给狗足够的空间，给猫更多的关注。

第 12 章　你若不离幸福不弃　283

这世界上，如果说谁欠谁幸福，那么是父母欠儿女的，是儿女欠父母的，是夫妻间相互欠下的。因为“至爱”两个字连起就是“债”。我们唯有奋不顾身地努力才能把欠的幸福都补上。当然，这与物质无关。

第1章　良心离家出走了

对于个人来说，唯一的权力是良心。冬天的第一场雪，良心离家出走了。

01

那天还真是事儿赶事儿。

前一晚，林清水写材料到凌晨三点。

像很多熬夜熬得目光呆滞却还不想睡的人一样，林清水把杯子里的最后一口茶喝光，眼睛还在微博上晃荡。他的目光撞到微博上的一则微小说：母亲病倒后，老家来了一位从未见过的堂姐，要替她照顾母亲。那时正是她人生最忙碌的日子，便同意了。堂姐天天守在医院里，尽心尽力。一个月后，母亲走了。办完丧事，她想好好谢谢堂姐，堂姐却不见了，只留下一封信：我其实是十年后的你，穿越来此，是为了弥补自己曾经的遗憾和愧疚……

林清水的心被什么东西钝钝地撞了一下。他侧耳倾听，老妈的房间里没有一点声音。她没睡吗？怎么连呼噜都不打了呢？

老妈来家里快两个月了，这段日子里发生的事像饼干的细屑，擦不干抹不净，说不出道不明……林清水不敢细想，愣了两秒钟，关电脑。

电脑黑屏前，林清水扫了一眼日期，12月19日，离圣诞节正好剩一周。那恩很早就跟自己说过，这个圣诞节要去吃西餐，过二人世界。林清水盘算着要记得去几家团购网站逛逛，看能否团购两张西餐厅的券儿，能省不少钱呢！他愿意用些心哄那恩高兴，这样，老妈的日子也许能好过一点儿。林清水想到这，心里又是一顿，他真的要讨好她，她才能对自己的母亲好吗？

彼时，他自然不知道，这个圣诞节前后有着怎样的人仰马翻，他和他的家庭又将面临着怎么样的人生困境。

林清水从洗手间出来，老妈屋的灯亮了。他开门问："妈，要杯水吗？"

"不要，"她侧起半边身子说，"你赶紧去睡吧，这天都快亮了。我觉轻，躺一躺就醒了！"

林清水轻轻关了门，他心里盘算着哪天去给她买个小电视，这样，她睡不着，也好有个伴儿。之前她在客厅里看过电视，那恩嫌吵得睡不着。她睡觉那恩也嫌吵，她打呼噜，打了一辈子。后来就听不到她打呼噜的声音了，他没仔细问过原因。又想到那个微小说，还真是，她这次来，劝劝她就别走了，在自己身边，好歹有个照应，不然，在望山村，她若真病了，他还真是愁……

脑子里七想八想，好像才刚刚沾了枕头一下，床头的闹钟就响了。林清水睁开眼望着天花板，头有些晕，浑身像散架了一般，到处不舒服。身边那恩蜷得像只小猫一样睡得正香。

林清水十二万分想再闭上眼睡那么一小会儿，但一想起拥堵成一块铁板的车流，就一刻都不能等了。坐起身来，推了一下身边人："小恩，起来了！"

那恩哼了一声："再睡五分钟！"那恩总这样，晚上不睡，早上不起。

林清水掀起窗帘，外面的天阴得像从前的苦日子一样没着没落的。

林清水往身上套毛衣时，听到隔壁房间云朵在发脾气："我不穿这件毛衣，我要穿粉色裙子！"那恩起身进了洗手间。

林清水听到她的声音："宝宝听话，裙子奶奶给洗了，今儿天冷，你看，要下雪呢，奶奶这腿就是天气预报，准着呢！乖，咱穿这个，这个也漂亮！"云朵嚷着"不穿"，哭声似乎给接下来的几天做了注解。林清水在找她时，耳边一直是云朵的哭声。

洗手间的水"哗"地一声，那恩的声音从隔壁房间里传出来："都说了要用吹风机给吹吹就干了，这可不不能穿嘛……怎么这么作人呢，昨晚又没盖好被，这又是要感冒！"

"那东西我不会使……"她说。

林清水知道自己必须马上出现场当"灭火队员"了。他拉了毛衣，两步三步冲过去，抱起云朵，从她的手里接过毛衣，哄道："宝贝，你最喜欢海绵宝宝了不是吗？你看这毛衣上的海绵宝宝多可爱啊，幼儿园小朋友都想要呢？来，爸爸帮你穿。哎，真乖！"

云朵的长睫毛上挂着泪珠，胳膊却乖乖地伸进了毛衣袖管里。老妈想过来帮忙，云朵却刺猬一样大叫："不要你穿！"

林清水注意她的手触电一样缩了回去，他想说点什么，看到那恩一转身离开，他的心里压上了一块石头，轻轻对云朵说："不许跟奶奶那样没礼貌，小朋友要乖，要听大人的话，知道不？"

云朵的小嘴一撇又要哭，她赶紧转身："快穿完出来吃饭吧，我熬了粥，妞妞，奶奶给你煮了鸡蛋！"

"我不叫妞妞，我不吃鸡蛋！"云朵一向乖，那天早晨别扭得厉害。

林清水抱云朵下床，转身进了洗手间。那恩正在弄头发。林清水永远搞不懂那恩不长不短的头发，梳过来梳过去有什么意思。

云朵又在客厅里跟她叽叽歪歪，林清水压在心里的无明火还是蹿了出来。"这孩子都让你惯坏了，这一大早上的，这不穿那不吃，想怎么样？"

这句话像点燃了炸药包的导火线。炸药包一直都在那儿，大家都小心翼翼地躲着，只是林清水没忍住……那么久都忍下来了，怎么这就不能忍了呢？明明知道发牢骚没有用，说那话惹那恩干什么呢？只是，那些话像上了膛的子弹，发射是必须的。

自从老妈进了这个家门，林清水觉得自己简直成了林黛玉，时时小心，处处在意，生怕惹恼了那恩，不给老妈好脸。怕什么呢？这是她儿子家，她来，爱待多久就待多久，爱怎么待就怎么待，怎么自己就觉得要看那恩的脸色呢？况且，凭良心说，那恩真的不是个恶媳妇。她对老妈的好，全望山村的人都是证明人。

只是，生活里琐碎的细节像细沙一样，一不小心就会迷了人的眼。两个女人一个家，他做了夹心饼干。他又不是会把老妈老婆哄得团团转的那种男人。他觉得两个女人自己都欠了。欠老妈的债，他这辈子都还不完。也欠那恩的情，如果不是跟了自己，凭那恩的条件，别的不说，找个北京人，有车有房，过上个衣食无忧的日子总还可以的吧？

一方面，林清水觉得亏欠那恩，另一方面，他也讨厌那恩。那恩的刻薄，嘴不让人，常常让他觉得抬不起头来。偶尔他也想，跟了他，是她自己的选择，当初考公务员，是他们家的期望，自己努力达到了。这些年，自己对这个家也已经尽到力了，还要他怎么样呢？老妈做了一辈子乡下人，她一辈子的习惯让她怎么改呢？可这些说给那恩听有用吗？

于是老妈来了，他只能哄着那恩，低眉顺眼，这人是不能惯的，你越害怕她闹脾气，她还就越脾气大得没了边际，那恩就难免恃宠生娇。林清水想，她是不知道自己的难处呢，还是故意这样做给他看的？老妈这身体还好，将来真的落到自己的屋檐下……林清水不敢想了。

不管怎么着，那个清晨，林清水点燃了战争导火线，那恩也没“辜负”林清水的那份担心，她“啪”地把木梳扔在了洗手盆里，“林清水，你说谁呢？谁惯孩子了？孩子就喜欢那粉裙子，你不是不知道，还有，她早上不吃粥的，从小就不吃……”

林清水按了马桶的按钮，水哗哗地响，他只能看到那恩的嘴一张一合，她说什么，他都听不见了。家不是讲理的地方，他不想继续纠缠进去，他只记得自己说：“算了，算我没说！”

早饭谁都没吃。

那恩牵着云朵的手先出了门，她站在门边对林清水说："吃一口再走吧，昨晚写到那么晚……"

"妈，这是你的家，你不用这么低三下四的，谁爱吃就吃，不吃你也不用管！"

她把大衣递给林清水："我岁数大了，啥也帮不了你们，净添乱！"

林清水头也没抬："哪儿那么多乱？我在路上买个煎饼果子吃就行了，您甭管了！"

他转身关门时，看到她脸上的艰难，突然很难过，他努力冲她笑了一下，说："妈，我晚上早点回来！冰箱里的东西你做着吃……"

林清水出门，那恩和云朵已经拦上出租车走了。林清水坐到车里，人像虚脱了一样。

顾处长走马观花地看了一眼那材料就给了个大大的否定，他说："这是年底总结，这么水汤汤的，不显得咱们处什么工作都没做吗？我说清水啊，你最近这东西越写越水，是不是觉得自己老资格了，有点混啊？"

领导批评人向来是信口开河，这也不算是什么重话。但层层叠加的坏情绪让林清水的心情灰败得如同窗外的那片天空。

晚上，方副处叫大家吃饭。林清水真是腻歪这种场合，又想着家里的事，不想去。但不去是不行的，方副处正要退休，这时候不去，明摆着不给人面子嘛。想了几个借口都觉得说不过去，终于还是跟着众人进了酒店。

一顿酒喝得林清水心里的不痛快翻了一倍。

席间，方副处端起酒杯敬林清水酒，他说："清水啊，你进机关时，我就是副处。这临秋末晚了，也还是副处，还是你年轻，有发展。只是，老大哥给你个忠告，做人要把眼界放宽，不能只看到一棵树上长柿子，明白了吗？"

林清水自然明白方副处说话的意思，他是说自己只唯顾处长马首是瞻，忽略了他。林清水不是个抱大腿的人，在人际关系如丛林一样的机关里，老岳父那国祥给他的忠告他一直记得很牢："少说多做，对事不对人！"可饶是这样，还是会被人分门论派，这也是没办法的事。

席间，小汪还悄声问林清水，机关里传这副处可能从别的部门调，方副处跟马局长是亲家，他不高兴，顾处也得看着脸色……小汪说："林科，你得早做准备啊！"

林清水能准备什么呢？在这深不见底的机关里，他除了勤勉和小心翼翼，还能怎么样呢？如果真是方副处从中作梗，那自己这几年的辛苦又付之东流了……

带着这种情绪多喝了两杯，他原本就没什么酒量的。

小汪开车送林清水回家时，天上飘了雪。

北京一冬无雪。这是第一场雪。

回到家，那恩正抱着云朵往外走。林清水拉住她问怎么了，那恩边哭边让他看云朵："你问她！"林清水看到云朵的眼睛上还挂着泪，他转过身，她站在那儿也在抹眼泪。

林清水问怎么了，她说："老了，不中用了，什么都做不好！"那恩说："不让你弄，不让你弄，你偏不听，我这要是说点啥，就好像怎么你了似的……"

"到底怎么了？"林清水心里的不耐烦蹭蹭往出冒。

"她给云朵倒水，把云朵烫着了。"那恩抱着云朵站在门边拉云朵的毛衣给林清水看，林清水拔拉了一下云朵的胳膊，屋里的灯光不是很亮，肉乎乎的小胳膊小手上连点红肿都看不到。但被酒精刺激的大脑里这一天积下来的火呼地上了房，他冲站在门口的她吼："不是让你啥都别干吗？什么都不用你干，你待着就行，怎么就不听？你们能不能让我省点心啊！"

她站在门前，个子又瘦又矮。她要哭不哭地说："清水，我还是回家吧。"

林清水更气了："回什么回？哪还有家？这不就是家吗？我跟你说多少次了，这就是你的家，别动不动摆出受气包的样子，不用那样！"

她没再说话，趿着拖鞋拖拖踏踏进了她的小卧室。她的腿一直不好。来北京，林清水帮她买了几次风湿止痛膏。她再没说，他便再也没问，他太忙了，机关里开不完的会，酒桌上喝不完的酒，孩子、老婆、领导、房子，似乎哪一个都比她重要……

林清水一觉醒来已是大天亮，她已经不在家里了。

林清水清醒过来，跑出去找她。漫天漫地的白雪，漫天漫地的人，唯独没有她的身影。

02

米晓佩这些日子一直在望眼欲穿地等一个电话。一个只见过一面的男人的电话。这是米晓佩二十二年里从来没有过的经验。

12 月 20 日的凌晨，米晓佩的电话响了。直觉，女孩子无坚不摧的直觉告诉她这电话一定是她在等的那个人打来的，而绝非那些骗子的骚扰电话。电话只响了两声就断掉了。米晓佩想都没想打了过去，对方的手机已经关机了。这更确定了米晓佩的判断。她欣喜若狂，甚至不敢睡觉，生怕一睡，就错过了那个电话。

只是，电话安安静静睡了一夜，再没响起。米晓佩热辣辣的盼望落到了窗外的寒冬里。

米晓佩自诩不是外貌协会会员，而是有深度有内涵的骄傲女生，怎么一见了那里，就变成花痴自动缴械投降了呢？有什么了不起，不就一个花美男吗？

可是心不由已。那个笑起来坏坏的高个子男生还真就是米晓佩喜欢的那一款。干净，阳光，略略有点邪气的样子，像极了韩国当红男星玄彬。

那次遇到之后，米晓佩一直后悔，怎么就那么二百五不长眼睛呢，要知道桌上有那样让自己倾心的人物，怎么也不能狼吞虎咽，吃得跟个饿死鬼似的啊？自己给他留下什么印象啊？还有，书上不都说过嘛，女孩要随时打扮得漂漂亮亮的，谁知道真命天子什么时候出现啊？书到用时方恨少啊。米晓佩那天就是奔那顿饭去的，随便拉了件衣服，头发都没好好梳梳……越想越懊悔。

米晓佩只能盼着奇迹发生了，盼着像那些偶像剧一样，他透过她灰姑娘的外表看到她的美丽，然后打电话给她。

那些日子，米晓佩像着了魔一样，手机哇啦哇啦欢快地一响，她就心跳加速，抓起手机兴冲冲地“喂”一声，然后迅速变成一株枯萎的植物，恹恹地接电话。

堂姐米晓倚最先发现问题的，问她最近怎么了，怎么总是一副带死不拉活的样子。米晓佩自然是嘴硬，说没怎么啊，本姑娘吃得香睡得着，漂漂亮亮地活着，不给社会添乱不给警察找麻烦，好公民一枚，能怎么啊？又说：唉，也是心烦，一想到我未来的他还在某一处耽误别的姑娘的青春，我就觉得特别对不起人家姑娘。

米晓倚看着堂妹那副失魂落魄的样子，也觉得好笑，说：“那也给个男的机会，让他替那耽误了青春的姑娘报报仇呗！”

米晓佩跳着脚大叫：“那可不行。我要保存实力等着他。他出现了，我一个佛山无影脚先把他踹趴下！”

“为什么？天天嚷着真命天子，真命天子，真命天子出现了，倒要把人踹趴下，米晓佩，你没病吧？”米晓倚实在搞不懂米晓佩。

“谁叫他不早点出现，让本姑娘的芳心寂寞了这么久！”米晓佩说得一本正经，米晓倚愣了半天，哈哈大笑，说：“没错，我的那个他出现，我直接用棒子削，太可恨了！”

只有米晓佩自己知道她吃不香也睡不着，她在等一个人的电话。那个人就是那里。

米晓佩在心里对自己说：米晓佩啊米晓佩，你也有今天。

的确，长这么大，米晓佩都是被男孩们惯大的。当时，堂姐米晓倚就警告米晓佩对男孩们仁慈些，她说：“我以过来人的经验告诉你，你现在对别人所做的一切，将来会在一个男人身上原封不动地还回来！现在，你忽视他们，无视他们，将来有一天，你爱的那个人，也会同样对你！”

对此，米晓佩嗤之以鼻。有种种美食可以随便吃时，谁还想着挨饿时要怎么做呢？况且，全世界都纵容着漂亮女孩，在喜欢她们的男人面前，漂亮女孩总是有些特权。对捧着她们惯着她们的男生予取予求，理直气壮，甚至就算刁蛮任性，无理取闹，也会被男人们当成是可爱的。所以，女生米晓佩到大学毕业，都没真真正正投入地爱一次。她跟堂姐贫：“姐，你说我这么好一姑娘，要才有才，要貌有貌，怎么就遇不上个好男人呢？唉，人家都在装处儿，我这干闲着，现在只好装经验丰富啦！”

直到在那场饭局上那里的出现，米晓佩心里暗叫一声不好，自己沦陷了。

那时晓佩从美院毕业，没头苍蝇一样找了许久，工作依然未果，又不愿意到学校少年宫一类的地方去教小孩子，索性在家里宅着，房子蹭着堂姐的住，老爸老妈时常接济着钱花，看书看碟，听音乐画画，偶尔帮杂志画画插图挣几个零花钱网上淘淘宝，日子倒是过得逍遥自在。只是，不到三个月，爱面子的米晓佩就不好意思跟老爸老妈再伸手要钱了，家里再来电话，打碎牙往肚子里咽地撑着，她说：“有钱，你闺女我这么能干，能挣不来钱吗？”可是现实生活压死人啊，就是米晓佩一天两顿泡面，还是离穷困潦倒不太远了。用堂姐米晓倚的话说：这样下去的出路只有一个，那就是找个大款把你包了，过物质上寄生精神上贵族的生活。

米晓佩不服，反诘：“那为什么不是灰姑娘遇到了王子，从此过上了童话般浪漫无忧的生活呢？”

米晓倚敲了敲米晓佩的脑袋说：“就是遇上王子，也得出门才能碰上。你整天宅家里，难不成要王子像馅饼一样砸你头上？”

米晓倚在一家公司做公关，朋友多，饭局自然也就多。那段日子，鉴于堂妹几近山穷水尽，弹尽粮绝，有无关紧要的饭局，米晓倚就拉上晓佩。

晓佩尽管只是小小的艺术生，骨子里却有名士的一派风流潇洒。混到饭局上，不哼不哈，直奔主题。吃饱喝足，趁着去洗手间的机会，溜之大吉，回家继续窝着，接着向女梵高的方向努力。

那一日做东的是米晓倚的追求者，富二代。米晓倚私下里告诉晓佩，别客气，啥贵点啥，啥贵吃啥！

米晓佩瞄了堂姐一眼，知道那富二代做了棒槌，堂姐半拉眼珠都没看上他。堂姐表面上是物质女郎，骨子里却并不是没底线的人。

仍是一桌子在现实的围追堵截中情绪愤懑的青年男女，大声地批评着社会的残酷，讨伐着人情冷暖……

米晓佩带嘴来可不是说话的，吃了水煮鱼，又吃小龙虾，全然没有一点淑女风范。及至沟满壕平，猛然抬起头来，看到一双笑吟吟的眼睛。

晓佩细长的眼翻了一下，手却不停，筷子伸出去挑小小拼盘里的腰果。不知为什么，手有点抖，就是夹不上来。

那双纤长的手伸了过来，把小碟子端到米晓佩面前。晓佩红了脸。放下筷子，打量起不吃饭、专餐秀色的男人。目光在那张阳光明媚的脸上扫了一下，米晓佩脸上的红色饱和度又增加了几个百分点。自己真是变成猪了，桌上有这么出色的人物，居然茫然不知，只顾看盘子了。真是暴殄天物！

米晓佩的肚子已接近饱和，餐一下“秀色”溜溜缝权当作饭后甜点。米晓佩正想着怎么研究研究这帅哥，却发现他的目光还游荡在自己的脸上，嘿嘿，自己送上门来，晓佩索性不甘示弱地看过去，接住那目光：“可以知道你是做什么的吗？”

“你猜猜！”男人，哦，不，应该叫大男孩露出白得像那做广告的海狸先生一样的牙齿。

“反贪局的，专管多吃多占的！”米晓佩是个有幽默感的女孩，只是，她的幽默感需要人激发出来。

大男孩哈哈地笑了，他一笑，腮边有两个酒窝，很迷人。他说：“这个答案我喜欢！”

剩下的垃圾时间，米晓佩一直在跟大男孩东拉西扯，有的没的说些外太空的话，诸如知道腰果还叫什么吗，米晓佩摇头。大男孩说：扭腰花生啊！说着还起身做了个扭腰的动作，惹得旁边盛装的美女直冲他瞪眼。米晓佩笑了起来。

他说："吃饱没？吃饱开溜！"

他扯着晓佩的手从饭局上溜出来时，米晓佩才知道，他也是跟人来混饭吃的。他就是那里，一家传媒公司的小编导。

小编导开着一辆红色牧马人吉普。车很拉风。晓佩坐在那里的吉普上，觉得他就是自己寻觅已久的白马。

分手时，米晓佩郑重地把自己的手机号输入到那里的手机上。她可不想发生《向左走，向右走》里那样彼此落到人海里，谁也找不到谁的情景。她笑嘻嘻地对那里说："难得吃饭吃出个'饭友'来，还挺情投意合的！"

那里拍了米晓佩的脑袋一下说："姑娘，你不会是想表白，说你爱上我吧！"

黑夜很黑，但米晓佩还是觉得自己的脸一定红彤彤的像个大苹果。她说："恭喜你，答对了。你是茶叶，我是开水，姑娘我——想泡你！"

那里的嘴半张半合，继而大笑，他说："哈，你抢我台词！"

米晓佩夙了下来，她给了他一拳说："少臭美，开玩笑的！"说完，转身跑进楼里，满心欢喜。

只是，那之后的许多天，那里如一滴水落到池水中，一点动静都没有。米晓佩开始恨自己，为什么不用他的电话拨一下自己的手机？

无比怅惘中，米晓佩百度了一下红色牧马人吉普，居然要五十多万。一个传媒公司的小编导，他年纪又不大……难不成他是富二代？

要是富二代就很好理解了，他身边的莺莺燕燕一定很多，怎么会在乎跟他一面之缘的柴禾妞呢？

可是，那个电话又搅乱了米晓佩刚刚平静的心。接下来的日子，她无数次想拔打那个电话，却又望而却步。她问自己这样瞻前顾后，到底想怎样？

03

林清秀的左眼一直跳个不停。她的心悬着，不是要出什么事吧？

清秀打电话给哥哥，问老妈怎么样，哥哥的声音像有些感冒，他说："挺好的，能有什么事啊？"

清秀让老妈接电话，哥哥说老妈出去散步了。宿舍那个大眼睛的妞又带了个外国男友回来，清秀急忙放下电话，心想，完蛋了，今晚如果不想听三级片现场直播，只好去网吧混一夜了。

大眼睛很开放，又节省得厉害，每每带男生回来，开始还节制一些，偶尔搞出些不雅的声音，清秀蒙着被子也就算了。大眼睛越玩越大胆，一声高过一声地呻吟简直视林清秀不存在。清秀提过意见，大眼睛却说："咱们都读研了，也不是小女生，都有生理需要，姐们儿，咱们相互将就些，等你带男生回来，搞出多大动静，我保证哼都不哼一声！"

话说到这种地步，再说就只能翻脸了。那实在不是人能忍受的，大眼睛都说，人是有生理需要的。还有，第二天，遇到那若无其事的男生，先红了脸的是林清秀，就像她做了什么见不得人的事一样。

好在读研，时间上相对自由些，去学校附近的网吧通宵写写稿子，写写论文，白天回寝室睡觉，也是一种选择。好在，网上还有四条。

清秀的心稍稍安慰了一下，又突然想起，老妈没事，难道是自己跟四条的见面不容乐观？

四条是清秀在微博上认识的。像所有 NOBODY 一样，四条的微博关注的人寥寥。清秀名为"小白桦"的微博关注的人更少。只是在微博上那个"随手拍秋天"的活动里，四条拍的香山红叶恰好被清秀看到，清秀随手感慨了一下：我想家了，我家那的五花山美得惊天动地。四条关注了小白桦，小白桦也关注了四条。清秀问他为什么叫四条，爱打麻将吗？清秀想起望山村的冬天，整个村子都响着麻将声，有的人家一年辛苦挣来的钱，就在这麻将声里输得一干二净了。

四条说自己是寝室里的老四。老大叫幺鸡，老二叫二饼，老三叫三万，老四就叫四条了。清秀笑了，说，真的假的啊？两个人从私信到QQ到电话不过两个多月，却都有些相见恨晚。

四条叫魏一凯，是工科男，在北京一家IT公司做技术支持。清秀是文科女，学的就是中文，大二时开始给杂志写一些稿子，算是半个自由撰稿人。

在大学里，清秀就听姐妹们说，文科女最适合找工科男，那时，姐妹们的梦想就是找一“张江男”。在上海，张江高科技工业园区的那些优质工科男们，工作勤奋，拙于表达，会挣钱，不会花钱，智商高，却单纯得像孩子，这简直就是老公的不二人选嘛。

四年本科，哥哥清水本可以帮自己，但嫂子家对哥哥的期望是让他“考碗”。于是在大学刚毕业的二年时间里，清水都在“考碗”。他自己还在靠准嫂子那恩挣钱养活，自顾不暇，根本就帮不上清秀。头两年，老妈给点，还有就是温良每月寄生活费来。后来清秀开始做兼职自己养自己，根本没时间谈恋爱。上到研究生已经26岁了，看着校园里成双成对的男男女女，清秀也难免会觉得孤单。四条恰逢其时地出现，刚刚好。

清秀讲了望山村，讲了她小时候家里困难，最盼过年，过年老妈就能从集上买那种橘子瓣糖，她说，到现在为止，我还是觉得那种橘子瓣糖最好吃。讲着讲着有些哽咽了。四条说：“妞儿，你说得我都心疼了。”

第二天傍晚，清秀收到从北京发来的一个快递。一个大纸箱里，装的是各种各样的糖果，那些糖果上放了个纸条，纸条上漂亮的字写着：亲爱的，我要让你尝到这世界上所有的甜蜜。

再一次，四条问清秀怎么总是熬夜，熬夜对身体不好。清秀说了大眼睛带人留宿，自己没办法，只好混网吧。四条在电脑那头急了，“那怎么行，要跟学校反应啊！”清秀说事实上很多同学都这样，学校也就睁只眼闭只眼的。四条说：“老这样也不是个事，你出去租间房住吧！”清秀“嗯”了一声，心里却想：这可是大上海，能租起房还说什么了？四条接着说：“钱我给你出！”清秀自然不肯，但对于这份关怀还是心存感激。隔天，四条快递来一张连锁酒店的会员卡，他说："再有情况就去踏实住着，不用考虑钱的事！"

林清秀攥着酒店会员卡哭得泪水涟涟，她说："我要见你。"四条说："我早就查了，从北京到上海，1463 公里。我去看你。"

那一盒子糖清秀一颗一颗吃，吃得满心甜蜜。她等着他出现在自己面前，一凯却突然之间打电话说自己生病了，要做个手术。清秀慌了神，说："我去北京陪你！"

一凯不同意，他说："宝贝，这可能是老天对我们的考验，咱们再等些日子！"清秀追问是什么病，一凯轻描淡写，说就是胆囊炎，把胆囊摘除就没事了。他还开玩笑说："以后我没胆量做坏事了，宝贝，你得收留我！"

清秀一再要求要去，一凯却一再拒绝，他说自己还没跟家里说，这种情形下两人见面，万一彼此感觉都不好呢？话说到这，清秀便不好再坚持下去了。

两个人约定平安夜前一晚见面。两人却为他来上海还是她去北京争执不下。一凯觉得他去看她才更显诚意。清秀是个善解人意的女孩子，一凯大病初愈，她不想他太奔波。况且，她也真的想去看看老妈了。清秀说："我去北京，正好去看看我妈和我哥！"最终，清秀用来北京顺路看老妈和哥哥说服了一凯。

大眼睛跟老外男友打得火热，老外简直把林清秀她们两个人的宿舍当成了自己宿舍，出来进去，很自如地跟林清秀打招呼，林清秀腻歪得要命，这种生活她真的厌倦了。其实，内心深处还是有些寂寞的，哪个女孩不希望身边站着爱她的男人呢？

大良子打来电话，问她过年回家吗，清秀说不回，妈在北京呢，回望山村奔谁呢？大良子便再没了话。两个人还真是越来越陌生，每次说不到三句，就再没话说了。清秀说："良子哥，你……还没对象吗？"大良子呵呵笑了两声说："秀儿，缺钱啥的吱声，别啥都自己撑着。现在钱这么毛……嗯，没啥事挂了吧！"

挂了电话，清秀的心里很不是滋味。但一想到再有几天就能见到一凯了，心里又被喜悦充斥着。她拿出一颗糖含在嘴里，糖微微有些酸，再一看包装纸，是柠檬糖。

04

那恩知道婆婆离开，已是第二天晚上了。她带着云朵回到家，家是空的。她打电话给林清水，林清水的嗓子哑得几乎说不出来话。她问妈呢，他说："走了，这回你高兴了吧？"

那恩说了句"有病"，挂了电话，她真没有把这事当成事。老太太耳不聋眼不花，不是回望山村就是去上海看清秀了，能怎么样呢？只是临走不那么开心，大孝子林清水肯定会跟自己别扭些日子。那恩想着，婆婆若真是回了东北老家，过年时她就豁出钱给婆婆多买些东西寄回去，这样，林清水就没啥好说的了。这样想着，那恩的心里倒亮堂起来。

其实，这些日子，那恩心里也一直别扭着。美院组织了个中青年教师海外艺术之旅的考察活动，说是考察，其实就是让一些骨干教师出去走走。论资历，怎么都应该有那恩，虽然在美院，她教的不是专业课，但是艺术修养总离不开文学，院长不每年在开学典礼上都强调这一点的吗？可是考察名单一公布，那恩就傻了。那些后到学院做老师的人都榜上有名，唯独没有自己。本来出去转转，相当于公费旅游，不是多大个事儿，去不去的，并不能怎样。有我，我可以不去，没我，不让我去，那哪儿行啊？那恩这样想着，去找了系领导。系领导支支吾吾，后来才拿出考勤表说事儿，说："那恩啊，我们都知道你平时讲课尽心尽力，学生反应也很好，只是，你看看这一学期，你请了多少次假？"

那恩从系领导办公室出来是咬着牙根的。自己家都成望山村的驻京办事处了。谁来北京办事，都是那恩带着从东城跑到西城。要不然怎么办呢？林清水那是机关，机关一卯一丁的，不能随便请假。自己这是大学，大学宽松，没想到在这找上了。

同事小姚撅着嘴跟那恩卖乖：“土得掉渣儿，整个艺术之旅，不去埃及、南非啥的，净走巴黎、维也纳这些老路线，那些地儿去过八百六十遍了，还艺术什么啊？”

小姚的秃顶老公在家房地产公司做销售总监，钱不少挣，小姚课讲得不怎么样，却是院领导的座上宾，据她说她老公帮助院里的头头脑脑都买过性价比很高的房子。小姚为人很高调，LV包背着，爱玛仕丝巾系着，宝马三系开着，欧美各国溜达着。自然不稀罕啥艺术之旅。人家可以说着风凉话不去，自己却是连发表点意见的权利都没有。人比人气死人，那恩打心眼儿里是瞧不上小姚的，但是瞧不上又怎么样呢？人家的生活质量明显高过自己。自己倒清高着，这些年，跟林清水连趟丽江都没去成。

那恩一肚子无名火没处发，跟林清水说了又怎么样呢？说了也白说，不如不说。这些年，那恩慢慢体会出来，不高兴的事、发愁的事，闷在心里，还是一个人的不高兴，一个人的愁事，说出来，就变成两个人的了，什么都解决不了。

家里多了个人，添了许多乱。一般情况下，那恩是忍着的。她知道林清水在饭桌上为什么给自己夹菜。这几乎成了一个规律，每次望山村有人来，每次婆婆过来，林清水都摆这一出，又不是结婚一天两天的小夫妻，他夹菜，明晃晃就是在讨好她。一看到林清水这样低三下四的样子，那恩就生气。结婚这么多年了，云朵都四岁了，他都不知道自己是什么人吗？自己是有时候会任性，有时候说话不拐弯，但是自己的心什么样，别人不知道，他林清水还不知道吗？

气归气，又能怎么样呢？婆婆不辞而别，那恩也不是不着急不上火，也不是不自责。要不是事儿赶事儿，自己把火搂着点，哪至于到这种地步？只是这些话，那恩只是在自己的脑子里翻一翻、过一过。能跟林清水说吗？他那副烟不出火不进的样子。能跟父母说吗？作为明事理的父母，他们除了责怪自己的女儿，还没准老两口得吵上几句，不够添乱的。得了，那恩往肚子里咽算了。这林清水是自己挑的，这婚姻是自己要的，好了，歹了，都得担着。

那恩带着云朵回了娘家，并没把云朵奶奶离开的事儿告诉父母。

老妈吴玉芳絮絮叨叨地跟那恩说着那里，就一小节目编导，赶上电视台台长忙了，一天到晚不见个人影儿，电话都不接。那国祥不高兴老伴儿这样说儿子，他接口道：“他那么大个人了，难道你还想他像上幼儿园一样，天天拴在你的裤腰带上？”

吴玉芳瞪了那国祥一眼：“净装老好人，打不通电话，谁急得直转磨磨儿来着？”

那国祥转移话题，问那恩：“你把你婆婆扔家，带孩子回娘家住，这算怎么回事儿？”那恩没吭声，吴玉芳戗道：“她婆婆又不用背不用抱，怎么就不能在家了？再说了，家里不还有清水呢吗？”

正在看动画片的云朵听姥姥、姥爷说话，跑过来说：“我奶奶走了，她没在我们家！”

那国祥和吴玉芳的目光齐刷刷聚在那恩脸上：“走了？去哪了？”

那恩无奈，只好简明扼要地把事情说了一遍。那国祥一听就恼了，说简直就是胡闹嘛，说那恩啊那恩，你有脑子吗，她那么大岁数个农村老太太，还不认字，在这北京城，她能买上票回望山村？她能去得了大上海？

老爸这样一说，那恩也蒙了，是啊，婆婆不认字，那火车站自己去都犯晕，她能找回去吗？她颤着声问：“爸，那你说咋办？”

“咋办？赶紧让清水往老家往他妹妹那打个电话问问老太太去没去啊？再不行，就得报警了，这都多少天了？这还拿稳的呢！”

那恩整个人跟落进了麻辣锅里一样，她给林清水打电话时，嗓子几乎说不出来话了，林清水的情况也没好多少，他听到那恩的声音，“啪”地把电话挂上了。

那恩扔下电话，心想：爱怎么着怎么着吧，她走，就赖我一人吗？

这样想着，眼泪先涌了出来。

第2章　幸福在路上奔跑

一路寻觅一路奔跑，我们总在寻觅幸福的路上丢失了幸福，在寻觅爱的路上把爱弄丢……

01

一晃儿就是六天。

这六天在林清水来说，比六年还要漫长。

林清水嘴上一个泡连着一个泡。人像风干的腊肠一样，瘦了一圈儿。

林清水从顾处长办公室出来，小汪猫着腰凑过来，脸上的笑一团一团的，急切之情呼啸而出："林科，这回……"

林清水自然知道小汪急切地想从自己的嘴里得知的是什么，但他只是不耐烦地瞟了小汪一眼，完全没有往日的谦卑与温和，林清水一条直线直直地问过去："这期简报做好了没？"

小汪原本指望着从林清水口里知道个可以在晚上吃顿大餐的好消息，却像是来显宝的孩子，被大人问作业写完了没一样扫兴。他转身回去时，瘪着嘴小声嘟囔："这还没变成林副处呢，就这样……"

"你说什么？再说一遍？"林清水清清楚楚地听到自己微微颤抖的声音落到临近下班略显喧闹的办公室空间里，很多根生了针尖的目光准确无误地奔向自己。

小汪红头涨脸地转过身："林科，我没……"

怒火在林清水的身体里迅速集结，准备哗变。林清水攥紧拳头：不就是个副处吗，至于为这一抓一把的小官蝇营狗苟吗？我今儿就翻脸发泄一下怎么了？大不了，不干了！

熄灭林清水一腔怒火的是顾处长。

顾处长从办公室走出来，抬眼扫了一下林清水："有什么事吗？"

只这轻描淡写的一眼，林清水心里愤怒的叛军偃旗息鼓，自动归位。他甚至很习惯性地咧了咧嘴："没事儿，我问问小汪简报做完没。"

生了尖的那些目光兴味索然地收了回去，想都想得到每个人心里的那一声叹息：日子过得太平静了，谁能搞点动静出来，激发一下大家的说话欲望都是好的。得，没戏！

林清水坐到自己的座位上，脑子里乱哄哄的，想起刚刚在于处办公室发生的事。

于处把材料扔给他，问："这是你写的材料吧？'规律'是怎么写的，你看看？还有，'一夫一妻'你写成什么了？啊？"

林清水的额头冒出了细密的汗，他翻了下材料，看上面画着硕大的圈："规律"打成了"规率"，"一夫一妻"竟然打成了"一天一妻"！还有好几处被黑线划着，打着大大的问号。

这几天，这材料自己能写下来已经算奇迹了。他试图解释："处长，我……"

于处摆了下手，打住他的话，很贴心贴肺地说："清水啊，我这是跟你关系不错，才跟你说些体己话儿！"

于处抬眼看了下办公室的门，林清水也抬眼看了看门，生怕那门被没眼色的拉开，那些体己话冠冕堂皇起来。好在，门关得严严实实。于处方继续说下去："方副处马上就到点了，要有人顶上来，我向局里推荐了你，现在是个坎儿，八十六只眼睛都盯着呢！关键时刻一疏忽最终被人抓到把柄落马的不是没有先例，还有，分房的事很快也要落实下来了，这档口儿，千万不能有闪失，这材料要是交到大头儿手里，他再不过过目，上会就念……清水啊，那丢丑的就不是你一人儿了……你是我一手提拔上来的……闲话我不多说，你是聪明人……怎么这几天我看你那么心神不定呢？跟丢了魂似的，你没发生什么事吧？”

“没有，什么事儿都没有，好着呢！”林清水一口咬定。自己熬了八年，一个抗战都打过来了，到今天这步田地，什么事都不能发生！这是必须的。

机关里一个萝卜顶着一个坑。前面的萝卜拔走了，后面的人才能占上坑。自己由正科提了副处，小汪才能向前走一步到正科。所以小汪才急吼吼的，其实，谁不急吼吼的呢？如果不是急吼吼的，那天怎么会对老妈发脾气……

嘴干，两只耳朵都像要蹿出火来一样。

快到6点了，办公室里的人都在座位上活动起来，关掉电脑里的斗地主和开心农场，说话，喝水，伸懒腰。

明天再上一天班就是周末了，周末总是让人欢欣鼓舞，更何况这还是平安夜前的周末。几个小年轻的已经在电脑上讨论了一下午平安夜的安排。

在机关，这种洋节还是不能公开拿到台面上来讲的，古板的领导们会不喜欢。于是这个周四临近下班公开的话题仍落在报纸新闻上。

一个挑起话头说：“这世道啥缺德人都有，这老太太车祸住院，司机逃逸，都在医院住了一个星期了，怕是要成植物人了吧？亲戚家属集体玩失踪，良心都喂狗了。”

另一个说：“你也看了那报道啊？真够可怜的了，也不知道能不能醒！你说身上也没个身份证，也没个手机啥的？”

再一个人插嘴进来：“说了呀，都没有，要有，医院不找，记者也早就找去了。没准儿就是个无儿无女的孤寡老太太呢，不然，那么晚，那么大雪，老太太一个人站在路边干啥？”

挑起话头的人说：“那司机也没抓到，说是路口的监控坏了。真是纳了闷了，一出事儿，这监控就坏！”

林清水的脑子“嗡”了一声，在众人的谈话时准确地揪出了几个关键词：“老太太”、“住院”、“植物人”，他的右手握了下左手，半站起身，却一时想不起眼前人的名字，只好说：“那谁，你们说的是什么节目？”

见科长问，小吴赶紧递过来一张当日的报纸，说：“林科，你没看今天的报纸啊？昨天《今晚大家谈》讲的就是这事，这老太太被车撞了，大概是司机打了120求救吧，然后逃逸掉了，老太太被救到医院，抢救了这些天，花了十几万，医院承受不了了，求助媒体寻找亲人……”

林清水的目光急切地与报纸来了个亲密接触，他贪婪地看着每一个字，仔细地辨认着报纸上晦暗不清的照片。照片上那位老妇人躺在病床上，身上插满了各种各样的管子，她瘦小极了，在那张病床上，无力无声无息像秋天飘落到地上的一片叶子，一点重量都没有的。林清水心像被烙铁烫了一样。无论她是睁开眼还是闭着眼，无论她身上被多少管子遮挡着，那都是他再熟悉不过的人。

这些天除去上班时间，他都在寻寻觅觅，目光如探照灯般搜寻着她的踪影，丢了魂儿一样游走在火车站，保姆市场，抑或是走在灯火通明的商场里。她自然不会来这样的地方。这地方的灯太亮，镜子太亮，她说，照得让人想往地里钻，她说，这城里怎么就那么干净呢？走到哪，都觉得自己脏到不行不行的。

走在人群里，林清水觉得世界是清晰的、遥远的，而自己是恍惚的、渺小的。

他给清秀打过电话，清秀说过几天来北京看云朵和老妈，清秀还让老妈接电话。林清水急忙遮挡过去，说老妈跟那恩去逛街了。他又给老家大良子打过电话，大良子还问大姑啥时回去，说前两天她打电话说想家了。

这世界上，她只可能去这两个地方，都没去，她去哪了呢？

腿麻得像根木头，不是自己的。人累得像要倒在某一处再不起来，可是，他还是这样走下去，不回家。那个属于他的家？哦，不对，暂时它还是银行的。自己和那恩打过多好的算盘，机关里房子分下来，就把这套房租出去，租房的钱够还银行还有点小富余，日子就好过了，要给云朵买台钢琴，送她去学芭蕾……自己还打算着，如果房子大一点，怎么也给老妈隔出个卧室来，那样就不必跟云朵挤一起了……

可她怎么就走了呢，走得那么绝决，自己怎么就对她吼了呢，那酒，喝到人肚子里，还喝到狗肚子里去了吗？林清水肠子都悔青了。

02

林清水结婚八年，她只来过四趟。这次，她来过年，她说：梦里都想着这小兔崽子。说这话时，她已经是个很弱很弱的老太太，再没有年轻时的霸气。她来前，林清水几乎是讨好地安抚那恩："无论如何对她好些，家务活我都包了。上次你看的那件三千块的大衣，去买！"那恩瞪了林清水一眼："林清水，你把我当成什么人了？"林清水赶紧讪着一张脸赔不是："我这不瞎操心嘛，咱望山村谁不知道清水媳妇又漂亮又孝顺。小恩，我就这一个妈……"那恩的目光从韩剧飘到林清水的脸上："谁有两个妈？"

她说的小兔崽子是云朵。她从来都不是个重男轻女的老太太。云朵出生时，她在产房里高兴得直掉眼泪。弄得那恩不高兴，以为她盼孙子。那之后她无数次说她最喜欢女孩了。女孩是妈的小棉袄。那恩总是偷着撇嘴，私下里跟林清水说："你妈能不能不这么虚伪？明明喜欢男孩，硬说喜欢女孩，太能装了！"林清水很讨厌那恩那样说她。但是惹怒那恩，只会让她更难过，所以，他选择沉默。

孩子小，也是会看大人眼色的。要么就是那恩教过云朵。云朵不喜欢奶奶，连手都不让她拉。她想亲亲云朵，那恩大呼小叫的，说："人嘴最脏了，会有传染病的。"她就那样愣在那，看看林清水，又看看云朵，然后说："城里的孩子就是金贵，我孙女也成金贵的孩子了，多好！"

那恩给她专门准备了一个碗。吃饭时，她挟给云朵的菜都被那恩挑着放到了桌子上。像她就是个病原体，不能碰不能摸。她在这个家里有些不知所措，她像个做错事的孩子，她的飞扬跋扈变成了小心翼翼。终于她说：“清水，给我买张回去的票吧，听不见松涛声，我睡不着觉。”

林清水安抚她，“妈，你别跟那恩计较，她就那个样儿。你没看她妈来，她说话也是那德行！”

她脸上扯出一丝笑容：“没有的事儿，我就是想家了！”

当晚，林清水就跟那恩吵了起来，那恩哭着冲她嚷：“我怎么你了？啊？我怎么你了？”她便难堪到像个孩子，她一眼一眼剜清水，她说：“你这个不让我省心的小犊子，我说你什么好呢？小恩，没你事，你们别吵了，我不走了，我就在这过年。”

那恩不依不饶：“你别在我面前演戏，装老好人，弄得很明事理似的，背着我，在你儿子面前又来可怜兮兮那一套！”那恩从小就那脾气，生起气来口不饶人，连那里都怕她几分，这个林清水是知道的。但他知道又怎么样呢，她是婆婆，她从乡下来，落到了儿子的屋檐下。他若帮了老妈，只会战争升级。

她想哭，又不敢哭。她说：“小恩，你这样说，这让我没站脚儿的地方啊！”那恩摔门进卧室。林清水看到她欠着半边屁股坐在沙发上哭，他很想去抱抱她，只是，他已经是木讷到不知道表达的城里人，他只是说：“妈，别跟她一样，她被惯坏了。睡觉吧，啊！”

林清水一直不知道那个夜晚她是怎么度过的。北京没有望山村热乎乎的火炕，没有儿子儿媳妇贴心贴肺的暖心话，在这偌大的城市里，她有多孤单呢？

在寻找她的这几天，林清水心里一直懊悔无比：她到底是什么时候出门的呢？是当天晚上还是第二天早晨呢？自己怎么就对着她吼呢？女儿重要，她就可以被忽视吗？老婆发了脾气，他就可以对她发火吗？真没多大事儿。都怪自己……

那天早上，林清水头疼欲裂，记不大清前一晚到底发生了什么。他相信她不会生气离家出走的，生什么气呢，那恩的脾气就那样，云朵娇气得要命，就是云朵的姥姥带孩子，她也常常这事那事的。她来后，那恩和颜悦色说过不让她管孩子，也不让她洗衣服做家务。那恩的理由很充分，她说："妈，您累了一辈子，来这，啥都不用您干，您享享福就完了！"林清水知道她忙碌了一辈子，怎么能在家里干闲着呢，只是，她做什么那恩都看不中，摩擦也就大大小小露头露脑。

林清水一直在心里告诉自己，她从来都不是个受气包，她的泼辣全望山村人都知道，没人敢欺负她。那恩再怎么娇情，也是有文化的人，对她，总不至于差到哪去。她可能就是出去转转找不到家了。她不会丢掉自己的战场，做逃兵的。北京这么大，她能去哪呢？

林清水一直这样想。

他出去在小区边上转了转，老头老太太在小广场上扭秧歌，练太极，撞树。白天白地的世界里，每一个像她的老太太林清水都认真看了，没有她，哪个都不是她。林清水去了小区外面的公园，到处是人，仍然没有她的身影。

上班时间到了，林清水的目光从人群里抽离出来。那天他没开车，挤了公交车。公交车上竟然有那么多坐车的老人。

冬日的早晨，他们不在温暖的家里睡懒觉，不在安静的屋子里吃早餐，他们穿戴整齐跟上班族一起挤公交，他们要去哪呢？一个年轻人不情愿地把座位让给一位大妈，嘟嘟囔囔："这大雪天的，闲着没事出来挤什么，也不上班，不能晚点出来啊！"

大妈完全不示弱："晚点出来？这还晚了呢！你到我这岁数，四点钟就醒，醒了空荡荡的屋子里连个人声都没有……"

林清水的目光虚了出去，她也很早就起来，起来里里外外收拾屋子。那恩就烦得要死，林清水也烦，现代人晚上不睡，早上不起，谁早上不争分夺秒地睡觉呢！那恩在饭桌上拉着一张脸，林清水说："妈，早上你多睡一会儿呗！"她很大嗓门地说："你们城里人起得太晚了，这在咱村，一村子都鸡飞狗跳的了，农忙时都铲出两根垄去了！"

那恩把筷子放在桌上：“妈，你起来也没关系，能不能在屋里消停待着，你这屋里屋外一咣当门，谁能睡好啊？”

自那以后，早晨她再没出过声。有次林清水早起赶材料，看到她屋子里的灯亮着，推开门，看到她穿得利利索索坐在床沿儿上，就那样干干地坐着。那个清冷的早晨，林清水想到这一细节，不禁鼻子发酸。

还有，她打呼噜，打得山响。那恩说过一次，她竟然也不再打了。饭桌上那恩问过一次，她说：“这人到了城里，慢慢就适应过来了。”他和她也就没再问。现在想来，林清水的眼窝里汪了泪，这些，她到底都是怎么忍下来的呢？她到了城里的儿子家，做了客，被人嫌弃，她的心里该有多难过，他想过吗？

那天他不断地打家里的电话，希望突然家里的电话有人接，是她洪亮地“喂”一声。可是，铃声空寂寞地响着，没有她的声音。晚上他奔回家，闯进她住的屋里，他发现，她带来的蓝底白花的包袱皮不见了，她给他带来的那件羊羔皮棉坎肩也不见了，还有她那个老银镯子。

她来北京时，从手腕上把那个老银镯摘下来，献宝一样把它给那恩，那恩瞟了一眼，便轻描淡写地拒绝了。她又戴到手上。林清水知道那镯子是她过门时奶奶给她的。那些年，再苦再难，她都没动过卖它的心思。有天看新闻，有个人耳朵上的耳环被骑摩托车的给抢了。她便急急地把老银镯子摘下来，用手绢包了藏进蓝底白花的包袱里。可它们都不见，不单如此，她的所有的物件都不见了。

那个窗明几净的家里，就像从未出现过她这样一个人似的。

那个晚上，那恩牵着云朵的手进了家门，手里还提着菜，全然不知道这个家里发生了什么。

那恩进了厨房洗了手，才想起出来问他：“妈呢？”

林清水的目光锥子一样落到那恩的脸上，他说：“这回你高兴了吧？”

那恩丈二的和尚摸不着头脑，不知道林清水说这话是什么意思，她的心忽悠了一下，问：“妈去哪了？上清秀那儿去了？”

“不知道去哪了，不知道什么时候走的，东西都不见了！”林清水沮丧地堆在沙发上。屋子里的石英钟“咔嗒咔嗒”地响，卧室里云朵在看动画片，偶尔“咯咯咯”地笑。

林清水急了，拉开卧室的门：“笑笑笑，现在笑了，你奶奶在这，你就嚎个没完。”

云朵吓得哭了起来，那恩从林清水身边挤过去，抱住云朵，说：“你跟孩子喊什么？妈走了，你倒是去找啊！”

“我怎么没找啊，我这一天，腿都快走折了，上哪找去啊？她那么大年纪，她在这北京都分不清东南西北……”林清水带了哭音。

林清水跟那恩翻了脸，翻脸了就什么难听的话都可以说出来了。他说：“那恩，我知道你瞧不起我们家，一直都没瞧得起。”他又说：“你找各种理由嫌弃她，就是为了赶她走不是吗？这回你高兴了？”

“林清水，我那恩跟了你这些年，为你们家当牛做马，换来的就是你这句话吗？你太让人心寒了！”

那恩抱上云朵回了娘家。

热腾腾的家变得空空荡荡冷冷清清。林清水多希望这只是个梦，梦醒了，她和那恩哄着云朵，有说有笑。

可现实就是现实。门前的衣架上，那恩的羊绒大衣还在，云朵的红色斗篷还在，只是她们都不在家了。还有她，她的粗门大嗓，她放水的哗哗声，她关门的咣啷咣啷的声音都不见了。家静得可怕。

原来，她被车撞了。原来，她躺在那里等着他。

林清水起身冲出去，走出机关的一刹那，冷风撞到身上，他清醒了过来。是的，他长了飞毛腿奔向她的心犹豫了。他转身跌跌撞撞回到办公室。

她躺在素白色的医院里，头发凌乱，双眼紧闭。他在报纸上见到了她，本应该十万火急赶过去，扑到她的床前，握住她的手，喊她醒来，可是，他却犹豫着不敢去认！

十几万的医疗费！很可能会变成植物人，无法找到肇事司机……林清水觉得寒意从头顶往下灌到身体的五脏六腑四肢百骸每一个细胞里。好不容易考到的“铁饭碗”会落到地上摔成两半，即将到手的官帽子与房子就要泡汤，女儿的钢琴与芭蕾……似乎哪样都比57岁的她来得重要，她在天平高高的那一端，仍然是秋天的一枚枯树叶，她的价值被压榨干了，自己的儿子都要用许多东西衡量值不值得……

林清水的牙咬得太紧，腮帮子有些酸。目光也是钝的，像在报纸上生了根须，挪移不开。

办公室里的嘈杂声弱去，渐次冷清了下来，林清水坐在办公桌前，生了根根须须一样盘地原地，一动不动。

桌角飞碟形状的空气加湿器不知疲惫地吞云吐雾。

如果不是电话响了，林清水不知道要这样坐多久。电话响了，小汪的妻子找小汪，林清水答了句，放下电话。

站到窗子前，外面又在飘雪了。这个冬天雪像个吃惯了嘴，跑惯了腿的无赖一样，一次次光临北京城。这两日又有股西西伯利亚的冷空气南下，自己还担心着老妈一个人在路上受了风寒，现在想，那不过是个自我安慰的借口。她一辈子在小山村里，连名字都不会写。在这偌大的北京城里找到火车站买票回老家，于她简直就是不可能完成的任务。他是明白的，不然干吗四处找呢……

从办公室的十七层望出去，城市像只隔夜的面包，昏暗，惨淡。街灯昏暗地站在雪里，街道是这城市无法治愈的肠梗阻，汽车的尾灯眨着红眼睛，首尾相接，排成一条长龙。

自己这一路走来，就是为了过这样的生活吗？在这样的城市里，朝九晚五，在钢筋水泥的森林里挣扎，这就是自己想要的生活吗？为了这样的生活，真的可以连天良都不要了吗？

胃钝钝地疼。她呢，她在无知无觉的世界里，会感觉到疼吗？会冷吗？会有人握住她的手，轻轻地呼唤她醒来吗？

林清水的眼里蒙上了一层水雾。

手机很没眼色地响起来，是那恩。林清水按掉，他不想跟她说话。

《吉祥三宝》的铃声再次固执地响起来，爱的世界真的是有你没我，有我没你的吗？自己有了云朵和那恩后，就不能再顾老妈和清秀了吗？

再次拿起手机想按挂断时，林清水不小心按了接通，电话里是云朵奶声奶气的话儿："爸爸，你在哪儿呀？你什么时候来外婆家呀？我都想你了！嗯……嗯，外面下雪呢，妈妈让你小心点，爸爸，我和妈妈等你来接我们回家，不然，我的熊宝宝该想我了！"

林清水的眼泪一涌而出，他紧紧地握着手机，泪水落到手机屏幕上。

03

林清水回到家，已八点多了。

他去了医院，在医院的候诊室里枯坐了一个多小时。那么多病人，带着各种伤痛从他面前来来往往。林清水的内心被撕扯着，她离他多近啊，他却不能扑到她身边，跪到她脚下求得她的原谅。她会成植物人吗？她会再也听不到他的呼唤吗？

他站在了她的病房门外往里看，她静静地躺在那里，无声无息。那一刻，林清水很想进去，把她抱在怀里，告诉她：妈，清水来了，咱们回家去。

有个护士走过来，问林清水：同志，你找谁？林清水匆忙抹了一把脸，下意识地说："没事，我就是随便看看。"护士走了两步，很警觉地回过头来："你是来看8床无名老太的吧？"

林清水转身，逃一样离开了医院。是的，林清水踉踉跄跄却又健步如飞，踉踉跄跄的是懦弱的心，健步如飞的是胆小鬼的身体。

他又一次从她身边逃掉了，就像小时候，她举着鸡毛掸子打他，他总能飞快地逃掉一样。

林清水害怕了，他真的害怕了。拔腿跑出医院，在寒冷的风里走，走到整个人要麻木了，才坐上公车，才找着回家的路。

那恩带着云朵回来了，云朵已经睡了，那恩还没睡。她把饭菜热了给林清水端上来，并不说什么话。从前冷战时，从来都是林清水低头，林清水给她做好饭端上桌，逗云朵笑，让云朵叫妈妈吃饭。

这一次，林清水没心情。

林清水开了一瓶酒，咕嘟咕嘟空嘴喝进去半瓶。

那恩问："妈……还没消息吗？会不会回老家，让他们瞒着咱们？要不，咱们报报警吧？清水，我爸说……"

林清水看了那恩一眼，很想从外套口袋里掏出晚报扔到那恩面前，心咚咚跳看着她，仿佛期待她能给自己一个方向。一个对的方向。可是，他忍住了。

林清水打断那恩的话，他听到自己的声音虚飘飘地浮在空气里，他说："那恩，咱俩离婚吧！"

那恩万没想到林清水会说出这句话来，她说："林清水，你再说一遍！"客厅的墙上，两个人都在婚纱照里笑着，笑得无比甜蜜。可是现实，却苦得让人张不开嘴。

林清水听到自己清清楚楚地说："咱俩离婚吧，我什么都不要，这个家，都归你！"

林清水在心里很鄙视自己的懦弱与无能，这种时候，除了奔向她的身边，怎么能回家来呢？可是……那些杂七杂八的念头像毒蛇一样咬噬着他，让他终于没能迈动脚步去医院。

酒劲儿上来了，林清水冲着那恩傻笑。他从口袋里掏出那张晚报扔给那恩，他说："好好看看，我妈！我妈躺在医院里！"

林清水像个小孩子一样呜呜咽咽地哭了起来。

那恩的目光三下两下扫过那张报纸，她起身去拿大衣："你还在这干什么，赶紧去医院啊，肇事司机找不到吗？"

他抬头看着那恩，泪眼模糊："她也许醒不过来了，植物人，她的医药费咱还不起……"

她走到他面前，把他揽在怀里："你打算怎么办？"

"怎么办？她是我妈！可我不知道要怎么办？"林清水的声音虚弱无力。

好半天，那恩清了清嗓子开始说。她说得很慢，林清水可以从她的话语里看到这个和自己一起生活了八年的妻子的冷静与无情。或者，那像一面镜子，也映衬出了自己的冷酷无情。

那恩说："清水，我知道你心里不好受，我心里也不好受。这可怎么办呢？她怎么会被车撞到呢？"

沉默如巨大的黑色块压住两个人。他们的手握着，却都是冰冷的。

"如果我们不去认，医院不会见死不救是吧？事情都到现在这个地步了，清水，你想想，你要是去认她，那近十万的医药费不说，单说你被曝光出来，你这个国家干部的工作也不用干了……还有，她要是真的变成植物人，我们俩的生活就都毁了……"

林清水把手里的酒杯摔到地上，大声吼："是的，钱，工作，面子，哪个都比她重要，她就快死了，是个累赘，就让她自生自灭好了！"

云朵听到父母吵，光脚站在卧室门口。

林清水嚷："你给我滚回去，养儿养女有什么用，良心都他妈的喂狗了。"

云朵的嘴一撇一撇，眼泪一双一对往下滚。那恩一把揽过孩子说："林清水，你疯了，冲孩子喊什么？"

"我就是疯了。我连自己的妈都不认，让她一个人孤零零地躺在医院里，我可不就是疯了嘛。"林清水的嗓子嘶哑，眼睛血红。

林清水一夜没睡，面前的烟灰缸里是小山一样的烟头。

天亮时，电话响了。是妹妹清秀。她说："哥，我昨晚眼皮一个劲跳，夜里梦见咱妈了，她拉着我的手，一句话不说，就是哭。哥，咱妈不是有啥事吧？"

林清水干笑了两声，哑着嗓子说："咱妈能有啥事？"

"那就好，告诉妈，我要给她一个大惊喜！"清秀的声音像百灵一样清脆。林清水没心情理清秀的什么惊喜，他问：“还有事吗，没事挂了！”

林清秀突然意识到林清水的哑嗓子：“哥，副处定下来了？”

“你怎么知道我们定副处？”林清水依旧不耐烦。

“当然是妈说的。不是你？要不是房子落空了？你怎么嗓子哑成这样？没事儿，机关的事，谁能说得准呢，你看那些官场小说，微妙着呢……”

林清水没心情跟清秀闲聊，放下清秀的电话，又一个电话追了进来，是大良子。

大良子问她在哪，林清水说出去了。大良子犹豫了一下说：“清水哥，你还是让大姑回来吧，你们城里的床大姑睡不惯，她的腿风湿得厉害，你上学那年，割豆子，她都跪在地里爬。这两年，她的记性也差了……”

“大良子，还有事吗？”那恩眼睛红通通地起来给云朵做饭。

大良子说：“清水哥，有些话，也许我不该说，那天大姑给我妈打电话，说想回来了，好像住得不是很开心。清水哥，说句你不爱听的，大姑是乡下老太太，在你那大北京是上不了台面，但那是你妈。你上大学后两年，咱家这遭了灾，黄豆绝产，一年到头一分钱不挣不说，还白搭了种地的钱。她急疯了似的，她儿在读大学，她上场部去闹，哭天抢地，跪在人前，一跪就是一个礼拜，人家说：闹就给钱，就都闹了。她说：先把我儿的学费给上，钱我还你们。她打了八千块钱的欠条啊，她回来，大病了一场，却硬是靠吃止疼片挺了过来……”

林清水的泪顺着面颊流进嘴里，又苦又涩：“这些事，她从没对我说过。”

放下电话，林清水狠狠地敲自己的脑袋。林清水，你真没人味啊！

林清水想起自己考上大学那年，她的腿疼得厉害，她说自己可别瘫在这床上，她还等着带孙子去林子里采蘑菇呢！林清水说我不去上大学了，她回手就给他一巴掌，她说你个狗熊玩意儿，还能有点出息不？

林清水一刻也不能等了，他穿大衣时，那恩问他去哪。他说：“我去把良心找回来。”那恩哭着拉住他说：“清水，我们再想想好不好？”

林清水转过头盯着那恩，他说：“离婚协议书我放桌上了。”

04

云朵睡着了，那恩合上《安徒生童话》，人坐在床上发呆。吴玉芳切了只柚子轻轻推开门，小声问："睡啦？"

那恩下床，帮云朵掖好被角，出了房间跟老妈进了客厅。

客厅的电视开着，老爸那国祥戴着老花镜靠在沙发上翻晚报。

那恩拈起块柚子吃，吴玉芳坐到沙发上唠叨："你婆婆这是去哪了？会不会是去了你小姑子那，她瞒着不说的？不然的话，这林清水还能这么稳当上班？"

那恩心正烦着："妈，您别瞎猜了！"

想打住吴玉芳的唠叨，也不太容易，她继续说："这清水也真是的，这个稳当，给他台阶他都不下。这老婆孩儿自己回去了，怎么一天又闹翻了？小恩，这回，他不来接你们俩，你们娘俩就消停待着，我倒要看看他要怎么了这个局？"

那国祥推了推眼镜，放下报纸喝口茶："有你这么当妈的吗？闺女做得不对不拦着点，还火上浇油。要是你说着闺女别对她婆婆那样，何至于这样啊？"

吴玉芳把半边柚子扔到果盘里："哎我说那国祥，咱闺女对她婆婆哪样啊？别人家林清水还没说什么，你倒自己给咱闺女上纲上线……"

"行了行了，别吵了，烦不烦啊！"那恩拿着遥控器拨台。

吴玉芳叹了口气："小恩啊，你也别烦，你那婆婆，你也没问问到底去了哪，她一农村人，真要在这大北京走丢了……"

那恩的目光盯在了电视屏幕上。电视屏幕上正播《事件追踪》。记者在医院病房门口说："昨天我们节目播了老人被撞事件，很多热心观众打来电话表示关注，可是，距老人被撞已经一周过去了，我们的报道也已经持续两天，截止到现在，老人的亲属仍未出现。值得高兴的是，老人已经从ICU病房转入了普通病房，也就是说老人的生命暂时脱离了危险……"

电视镜头转到病床上，老人很无力地躺在那。

那恩的手抖了一下，手里的遥控器掉在了地上。这一天，那恩的心里也像压着块大石头，那是林清水的妈，她知道自己说那些话多伤他。换个角度想，躺在医院病床上的，是自己的老妈，自己会考虑那些吗？那恩有些后悔了。

那国祥和吴玉芳的目光也都盯在电视上。吴玉芳先醒过来："是云朵的奶奶，是她吧？"

那国祥喃喃自语："昨天晚报上登了，可我没注意看！哪想到是云朵的奶奶……"

吴玉芳白了那国祥一眼："就说你看了都白看，这事儿，怎么能没注意到呢？"

那恩的眼泪掉下来，她握住吴玉芳的手："妈，清水不会原谅我的，他肯定不会原谅我的！"

吴玉芳满目狐疑："颖，你别哭啊，出事咱们扛着……咋，你早知道这事？"

那恩点了点头："昨天晚上清水说的！我……不让他去认，万一真成植物人了，怎么办啊？"

吴玉芳伸手给了那恩一耳光，"你是我女儿吗？那恩，这是人干的事吗？"

那恩长这么大，老妈这是第一次打她。委屈的泪水瞬间流成了黄果树瀑布。

那国祥也气得发抖说："还有脸哭，你妈打得没错！这要是你妈，植物人了，你就不认了吗？这么多年，我都白教育你了！你赶紧穿衣服跟我去医院。你们这一代啊，就是太自私，都什么时候了，还先想到自己……"

吴玉芳也没了主意，点头赞成老伴儿说的话："是啊，快点去医院。"又有些不相信那躺在床上的人就是林清水的母亲，转头问那国祥："你看清了没，到底是不是云朵的奶奶啊？"

“没错，我刚刚看到她手腕上戴着那银镯子，肯定是她！”那恩指着电视屏幕，声音颤抖着，手紧紧握着吴玉芳。女儿的手凉，吴玉芳的心颤了一下。

“是就是，哭也没有用，当初你死活选择林清水，拉都拉不住，王凡那都快上演全套琼瑶的戏码了……”吴玉芳看到那国祥的眉头皱起来了，急忙把陈芝麻烂谷子的事省略掉，直奔重点：“所以，今天你要面对的，都是你当初选择的。”

平时总是拌嘴的老头老太太在大是大非面前保持着高度一致的态度。

那国祥觉得老伴吴玉芳说的后半句很靠谱，他说：“小恩，你妈说得没错，没事别找事，有事别怕事，麻溜儿起来穿衣服！”

“干啥？”那恩的脑子还在某种情绪里不能自拔，不转个儿一样。

“打电话给清水，然后去医院啊！”吴玉芳急得自己先站起来去帮那恩拿大衣。

那恩仍然坐在沙发上不动。“我不去！”

“你敢！”那国祥很少发火，他一发火，也真把那恩震住了。

吴玉芳也觉得这事女儿错大了，别说是婆婆，就是亲朋好友出了这种事还要去医院看看呢，躲着哪行啊？唉，都怪自己一直把她当孩子给惯坏了。吴玉芳说：“小恩，今儿这事，别怪爸妈这么生气，都是人生父母养的，平时再怎么鸡毛蒜皮小吵小闹的，到这节骨眼儿上，也得把事儿担下来。再怎么说，她是云朵的奶奶，是林清水的妈！”

那国祥从老伴手里接过女儿的大衣，“让你妈在家陪云朵，我跟你去！没事儿，天塌了，有你爸替你顶着呢！”

那恩听老爸说这话，眼里的泪又呼啸而出。

“这那里可真是的，一天到晚也不知道跟哪混呢，这大雪天儿，他在家的话，也能开车送送你们爷俩！”吴玉芳拿了围巾和羽绒服帮那国祥穿戴上。

“怎么好些日子都没见着那里了？他给家里打电话来没有？”那国祥

一提到这个儿子就没好气。

吴玉芳知道这会儿不是说那里的时候，赶紧往过打圆场儿："他们那工作你还不知道，一剪片子就没日没夜，熬几个通宵都是家常便饭，这会儿，不定躲哪睡大觉呢！"

吴玉芳转身拿出钱包里所有的钱，又递给那国祥一张卡，"不够的话，明天咱再想辙儿！"

"妈，不用你的钱，我有！"那恩过来把钱拿回去塞给吴玉芳。

"这不急嘛，先拿上，犟什么犟？见到清水一定要低姿态，先什么都别说，把老太太病看好了再说！"

"嗯，我知道！"

那恩跟那国祥走出楼门口，风卷着雪闷头打过来，那恩一趔趄，倒是近六十的老父亲把她拉住。

那恩在风雪里喊了一声"爸"，她知道，无论自己立于何种境地，父母始终是她最屹立不倒的靠山。可她没想到的是，对林清水来说，老妈付锦绣并不仅仅是靠山那么简单，她更是他活在这个世界上的无可推卸的责任。

第3章 爱恨本无缘由

每个人都只是一个点，因缘际会，这些平素无往来无交集的点有了交叉，织了网，有了爱恨。

01

米晓佩对电话的紧张态度让米晓倚看出了端倪。她给小堂妹分析：“人那么紧张电话，一定是期待与这个世界有些接触，换句话说，是被这世界上的某件事或者是某个人惦记！你呢，无业游民一枚，不找工作，等的肯定不是应聘结果。那么……是等某个人喽！”

米晓佩盯着堂姐看，“你不去安全局接受特别培训，真是浪费人才啊！你这逻辑推理能力堪比打假斗士方舟子啊！明白告诉你，我在等刘德华电话。你知道，国产电影这么让人失望，就是因为本姑娘没出山啊，本姑娘一出山，什么艺谋的画面啊，凯歌的深度啊，全都是浮云……”

米晓倚被堂妹云里雾里的鬼扯弄得失去了八卦的兴趣。她说：“米晓佩，我最后警告你，你得赶紧挣钱养活自己，不然，二叔二婶说必须抓你回老家，找个有钱的猪头把你嫁了！”

“你这样唠叨，该不会是提前进入更年期了吧？”米晓佩跟堂姐贫是贫，心里还是愁的。如果没有堂姐，自己还北漂？那不得喝西北风啊！这样的日子还能混多久呢？或者真的再都碰不到那里，自己就离开北京回了老家了。

她又翻了一遍那个电话，想着要不要打过去时，电话竟然响了，竟然……就是那个号码。米晓佩紧张得手心出了汗，按键时，手都是抖的。她怯生生地“喂”了一句，屏住呼吸不敢再说话。

“我是……”

“我知道，你是那里！”他一张嘴，米晓佩的眼泪就涌了出来，她接口道。

“嗯，我是那里，你住哪里？我现在可以过去吗？”那里的嗓子沙哑地问。

“可以，当然可以，我以为……你不会来找我！”米晓佩恨自己真是没出息，怎么能在他面前表现得这么不矜持。可是，她要矜持干吗呢？

米晓倚出差去了泰国，那里当然可以来。只是这么晚，外面又下着雪……

米晓佩还是一字一句地说了地址，然后小心翼翼地问：“你真的是现在过来吗？”

“如果你不方便，那就算了！”米晓佩可以想象得到那里那副很拽的样子。她心里说：让你再得瑟些日子，等姑娘把你拿下，看怎么收拾你。

“方便方便！你到路口打电话给我，我下去接你！我可等着你喽！”米晓佩心底的急切呼之欲出。

挂掉电话，米晓佩感觉像做梦一样。他在平安夜前夜出现，那岂不是意味着自己可以和他一起过圣诞节？唉，又不早说，早说，自己可以在网上买很可爱的衣服啊、帽子啊，不过，能跟那里一起过圣诞节，一定是件特开心的事。米晓佩都开始在脑子里勾画浪漫的画面了。

米晓佩差点把衣柜里的衣服都折腾出来，换了一套又一套，最终还是在白色的小裙外面搭了件红色的毛衣外套。

米晓佩还在纠结自己要怎么样弄一头乱发时，敲门声响起来了，他来得这么快啊？米晓佩颤声问："谁呀？"

"我！"那略略沙哑的声音不是那里又是谁呢？

米晓佩赶紧把衣服抱着扔进衣柜，慌里慌张收拾一下，喊着："来了，来了！"

米晓佩站在门前深呼吸一下，心里对自己说：别那么没出息，跟饿狼见了肉似的啊！

门被打开的那一瞬间，米晓佩以为自己看错了人。面前这个衣衫不整，胡子拉碴的人是那个阳光帅哥长得像玄彬的那里吗？

他侧身挤进来，问："有什么吃的吗？赶紧给我弄点，我饿死了！"

米晓佩哦了一声，转身拉开冰箱。冰箱里有几只鸡蛋，再就没什么了。米晓佩的脑子迅速地转着，电影里的杀人后慌不择路的镜头，雪夜，她一孤身女孩，见过一面的男人……哎呀呀，堂姐去泰国还要一周才回来，自己在北京无亲无故的，这要是被他囚禁到这屋里，还真没人来救她……

米晓佩一眼一眼打量着那里，磨磨蹭蹭地拿出两鸡蛋，然后问："只有鸡蛋和泡面了，行吗？"

"行！快点！"那里人窝在沙发里，身上的皮夹克黯淡无光，米晓佩注意到夹克里的衬衫也是皱皱巴巴的。越来越像是……

米晓佩想着各种斗智斗勇的法子救自己：抓住手机跑进洗手间锁上门报警？可那洗手间的锁八辈子都不好使了，锁上锁不上全凭运气。把银行卡和值钱的东西都拿出来让他走？可银行卡比自己的脸都干净，值钱的除了一台联想的笔记本，就剩下一柜子的衣服了……

米晓佩把鸡蛋打到电磁炉上才发现没放锅，一回身，看到那里正倚着厨房的门框看自己。

米晓佩的目光落下来，很快抬起头与那里的目光接上。她听到自己的声音轻飘飘地落到空气里："你告诉我发生了什么事？我会帮你的，真的，无论发生什么事，我都会真心帮你的！你知道，我喜欢你……那晚是你打来的电话对不对？我猜到了，我打过去，你都关机……到底发生了什么事，你告诉我……”

米晓佩的眼泪大颗大颗落下来。那里伸出手，抹去那眼泪，他轻轻地抱住米晓佩，他说：“妞儿，别害怕，我没做什么杀人越货的事，只是，我丢了良心，做了懦夫！”

从来没有一个男人在米晓佩面前懦弱得像个孩子。

那里讲述着自己的经历，慌张与无助明明白白写在脸上。米晓佩走到他身边，揽他入怀。她说：“没关系的，犯了错，咱们一起面对，没有过不去的坎儿！”

米晓佩的心早已柔软成了一汪水，她用的是“咱们”，而不是“你”。她相信，在这个雪夜，那里在她这个只有一面之缘的女孩面前，竹筒倒豆子一样把自己的险境和盘托出，她和他的命运就已经连在了一起。

米晓佩一向是个勇敢的女孩子。她不肯主动追求那里，那不过是女生的一种矜持，拿捏的一种状态。现在，他来主动投诚，剩下的，她就没什么好顾虑的了。事实证明，米晓佩后来披荆斩棘，无所畏惧，都从没害怕过。

那晚，那里跟公司里一个新来的妞儿一起吃了顿饭。那妞看着小清新模样，却是一脑子糨糊，连个卡扎菲是哪国的都不知道，动不动就古奇和LV，一顿饭把那里吃得无比郁闷。为早些逃出小清新“魔爪”，那里借口小外甥女生病提早散局。

从小饭馆出来，那里觉得自己这个舅舅太不地道了，这样说小云朵，不是咒孩子吗？开车经过一家商场，看到门外弄得招招摇摇，全是过圣诞节的气氛。那里动了心思，进去，买了一棵圣诞树，买了糖果、巧克力还有圣诞袜装进车里往姐姐家开。

从小到大，所有人都在宠那里。难得有个那里要宠的人。用老妈吴玉芳的话说：那里千不怕万不怕，就怕云朵喊舅舅。的确，云朵奶声奶气地喊一声“舅舅”，那里的骨头都酥了，要什么给什么。那里上班三四年了，车还是老爸老妈赞助个首付买的，过年过节，他从没给家里买过东西，拿过钱。唯独对小云朵，他舍得花钱。云朵各年龄段的儿童车都是舅舅买的，云朵最贵的衣服也是舅舅买的。吴玉芳总是感叹：“这你要是有个孩子，还能怎么样呢？”

这段时间不知道怎么了，老天爷动不动就摆张臭脸，下一地雪。那里往姐姐家小区的路口拐时，那里踩刹车，却鬼使神差踩到油门上，迎面过来的是一张惊恐到不知所措的脸。车灯雪亮，那里认得那张脸，那是云朵的奶奶。她像一片叶子一样被车子撞飞出去，她瘦小的身体在暗蓝色的天空下划了一个漂亮的抛物线，然后无声无息地落到雪地上。

那里坐在车子里停顿了三秒钟，脚又一次踩在了油门上，他把车子开到最近的一个电话亭，他打电话给120，然后浑身颤抖地坐进车里，直到看到120车呼啸而来，他才开车离去。

那里的本能反应是不能回家，也许警察已经在家里等着他了。那里住进了一间快捷宾馆。然后给公司的头儿打电话，说自己家里出了点要命的事，要请几天假。头儿是那里的哥们儿，平时就没少替那里顶缸，这次却不愿意了，他说：“能干就干，不能干有的是人排队呢！”那里也没惯着头儿，直接呛上了：“爱谁谁吧，爷不干了！”

那里在快捷宾馆里除了吃就是睡，手机都没敢开。出去买饭时，给老妈打过一个电话，听起来是没事。老妈还唠叨着他成天不着家，那里的眼泪都涌了出来。

这许多年，他唯一做成的事就是考上了还不错的大学。其他的时间里，基本没有要他背责任的事。泡过一个妞，不小心怀孕，那女孩父母找上门来，逼那里娶他们的女儿，那里害怕，吴玉芳出面跟那姑娘爸妈谈了一个下午，然后姑娘爸妈死活都不肯将女儿嫁给那里了。吴玉芳陪着姑娘去做了人流，回来痛骂那里一顿。那国祥连打死那里的心都有了。那里却还嬉皮笑脸地问老妈到底在人家面前说了自己啥坏话，让人恨得咬牙根。

那里整宿做恶梦，梦到姐夫拿着菜刀来砍自己，梦到姐姐说，你毁了我的婚姻，梦到云朵奶声奶气地说：舅舅，你杀了我奶奶！

电视上播的那则新闻那里看到了。原来老太太没死，住在医院里。原来姐姐、姐夫还不知道。那里觉得自己就像一只不断往里充气的气球，就快爆炸了。万般无奈，他翻手机的电话簿，想找一个可以讲讲这件事的人，给自己拿个准主意。可那上面的人，莺莺燕燕，都是些妞。看到米晓佩时，那里愣了一会儿才想起跟这名字对应上的一张脸。

于是，他打了那些通电话。打通了，他又后悔了，立即挂掉。二天后，他才又一次打电话给了米晓佩。

米晓佩说："帅哥，你这辈子做的最聪明的事就是打电话给我！"她拍着他的肩膀，就像她是姐姐。她拉着他的手让他起来吃面。他很乖地听了她的话。

那里吃完了米晓佩煮的面。米晓佩跑到堂姐的房间翻箱倒柜找来堂姐前男友留下的衬衫和毛衣，"换一下，咱们去自首。没事儿，放轻松！"

那里看着米晓佩不动，米晓佩宠溺地拍了拍那里的肩膀："我陪你！"

那里的眼角有泪花滚动。在这一瞬间，他知道自己爱上了这个姑娘。没错，是爱。

男人懦弱时，他不是不知道那个决定，而是需要有人帮他坚定做那个决定的决心。那里来找米晓佩，不过就是找一份心理上的支持。米晓佩一直是个独立的女孩，在爱情里除外。可这一次，在那里面前，她的杀伐决断表现得一览无余。后来证明，米晓佩很成功地完成了这项任务。

她先让那里给姐姐打个电话，跟她说明事情真相，然后去事发地派出所投案自首。

那里拨通那恩的电话，那恩在那里"喂"了一声，发现姐姐那恩在哭。他顿了一下问："姐，你怎么了？"

那恩被林清秀打了一巴掌。

林清秀冲进病房，看到躺在床上的老妈全身插满了管子，人就失控了。她没给嫂子那恩任何解释说明的机会，上去就是一耳光。

那恩被打蒙了，好半天眼泪才淌了出来。

那恩从小到大是被父母捧在手心里长大的，别说没挨过打，那国祥连骂也没骂过宝贝女儿。那恩念大学，到工作岗位，遇到的也都是彬彬有礼的待遇。她万没想到小姑子会这样蛮横不讲理上来打自己。

那国祥站起来厉喝一声：“清水，拉住她！”

那边，魏一凯也有些犯愣，他一把抱住哭成泪人的林清秀，他说：“没事儿，有我在呢！”

魏一凯没说有他在是可以不怕那家，还是有他在他可以替清秀撑起一片天。但那时，对于激愤又脆弱的清秀来说，魏一凯简直就是比哥哥还亲的亲人。

林清水走到那恩身边，掏了半天裤兜也没能掏出点纸巾出来。这些天，老妈失踪，老婆离家出走，日子都过乱套了。

那里的电话就是这档口儿打进来的。

那里说：“姐，我对不起你……”

医院病房里的那恩在小姑子清秀针刺一样的目光里正无所适从，这一通电话解救了她。她抹了眼泪，快步走出病房，她说：“出了什么事？你别急，慢慢说！”

那里的一句话几乎把那恩震得五脏六腑俱焚。

那里说：“姐，我撞了云朵的奶奶。”

那恩的身子慢慢软了下去，她靠在墙上问：“什么？那里，你给我再说一遍？”

02

灯是夜的眼。入夜，一盏盏街灯亮了起来，一盏盏窗户里的灯亮了起来。

这城市的夜晚灯火辉煌，喧嚣得一点都不比白天差。只是，那些热闹都在一幢幢房子里，那是家的温暖，那是亲人的温暖，再或者是饭店酒吧里，孤魂野鬼的虚张声势，那亦是人多势众的温暖。

这样的夜晚，林清水内心无比平静。是的，与早晨相比，此刻，林清水的心沉静得如一池秋水，他下定了决心，无论她的病怎么样，他都要一力扛下去。大不了卖房子卖车，大不了带她回望山村，他守着她，伺候她。他的那辆白色的二手宝来跑在过了晚高峰的马路上，城市的肠梗阻有所缓解。但还是会有许许多多的车在前面，很多商家早早摆出了圣诞树，到处是流光溢彩的灯，城市的夜晚仍然是一派繁华，只是，林清水觉得这一切都是跟自己无关的。他的目光坚定深邃，医院病房里躺在病床上的老妈才是他全部的牵挂。

早上，他扔下离婚协定心急如焚地来到她的病房门外。恍如隔世一般，他终于站在了那个病房的门外，他与她只隔着一道门。那门却像是隔着千山万水，像是从望山村到这北京城一样远。林清水透过门玻璃，他看到她像一片落叶一样躺在那里，一动不动。清晨的阳光落到她的脸上，她那么苍老了，脸上沟壑纵横。她的手无力地垂在床沿上。林清水进去，他对守在她身边的护工说："我是她儿子！"话说得很平静，却是千斤重。他走到她的床前，握着她的手，软软一跪，他说："妈，儿子来晚了！"

她的手温热，人却一动不动，无声无息。

林清水在医院守了一整天，甚至都忘了请假。直到顾处打电话过来，很不满地问他在哪，他才从悲伤木然的情绪里恢复过来。他说："我请假，我妈被车撞了！"

顾处停顿了一下，问撞得严重吗？不严重就让别的人照顾照顾，这还有材料急着你写呢！林清水很平静地说："她在北京就我一个亲人，我不能扔下她。工作的事放放再说吧，我请假！"

很多事，说了，做了，放下了，也就真的没什么了。

林清水的心安定了下来。心里所有淤塞的东西都畅通起来。有什么大不了的呢？躺在病床上跟死神挣扎的人是自己的老妈，自己是那个她豁出命供出来的大学生，是她的儿子，她不依靠他依靠谁呢？林清水深深为自己昨晚的逃跑感到无比羞耻。

他去医院说明了情况，说自己会尽快筹医药费。医院方大概是见老太太的亲人出现，长舒一口气，也乐于给他一点时间。医生说她身体多处骨折，颅脑的淤血已手术清除，能不能醒过来，全看造化了。林清水无比坚定地说："她这辈子经历过无数难关，她都挺过来了，这一次，她也一定能挺过来！"医生用异样的眼光看了林清水一眼，没吭声。

林清水在医院里守了她一整天，看着她茫然不知地躺在床上，从前的过往一点点闪现在他的面前。12岁那年，他去山里玩，迷了路。天渐渐黑了下来，他以为自己要死在山里了，吓得哭，永远记得她出现在自己面前时，他觉得整个山都渺小了的感觉。是的，她就是一座山。那次，她胖揍了他一顿，打着打着她自己先哭了，她说："那个死鬼没良心，走得早，你有良心吗，你学他，你吓唬我？"

林清水在她耳边轻声说："妈，我来了，现在，儿子就是你依靠的大山。我知道你一定能感受得到我的话，你一定能醒过来！"

晚高峰前，他从医院里出来。他要去银行提些钱，还要拿换洗的衣服，也要给她买套睡衣……然后，他在想要尽快联系中介卖房，这二手车不值什么钱也卖掉吧，能凑多少是多少。

电话响了，他看了一眼，是那恩，烦躁地按了关机。什么叫归心似箭，那一刻林清水便是归心似箭，这城里的什么他都不要了，只要他守在她面前，哪怕就在望山村，哪怕就是晚上给她端一盆热水烫烫脚……

他不再在心里一遍一遍地骂自己是混蛋，骂自己连畜生都不如了。他是犯错的孩子，从前，无论他犯多大的错，她到最后不都原谅自己了吗？他不是找理由原谅自己，他只是没时间耗在无谓的自责上，从早上他进到病房，跪到她面前开始，他就告诉自己必须做一个战士，全力以赴跟她一起渡过生死难关。必须这样做。

人一旦确定了某种想法，便单纯不再纠结了。之前像山一样横亘在林清水与母亲之间的那些看似不可逾越的障碍，在林清水做出决定那一刻土崩瓦解，分崩离析，不值一提。

林清水带着一身冷气走进了那间病房，心却是暖暖的。就像从前放学回家，被她蒸馒头的热气扑面接住。病房里的灯是昏黄的，幽暗不明，她的脸呈现出半透明色，皱纹似乎都模糊不明，林清水的手在唇边哈了一下，暖过来，才握住她的手。他问护工：“药都打完了吗？”

护工点了点头，脸色并不好看。林清水这才想起自己应该带些吃的来给她的。护工唠叨着要毛巾，要手纸，他赶紧赔着笑脸应了，还嘱咐说：“我去买些饭来，你吃完再回去吧！”

在医院边上的小饭店点了菜，买了日用品，林清水急匆匆往医院里跑，脚下的雪滑，林清水几乎撞到人。他停下来，定睛一看，撞的人竟然是自己的老丈人和那恩。

“是云朵的奶奶吧？我跟颖子刚刚看电视知道的，怎么也不打个电话告诉家里一声啊？”那国祥连珠炮似的一串问话问得林清水蒙了。

他的目光落到那恩的脸上，那恩的眼睛又红又肿，她的目光躲开，她问：“大夫怎么说？无论怎么样，都要救咱妈！咱就是砸锅卖铁，也一定让妈醒过来！”那恩哽咽了。

那恩不知道在这个平安夜前夜，在这个凛冽的雪夜，她说了一句多温暖的话。只这一句话，融化了林清水心里的坚冰。他抱住那恩痛哭失声。就像一个跌倒的孩子骤然间见到了亲人。

那国祥拍了拍林清水的肩膀，他是喜欢这个女婿的。相比于自己那个吊儿郎当的儿子，女婿林清水更像他。那国祥说：“没关系，什么难关都有咱一家人帮你撑着呢！”

三个人站到了她的病房前。这次，病房前居然站着一个扛着摄像机的年轻男子和一个梳着马尾辫的女记者。

林清水在机关工作，见惯了这样跑新闻的小记者。他的心不由自主地还是颤了一下。小记者跑过来：“请问，你们是无名老太的亲人吗？”

林清水挡了一下，“不好意思，我们不接受采访。”

“请问，她走失这些天，你们报警查找了吗？”小记者锲而不舍，那恩恼了：“你们有点人心行不行？我们是病人的家属，我们需要了解病人的情况，而不是接受你的采访！”

那国祥拉了一下那恩，伸手作揖：“稍后，稍后我们愿意面对媒体表达我们对大家的感谢，现在真的不方便，谢谢！”

林清水开门进了病房，那恩紧跟在身后。

她的头发白得很厉害了。她不过比云朵的外婆大三岁，看上去却像是大了十几岁。林清水从没注意到她竟然那么瘦了。她一向都是个胖女人不是吗？她吃饭的声音特别大，她走路虎虎生风，她粗门大嗓，隔着一条街都能听到她说话的声音，可是，从什么时候，她变成这样瘦小干枯的老太太的呢？

那恩的心翻了个个儿，自己究竟做了什么？从前看电视剧时，碰到哪家的儿子、媳妇不孝时，自己不很义愤填膺吗？怎么轮到自己，就变成这样了呢？那恩啊那恩，你究竟做了什么啊？那恩走过去，眼泪刷刷地往下淌。她说：“妈，我来了！”

林清水握了她的手，捂在手心，他说：“妈，那恩来了，她来看你了！”

那双手像根枯藤，她的眉皱了皱，似乎有了知觉。

是啊，躺在床上的付锦绣听到飘飘渺渺有人喊她。

喊她的人是那个死鬼林秋生吗？她想挣扎着看清楚那个人，却无论如何也看不清楚。

她的记忆晃晃悠悠回了望山村。回到收拾完秋的那些个日子。

03

自打一收拾秋开始，付锦绣就张罗着去北京看孙女。

满望山村的人没有不知道付锦绣要去北京的。也没有不羡慕付锦绣生养了两个好孩子的。人家怎么就那么能耐呢，寡妇失业的，儿子考上了北京的大学，在北京的政府里当着大干部呢，在北京当官，得了吗？拔跟汗毛都比镇长的腿粗不是？女儿清秀也厉害，考到了上海的大学，那不是《上海滩》里许文强待的地方吗？那大上海望山村的人想都想象不到是啥样子。听说这丫头还考上了研究生，研究生是啥呢？村长明白，村长说，知道博士吧，研究生到博士，那就是一抬举腿的事。村里人咂舌。难怪这付锦绣在村儿里走路都把腰板拔溜直。跟谁唠起嗑来三拐两拐就会拐到这一双儿女上。

付锦绣说："秋生那死鬼啊，还算没坑我，我26就扔下我们娘仨走了，好歹保佑了我儿子闺女都成人出息了！"

村里的女人们跟付锦绣的玩笑开得没边没沿儿的："那是，要不是他下的种好，就你这地再好，也不能生出这么好的儿女来！"

说到这句付锦绣开始抹眼泪："秋生没福气啊，早早没了，不然，活到现在，还不是吃香喝辣的？"

"那是，那是！"村里人应和着，心里想的却是，这人真没有十全十美的。自己倒是一家全乎着，只是，付锦绣在天安门前照过相，还去看过水晶棺里的毛主席，自己只能在梦里梦梦首都北京了。

地边上种的几垄小芸豆，付锦绣割下来，晒干，打出豆子来，先用筛子筛，把小的不成的都筛出去。再一粒一粒挑，把歪瓜劣枣的都扔出去。村里人说，那哪是挑豆子，简直就是在选美嘛。付锦绣直直腰，美滋滋地说："清水吃黏豆包，一定要用小芸豆做馅，嘴刁着呢！"

还有，一律挑乒乓球大小的土豆用大锅煮了，剥了皮，切成片，晒成金黄金黄的土豆干儿，这个用来炖小鸡，儿媳妇那恩爱吃。再就是把一夏天从园子里挑拣出不老不嫩的油豆角，切成丝晒干干的，一点点攒起来，这里面的讲究大着呢。阴天或者雨天都不成，必须一气晒干，不然就会变黑，或者是绿得不好看，那哪儿行呢！

再挑村子里地最好、水最好的人家买上一袋子长粒香大米，那米焖出来，颗粒饱满，莹白之中透着微绿的光，口感极好，回味悠长。云朵的姥姥连声称赞，说这饭不就菜，空嘴也能吃两碗。

再就是将早腌好的蒜茄子、老蕨菜、卜留克一袋一袋装好。再将采的蘑菇、松子、榛子都装好。就这些，都够拉一小车的了。不能弄少了，去北京还有亲家一家人呢，咱这深山老域的，没别的好东西，这些吃个新鲜吧。

付锦绣还在镇子上挑了最好的棉花，给云朵做了棉袄棉裤。虽然那恩一再说城里的孩子都不穿这个，那哪儿成啊，还是棉花养人。那可是她付锦绣的大宝贝孙女，冻着了可不成。

丰收后的望山村，人们的脸上都溢着情不自禁的喜悦。有利索的人家早早地把粮卖了，家里的姑娘媳妇去镇上买吃的买穿的，跟不要钱一样。付锦绣就站在路口，等着人来搭讪："清水妈，你咋穿得跟新媳妇似的？哟嗬，哟嗬，这头在哪烫的？挺多钱吧？"

付锦绣摸了一下新烫的头，"镇上美发店黑着呢，就这头猜猜花了多少？"

邻居大嫂狠了狠心："得三五十吧？"

付锦绣把头摇成了拨浪鼓："四个三五十，一百四，还没算那染头的钱呢！"

邻居大嫂不淡定了，她这辈子没在头发上花这么多钱啊。"哎呀妈呀，老林婆子，你这不是要去城里找老头儿吧，下这血本？"她叫付锦绣，很富贵吉祥的名字，只是，名字终究是名字，她守寡守了一辈子，在望山村，她就是老林婆子，她做了一辈子林家的媳妇，她没有了自己的姓和名。

付锦绣做痛苦状："你以为我舍得啊？本来就想随便弄弄，你不知道清水丈母娘那个洋气啊，比我小不了几岁，跟云朵妈往一起一站，跟姐俩似的，人还穿连衣裙呢，喏，大腿露到这！"付锦绣照大腿弯比画了一下。

"妈呀，那不成老妖精了吗？"村里人在电视里也看过，但那不是电视嘛，生活里还真没见谁家亲戚弄成那样的。

"人家城里人都那样，也挺好看。还天天跳啥舞，跟男的跳，云朵的姥爷也不吃醋！我这不是也想拾掇拾掇，别显着咱太土气，给清水丢脸吗？心想着，这整头发，再贵还能贵哪去，也就没好意思问人家。哎呀妈呀，算账时吓我一跳，我跟人说，你们可别欺负我老太太，我儿子可是北京的干部。那人白了我一眼，我听旁边做头发那人跟我说，大娘，你这是最便宜的，我这头发要三百多呢！得，咱不懂行，付了钱，这一道啊，我这心疼的啊！”付锦绣是真心疼。儿女不在家，她连肉都舍不得买，天天吃土豆咸菜酱。自己养的鸡下的蛋她也舍不得吃，从前攒着，想着往北京带，家养的小笨鸡的鸡蛋，蛋黄比黄花菜还黄呢，营养着呢。城里的鸡蛋哪儿行啊，煮出来，蛋黄都是白不呲咧的，给自己的宝贝孙女云朵吃那个，付锦绣可不愿意。可是，那东西实在是不好带，带了一次，一路上被列车员训斥。清水和那恩回家过年，更是死活不愿意带。付锦绣也就算了。不往北京送，也舍不得自己吃，到集上卖了钱，攒起来。

“清水妈，你这辈子值了。你家清水孝敬你的钱不花留着干啥？还有，清秀眼瞅着就毕业了，那钱不哗哗地往兜里装啊！这点钱不算啥，别心疼！”

这样一说，付锦绣就很高兴了。“是啊，那恩、清秀给我买的那些衣裳，还买那些擦脸的，我都不敢穿，到北京穿去，反正那也没人认识我！”

唠着唠着就到晚上七点半了，付锦绣小跑着回家，清水每晚都这个点打电话回来。付锦绣背后留下一片叹息声：“瞅瞅人家这辈子活的。活人活人，不就活个儿女吗？人咋养的一儿一女，咋就一个成龙一个成凤了呢？”

付锦绣临走前那晚，老村长背着手光临了她家的小院子，看着她大包小裹的笑话她：“北京是啥地方？是天子脚下，皇城根儿，全中国好吃的好穿的好玩的都往那聚，还缺你这些东西？”

付锦绣不爱听这话，但又不好驳村长：“有卖是有卖的，可这是咱自己亲手弄的，吃着不掺假，放心不是？也没啥难弄的，这边大良子把我送上火车，睡一宿觉，坐半天车，到那边终点站，清水就到火车站接我了！”

村长背着手走出付锦绣的小院，嘟囔着：“可怜天下父母心哪，清水那小王八羔子要是不孝顺你，天理不容啊！”

这话付锦绣更不爱听了，村长这干部真是白当了，越活越没数。清水是她的儿子，她的儿子不孝顺她孝顺谁？再说了，这望山村谁家不念着她清水和那恩的好呢！

“清水和他媳妇的孝顺在咱望山村，不，在咱望山镇咱平安县恐怕都数一数二的吧？咱这儿子结婚，哪个不靠爹妈买房装修？我家清水可是给我修了房子，买了冰箱，还有，咱村子人都沾着我的福气呢！小平妈去北京看病，不是我儿媳妇领着到处跑，他知道医院门朝哪开啊？”

老村长在院门口灯光的阴影下笑了。他说：“知道，就是这么一说，你瞧你这个较真劲儿！”

付锦绣也笑了，事关她儿子，她能不较真吗？这当妈的心也是向着孩子的。清水在城里不容易，大家去北京都找他，这一吃一住就够他们受的了。可是怎么办呢，自己娘仨这么多年，在村子里得到过很多照顾，现在清水出息了，村里的人去个北京，都是两眼一抹黑的，不找清水找谁呢？

付锦绣在望山村一千次、一万次夸过那恩的好。

那恩那可是跟儿子一样人民大学毕业的高才生，现在在教画画的大学里当老师呢，清水说那大学里毕业的孩子都是画家，卖一幅画顶咱这十垧地还多呢。也是，那恩长得好啊，她来家办喜酒时你们都看到了吧，那照张相片贴墙上，就是大明星。唉，谁能想到长得那么俊那么厉害的北京闺女就相中了她付锦绣的儿子呢。清水说，是她先追的他，一眼看中，死活跟定了他。也是呢，清水大学毕业，在人女方家吃住，跟亲儿子一样待，单冲这点好，付锦绣就得感激人一辈子。

那恩舍得给这个家花钱，自己这穿的用的，都是那恩买的。还有，村里人去北京，啥事不是那恩张罗的？

那恩就是直性，说话噼里啪啦，好话也没说出好来。这付锦绣是知道的。人吃五谷杂粮，谁还没个脾气。这付锦绣也不挑。退一万步讲，对自己这个婆婆好不好能咋的呢？就是真不好，自己好歹还有个清秀，再不行，就去住养老院。当然，这些话，付锦绣只是在心里对自己说，在村子里，她是风光无限的清水妈。

付锦绣从望山村离开那天早上五点，天还黑漆漆的，下着秋雨，小风嗖嗖地刮，天气预报里说是雨加雪。大良子说："姑，要不，等天大亮再走？"

车是下午三点的，从望山村到县里的车站要三四个小时的车程，来得及。可是付锦绣不干，及早坐到火车站里，安心。再不然，再下上雪，这还能走了吗？

大良子只得开上他的面包车，把东西都拉上送付锦绣走。

在车上，付锦绣问："良啊，27了吧？该找对象了！"

温良嘿嘿一笑："姑，不着急。城里人，三十好几，还单身晃呢！"

付锦绣叹了口气。她怎么能不知道这孩子的心思呢？清水、清秀不在这些年，多亏了他照顾自己。养儿养女啊，不出息，盼出息，出息了，就成了给别人养的孩子。他们林家亏欠大良子的啊。她付锦绣拿什么报答大良子呢，早想过，把清秀许了大良子。两个人也是真好，从小隔着一道篱笆墙长大，大良子学习也不差，只是谁想到高考前一晚头疼，吃了两片止痛片，结果……如果他也能考上大学，娶了清秀，那该多好？可是现在，清秀越飞越高，大良子明明知道，可还是不放弃！为这，大良子的父母见着付锦绣就吊着一张脸。

付锦绣可以在全望山村的人面前显摆自己的一儿一女，唯独对郭家父母，对大良子，付锦绣心存愧疚。

"清秀，我的清秀啊！"付锦绣全身像散了架子一样。

"怎么下着雨变成了漫天大雪呢？怎么有一辆车突然冲出来把自己的眼睛都晃得疼了呢？怎么是清水的哭声呢？老天爷，我这是在哪？我死了吗？"

04

清秀是平安夜前夜坐动快到北京的。

北京大雪，清秀从西站出来，站在雪花飞舞的夜空下闭上眼睛深呼吸，她在心里说："北京，我来了。一凯，我来了！"

清秀的目光在接站的人群里一眼就认出了四条——哦，一凯！一凯长得有些鬼斧神工，却正是清秀喜欢的文艺范，清瘦，目光有些许阴郁，大冷的天，他只穿件灯芯绒休闲西服，手插在兜里。与印象里的工科男相去甚远，倒很像文艺男青年。那种混合的气质刚刚好，清秀喜欢。

他挤到清秀身边，轻声说："小白桦，我在这里！"

清秀笑了，她觉得所有的雪花都为自己飞舞了起来。浪漫开始了，新的人生开始了，不是吗？

"冷吗？"四条很自然地握住了清秀的手，十指相扣，竟是那么自然。

"我喜欢你等待我的样子，这天凉的季节，我们紧握的手也一天天变凉。你把我介绍成一扇温和的门，而进去后，却是你自己饰满陌生礼品的房间……"清秀轻声念。一凯接过来："……我们同看一朵花瓣的时候，不知你怎么想？"

清秀又惊又喜，他居然读过张枣的诗。

一凯说："认识你之前没读过，后来聊天，你提过他，我就找来读了！"

有什么比这更好的吗？清秀纤长的手落到一凯的大手里，清秀觉得世界都在两个人之外了。

一凯到宾馆大堂给清秀拿到房卡时，清秀的心咚咚咚跳得厉害。学校里很多女生去见网友，彪悍的女生直接说：了解一个男人最直接的方法就是上床，谈情说爱大可以删繁就简。自己要删繁就简直接了解一凯吗？如果他要求怎么办呢？

清秀觉得自己是舍不得拒绝的，见到一凯的第一眼，清秀就爱上了他，就认定了他。其实，喜欢是从更早开始的。他生病住院那些日子，清秀的全部业余时间都用在了跟他发短信、通电话上。她从来都是有控制的人，却第一次为一个男人失控了。

之前，她从没这样爱过一个人，哪怕是良子哥。

她上大学走的那晚，两个人坐在山边的白桦林边。夜渐深了，露水重了。

两个人还是不肯回去。清秀说：“良子哥，我和我哥都不在家，我妈你多照看着些。我……毕业就回来！”

温良点了点头，他说：“秀儿，钱的事你别考虑，我供你！”

清秀眼泪汪汪的：“不用，有我哥呢，我自己也能打工挣钱。你好好复读一年，明年再考，你比我成绩好，肯定能考上！”

温良摇了摇头，“我爸妈身体都不好，他们也没能力供我上大学，秀儿，村长说得没错，你是咱村飞出去的金凤凰，咱俩的缘分也就尽了！”温良说得哽咽。

清秀难过，抱住温良：“良子哥，你要不信我，今晚……你要了我吧！”

温良吻干了清秀脸上的泪，他哑着嗓子说：“秀儿，如果今晚我真的要了你，那我以后为你做的一切都不过是还债而已，我不希望用这种方式把你捆住！”

许多年后，清秀知道温良是对的。他的理智让他和她再见面怎么都不会那么难堪。两个人终究还是做了只有一个交点的两条线，各自奔向各自的生活轨道。

两个人进到陌生的房间里，都有些尴尬。清秀坐在床沿儿上，一凯坐在床对面以椅子上，突然想起来什么似的，他说：“忘了一件事！”

清秀抬起头问是什么事，一凯说：“咱俩约好说见面，我要抱抱你的，没抱！”

清秀笑了，问：“那现在还抱不抱？”

“当然抱，不抱白不抱啊！”一凯说着已经起身抱住清秀，清秀原本屁股就搭在床沿儿上，被一凯这样一扑，人向后倒了过去。

刚刚还陌生的男女以这样的姿势倒在床上，身体贴着身体，眼睛看着眼睛，嘴唇碰着嘴唇，空气里的荷尔蒙就像碰了磷纸的火柴，迅速达至燃点。

一凯的唇热辣辣地落到清秀的唇上。他是强势的，横行霸道的，甚至没容清秀说句不行的话。他的手熟练地伸到清秀的胸前，解开她的胸罩，她的娇嫩变成了他温热大手里的俘虏……清秀竟然是喜欢的，那个从小在山村里长大的姑娘这些年在城里变得温柔内敛，却不想，骨子里是炽热的，是野性的，希望被征服，希望沉溺在一份无拘无束的爱情里……

清秀包里的手机很没眼色地响了起来。清秀一向人际关系单纯，这电话最常打的除了一凯，就是老妈和哥哥。老妈居然十多天没打电话来了……这钟点，只可能是哥哥或者老妈，清秀激灵一下清醒过来，她按住一凯的手说：“电话！”

一凯小孩子一样把脸埋在她的乳间：“咱不管！”

清秀伸手抓住放在身边的包，艰难地把手机掏出来，果然是哥哥。

“喂，哥！”

“你立刻买张车票来北京，咱妈车祸住院了！”电话那端林清水的嗓子哑得陌生而有距离感。

清秀“腾”地坐起来，她生硬地拔开一凯的手：“我妈车祸住院了，我得立刻赶过去！”

一凯把沮丧都写在脸上，但他拍了拍清秀的头说：“别着急，问清地址，我送你去！”

05

那个黄昏，付锦绣醒了过来。全身疼得都像散了架子，人也轻飘飘的。目光所及之处都是白的。她的心里忽悠了一下，她想：“自己这是死了吧，死了就跟死鬼林秋生在一起了吧？”她听到自己的声音在喊：“妈，妈，你醒了！”哦，不，那不是自己的声音，是清秀，清秀真像年轻时的自己啊。

她的目光落到清秀脸上，清秀眼睛肿得桃子一样在床前握着她的手。她的意识转了过来，像睡了一大觉。就好像这么多年，从没这么踏踏实实睡过觉一样。

她张了张嘴，清秀急切地问：“妈，想干吗？”

她再次张嘴，艰难地发出声音，她问：“这是哪？”

“妈，这是医院，你都住进来八天了。你吓死我了！”

付锦绣这才发现身上哪哪儿都不能动。她有些急了：“秀儿，我这是怎么了？”

“妈，您忘啦，您被车撞了，您在这儿住了八天了！”清秀的泪水溢了出来。她很想伸手帮女儿擦去那眼泪，但手臂无论如何都抬不起来。

付锦绣努力回想那天的事，那天的事渐渐浮现出来。她说：“这北京的医院得多少钱啊，秀儿，我这不是败家吗？”

“妈，你啥都别想，踏实住着，有给你掏钱的！”谁给她掏钱呢，她的心里悔得要命，但那还不是她能顾及到的，她太累，太虚弱了。

清秀拿着棉签沾着水帮她湿润嘴唇：“妈，想吃点什么不？我得问问大夫。”

付锦绣想咧嘴笑一笑，却终究没有笑出来。身上到处都疼，疼得不像是自己的。“你哥呢？”

“你还惦记你那个好儿子呢？妈，你知道是谁撞了你吗？是我嫂子的弟弟。我看他们就是有意的，她给你气受了吧？她弟这不是谋杀吗？”

付锦绣想起来了，那晚车灯雪亮雪亮的，付锦绣最后的意识定格在那里那张惊恐万分的脸上。“别满嘴跑火车，哪有什么气受，谁会故意来撞我一个农村老太太的？还有，你嫂子来，不许你说三道四的！”

付锦绣说得很无力。但她必须说给女儿听。她不能让女儿这样没遮没挡地闹腾，那样儿子这个好好的家就保不住了。不为别的，还为孙女云朵呢！尽管云朵抱都不让她抱，总说她身上有鸡屎味儿。小云朵啊，连只活鸡都没见过，怎么会闻过鸡屎味呢？她心跟明镜似的，一定是那恩背地里说，让小人精给听到了呗。但云朵再怎么嫌她，她付锦绣也还是她的奶奶，打断骨头还连着筋呢！那恩哪都好，就是太干净，干净得让人受不了。她嚼东西喂云朵，在那恩看来，就是天大的罪了。能脏到哪去呢？望山村哪个孩子不是这样喂起来的呢？清水清秀就这样长大的，照样考大学，照样健健康康的。

只是，人得服软，那恩从小那样长大的，她说的，她这个当婆婆的就得听着，难道还真较真儿吵架不成？

付锦绣再次问清水去哪了，清秀刀片子一样的嘴说："去了派出所！妈，这次饶不了他们！"

付锦绣说："秀儿啊，你要是想让你妈还能多活几天，你就少说几句！"

林清水真的在派出所里。见到那里那怂样，林清水一把薅住他的衣领子："你还是人吗？啊？她那么大岁数了，你撞了她就跑，你还是人吗？"拳头雨点一样落下去，民警过来拉，那恩泣不成声。一个女孩走过来抱住那恩："姐，我是米晓佩，那里的女友！"

林清水红了眼一样，几个民警连拉带拽才让他松了手。那国祥骂："你这个逆子，都让你妈惯坏了。"

那里抱着头一声不吭。米晓佩走到那里身边，说："叔叔，那里知道错了，事已至此，大家都冷静些，解决问题才最重要，不是吗？"

那国祥上下打量了一下米晓佩，是个漂亮姑娘，很有气质，不像以往那里带回来的那些女孩那样看着让人闹心。

那里也抬起头，对着一边仍是气咻咻的林清水说："姐夫，我欠你的，无论你怎么处理我，我都不怪你。只是，求你看在云朵的份上，别怪我姐！"

怪与不怪能怎么样呢？事情出来了，人心都变得荒芜了起来。

自打清秀进了病房，就开始对清水冷言冷语："娶了媳妇忘了娘，妈吃多少苦供你上大学你都忘了吗？"清秀更不能容忍的是嫂子那恩，"好歹你也是个知识女性，怎么就那么没人心呢？外面下着大雪，你就让她一个大字不识的老太太独自出门……"清秀哽咽着说不下去了。

本来清水跟那恩就冷战着，因为那恩来到医院说了句温暖的话，清水才刚刚暖了的心，就被那里是肇事者的消息重新冰冻起来。

那恩对婆婆离家出走不是不愧疚的。婆婆离家那些日子，那恩也不是没有反省自己。当初自己死活要跟清水结婚时，老妈吴玉芳就劝过自己："嫁人，不是嫁的只是那个人，而是他的整个家庭和他家庭的背景！"被爱情冲昏头脑的姑娘怎么会想那许多呢？又不住一起，一年能见几面啊？怎么还将就不过去呢？

理想化的那恩在望山村办婚礼那天就知道自己真的过于天真了。跟着林清水手牵手走在田野里是那恩喜欢的。在白桦林里拍照也是那恩喜欢的，甚至跟着林清水去松林听松涛响，去河边捉小鱼都是那恩喜欢的，可那不过是生活在大城市里的姑娘出来旅游时的心情。结婚时，那恩穿着婆婆准备的红衣红裤一桌桌敬酒，听着村人开着让人脸红的荤笑话，那恩心里的委屈汹涌而出。更让那恩不能忍受的是家里的厕所。那种旱厕，人一进去，苍蝇“嗡”地飞起来，上一次厕所，那恩一天都吃不下饭。

为将就那恩，林清水就趁天黑，带着那恩到外面去上厕所。偶尔遇到人，那恩吓得大气都不敢喘一下。

婆婆是个直肠子，在桌上直接就把大肥肉片夹到那恩的碗里：“吃，这么瘦，怎么能坐住孩子？”林清水知道那恩是半点肥肉星儿都不能进嘴的，赶紧挟了出来，可第二片肥肉片马上又被婆婆夹进碗里。付锦绣说：“你问清水、清秀，他俩小时候，什么肉没吃过？有次耗子夹子夹住一个大耗子，这个长……”付锦绣双手拉出一只矿泉水瓶的距离，那恩突然觉得胃里刚刚吃下的东西都闹吵着往外冲，那恩捂着嘴跑到门外，那次就差点把胆汁儿都吐出来了。进了屋，那恩虚弱无力地躺在火炕上，林清水埋怨老妈七百年谷子八百年糠什么都往出说，付锦绣却有些喜滋滋地问是不是怀上了。

那恩对婆婆的态度一直是敬而远之的。她知道婆婆一个农村女人拉扯一儿一女供他们都上了大学不容易。但她总是很难跟婆婆亲近起来。

那恩坐月子本不来让婆婆来伺候，自己身边有老妈呢，足够了。但是林清水不答应。他说：“妈都准备那么长时间了，全望山村的人都知道老妈要抱孙子了，不让她来，她的脸往哪搁？”

那好，就来吧。那恩没想到婆婆来得这样轰轰烈烈。带的东西把客厅堆得满满的。孩子的小棉被、小棉衣，手工做得很好，但是……干净吗？

还有那些个干菜，没见过怎么晾晒前，那恩吃得津津有味，可是那年夏天回去，那恩亲眼见着那些晒的菜上苍蝇成群结队啊！

坐月子，不让洗头、洗澡，那恩怎么受得了呢？她把自己当成谁啦？就是自己老妈也没这样对自己呢！

顿顿都是鸡蛋和猪蹄子，那恩闻着就恶心。一个月子坐下来，那恩没用减肥就恢复到原来的体重，把那些小姐妹们都羡慕坏了。可是那恩说："你们要摊上那样一个婆婆，准比我瘦得还快呢！"

这次，婆婆又大包小裹地进城。那恩已经有了对策。早早地把阳台空出来，把她带来的东西都放到阳台上，也算眼不见心不烦。做饭、洗衣服，那恩也宁肯自己动手，不让婆婆弄。

可婆婆闲不住。

那天婆婆离家，原本不是什么大事。那恩下班回家，进了厨房，掀开电饭锅，差点气个倒仰，电饭锅里她新做的米饭上面居然倒上了剩了两天的旧米饭，那饭都有馊味了。更让那恩生气的还在后面，她前一晚炖了一夜的汤里同样被掺上了原本该倒掉的剩菜。好端端的一锅牛尾汤生生地变成了大杂烩。那恩没搂住火，冲进小云朵的房间兴师问罪："妈，跟你说一百遍了，剩菜剩饭会产生亚硝酸盐，搞不好会产生剧毒，吃死人的！"

付锦绣不以为然："你问清水，他就是吃剩菜剩饭长大的，还不照样好好地考上北京的大学，娶了你这么漂亮的媳妇，生了我大孙女这么乖的孩子？城里人啊，就是矫情，吃了几天饱饭，就不知道姓啥了？"

那恩一眼看到云朵正在一手拿玩具，一手吃苹果。那恩一把把云朵手里的苹果打掉："跟你说过，不能边吃边玩，你知道那些玩具上有多少细菌吗？"云朵哇哇大哭，付锦绣起身抱着云朵哄。

那恩也气得掉眼泪，转身进了厨房，叮咣把饭菜都倒掉，重新做。

半晌，付锦绣站在厨房门口，她说："小恩，我去清秀那住几天。"

那恩正在气头上，没好气地说："去哪也得明天走啊，都这点了，清水怎么还不死回来？"

付锦绣什么都不再说了，坐在沙发上，目光盯着电视。电视上正在演《喜羊羊与灰太狼》的动画片。

那恩突然想起要给朋友传个文件，开了电脑。云朵来嚷着要喝水，她进来拉云朵，她说："妈妈忙工作，乖，奶奶给你倒！"

大概是她给云朵倒水时，云朵抢杯子了吧，她没拿稳，一杯水都洒在了云朵的手臂上，云朵"哇"地大哭了起来。那恩急忙跑出去，嘴也没闲着："让你离孩子远点，你就不听，烫哪了？"

那水不太热的，只是那恩的不痛快都攒到一起，又加上林清水喝酒回来，事都凑到了一起。那恩想不到婆婆会真的离家出走，更想不到她会被车撞，万万想不到的是，撞倒婆婆逃逸的人竟然是自己的亲弟弟。

那恩觉得天塌了。这，林清水能原谅自己吗？

那恩回到娘家，躺在床上，一片落叶一样，老妈吴玉芳进来，她幽幽地说了一句："妈，我的婚姻完了！"

第 4 章 伸手放掉乌云

心里的乌云滚滚袭来，是让它们越聚越多，还是伸手拔开，放掉乌云，这简单的选择人人都懂，却不是人人可以做到。

01

冬日天早早地黑了下来。病房里没有开灯。

那恩从娘家拎了乌鸡汤来，付锦绣正睡着。清秀捧着本书在看，见了那恩，照例没个好脸，恰好一凯来接她。清秀千万个不放心，不肯走，那恩的心里硌了块石头，难不成我会害她吗？

这些日子，看着躺在床上的婆婆，那恩也是心疼的。胫骨骨折，锁骨骨折，别说那么大年纪，就是个年轻人，谁能受得了呢？吴玉芳跟那恩说："到底是干活的，身体素质好，要我来这么一下子，真就活不过来了！"

那国祥好些日子都把自己关在房间里，不理睬老伴和女儿。吴玉芳跟那恩说："别理他，又犯上倔脾气了！"那恩知道爸为人耿直善良了一辈子，现在儿女双双做下这样的事，他的心理承受不了。

清秀横竖没个好脸，动不动就摔摔打打。林清水更是冰着一张脸，不看那恩一眼，更懒得跟她说话。婆婆一会儿清醒一会儿糊涂，医院像个无底洞，才凑出来的医药费，三口两口就不见影了。卖房，那恩做出这个决定时，心里全是荒凉。

见清秀不肯走，那恩看了一下表，还有半小时林清水下班就过来了。那恩跟一凯说："你们先等一下清水，我还有点事，先走一步！"

那恩从病房出来，听到背后清秀说："哼，装模作样，还不是为了她弟，净能装好人！"

那恩没停留，快步走出医院。

从房产中介出来，过马路时，差点就被车撞到。司机探出头来骂，那恩的眼泪"呼"地涌出来，她一路走一路哭，天那么冷，人像冻僵了一样。

四面楚歌，那恩很想找个地方大哭一场。自己真的是罪人吗？自己真的罪该万死吗？

进了娘家的门，人软软地倒了下去。吴玉芳大声叫，云朵大声叫，恍然间，那恩觉得一切都飘得很远很远了。

自己当初怎么那么勇敢呢，披荆斩棘地非要嫁给林清水不可？

那恩从小就是个心高气傲的姑娘，家境不错，长相不错，再加上读的书多，清高的范儿自然就在那呢！对送上门来的王凡自然是连正眼都不看一下。到了大学，身边也不乏追求者。只是，都没入那恩法眼。

倒是那一次，学校校庆，学生会组织了一些成名成家的师哥师姐回来演讲。林清水负责写串联词，那恩做主持。那恩想，怎么说林清水也得跟自己沟通一下，可是左等右等，就是等不来林秀才。寝室的女生们起哄说这位长得像男偶像的才子谱也太大了，让那恩给他点颜色看看。

林清水把几页纸递给那恩时，那恩真是抱着挑刺儿的心去看的。林清水的字写得极漂亮，一看就是临过字帖的。串联词写得也极漂亮，不阿谀奉承，又不失礼数。后来，家里反对那恩嫁给林清水时，那恩就把这份串联词递给了老爸，老爸从此便跟自己站在一边了。

那次之后，林清水见到那恩，也只是淡淡一笑。那恩心里的失落还挺明显的。她便借着各种事由找他。请他给广播站写稿子，请他帮自己改论文，她交代给他的事，他都做得一丝不苟，除了这些，就再没别的话。这让那恩挺郁闷的。

突破口还得从那次校庆说起。校庆有位在外面很牛的师哥对那恩有点意思，总开着他那辆大奔来学校找那恩。那恩一见师哥有天不说地的样子就腻歪透了。那天，这师哥又来找那恩，说带她去听歌剧。

那恩拒绝，说不好意思，我还要上自习。师哥大概是中午喝的酒还没完全清醒，师哥捏了那恩的下巴问："妞儿，你怎么总对我冷若冰霜的，连个笑模样都没有？"

那恩拔开那双油乎乎的胖手说："姐又不是蒙娜丽莎，逮谁跟谁笑！"

师哥高兴了，"我就喜欢你这样谁都不惯着的妞儿！"说完伸手就抱，那恩往后躲，两个人撕扯起来。师哥突然像个大布口袋一样倒在路边的草坪上。那恩看到一同倒下的还有林清水。那一瞬间，她的眼泪涌出来，心里却拨云见日，敞亮无比。

那天从学校辖区的派出所出来，那恩挽住了林清水的胳膊，她没羞没臊地说："林清水，你说你喜欢我，会死吗？"

林清水侧过头，目光温温地落到那恩的脸上，他摇了摇头。

那恩捏了林清水的脸："不会死，那你说啊！"

林清水的脸涨成茄子色，呢喃半天，说："小恩，我喜欢你！"

那恩闭上眼睛，娇嗔着说："没听见，再说一遍！"

林清水没有说，而是俯下身，轻轻吻住那恩。

跟林清水在一起很久后，林清水才交代，其实他早就喜欢那恩了。只是，她那么漂亮，白天鹅一样，想吃天鹅肉的癞蛤蟆成百上千呢，哪轮到他啊。那恩撇了撇嘴说："林清水你个闷骚男，要是那猪头师哥不出手，你是不是就永远暗恋本姑娘了？"林清水握着那恩的手说："那也不能，君子相时而动，我要不一直跟着你，哪会有这样的机会？"

那恩假装生气，说："没看出来你还真阴险呢，赶情你这是钓鱼呢！"

林清水嘿嘿地笑："早知道你也暗恋我，我早就放马追了！没把握，才欲擒故纵的，我容易嘛我！"那恩就喜欢林清水外表木讷却又内里聪明的劲儿。那恩说：“林清水，我就要嫁给你，怎么了？”

“我穷！”

“我不怕！”

“我没车没房！”

“我也没有！”

“我要负担我妹念大学！”

“我帮你！”

“我要养我妈！”

“我也要养我爸妈！”

“我……”

那恩没容林清水再说下去，她以吻封缄。

好半天，平静下来，那恩说：“我终于明白了张爱玲说爱上一个人，就要低到尘埃里的话。林清水，再不许你说那些臭氧层子的废话，我要我们在一起，什么都拦不住！”

一晃儿就是这许多年，云朵都五岁了。随着岁月增长，虽然日子过得紧紧巴巴，虽然生活有诸多不如意，但是那恩从来没怀疑过自己对林清水的爱，也从来没怀疑过林清水对自己的爱。什么都拦不住在一起的两个人，真的要走到离婚的地步吗？

那恩醒过来，老爸拿着张报纸坐在自己的床前。她皱眉，头疼欲裂。“爸，怎么不去睡？云朵呢？”

“你妈带着呢。颖啊，爸是想跟你聊聊。”灯光下，那恩看到老爸的头发灰白，他从前很注重个人形象的，头发总是染得一丝不苟，家里出了这档子事，儿女都不省心，他顿时老了不少。

“爸，您别说了，我都知道，是我对不起你跟妈！”那恩一张口，眼泪就含在眼圈儿里。

“你也别一味地责怪自己。你不是个坏心眼的孩子，这爸知道。出了这种事，也不是谁愿意的。也怪爸妈，一直没给你很好的建议，她是老人家，没啥文化，在望山村那么大个地方，很多习惯都改不了。将心比心，换位思考，把你扔在望山村，你能适应吗？她一农村老太太，来到这偌大的北京城，本来就发懵，两眼一抹黑，你再鼻子不是鼻子，脸不是脸的，她能受得了吗？换成你妈，那里的媳妇这样，你能受得了吗？小恩，你妈说得没错，当初选择了清水，就选择了接受他生活的背景，就选择了接受他所有的亲人，就要担当这份责任……无论多不适应，多委屈！”

那恩抹了一下脸上的泪，点了点头。

“我跟你妈商量了，家里给那里成家的钱要是还不够，就把咱家这房兑出去！”那国祥拉着那恩的手，轻言细语，仿佛又回到了小时候，那恩去少年宫，他接她回家，就这样牵着她的手。

“爸，不用，我今天去房屋中介挂牌了，你和妈都这么大岁数了，我跟那里没有让你们过上好日子……怎么也不能让你们没房住……”那恩哽咽着说不下去了。

“你妈早就想当外国老太太呢，有你跟那里呢，我们还怕睡大街上不成？”

那恩不知道再说什么了。那国祥说：“清水心里别扭，谁老妈伤成这样，不心焦不心疼啊？你多体谅着些，别他闷着，你也拉着一张扑克脸。那这还怎么往下过？不为别的，还有云朵呢！”

一句话把那恩的眼泪又说了出来。她说：“他那么冷冰冰的样子，我想想就心寒。爸，我不是个坏儿媳妇，给我婆婆花钱，我从来没不舍得过。你说这些年，我给你和我妈买过啥？我婆婆的房子我们出钱翻修的，装修也是我们出的钱，她腿不好，我们花钱安了下水，买了全自动洗衣机……我家都快成望山村驻京办事处了，来北京旅游的，来北京看病的，哪个不是把我们家当成旅馆，当成饭店。都当清水在北京挣着大钱……”

“小恩，很多东西不是靠出钱就行的。还要靠情。也别光想着你对人家的好，也想想人家对咱的好。你婆婆每次来北京，恨不得把望山村都搬北京来。你们回去过年，那些来过北京的哪家也没落下给云朵压岁吧，还有你们回北京，大米、蘑菇恨不得用车给你们装回来。小恩啊，咱们城里人门对门住着，可能十几年都不知道姓啥叫啥，村子里的人心热，不一样，你嫁给了清水，就是望山村的媳妇，就得学着感恩！”

那恩沉默不语。

“你对你妈啥态度都没关系，你们是娘俩，说深了说浅了，都不会计较。但你跟你婆婆这样就不行。之前我也说过你，但没当成是个严重的事。自古婆媳矛盾就是一个家庭的主要矛盾，为什么呢？一个女人含辛茹苦把儿子养大，他把爱都给了媳妇，而这婆婆正逐渐老去，不断地体会失去的痛苦，如果婆婆不甘心，媳妇再锋芒毕露，这可不就杠上了？如果媳妇不懂事，不能体谅，强取豪夺，跟强盗有什么区别？小恩，你听清水说过没有，你婆婆在望山村这些年是怎么过的？她必然是强悍的，不然，她一个寡妇人家，怎么带着两个孩子生活呢？你想过那么强悍的一个女人，为什么在你面前变得软弱了吗？她是怕你吗？怕你什么呢？甭说她还不靠你们生活，就是靠你们生活，她是个当妈的，她把那么优秀一儿子送到你面前，你能怎么样她呢？她大可以像很多婆婆一样跟你闹，跟你吵，甚至来找我们说你的不是，可是她没这样做，你也说过，望山村的人都知道你那恩是最好的媳妇，这不是她给你的口碑吗？她在我跟你妈面前从来都说你懂事，说清水娶了你有福气，小恩，你想过吗，她这样做，不是她懦弱胆怯，不是她真的怕你，而是她善良，她宁愿自己受气，也不愿意让清水和你们这个家受到影响，这就是一个当妈的心，你明白吗？”

那恩咂摸着老爸的话，不再吭声。

“小恩，老爸不是给你压力，而是觉得你们这一代人太自我了，设身处地替她想一想，很多话你就不会那样说了！”

记忆里，老爸从没跟那恩这样苦口婆心地说过话，父爱总是深沉到无言的地步。

那国祥拍了拍女儿的手，结束了当晚的谈话：“好好睡一觉，明天太阳还是新的，没有过不去的坎儿，嗯！”

那恩点了点头。

屋子里静了下来。那恩想着老爸的话，掏出手机给林清水发了条短信。

那恩说：清水，我们说过，幸福就是在一起，无论多难，我都要告诉你，我要跟你在一起。

手机上显示短信发送时，那恩突然心变得很虚，他变得那么沉默那么深不可测，她和他，真的可以像从前一样吗？

手机天聋地哑一般寂寂无声。那恩觉得自己的心一点点冷下来。她把手机关掉，人坠入昏昏沉沉的梦里。

02

林清水并没有看到那条短信，他胃穿孔住进了医院。

那晚本应该是他在医院照顾老妈，但清秀心疼哥哥，让他回去好好睡觉，他还要上班。付锦绣也心疼儿子，催促着让他赶紧回家好好睡睡觉，他不答应，老妈就眼泪汪汪的。

林清水从医院出来，天脆生生地冷。

家里冷清，但很暖和。林清水烧了开水，泡了碗面，吃了两口，觉得没滋没味的。翻冰箱，里面有几罐啤酒，拎了出来。老妈的身体已无大碍，只是人老了，恢复得慢。一想到老妈受了那么多的苦，现在来这北京城投奔自己，竟然让她受了这么大的委屈不说，还发生了这种事，自己竟然还想着推卸责任，不去认妈，林清水，你还是个人吗？悔恨和自责像条蛇一样咬噬着林清水的内心。

事过很久，林清水还总是做噩梦，梦到自己在大雪地里找她。茫茫雪野，一望无垠。北京从来没那么宽敞过。不对，又好像不是在北京，是在望山村。只有他，兜兜转转，扯破喉咙喊她，那声音却像被雪消了音一样。

突然之间，他看到她伏在雪地上，小小的像一片叶子一样。他跑过去，却怎么都到不了她身边……

从梦里醒来，想起那天的情景，回忆与现实之间犹如隔着一层水雾盖住的玻璃，林清水越想看清，越看不清。

对那恩，林清水更是心境复杂。说不上是恨。林清水知道这些年那恩跟自己不容易。她有过去巴黎进修深造的机会，半公费，考虑到这个那恩就放弃了。她很轻松地跟林清水说：“我又不是什么有野心想在事业上怎么样的女人，我的格局很小，就想着守着你跟云朵安安稳稳过日子。”话是这样说，林清水还是知道，在美院那样的地方，那恩教的是文学修养，本就不是专业课，再没些过硬的资历，日子不比自己在机关好过。那恩连续三次报讲师职称才通过，这其中的周折，林清水不是不知道。

现实是只拦路虎，林清水有心也无力改变什么。他只想着自己能在机关里多干些，表现得好些，拿到晋升的机会，然后改变生活。人像个没头苍蝇一样忙，把头埋在一份材料和另一份材料之间，把心思花在琢磨一个人的心思和另一个人的心思之间，累，倦怠，很多事都顾不上。

那天老妈醒来，见到清水的第一面就问今儿是冬月二十几了，清水以为老妈有什么事，翻了翻手机，说：“哪还冬月，都腊月初三了！”

付锦绣握着清水的手：“这一躺下来就没个日子了，冬月二十八是你生日，吃碗面没？”

清水的眼泪瞬间涌了出来，他转过头，不让老妈看到。付锦绣说：“你爸啊，肯定得怪我，老了老了给儿女惹这么大的事儿。妈就是沉不住气啊，从小带着你们俩，像老母鸡似的，也像男人似的，不能吃屈儿。”

“妈，别说了！”林清水抹了眼泪。

“不说了。水儿啊，妈不能给你擀碗面条了，自己买点面煮一煮，三十二了。这一转眼我儿就三十二了！”

三十二了！老妈还记着自己的生日，还惦记着给自己擀碗长寿面，而自己惦记的都是啥呢？林清水啊，你还是个人吗？

不知不觉，面前的四罐啤酒就都见了底。那碗面倒是只动了一筷子。

三十而立，林清水苦笑了一下，究竟立了什么呢？最像样的也就是在网上匿着名字骂骂人，后来累得连骂人的力气都没了。还有这个辛辛苦苦付了首付买下的房子，这下也要“捐”给医院了吧？想当年，他是全县第一个考到北京城里的大学生，连县长都惊动了。全望山村敲锣打鼓送他到北京上大学，老村长逢人便说这回咱北京有人啦，清水将来那肯定是个大干部啊。

林清水想到这些笑了。笑完了又哭，他说：“妈，你儿窝囊啊，你儿是个窝囊废！还什么成名成家，连你这个老妈我都没养好，让你受了这么大的难……”

胃刀割一样疼，林清水捂住胸口，想去找几片胃药来吃。他一向胃不好，这段日子吃饭又没规律，这又喝了酒，胃便闹腾起来。

胃药刚好吃光了，林清水倒在沙发上，想忍忍，天亮就好了。却越疼越厉害，整个身体木了一样，他想打电话找那恩，电话却刚好响了起来。

林清水疼得顾不得许多，上来就说：“小恩，快叫救护车，我……我胃疼得不行了！”

打来电话的不是那恩，是顾西辞。

顾西辞是顾处长的女儿，林清水大学的师妹。那恩一直说顾西辞暗恋林清水，所以才混到剩女的份上，还单着。林清水很不以为然，自己哪点好，还值得人好好一姑娘为自己放着单？那恩说：“这可不一定，你没哪点好，我不也上赶着嫁你了嘛！”林清水难得贫一次，说：“咱俩那叫王八瞅绿豆，对上眼了好不好？”那恩笑着掐林清水：“说，谁是王八，谁是绿豆！”林清水抱住那恩：“当然——你是绿豆！”那恩不依不饶：“我明明是珍珠！”

“那必须的，我老婆是夜明珠，只有我知道！”林清水哄得那恩眉开眼笑，娇嗔着说他流氓。那是夫妻间的小情趣。

顾西辞在一家大公司做创意总监，偶尔会帮林清水接些写策划案的私活。

鉴于对林清水信任的基础上，也鉴于一个策划案抵得上林清水半个月工资，那恩也就睁只眼闭只眼。只是时不时地敲打敲打林清水。林清水总是特无辜地声明：“我是吃了熊心豹子胆啊，敢碰她？顾处长不吃了我！”

顾西辞是吃晚饭时刚刚听老爸说林清水家出了这么大事的。她本来是打电话想慰问一下林清水，看有没有什么需要帮助的。却不想正好救了林清水。

顾西辞把这当成是上天念在她恋得苦的一份赏赐，或者是以这样的一种方式，让她走进他的生命里。

顾西辞赶到林清水家时，120已经到了。小区物业把门弄开时，林清水已经疼到昏迷了。顾西辞跟着林清水上救护车前拿了他的手机，她看到那恩那条短信，又瞅了一眼躺在救护车上脸煞白的林清水，她按了拨通键，手里里那个冷冰冰的声音说：“对不起，您拨打的用户已关机！”女人是很容易同情心泛滥的动物，更何况，对自己喜欢的人，简直就是动用了母性情怀。听老爸说，那恩对林清水的老妈不好，老人家这才离家出走，又不巧被那恩的弟弟撞倒。顾西辞先就对那恩来了个道德判断：“现在想起嫌弃来了，当初干什么去了？有些女人就那样，追人时，上赶着，恨不得什么都行。把男人混到手，就吃了多大亏似的！”

顾处长夫妻俩莫明其妙地看着女儿，说：“你还说人家，你缺的就是这点觉悟。好歹也哄到手一个！”

顾西辞把碗一推：“你们着哪门子急啊，你闺女我要才有才要貌有貌，智慧与美貌并重，追我的人排大队，搞定一个还不是分分钟的事？”

西辞没说错，这个时代的剩男大多是被动地“剩下”，无可奈何。剩女却大多是主动选择。

顾西辞主动选择剩下来，与林清水不无关系。

顾西辞低林清水一届。新生见面会上，林清水略略有些羞涩地表演了一段手影，女孩们便都被这位清秀的师哥迷住了。顾西辞倒没对这位师哥有特别的感觉。她喜欢读书，迷恋小说里如罗彻斯特那样的男主人公。她很喜欢杂志上一个叫“叶松”的作者，他的文字朴实温暖，才华横溢。西辞给他写过信，说喜欢他的文字，说愿意跟他学习。信寄到杂志后石沉大海。

喜欢是件太让人沉迷的事，西辞开始收集叶松的文章，报刊亭里，凡是有叶松的文章，肯定都买下来，做成剪报。有一段时间，杂志上不再有叶松的文章了，西辞很惆怅地想，是不是结婚了，是不是生病了？好几次她有给报社打电话问一问的冲动，又觉得太可笑了，自己不过是跟他的文字相识。

某一次，系里联欢。西辞提早开溜，在学校走廊里听到有人打电话："对，我是叶松！"顾西辞停住脚步，走廊昏暗的灯光里，林清水正在对着电话轻言细语："这段时间在帮教授编一套书，时间紧了些，嗯，好，我会坚持的！"

西辞从林清水身边走过，他看了她一眼，轻轻点了下头。那场景许多年顾西辞都忘不了。只是，林清水边上站了那恩，两人一路走向婚姻。

本就是点头之交，不想林清水毕业后考上了公务员，成了老爸的手下。顾西辞假装"偶然"去找老爸"偶然"遇上林清水，就这样搭上线，不咸不淡若有似无地做着朋友。

虽然这些年，眼见着林清水和那恩的日子过得安稳，顾西辞的心思慢慢变得晦暗。顾西辞这份心思从没对任何人说过。她并无烧杀抢掠之心，爱一个人，也并不一定非要在一起，或者只是个念想而已。她也去参加八分钟约会那样很二的相亲，也去交友网站注册，但那更像是某种决心，更像是打发大段空白日子的填充，见的男人，好的赖的，说几句话，便没了兴致。顾西辞想，是这场绵延十年的暗恋太盛大，让自己得了"爱无力"的重症吧？

这一夜，生死边缘，她握住他的手，遥远的想念变得如此近，顾西辞的眼泪止也止不住。那晦暗到几近发霉的感情在那一夜散发出无比新鲜的味道。这让顾西辞有些欲罢不能。他不幸福，而自己是可以给他幸福的，那么……

林清水进了急救室，医生出来沉着一张脸说："怎么不早些送过来？胃穿孔，再晚一会儿，命就没了！"顾西辞张了张嘴，没说出话来。医生拿了手术单让家属签名，顾西辞想也没想，提笔就写下了自己的名字。医生当然更不会多想，能陪病人来的，敢于下手签字的，不是妻子会是谁呢?

手术室的灯灭掉了，护士把林清水推出来，顾西辞握住他的手，眼睛有些湿了。大夫交代，林清水的胃被切掉三分之一，以后要少食多餐，不能喝酒。顾西辞点头答应着。进了病房，林清水麻药还没过，昏昏睡着。顾西辞用他的手机给那恩发了条短信，她写：我是顾西辞，林清水做了胃切除手术，现在宣武医院……

03

一觉醒来，又是个阴天。那恩想了好半天，才想起这些天七七八八的杂事、琐事，想起那条没回音的短信。拿起手机看时间，才发现手机关了机。

手机打开，很快钻进一条短信，显示是林清水的。那恩的手抖了一下，按开，看到顾西辞三个字时，心还没来得及翻腾，头便像被重物钝钝地打了一下，有些蒙，好半天，反应过来，光着脚抓起衣服往身上套，嘴里有些语无伦次地喊：“清水住院了，妈，爸……”

那国祥再次陪着女儿走进寒风里。吴玉芳在屋子里直转圈儿：“这倒是冲了什么，怎么一个事儿跟着一个事儿，要不要去上上香啊？”

那恩找到林清水病房时，林清水已经醒了。护士刚好来查房，顾西辞正跟林清水说着话：“昨天吓死我了！”

“怎么……你？”

“我刚好打电话给你，现在刀口还疼吗？”那份关切让顾西辞自己先红了脸。

那恩泪水涟涟地闯进来，扑到林清水病床上，碰到林清水的刀口，林清水哎哟了一声，顾西辞探了半边身过去：“嫂子，刀口……”

那恩坐直身子：“你不是在妈那边陪床吗，怎么……”那恩微微侧身瞄了顾西辞一眼。

林清水努力扯出点笑意，伸手把那恩额边的头发往后别了别：“清秀让我回去睡觉，没事儿，就是老毛病，胃！”

那恩眼泪汪汪：“怎么也不打电话啊，手机打不通，打家里的电话啊，这大晚上的，你一人儿……”

那国祥替女儿女婿谢顾西辞：“是清水的朋友吧？多亏你了，不然，不定出什么事呢！”

林清水看那恩的目光让顾西辞心里有些不很是滋味，她站起身，拿了大衣：“没事儿，谁赶上，也得帮忙。林科长胃切除了三分之一，手术单上我签的字，嫂子，您不生我气吧，我给您打电话了，关机，我不知道您家里的电话！”顾西辞把话说得很漂亮，当然，也很光明磊落。事实上不是这样吗？本来就什么都没有。就这一点什么都没有，让顾西辞有些惆怅。

这世界真不是什么都可以要到的。你爱了，又怎么样呢？

那恩擦了擦眼泪，“西辞，改天我一定好好谢谢你！你是我们林家的大恩人！”那恩的话同样漂亮，却四两拨千斤，拒人千里之外。

女人都是天生的福尔摩斯，眼尖心明，谁靠近她老公，心里揣着什么心思，浑然之间，也会有些预感。

两个女人像武林高手过招，表面上不露声色，内里却都运着气。

顾西辞从医院里出来，扬头看看灰白色的天空，心里像压了一块铅，却又像在某道缝隙露出了一些阳光。顾西辞沉吸了一口气，她想，如果这真的是开始，自己也没办法。

送走顾西辞，那恩让老爸也先回去了，自己跟画院请了假回病房时，清秀和一凯已经赶过来了。清秀用眼睛扫了一眼那恩说：“嫂子，你怎么当人家老婆的，这要不是凑巧，我哥挂了谁知道啊！”

“清秀，别胡说！我那不是要在病房做看护吗？”林清水呵斥了妹妹一句。

换做平常，那恩也不会让着清秀。她凭什么对自己指指点点啊？可是这回，那恩没吭声，她不想在自己丈夫还卧在病床上时惹是生非，多一事不如少一事，权当没听到好了。那恩真是怕了，真是累了。

那些日子，那恩成了陀螺，每天两家医院里奔波。眼见着人瘦了一大圈。林清水胃切除，只能吃流质食物，那恩便买了榨汁机，把蔬菜、水果榨成汁，还去网上查了一些滋补的汤，没完没了地熬。吴玉芳看着女儿小蜜蜂一样忙碌沉默消瘦，心疼得不得了。她私下里跟那国祥说："咱们家上辈子是欠他们老林家的吧？"那国祥叮嘱吴玉芳一定不能在女儿面前露出这样的情绪。他说："清水这一病，或许是好事！"

那国祥说的是，或者可以改善清水与那恩之间的夫妻关系。

吴玉芳不能骂女儿，又不能骂女婿，便只好骂那里："都是那个惹事精，要是他不闹这一出，家里能这么兵荒马乱吗？自己被关进去，那地方哪有好人啊，多冷啊，他平常就挑嘴，不知道瘦成啥样了……"吴玉芳说着说着就心疼上了儿子，那国祥也想儿子，但此时，他只能硬起心肠来劝老伴："让他吃点苦，长长记性，没坏处！"

吴玉芳带着云朵，还要时不时帮着做些好吃的给云朵奶奶和林清水送去，血压高也忍着。养儿养女是冤家，话虽说得狠，却还是拼了命似地帮着儿女奔波着，这便是天下的父母。

画院的课提前结束了。那恩不坐班。林清水也可以出院回家静养了。两个人相处的日子便长了起来。某一天，那恩提起了那条短信，她说："上天都做了安排的，比如，我做了那么坚定的决定之后，它便给了我照顾你的机会。"林清水的目光澄澈如水，他问："什么决定？"

那恩翻出那条手机短信，林清水看了好几遍，他说："小恩，我们会幸福的，一定会幸福的！"

当然，这幸福也包括着云朵和老妈。那一刻，林清水也做了某个决定。

幸福并不是一句口号，它被无数个细细密密的生活细节包裹着，哪一个掉个碎片，都足以让那短暂的幸福无影无踪。

一想到要卖房子付医药费，林清水的心里还是一片灰暗。那恩也似乎读出了林清水的心思，她告诉林清水，那里的车子修理完卖掉，再加上老爸老妈把给那里准备结婚的钱拿出来，差不了多少的。

林清水在心里算了一下，“那也不够吧？”那恩吞吞吐吐半天，终于说出来，她父母把房子给银行做抵押贷了十万块，她说：“没事儿，咱们还年轻，慢慢还！”

林清水张了张嘴，很想说点什么，终于还是什么都没说。

那恩打电话请顾西辞吃饭，顾西辞说人在外地，她说：“嫂子，真不用放在心上，就是陌生人遇到这事，也会伸手相助的！”

那恩放下电话转身看林清水，看得意味深长。林清水说：“我要还有精神头儿出个轨，那我不是神人就是仙人了！”

那恩说：“那是谁写了离婚协议扔给我呢？”

林清水简直是秀才遇到兵，这怎么能混在一起说呢？林清水常常觉得女人是种神奇的动物，指东打西的本领让你永远没办法跟她在一条线上对话。

原本缓和的矛盾因为电脑里一个久远不用的文件夹再度恶化。

林清水只得相信那句话：人若倒霉，喝凉水都塞牙。

但生活就是这样，好好的日子常常就被横生出来的枝枝丫丫挑弄得一地鸡毛了。

云朵的幼儿园搞活动，要一些孩子各个时期的照片。那恩开了家里的电脑，电脑里的文件放得乱七八糟，那恩习惯性收拾一下。有个文件夹里的文件都用奇怪的字母命名的，那恩以为是垃圾文件，点进去，却发现那是林清水写的东西。

很奇怪，随便写的东西为什么要收到一个隐藏很深的文件夹里？那恩犹豫了一下，一个文档一个文档看了下去，浑身发抖。林清水总是坐在电脑前写材料，那恩没想到他还写这样一些关于婚姻的感悟，在他的这些文章里，她看到他笔下的自己自私、冷漠，刻薄，甚至让人厌恶得要命。原来，自己在他的心里是这样的，没想到他的心里积蓄着这么多对她的不满。真的没想到。

家庭背景、现实压力、婆媳矛盾都不是压倒婚姻的那根稻草，不再喜欢，不再爱才是吧？林清水太阴了，那恩觉得自己变成了一块冰。

林清水过来用电脑时，那恩让开位子，她故意没关那些文档。那些文档排在电脑桌面的下方。那恩注意到林清水握鼠标的手抖得厉害，半天才把它们一个个关上。

那恩冷笑了一声，说："林清水，我真是看错你了！"

林清水没吭声，一声没吭。

那天晚上，两个人躺在床上，那恩的嗓子像生出无数密密的芒刺，她有什么话要问林清水，却又什么都问不出来了，她说："等妈出院了，消停消停，去把婚离了吧！"

林清水只给了她一个字："好！"

那恩翻了个身，问："你这么讨厌我，是因为顾西辞吗？"

林清水起身抱了枕头："那恩，你觉得这样有意思吗？"

那恩觉得自己很无力，无力再说些什么。这段婚姻里，自己像个身陷危局的战士，左右冲杀，却无论怎么努力，都没办法突围出去。

那一夜，那恩的梦被切割成一段一段的。醒了，再进入梦乡，再醒，再进入梦乡。她身边的林清水始终是背对着自己。某一刻，那恩很想伸过胳膊叫醒他，她想问问他为什么，为什么两个人走到了这一步，想问问是什么时候，什么时候起，他开始讨厌她不爱她了。

只是，夜黑乎乎的，像个怪兽，压得人说不出话来。

04

付锦绣出院已是临近春节的一个月后了。那天是冬天里难得的大晴天。

清秀帮付锦绣穿上红色的羊绒衫。付锦绣不肯，非要穿那件紫红色的中式小棉袄。清秀不敢逆着老妈的意，替老妈换上小袄，嘴里却嘟囔着："你肯定是哪辈子缺儿媳妇，他们那家欠你那么多，你还这样，叫我说你什么好呢？”

付锦绣立了眼睛：“秀儿，这些天我都是怎么跟你说的？出这事，赖不着你嫂子，人家没怎么我，我这脾气你还不知道，想一出是一出，非得想到上海看你。也不能赖你嫂子的弟弟，大雪天的，本来路就滑，我再不认得路，不管不顾地跑出来，谁出这事谁不害怕啊？”

“得，得，得，谁都不赖，赖我行了吧？你这老太太啊，说你重男轻女还不承认！”清秀帮老妈系上最后一个扣襻儿。

“不是重男轻女，这事换个个儿，出在你身上，我也得这么着。事出了，咱作闹，不依不饶，把你哥你嫂子拆散，云朵缺爹少妈，云朵舅舅蹲了大狱，咱就好过了？将心比心，得饶人处且饶人。当年，你爸被大木头砸死，那个伐木工被抓，他娘来求我，我也恨啊，你爸这一走，留下咱娘仨，可我还是替他说了话……这段日子，我跟你哥都躺在医院里，瞧把你嫂子熬扯的！这做人不能只想坏的不想好的不是？”付锦绣在病床上躺了这些日子，被太阳晒得黑红的脸变得白了许多。

走廊里，林清水跟那恩走到病房门前，恰好听到老妈跟妹妹的对话。那恩的眼睛红红的，林清水看了那恩一眼，说：“妈一再嘱咐我不能怪你，不能追究那里的责任。”

那恩低头不语。“秘密文件”事件之后，两个人一直保持着敬而远之的“冷战”状态。谁都不肯先说什么，在家里客客气气的，在外面众人面前，仍是恩爱夫妻的样子。父母为那里的事已经操碎心了，那恩不愿意跟父母说他们俩的状况，让他们担着心。想着往前走走再说吧，婆婆身体好起来，那里平安出来，然后过了年，春天来了。这样想，那恩的心的惆怅落了一地。

“妈，我知道就你心眼好！可是，就这样放过他们家，我这心里别扭着……”清秀的眉毛拧成疙瘩。一想起老妈被撞后孤零零地躺在这医院的病床上，清秀就难过得想哭。

“别扭啥？我这不好了吗？咱这日子不得往下过吗？我看那一凯对你真的挺上心的，你也不小了，差不多就嫁了吧！在咱望山村，26岁，孩子都快上学了……”娘俩的话题转到一凯身上，那恩停了停，和林清水推门进去。

清秀站起来，脸上挂着不咸不淡的表情。付锦绣是热切的高兴的，她问儿子儿媳妇：“你们俩都来了，云朵呢？”

“跟姥姥在家，我爸妈准备饭呢，妈，清秀，叫上一凯，咱都过去！”那恩明显带着讨好的口气说这番话。

林清水看了她一眼。清秀也正好看林清水，目光迅速地短兵相接，迅速分散，清秀的口气缓和许多，她说：“嫂子，不用麻烦了，我跟一凯说好了，把妈接到他那！”

“这说的是什么话，非亲非故的，咱妈凭啥住他那？”林清水很不满意妹妹自作主张。

“这不马上就有亲有故了吗？再说了，你们的房子不是卖了吗，让妈跟你们住出租屋？那妈还能活吗？”清秀瞥了那恩一眼，那恩的脸色很难看。

“房子没卖，那里把他的吉普车卖了……”那恩解释道。

清秀不理那恩那个碴儿，仍对着哥哥林清水说话：“妈到底落了你什么好？供你上完大学，连自己老妈都养不了！早知道妈养了你这窝囊废，还不如当初就……”

“清秀，越说你越赛脸了。你给我去收拾东西，这没你事儿。”付锦绣使了最大力气呵斥女儿。林清秀撅着嘴出去。

付锦绣拉了那恩的手：“小恩，你帮妈梳梳头吧！”

那恩找到木梳，替付锦绣梳头。付锦绣岁数大，头发却留得很长，平常都在脑后盘一个髻。那恩说：“妈，您头发真好。”

付锦绣笑了：“我不用那些瓶瓶罐罐洗发的东西，我就用点面和醋，养头发呢！小恩，你别生清秀的气，这孩子想一出是一出的。这不，这研究生死活不往下读了，要跟一凯结婚呢！我也寻思着，结就结吧，老大不小的了，她结了，我这辈子的心事就都了了！”

那恩赔着笑，她悲哀地发现自己似乎已经没有立场替婆婆出什么主意了。“我看那一凯人不错，清秀也不小了，她做了决定，就随她吧！”

付锦绣继续说着：“嗯，随她。颖啊，这次的事儿是妈不好，妈活了这么大岁数了，什么事没经历过？结果这么不压事儿，连累了你们不算，还连累了云朵的舅舅，一想到这孩子关在里面，我这心就揪得难受……”

“妈，您别这样说，您这样说，让我们那家人哪有脸站在太阳下呢？”那恩看了婆婆一眼，想从她的眼里看出她是真心还是假意。这想法一冒出来，她的心颤了一下，自己是从什么时候开始，用恶意来揣度人了？她记起老爸的话，要真真正正把婆婆当成妈。只可惜，一波未平，一波又来侵袭，她和清水，恐怕已没有了回转的余地。那么，她跟她，以后恐怕也只能做路人了。这样想，心有些酸楚。

“说什么林家那家呢？你嫁给清水那天，无论你们愿意不愿意，咱们都是一家人了。小恩，我是农村老太太，不识字，没见过什么世面，但好歹吃的盐比你吃的饭多，道理总还是懂一些的。这事连累到云朵的舅舅，那孩子长得跟电视上的明星似的，这些日子在里面，肯定是遭了不少罪吧？”

“那是他罪有应得！”那恩这样说着，心里还是疼的。她就这一个弟弟。纵使他爱玩，没个正形，他对她这个姐姐却是十二万分地好。那恩仍记得她跟林清水谈对象时，父母反对，是那里坚定地站在了她这边。

“我跟清水说了，咱跟公安局好好商量商量，咱都是亲戚里道的，碰的不是外人，让他们赶紧把人给放了。”

“妈，这事儿公安局说了不算，他是肇事逃逸，要法院判！”

“法院也得听听咱们的啊，咱们都不追了，他们还关着云朵的舅舅干啥？不行的话，我这老婆子去跟法官说！”付锦绣有点急。将心比心，要是林清水被关起来，她这个当妈的得急死。

自己住院这些天，吴玉芳天天来，调着花样给自己弄吃的。身上穿的睡衣，脚上穿的拖鞋，甚至这毯子，这杯子，都是吴玉芳买来的。她只字不提儿子那里，就仿佛没这事儿一样。她不提，付锦绣的心却跟明镜儿似的。她一个乡下老太太，纵然是亲家，是云朵的奶奶，但走动个大花面也就算了，怎么会这么事无巨细，面面俱到呢？这当妈的良苦用心她怎么能不知道呢？付锦绣早就打定了主意：放过那里。不能因为这事，毁了那孩子一辈子。别说云朵姥姥这么对自己，就是不这样，她也不会为难他们那家。她得为儿子清水着想，她不能让自己这烂糟事拆了儿子的家。

那恩帮付锦绣把头发梳好，拿了镜子给她看。付锦绣说："嗯，挺俊！你妈年轻时候，也是个俊女！"那恩笑，"看得出来，现在也是个好看的老太太！"

"颖啊，清水，别听清秀胡叨叨，我去你们那住，我还得稀罕稀罕我小孙女呢！再待几天，消停消停，我还是想回村里去过年，咱老家那房子还是大良子给烧着呢，总麻烦人家不是事！"付锦绣弯身拿鞋，那恩急忙蹲下帮婆婆穿上鞋子。脚腕骨折，还不能穿从前的鞋，吴玉芳给她买了双大码的棉拖鞋。

"妈，您出院了，咱哪都不去，就在家里好好待着。不然，您就是还怪我，还怪那里，我爸妈都不会答应的。还有，那不是别人的家，是您儿子的家，也就是您的家，您就好生待着。从前的事……咱都翻篇儿吧？"说完这句，那恩抬头看了林清水一眼，四目相对，目光里都是跟歌德巴赫猜想一样复杂的情绪。

付锦绣穿了棉拖鞋坐在床沿儿上，身子还是虚得冒了汗，脸上却开了一朵花："翻篇儿，必须翻篇儿。咱都一家人，说啥原谅不原谅的？"

林清水出去结账，病房里只剩下了付锦绣和那恩。那恩帮付锦绣把换下来的衣服装进袋子里，把床上的被子叠好。两个人远远近近地说些家常嗑儿，竟然也很温馨。冬日的阳光暖暖地照进来，落到付锦绣的脸上，落到那恩的脸上，那恩在某一刻有些许恍惚，如果没有她和林清水之间的婚姻裂痕，如果没有她和婆婆之前的不愉快，这样的瞬间，不也是她想要的幸福吗？

婚姻真是太奇妙的一件事了。她爱一个人，然后她就与这不相干的老太太成了亲人，她必须用这世界上最温暖的词——妈妈喊她。然后，她要跟这个人分开了，或者，她就再与这个曾经叫过妈的人没了一分一毫的联系。哦，不对，她还是云朵的奶奶，这是无论如何也脱不开的事实。

05

米晓佩把衣柜里的衣服都折腾出来，一套一套试。这套太孩子气了，这套露太多了，这套颜色太花红柳绿了……米晓倚脸上贴着面膜冷眼看着堂妹：“你是去见奥巴马吗？”

“见奥巴马值得我这么折腾吗？今天那里撞的大妈出院，那里家请客，姐，我这可是第一次到那家正式亮相，这决定着我在未来公婆心目中的定位，你说比不比奥巴马重要？我又没想跟奥巴马过日子。姐，你看看我是不是黑眼圈太重了？”

“不重！这套就行，别折腾了。你不是说你劝那里自首，已经给那家父母留下了相当好的印象吗？”说起那里，米晓倚心里还是五味杂陈。

“那是，你猜那里的老妈说啥？说家有贤妻，夫不招横祸！这是啥意思？这就明摆着认可我做他们那家的儿媳妇了嘛！”米晓佩的眉眼笑到一处，弯弯的，很可爱。米晓倚想，自己总当她是小孩子，其实，小堂妹真的长大了。

米晓倚从泰国回来，发现堂妹米晓佩从一株缺水的植物变成了凶猛的动物。米晓倚知道能发生这种化学反应的只能是爱情。

这世界上不能瞒人的除了打喷嚏就是爱情了。果然，没用米晓倚问，米晓佩就盘腿坐在堂姐的床上把什么都交代了。米晓佩报出那里的名字时，米晓倚的心忽悠了一下。她问：“他说他爱你了吗？”

米晓佩正兴致盎然着，根本没注意到堂姐的神态有什么不对。

“他在最无助时想到了我，这就是爱啊！”米晓佩自信满满。

“最无助？他怎么了？”

米晓倚的紧张终于让米晓佩有所察觉。“姐，你跟他熟吗？”

“你还没回答我，怎么就最无助了？妞儿，我跟你说，你别信男人装可怜这套，他们就会用这小伎俩来博得你这种小萝莉的心！”

“我才不是小萝莉，姐，我跟你说，我才英明神武帮他做了最正确的抉择呢！现在想想这事，我都佩服得想给自己磕头！”米晓佩沉浸在无边的自恋里。

米晓倚赶紧往出拉她：“别把自己说得跟邓文迪似的，说，到底怎么回事！”

米晓佩眉飞色舞地说了那天的情形。

米晓倚有些难以置信：“你陪他去自首的？他撞的那老太太是他姐的婆婆？米晓佩，你没给我编故事吗？”

“喊，我又没疯，给你编这么没营养的故事干什么？”

“那那里现在在哪？”

“在看守所里呗！不过，我去看过那老太太，人挺好的，肯定不会追究那里。还有，我也向我那个学法律的大师哥咨询过，这种情况事主不追究，应该判得不会太重！”米晓佩用洗甲水抹去指甲上的海绵宝宝。

“判得不会太重？你别告诉我说，你要等他坐牢出来！”米晓倚打量着堂妹。

“恭喜你，答对了。难得有入姑娘法眼的人，入了法眼，怎么会轻易放弃呢，别忘了我可是双子座！”

“双子座不是花心的代名词吗？”

“非也，非也，双子座女生在遇到真命天子之前，花心，遇到那个喜欢的人，就打死都不走啦！对啦，姐，你还没说，你跟那里熟吗？”

“不熟，不过是一些场合碰到过。还有，别怪我没提醒你，那里可是花丛里飞来飞去的蝴蝶，哪朵花都沾沾。还虚荣，一个小编导，有什么钱啊，开着辆红色牧马人！得瑟吧，出事了吧？”米晓倚简直有些义愤填膺。

“姐，你不是跟他不熟，你跟他有仇吧？”米晓佩的目光刺得米晓倚有些吃不消。

“你少扯，有什么仇。倒是你，你在北京就我一个亲人，你别弄七弄八的啊，有点什么事，我怎么跟二叔二婶交代！”米晓倚避开火力，扯开话头。

“我的姐啊，我23岁啦，在家，我爸我妈也管不了我啊，还要你对我负责，喊！哦，对了，我决定工作了，我接了个出版社的活儿，画插画。”米晓佩腾腾腾回屋，拿来一个合同递给米晓倚。米晓倚迅速翻了一下：“你不是嫌这太幼稚，不接这活吗？这怎么又接了？”

米晓佩仍跳到晓倚床上，把脚塞到堂姐的被子底下：“这不此一时，彼一时嘛。之前一个人吃饱了，全家不饿。现在不同啦，我要攒钱，为了我们俩的将来做准备！

米晓佩抱着米晓倚的笔记本上网，午后的阳光落到她那张干净得清水一样的一张脸上，米晓倚是嫉妒的。

米晓倚不仅认识那里，还跟他有过短暂的一段情。米晓倚是那里的师姐，高那里一届。学生会的一次活动上认识的。说认识，是两个人说了话，彼此记了电话。事实上，米晓倚和那里都是大名鼎鼎的人物。米晓倚说不上多漂亮，却是很打眼的女生，颇有男人缘。那里则是系草级人物，招蜂引蝶。那里的风头也不是盖的，迅速攻陷米晓倚的爱情阵线。两个人开始得快，结束得更快。两个人甚至连个像样的吻都没有，这份感情就走到了尽头。

米晓倚忍受不了那里到哪都跟女生眉来眼去的劲儿。她给他发最后通牒：如果你爱我，那我希望你的眼里只有我。

那里说：“干吗搞得那么累，我都没要求你眼里只有我。”

因为这句话，米晓倚转身就走，两个人冷战三天，那里在食堂端了餐盘来跟米晓倚和好。米晓倚以为自己胜利告终，却不想，那里仍是我行我素。说好了陪她一起去公共教室上自习，却陪了小师妹去看了电影。分分合合几次后，米晓倚彻底放弃。

尽管米晓倚撂下的话很理性，她说：“遇上什么男人是命运的事，但爱上什么男人、离开什么男人是自己的事。”但事实上，这段情在某种程度上伤害了骄傲的米晓倚。

工作后，接头碰脸会遇到那里，那里身边从没缺过女生，米晓倚敲敲打打说些酸溜溜的话，那里毫不在意，竟然当米晓倚是自己的哥们。米晓倚也就无可无不可在应承着。

某位心理专家分析，男女恋人分手后仍能做朋友，只有两种状况，一种是两人都没深爱过。另一种是，一方还深爱着。米晓倚的情况便是后者。她只是那里长长泡妞名单里的一个，而那里却成了她生命里很难逾越的里程碑。

那一次，米晓倚实在没忍住，把那里的“恶行”讲给了那里正在追的一个女孩，那女孩再没看那里半眼。这事让那里觉得特别栽面儿，从此当米晓倚是巫婆一样的人物，得不到，便想着法破坏掉。两人再遇到，都当对方是空气。

米晓倚相亲，被人追，都没有再开始，不能说跟那里有绝对关系，但也不能说绝对没有关系。

两人的生活工作圈子有重叠，偶尔还会遇到。米晓倚也想开了，这世界上好东西太多了，你不能都想要，要了，把它放哪儿呢？更何况，这个男人一路杨柳春风踩着女孩们的青春过来，成了二手男人、三手男人、四五六七八手男人，她米晓倚也真不稀罕。她以为她放下了，却不想，都说冤家路窄，冤家路窄，冤家的路也太他妈的窄了。

这家伙绕来拐去，居然泡上了自己的堂妹，无论如何，晓倚的心里有些不是滋味。希望他也只是一时冲动，像窗前的那片云，来得快，散得快。只是，晓佩这傻丫头，别像自己一样，被他伤了才好。

床上的米晓佩正玩植物大战僵尸玩得高兴。米晓倚轻轻地叹了口气，觉得自己真是老了，再没精力这样玩或者这样心无旁骛地爱一场了。

那之后，米晓佩的嘴边就总挂着那里，那里剃成板寸简直就是玄彬翻版啊，他不混娱乐圈简直就是浪费人才；那里在里面读了史铁生的书啊，那里的案子就快宣判了……米晓倚说："晓佩，你别成天把他挂嘴边上行不行，烦不烦？我一直还觉得你挺有品位的，到了，整个一个视觉系，我真没觉得那里除了长得好一点之外还有什么？"

米晓佩搂住晓倚的脖子说："姐，你别瞒我了。那天我去你房间找书看，我看到你跟他拍的大头贴，你们俩好过，是吗？"

米晓倚的心忽悠一下，当然是打死不能承认的："好过？晓佩，你还真以为那里是个万人迷啊？你看那种大头贴吗？我给你找出一堆来，大学那会儿多疯啊，喝多了，跟谁不拍啊？我跟我们英文老师还拍了张接吻的呢……"

"姐，你说的是真的吗？没骗我？"米晓佩的眼睛一眨不眨地盯着堂姐，仿佛想从她的脸上挖出一个答案来。

"当然没有啊！你以为我像你那么花痴呢！我跟你说，你们俩也就三分钟热度！那里那人，嘁！我还真掐半拉眼珠都看不上他。"

米晓佩紧张的表情松弛了下来："我就说嘛，我英明威武的大堂姐，什么男人能放进眼里啊，一个小那里，肯定拿不下啊！"

"少忽悠！"米晓倚倒真不再好说什么了。

米晓佩为那里东奔西走，米晓倚安安静静地看着，她想：等那里出来，一定要跟他谈谈，动谁她不管，只不能跟米晓佩。她和晓佩从小跟亲姐妹没两样。她不能让她不幸福。

06

单双号限行，林清水没开车。魏一凯开车送付锦绣去的那恩家。清秀闹别扭，不上车，她让一凯把老妈他们送到云朵的姥姥家，再回来接她。林清水拉了清秀两下，没拉动，气哼哼地自己上了车。付锦绣说："算了，这丫头倔，别管她！”

一凯跑到清秀身边指了指医院边上的咖啡店：“你进那等我，不然，这么冷的天，站在外面非得感冒不可！”

付锦绣把这事看在眼里，这话听进心里。这孩子不错，心细，懂得心疼人，清秀嫁给了他，自己就再无牵挂了。

车上，付锦绣说：“一凯，清秀说她不想回上海念书了，你咋想？”

“嗯，我听她说了。她不想读就不读吧，那边办个休学，她啥时想回去读再回去。哥，嫂子，阿姨，过两天，我爸妈请客，咱们见见面，认个亲，我和清秀商量了，趁年前房子促销，赶紧把房子买了，把证领了……”

这话林清水听着不太痛快，这不自己都做决定了吗，这就是通知一下自己跟老妈啊！但是，有老妈在这，自己能说什么呢？林清水沉着脸不说话。

付锦绣说：“有点可惜了，好不容易考上的……不过啊，这女人再怎么着还不是得成个家，结婚生子？清秀也不小了，你们结婚要个孩子，趁我身体还行，还能帮你们带带。”

魏一凯从反光镜里看了看付锦绣的脸。林清水注意到魏一凯没给个最起码的回应。甚至，林清水觉得魏一凯的表情里掩藏着某种不自然。

林清水接口道：“这就没正事儿，你们才认识几天？就不能再等了？她把研究生读下来，你们再结婚，这不正好吗？”

那恩下意识拉了拉林清水的衣襟，示意他别再说下去。林清水抬眼看魏一凯，魏一凯也正透过反光镜打量这位未来的大舅哥。林清水闭了嘴，不再说话。

“清水，秀儿从小就有主意。她想结婚，你别拦着。这女人跟男人不一样，跟花儿似的年龄也就这几年，错过了，再想成个家难着呢！我在家看电视，也知道你们城里那个剩女多！”

付锦绣看那恩。那恩忙声援婆婆：“是啊，秀儿这回也来北京了，咱们一家就团圆了！”那恩嘴上这样说，心里却说的却是：是你们一家人。

不包括我了吧？那恩的目光看向车外，心里压了重重的大石头。一想起林清水写的那些，那恩就恨得咬牙根，但真下决心跟他离婚，那恩的心里还是觉得撕心裂肺地痛。

那家这边也正忙活着。吴玉芳向老伴儿嘱咐了又嘱咐，一会儿亲家来，吃饭，别提那里的事。不然，她要是觉得咱们对她都是为那里赎罪，没准就拿乔了呢！那国祥把收拾好的鱼用调料煨上，他说："以为人家都是你呢！我看这亲家母挺好，明事理，不像小恩说的那样！"

"要不说你死不开窍呢！在小恩面前能跟在咱们面前一样吗？你看云朵那姑姑的表情，恨不得把咱那家人都剁了馅才高兴！"吴玉芳掀开锅盖，里面炖的鸡已经快烂了。

"小恩对人那种态度都是从你这学的……"一看吴玉芳脸色不对，那国祥赶紧转话题："那个个子挺高挺瘦的男的是清秀的对象吧？"那国祥问。

"可不就是嘛，颖说，网上认识的，说是他们家在亚运村那边开了个体育用品店，本人是搞网络的。这清秀说不回上海继续读书了，闹着要结婚呢！说到底还是乡下人，碰到个条件不错的男人，就什么都豁出去了！"吴玉芳很不屑。

"这话让你说的。有你这样的妈，怎么会没有那恩那里这样的儿女呢！"那国祥对吴玉芳动不动就说人是乡下人很不高兴，没忍住又刺了老伴一句。

"哎，你这老头子，合着那恩和那里都是我吴玉芳一个人生的啊？我没教育好，不还有你呢嘛？你干啥去了？这还没怎么着呢，就一推六二五，这要杀人越货，你还不连我一起吞了吃？"吴玉芳扔下手里的铲子，噼里啪啦冲着那国祥开火。

那国祥知道自己说得太过了。今儿是什么日子？是云朵奶奶出院的日子，这日子一定要以和谐安定为首要目标。

一起过了三十年，那国祥能一句话把吴玉芳的火点着，自然也知道怎么把老伴的火给灭下去。"我看晓佩这丫头不错，年纪不大，却挺有大局观的。那天在派出所，一直握着那里的手，要不是她，咱那里真的做怂包了！”

果然，一说到米晓佩，吴玉芳的火气熄了下去。“孩子倒是好孩子，只是家不是北京的。也没个正经工作，唉，这人哪，哪有十全十美的？”

“现在这北京，有几个北京人啊？亏你还号称时尚老太太，还上网写微博，出去参加义工活动，这算什么事啊……”那国祥发现吴玉芳的眼神不对，知道自己又冲着老伴儿的肺管子了，赶紧收住。

“我看过那丫头画的画，特别棒。现在能在家待着就挣到钱的，那都是牛人。那些天天坐公交、挤地铁朝九晚五上班的，一个月累死累活就是两三千，像那里这样的，月光族！”

云朵抱着芭比娃娃出来：“姥姥，我饿了！”

吴玉芳赶紧盛了半碗鸡汤泡上米饭喂云朵。“云朵，一会儿奶奶来吃饭，高兴不高兴？”

云朵从沙发上跳下来拍手：“高兴！我要给奶奶吃我的巧克力！”

吴玉芳白了云朵一眼，转身对从厨房里出来的那国祥说：“真是羊肉贴不到狗肉身上，这小白眼狼，晓佩给她买的巧克力看都不让我看一眼，这不，要给她奶奶吃！”

那国祥笑了，问云朵：“给不给姥爷吃啊？”

云朵歪着头想了一会儿说：“好吧，你和姥姥一人一块！”

门铃响了，进来的是打扮得小清新的米晓佩。她把一篮子装得很漂亮的水果放在门口，搓着手说：“云朵，姐姐好冷啊！”

云朵跑上去给她焐手，一眼看到米晓佩头上戴的毛球毛丝帽：“姐姐，姐姐，你的帽子好漂亮啊！”

“姐姐送你！”

吴玉芳笑：“晓佩，朵朵要叫你阿姨，不然，不是乱了套了吗？”

米晓佩抬头，吐了一下舌头，自己先脸红了起来。“叔叔，阿姨，有用我帮忙的吗？”

那国祥连忙说："都弄好了，一会炒两个青菜就行了，不用你！"

"嗯，那我教云朵画画！云朵，看我买了什么？"米晓佩从随身带的包里掏出了画笔和纸。云朵连饭也顾不上吃，跟米晓佩进了那里的卧室。

07

那天的饭吃得有些沉闷。

林清水挂着一张鼠标垫的脸闷声不响，付锦绣大病初愈，努力撑着精神。那国祥和吴玉芳因那里还关在里面，也都没什么好心情。那恩努力地照顾着每个人，倒是米晓佩跟云朵没心没肺，成了滴在沉闷里最活跃的小水珠。

坐在饭桌前，菜大都是叫的外卖，青菜是吴玉芳自己炒的，鱼是那国祥炖的。大家都避着付锦绣的伤聊天。因为一聊到付锦绣的伤，难免就牵扯到那里。说那里些什么呢？

除去这个话题，大家能聊到一起的话实在有限。说了这个可恶的冬天，要么就没完没了地下雪，要么就灰蒙蒙的，晴天也看不出个晴天样来。付锦绣说："亲家母，啥时你和亲家去我们望山村住一住，那别的没有，就是空气好，那天透亮，蓝得让人想哭！"

米晓佩来劲了，说："阿姨，你什么时候回老家，我跟着您去！"

那恩给婆婆用薄饼卷了烤鸭："妈，您吃，这是我爸特意去全聚德买的！"

付锦绣吃了一口说："都说北京烤鸭有名，这吃着也不怎么着啊？"

于是这嗑儿就唠散了。唠散了的嗑儿就像一把沙子散落到地板上，再怎么收拾，也难集中起来。

吴玉芳看了一眼那恩，强挤出笑说："什么东西也都是个名儿，说到了，能好到哪去！"

付锦绣接碴儿说："这城里啊，车多人多，太闹了，我们望山村啊，整个村子跟一家似的。冬天都卖了粮，大家就凑到一起，包冻饺子，包黏豆包……”

付锦绣说得热闹，那国祥说：“亲家母，得闲了，我跟玉芳带上云朵去你那住上一段，那样田园的生活可是城里人最羡慕的！”

“我不去！”云朵大声嚷。

“为什么呢？”那国祥问小外孙女。

“奶奶家冒烟！”云朵嘟着嘴说。

大家愣了一愣，都笑了起来。米晓佩捧着糊涂盆，问：“冒什么烟？”

那恩知道云朵那次去奶奶家过年，屋里烧炕，冒了烟把孩子呛着了，所以她才会有这印象。但那恩说：“她是说奶奶家有烟囱，云朵，你画画不是画烟囱了嘛，多好看啊！”

云朵撅着嘴嚷：“不好看！我不喜欢！”

林清水阴着脸吼云朵：“小孩子不许任性！”

“清水，你喊什么，吓着孩子！”付锦绣出马帮着孙女，也是平息叛乱。

云朵扁着嘴要哭，那恩起身端了碗假意去盛饭。

米晓佩歪着头：“云朵，你要快点吃饭啊，你忘了，吃完饭，咱们俩还要接着画画了吗？”

云朵很听米晓佩的话，果然很乖很认真地吃饭了。

大人间的剑拔弩张也便于无形中化解了。

云朵不知怎么冒出来一句：“小姨，你是不是要跟我舅舅结婚啊？”

米晓佩的脸腾地红了。在那里的房间，米晓佩教云朵画画，她看到了墙上那里在学校组乐队时的海报，海报上，那里真是帅呆了。云朵看米晓佩盯着舅舅看，她问：“小姨，我知道了，你喜欢我小舅舅。你肯定是想跟我小舅舅结婚！”

米晓佩捏了云朵的鼻子，把她抱在膝盖上：“小鬼头，你怎么知道？”

“电视里女孩看到很帅的男生都要结婚的啊！我妈妈就是看我爸爸长得帅才嫁给他的！”云朵说得煞有介事。米晓佩万没想到吃饭时，小云朵又想起了这碴儿。

话题还是转到了那里这里。米晓佩终究是年纪小，没忍住，端起酒杯：“付阿姨，今天那里不在，我替他敬您一杯酒，给您道个歉。阿姨，这回您放过那里，我米晓佩以后就给您当闺女，您指东我不往西，您叫我打狗我决不赶鸡！”

吴玉芳冷眼看着米晓佩，心里暗暗叫苦：怎么就忘了嘱咐嘱咐她呢？这话说出来……唉，说了就说了吧，看看这老太太和林清水啥想法！自从出了这事，这清水就不冷不热，不阴不阳的，那恩暗地里哭了多少场！现在表面上看着没事，但吴玉芳还是觉得他们俩之间不那么简单。她私下里问过那恩，那恩吞吞吐吐也说不出子午卯酉来。吴玉芳还顾不上那恩，她的心还在那关在局子里的孽子那里身上。唉，养儿养女是冤家啊。

付锦绣笑着端起酒杯：“这丫头，一家人净说两家话呢！那里那孩子我也喜欢，出了这种事，谁也不是乐意的。也怪我，好好地，不在家里消停待着，出去就惹祸……”

那恩低头给云朵卷烤鸭肉，她偷看了林清水一眼，林清水的脸上罩着一片云。

林清水把筷子放下，一脸寒霜地对米晓佩说：“什么叫我妈放过那里？那里做了什么，法律怎么处理他，那是法律的事。你这样一说，好像我们蛮不讲理似的！”

米晓佩没想到林清水会说这话，很委屈地端着酒杯站在那：“我只是说……那里把车都卖了给阿姨付医药费……他要是真在监狱里蹲上三年五载的，这辈子就毁了……”

林清水顶了句：“他付医药费不是应该的吗？这是我妈人没事儿，这要是有个三长两短，他肇事逃逸，还跑了他了？”

那国祥夫妇的脸没地儿搁没地放的。那国祥心里也有些不满，平日里对清水不薄，出了事的这些日子，他们那家能做的都做了，还要怎么样呢？那国祥把筷子放到碗沿儿上。吴玉芳的脸涨得通红，张了张嘴，想说什么，终究没说出来。米晓佩很尴尬地端着酒杯，不知所措。

那恩也看出了父母的不高兴，晓佩的尴尬。她把卷饼递给云朵，冲林清水说：“你嚷什么啊？谁说不应该付医药费了？晓佩不是在道歉吗？晓佩，你坐下，别理他，他早更！”

“清水，没你事！你瞎掺和什么啊！”付锦绣斥责了林清水一句，转头对着米晓佩笑，然后说：“大娘不能喝酒，沾一沾意思一下吧！”付锦绣抿了一口，放下杯。米晓佩感激地把杯子里的酒喝下去，重新落座。

空气里处处弥漫着炸药点，那国祥不想一顿饭吃得不欢而散，赶紧撑着打圆场。“这事那里做得的确是太差劲了，要给他点惩罚才行，晓佩，你别给他讲情！”

这话不说还好，一说，好像是跟米晓佩唱了双簧。林清水的脸几乎就要倾盆大雨。

付锦绣端着酒杯，站起来说：“亲家，亲家母，今儿就是晓佩姑娘不说这些话，我也是要说的。这当初你们老两口没瞧不起我们乡下人，不贪钱不要房，把闺女嫁给清水做媳妇，这个情，我付锦绣就感念一辈子。这那恩是我们林家的儿媳妇，那里是云朵的舅舅，就凭这层，我付锦绣甭说今儿还可以好模好样地坐在这里，就是残了废了，我也照样不会希望那里那孩子蹲大牢。明天我就去公安局，让他们放人。”

吴玉芳开始抹眼泪。

林清水插嘴道：“妈，您说了不算，那得法官判！”

那恩气得眼泪在眼圈里直打转，她没忍住回了句：“林清水，你到底是什么意思啊？你是觉得那里被判了，你才解心头恨呗？我早就看出来你跟清秀一个样，是白眼狼！”

这话说得刚刚表了态的付锦绣坐了针毡，儿媳妇这是什么态度呢？当着亲家的面，当着那里对象的面，不光骂了清水，还把清秀也捎带上，这太过分了。付锦绣缓缓开了腔：“小恩，他那倔脾气你还不知道，甭理他！只是，你不能说清水和清秀都是白眼狼，我自己的孩子我知道，他们都是孝顺的好孩子。”

吴玉芳赶紧骂女儿：“那恩，你给我闭嘴，说话嘴上都没个把门的。将心比心，换个个儿，我让云朵的姑姑给撞了，你怎么做？”

那国祥也赶紧出来灭火：“是啊，亲家母说得没错，咱都是一家人。小恩，以后说话要动动脑子，不利于安定团结的话少说或者不说，这话说出来有什么意思呢？能解决什么问题呢？”

自己妈训自己的孩子，事情终于平息下来。

云朵挨个把大人的脸看了一遍，她说：“妈妈，你们说的话，我怎么一点都听不懂啊？”

之后大家就彼此客气着说安定团结的话了，又把天气说了一遍，满桌的饭菜，大人们都没了胃口。

周一，那里的案子就要开庭审理了。到底怎么样，谁心里都没底。尽管那个律师信心满满，但如果那里真要吃牢饭，所有人的心上都会挂个千斤坠吧！

08

魏一凯送付锦绣去了那家，回来接林清秀。他说：“带你去个地方！”

“别跟我说是去见你爸妈啊！”林清秀挽着魏一凯的胳膊。

“难怪是女研究生，聪明！”一凯宠溺地亲了一口清秀。清秀紧张又兴奋：“我们要买什么吗？”

清秀在医院守候老妈的这段时间，魏一凯一直做她最坚强的后盾。他自己开着店，时间自由，有空就陪在病房里给老妈讲笑话，老妈一笑，身上缝的伤口就疼。清秀嗔怪一凯，心里却是幸福的。

那个周末，清水陪房。他让清秀出去转转，透透气。清秀也正好想买些换洗的衣服，便跟魏一凯出了来。

北京的天像块抹布，不清不楚的。

买好了东西，清秀突然发现自己无处可去。哥嫂那她是不愿意去的，这偌大的北京城，还去快捷宾馆吗？

一凯揽着清秀的肩膀在她耳边说："去我那，洗个澡，舒舒服服睡个好觉，没白没夜地在医院里待了四天了，我都心疼死了！"

只这话，清秀的心化成了一汪水。只是她担心，他跟父母一起住，这样贸然去，多不好？

一凯说："我自己住，房是租的！"

一凯租的房子不错，精装，拎包入住那种。清秀没心情细看，匆匆洗了澡，喝了一凯端过来的热奶茶，上床时才发现忘了买新睡衣，旧的在医院里。一凯开了衣柜拿出自己的一件衬衫给清秀："没穿过的！"

清秀穿上一凯的衬衫躺到他的床上，感觉很奇妙，像被他抱在怀里一样。一凯帮她盖好被子，说："好好睡一觉，然后我带你去吃好吃的！"

清秀撒娇："吻我一下！"

一凯坏坏地笑："姑娘，你知不知道你这样挑逗很危险？"

清秀闭上眼轻轻地笑，一凯蜻蜓点水般吻了清秀的唇，然后迅速离开。

幸福伴着清秀进入梦乡。

清秀是饿醒的，她醒来，天已经黑透了。她抓了手机看时间，竟然已经是夜里二点了。自己足足睡了十二个小时。

她起来，客厅里的电视还亮着。一凯坐在地毯上看碟。清秀走过去，靠着一凯坐下，她问："怎么不叫醒我？"

一凯捏着清秀的脸说："不舍得！"

清秀看到茶几上有只系了缎带的小盒子，一凯示意她打开看看。清秀小心翼翼地拆开盒子，大纸盒里面是个红色天鹅绒的小盒子。清秀抬头看了一凯一眼，一凯点头微笑。

天鹅绒盒子里装的是个玉挂坠，玉兰花瓣形。清秀对玉一无所知，手指摸上去，温润凝透，如同羊脂。

清秀问："送我的？"

一凯点头："送你的圣诞节礼物，只是，那天，你心情那么坏，就留在这里了！过来，我帮你带上。"

清秀很想说，这很贵吧？这话终究没问出口，她爱他，即使他送她五毛钱的挂坠，那也是她最珍贵的礼物。如果那个人是你要相守一生的人的话，钱是无意义的。

清秀挪了下身子，颀长的颈子露在一凯面前。一凯把那只挂坠戴在清秀的脖子上，他的手在清秀的脖颈间游走，清秀痒痒的。他的吻落到清秀的颈间，落到清秀的脸上，他手不老实地攻城拔寨，清秀握了他的手，跟在他耳边轻声说："坏蛋！"

一凯半跪着抱起清秀，大步走向里间卧室，回脚把门钩上，他说："姑娘，你知不知道坏蛋有多坏？"

一凯把清秀扔在床上，清秀身上一凯的大衫衬扣子都开了，清秀一只手拉着衣襟，人害羞地笑着。一凯的衣服一件件落到地板上。

清秀问："你爱我吗？"

"爱！"

"有多爱？"

一凯用力量回答了清秀的问题，在情欲弥漫中，女人轻易地把灵与肉都交了出去。无论这个人是圣贤还是魔鬼。

那是清秀的第一次。清秀的手紧紧地握着一凯的手。她的眼泪滚了出来，她说："魏一凯，你要是不给老娘幸福，老娘就杀了你！"话说得狠，却是甜蜜撒娇的口吻。

一凯俯在清秀身上，喘息着却还是笑："姑娘，你这样子，让我觉得我睡了孙二娘！"

清秀说："我饿了！"

一凯说："我也饿了！但还是先让你吃饱！"

清秀居然听得懂他说的话，红了脸。一凯围了清秀脱掉的衬衫出去，一会儿端了热好的披萨进来。

“哪来的？”见了食物，清秀的肚子很没出息地敲起了鼓。

“你睡觉时，我叫的外卖，本想你醒得早带你出去吃好吃的来着……”

一凯切了小块披萨喂清秀，清秀突然眼泪汪汪，一凯问她怎么了，清秀说：“就是觉得很幸福！”

一凯替清秀擦去泪水：“傻丫头，幸福应该笑不是吗，干吗哭？笑一个，嗯？”

清秀笑了，腮边小小的梨涡盛了满满的幸福。

情欲是一道闸门，打开了，便一发不可收拾。

在付锦绣住院的那些日子，清秀跟一凯像一对贪吃的小孩子。就是两人相跟着出去买饭，到个没人的地儿也要抱着亲一亲。哥哥嫂子看护着老妈，清秀就腻在一凯的小屋里，穿着他的白衬衫，打电脑，或者看书。

清秀是有些自责的，自己的老妈在病床上受苦，自己却这样没心没肺地幸福着。也因此，她对嫂子那恩，对那家人都更不客气。私底下，她倒没那么恨他们，幸福的人不会很恶毒，幸福的人更宽容。只是，清秀需要用对他们的严厉来中和自己对老妈的亏欠。自己是个不孝的女儿，老妈在北京这些日子，自己每天跟一凯打好几通电话，发无数短信，在网上半宿半夜地聊天，怎么就没想到多给老妈打几通电话呢？

清秀跟一凯说好了，结了婚，把老妈接过来跟自己住。一凯批评清秀的哥嫂，说他们做得太过火了，怎么能那样对待自己的妈。一凯这样说，清秀很满意。她说：“还好，妈有我这个女儿！”

结束恋爱不外乎两种方式，分手或者结婚。

捧着热火盆的一凯和清秀毋庸置疑一定是选择后者。

结个婚吧，这是必须的。

第5章　给不起的明天

遇到怎样的人，就会有怎样的婚姻。我们会为了另一半而改变自己的人生轨道，也会在某一时刻感动于对方为我们的付出和牺牲。但这都不是婚姻的全部要义。

01

那里判二缓三。

那是米晓佩人生第一次出现在法院的观众席上。法官公布判决结果时，米晓佩当场就抱着堂姐米晓倚哭了起来。

米晓倚搂着小堂妹，心里五味杂陈。剃了板寸的那里瘦了很多，人有些颓，却更让人心生怜惜。米晓倚很想把那里抱进怀里痛哭一场。只可惜，心疼他怜惜他的人不应该是自己，而应该是自己怀里的堂妹。这有多悲催?米晓倚看到那里的目光落到自己身边的晓佩身上，目光里的温度晓倚知道那恰好是爱情的温度。

米晓倚拍了拍小堂妹的肩膀说：“你不要告诉我，你和著名浪子的罗曼史从今儿开始了！”

米晓佩笑着扬了扬头：“回答错误，我们，早已经开始了！”

说完，米晓佩小炸弹一样冲到那里面前，众目睽睽之下掏出一枚戒指，她说："那里，我要嫁给你！"

散庭的法官们都停下脚步，什么情况啊，当庭求婚，还是女孩？

米晓倚注意到晓佩竟然穿了件红色的毛衣裙，她转了一下头，无奈地笑出声来。笑过之后，转身离开。之前，她是想找那里谈谈的。现在，似乎没这个必要了。

米晓佩这一招把吴玉芳也给吓到了，这疯丫头，这是干什么呢？那里显然也没心理准备，他愣了几秒钟，倒是旁听席上他的那些哥们儿起了哄，"那里，娶她，娶她！"

米晓佩看那里没反应，心里顿时长起了一片荒草，她低声说："我告诉你，如果你今天把我晾在这儿，我米晓佩做鬼都不会放过你！"

笑意浮现在那里的脸上，他回手揽住米晓佩旁若无人地亲了起来。

法官们笑着退场，说："现在的年轻人，啥事都敢做！"

那里的哥们儿鼓掌呐喊，这边那国祥却恨得牙根痒："还不知悔改，在这丢人现眼！"吴玉芳推了那恩一下："让他们赶紧走，这是什么地方，一会儿再给抓起来。"

那恩也恨的，多亏林清水这是没来，要是来了，看到这一幕，肯定气得七窍生烟。

那边偶像剧已经进入到深情表白阶段："我才不要你做鬼，我要你做我的新娘！"

那里这句话说得米晓佩的两眼发了大水。她抱着那里不肯放开，她说："我们现在就去领证，立刻马上！"

那里跟朋友们打招呼说晚上请大家吃饭。朋友们开着玩笑散去。那里那个当头儿的哥们儿黑着脸，说："你再不回公司上班，我也扛不住了！"那里说："这不连人生大事都办完了，就要奔事业了吗？哥们儿，等我成乔布斯时，我会记着你的好！"

那恩到那里面前还一句话都没来得及说，那里就牵着米晓佩的手往出跑，跑到门口又返回来站在吴玉芳和那国祥面前："爸、妈，户口本呢？"

那国祥的脸阴沉着："那里，我觉得你应该先去看看云朵的奶奶，而不是结什么婚！玉芳，你陪着他们一起去，好好给云朵奶奶道个歉。"那国祥的电话响了，老友住了医院，他要先走一步。

米晓佩拉了拉那里的衣襟说："我跟你一起去！"

吴玉芳掏出一叠钱塞给那里，米晓佩说："阿姨，不用你的钱，我刚收了一笔稿费，我有钱！"

吴玉芳瞥了米晓佩一眼："我现在还是那里的妈，你跟他还没什么关系，花你的钱算怎么回事？"

米晓佩的神经够大条，"马上就有关系啦！"

那里还是接了老妈的钱，他说："妈，我想吃啤酒鸭，您跟爸回家给我好好炖一只，看完云朵奶奶，我跟晓佩回家吃！"

米晓佩不高兴了，撅着嘴拉那里的衣襟："我们什么时候去领证啊？"

"吃饱喝足，下午去啊！"

听那里这样一说，米晓佩的脸上笑出了一朵花。

吴玉芳看着两个人兴高采烈离开的背影摇头叹息："还结婚呢，出这事儿，给他结婚的老底都折腾进去了。"

"妈，那里的吉普不是卖了吗？"

"那吉普是贷款买的，咱这出了事，着急用钱，也没卖上价……我跟你爸欠着银行的钱，你们也不富裕，他这倒好，没事儿人一样，真叫没心没肺的，唉。颖，你开车送我去买鸭子吧，多买一只，做了，你给你婆婆带回去！"

"得，我送你去菜市场就得回学院了，这一段，我请多少假了，系主任看着我眼眶子都发青了！"

"清水这段对你怎么样？还那么不冷不热的吗？"

"还好！"那恩不知道怎么跟老妈说。两个人的关系就像打破的镜子，再怎么往一起拼凑，还是东边裂缝西边呲牙，再不是当初了。

林清水的副处没提上不说，到手那房子也被人挤了下去。机关那地方，芝麻大的一件小事都能被人放大成西瓜，清水这事被人说成了遗弃老妈……人在坏情绪里，林清水对那恩的态度也是不阴不晴的。那恩知道自己做得再多，林清水还是有些怪自己的，如果自己能处理好婆媳关系，何至于此？唉，别提了，一提那恩的心就乱成了一团麻！再一想到他那样写自己，心简直比北海的冰面还寒。

吴玉芳拉了女儿的手，“小恩，是咱做错了，别怪清水，现在正是难的时候，别发大小姐脾气，你们还有云朵，人有走背字的时候，就有走顺字的时候……”

那恩点了点头。吴玉芳突然想起来，“不行，打电话叫那里等我一下，我必须亲自带着他去给你婆婆道个歉，这是你爸千叮咛万嘱咐的，你说我这脑子！”

“不用了吧？”

“必须用，不然，清水那边也会过不去的！”

彼时，林清水家，清秀正陪着老妈。

付锦绣还是不太敢下地走，在床上躺着。清秀给老妈梳头。付锦绣唠叨着：“今儿云朵的舅舅开庭，也不知道能啥样，要是因为我判了他刑，那你嫂子不定怎么恨我呢！”

“她凭啥恨你？又不是你往她弟弟车上撞的？一看就是个败家子，又不是啥富人家，买那么贵的车，还不好好开！”一提到那家姐弟，清秀就连枪带炮没个好气。

“这北京的医院太贵了，住这些日子，你哥说花了几万块，其实，我都知道他骗我呢，病房里那个手术的女的，没住几天就花了十来万，我这住了一个月，怎么不得花十好几万？那得种多少地才挣这些钱啊？我这真是败祸人啊，老了老了，给人添这么大罗烂……”付锦绣住院花了近三十万，林清水并没告诉老妈实情。

林清秀把木梳扔床上：“哎，你这老太太到底是怎么回事？花一百万，那也是他们那家罪有应得啊，你心疼个什么劲啊。他们花多少钱，咱还不受这个罪呢！”

“你这孩子，说着说着就冒火，什么脾气啊？”付锦绣笑着捡起木梳帮清秀梳头。

“什么脾气还不是像你啊！你年轻时多厉害啊，咱全望山村男女老少，就没一个敢惹你的，这倒好，老了，老了，胆小怕事了！”

“那时不是怕你跟你哥吃亏吗，妈不像老母鸡似地护住小鸡，能行吗？对了，秀儿，你见了一凯父母，他们咋说的？”

“不是跟你说了吗，还问！”林清秀并不愿意再说一遍。那并不是个太愉快的见面经历。

“妈这不老了吗，记性不好，我闺女的好事，妈听十遍百遍也听不够！”

“你闺女我长得漂亮，又有学问，大上海的学校毕业的，有什么配不起他魏一凯的？一凯的爸妈乐得嘴都合不上呢！”

清秀顺嘴胡编，事实上，清秀在一凯父母面前，是有些自卑的。

02

那天，付锦绣去那家吃饭。清秀跟一凯在商场里转了又转，也没选到要买什么礼物。一凯说买点吃的就行了，不用买什么礼物的。清秀坚决不同意。第一次上门，是准儿媳妇身份去的，怎么能不带礼物，况且自己家是农村的，若出手小气了，都会让未来的婆婆看不起。

清秀问一凯他父母都有些什么爱好，一凯想了半天说父亲好像喜欢喝茶，老妈呢，还真不知道喜欢啥。清秀问，那喜欢什么样的衣服呢？颜色？

一凯想了想，说：“老太太现在不都打扮得花红柳绿的吗？我妈搞笑，还去跳街舞！”

清秀有了主意，到卖茶的地方问什么茶贵些，售货员眼皮都没抬手指了指标价上万的那些，清秀看了一凯一眼吐了吐舌头，两人磨蹭了好半天，买了白毫银针茶，那一点点茶一千八，钱虽然是一凯掏的，但还是让清秀心疼得咂舌。

给一凯妈贺淑敏挑衣服也颇费了一番周折。后来还是导购小姐拿了一款中式羊毛衫说时髦老太太穿这个最显身份了。一凯平常基本没给父母买过东西，也给不出什么意见，清秀看了看价钱，八百多，觉得也差不多了，这个钱她坚持没让一凯付。

进了一凯的家门，见到一凯的老妈，清秀就有些后悔了。光想着买礼物，怎么就没打扮打扮自己呢？这段日子要么在医院里看护老妈，要么在一凯那缠绵，人是憔悴的，头发都没型了。一凯妈哪像是五十多岁的人嘛，身材保持得跟年轻人似的，就是面容，看着也不过四十多。只是，她是冷美人那个范儿，目光在清秀身上来来回回跟跑马灯似的，让清秀浑身不自在。

倒是一凯爸很慈祥，他接过他们带来的东西，说："是清秀吧，一凯跟我们说了，你妈妈的病好些没？"

清秀松了一口气，一一回答。

一凯显宝似地把清秀挑的礼物拿出来。"爸，这是给您买了白毫银针，很贵呢！"

一凯爸接过来："这茶不便宜啊！"一凯妈接过来看了一眼："你不知道你爸从来只喝绿茶吗？"

清秀看了一凯一眼，一凯把茶拿过来："这不是绿茶吗？哎，啥茶不一样啊，你不喝我喝！"

一凯爸打圆场："怎么不喝啊，换换口味挺好的！"

清秀拿出那件红色绣着牡丹的羊毛衫："阿姨，没见着您，不知道您这么年轻，选了一件，您试试合不合适，不行，我再去换！"

贺淑敏把羊毛衫抖落了一下，放沙发上："这衣服都烂大街了，咱这楼打扫的就穿一件！"

清秀的脸刷地红透了，像被人捋了耳光一样。一凯拿起那羊毛衫："妈，您毛病怎么就这么多啊？你啥时看到打扫楼的阿姨穿这么件衣裳了？这八百多呢，我就不信那扫楼的一个月才挣一千块，花八百买件羊毛衫穿着干活，您矫情不矫情啊！”

大概是一凯的不高兴让贺淑敏有了收敛。接下来还算是不错，虽然贺淑敏对清秀很冷淡，但再没说让她难堪的话。

从一凯家出来，清秀默默地坐在副驾驶的位子上。一凯握了清秀的手：“不高兴了？我妈就那样，对谁都挑三拣四的，特烦人！我们家也就我能治得了她。咱结婚也不跟她住一起，没事！”

清秀问：“你妈是不是嫌我家是农村的？是不是嫌我家穷，不门当户对？”

一凯沉默了一会说：“清秀，你是跟我结婚，不是跟我妈结婚，记住这一点就 OK 了！”

话是这样说，清秀的心里还是压了块石头。从小，老妈就告诉清秀，女孩要自尊，不能低着头进婆家的门，那样，就一辈子做牛做马都落不着个好了。

清秀知道老妈当年为了给舅舅换娶媳妇，向他们林家要了一块表，一辆自行车和一百块钱，这才过门的。要了这些东西嫁给了老爸，付锦绣在公婆面前就没落着一个好眼色。及至清水爸被大木头砸死，清水的爷爷奶奶就认定付锦绣是个灾星，带着一帮亲戚来抢房子，来抢清水，要赶付锦绣跟清秀出家门。

付锦绣拿了把镰刀站在院子里，她说：“今儿谁进这院子，我们娘仨就都不活了！”

一个女人，除了拿命相威胁，还能怎么样呢？许多年后，清水和清秀都上了大学，寒假回家过年，付锦绣讲起这段还是泪水涟涟。后来是村里人看不过去了，出来说公道话，清水的爷爷奶奶这才带人离开。他们一走，付锦绣扔下刀，坐在院子里号啕大哭。那之后，他们娘仨过得再穷再苦，她付锦绣都没去找过清水的爷爷奶奶。

那一年村子里来卖地瓜的。在东北，地瓜就是最好吃的了。清秀不懂事，想吃，付锦绣去山上捡柴去了。就是付锦绣在家，也没那个钱买地瓜吃。

清秀看到奶奶买了小半袋地瓜，就回家拿了个小盆去奶奶家等着。奶奶问，你妈让你来的？清秀摇了摇头，也不吭声，就坐在那。奶奶开始数落付锦绣的不是，爷爷回来，问了怎么回事，骂了奶奶，给清秀捡了几个地瓜让她端回去。

付锦绣背着柴回来，看到地瓜，问明白是怎么回事，狠狠地骂了清秀，让她把地瓜送回去。清秀一直记得自己边走边哭，到了爷爷奶奶家，爷爷奶奶一家人正在吃煮地瓜。看到清秀端了地瓜回来，爷爷恼怒："你妈就是死要面子活受罪！"他们给了清秀一块地瓜，清秀咽了咽口水，没有接，转头就跑。

那天夜里，付锦绣家门口放了一大盆煮熟的地瓜。这次，付锦绣没让清水清秀送回去。只是，她自己也没吃。

有鉴于此，林清秀一直记得老妈说过的话，女人不能低着头进婆家门。只是，双方条件明晃晃地摆在这，自己不低头又能怎么样呢？

清秀和一凯在床上缠绵过后，她枕着他的胸口问了从古到今，无数女人都爱纠结的问题："我跟你妈吵架，你会向着谁？"

"好好的，干吗要吵架？"一凯还沉浸在"性"福里，不愿意思考这样的问题。

"我就知道你肯定向着你妈。人不说了嘛，老婆可以再娶，妈只有一个！"清秀的脸色变得不好看了。

一凯坏坏地笑了，整个人侵袭上来："我就向着你！我就向着你！"

男人重新发起一场欢爱，女人缴械投降。

03

在路上，吴玉芳就嘱咐那里，进门态度一定要端正，最好给云朵奶奶跪下，那里的脸上很紧张，一直握着米晓佩的手。米晓佩皱了眉："啊？不用跪吧？"

吴玉芳不大高兴，“那里，你做了这么大的错事，云朵奶奶这么大岁数，这是救过来了，救不过来，你这一辈子能过得安生吗？你姐这家不让你给拆了吗？”

吴玉芳陪着米晓佩和那里拎着东西走进林清水家小区，碰到林清水跟那恩。吴玉芳问那恩不是要回美院吗。那恩小声说：“我还是有些不放心，清秀那脾气……我打电话让清水请了假的！”

一帮人进了家门，林清水喊：“妈，云朵姥姥和那里来看你了！”

那里抢先一步进了卧室，跪倒在付锦绣床前：“大妈，我就是一混蛋……”那里哽咽了，付锦绣忙喊：“清水，你快扶起来这孩子！没事儿，真没事儿，大妈这不硬朗着呢嘛？这谁也不是故意的……快点，小恩，清水，快扶云朵舅舅起来！”

吴玉芳拦住付锦绣：“让他跪着，不给他点苦头吃，他总长不大。这是咱自家人，换了别人，他现在还不在里头待着啊？”

付锦绣给林清水使眼色，林清水过去拉那里，“让你起来，你就起来吧！”

“长点心吧，也照着这么说，这是碰上我妈心肠好，换了别人……”清秀的一张脸拉得老长。

“秀儿，没你事！”付锦绣赶紧制止女儿。

米晓佩是个漂亮且会哄人的姑娘，赶紧搂着付锦绣叫大妈，她说：“大妈，您今天这身衣服穿得特精神！”付锦绣乐得嘴都合不上了。她说：“云朵他舅啊，在里面吃了很多苦吧？”

那里站起来，恢复了贫嘴巴舌的本色：“没有，大妈，你没听人说嘛，没蹲过监狱的人生是不完美的人生！”

“呸呸呸，听谁烂嚼舌头的。那地方是好住的？”

清秀端了水果进来：“你倒是完美了，我妈差点丢了命！”

付锦绣瞪了清秀一眼：“你是越长大越不会说话了！”

那恩也不高兴了，不看僧面看佛面，这清秀当着自己一点都不给她娘家人面子，那恩说：“清秀不是越长大越不会说话，清秀，你倒是说说看，你要怎么样才能把这口气出出来？让那里继续在里面待着？给他两棒子？”

那恩的话火药味十足，清秀张了张口，看到老妈的脸，只好转换话题：“嫂子，我没别的意思，就是……唉，算了！”

那里继续贫：“大娘，你们望山村是不是水土特别好？我姐夫就够帅的了，可还是没有清秀姐漂亮，清秀姐，你要去参加世界小姐比赛，那些女孩都是浮云。”

伸手不打笑脸人，那里这样抬举清秀，清秀倒真不好继续拉着一张阶级斗争的脸给人家了。

米晓佩说：“大妈，我还要感谢你呢，没出这事儿，那里都不理我，你不知道把我憋屈的啊，我都快等成白毛女了，他呢，哼！大娘，我结婚，你和清秀姐都得当我的娘家人！清秀姐，一凯哥可真帅！”

“米晓佩，你再敢说别的男人帅，你看我怎么收拾你！”那里捏米晓佩的胳膊，米晓佩夸张地嗷嗷叫。

付锦绣笑：“中午别走了，在这吃吧。你清秀姐做饭有两下子呢，冰箱里有只小鸡，让她给你做小鸡炖蘑菇，蘑菇都是我在山上采的，都是小蘑菇丁，特别好！”

“呀，我最喜欢吃小鸡炖蘑菇了……”米晓佩像没长大的孩子一样。

那里拉米晓佩的衣角：“大妈，不了，我想吃我妈做的饭想狠了。改天我跟晓佩再来看您。您好好养病，需要啥，让我姐告诉我。大妈，我真是太差劲了……以后，您就当我是您的儿子，跟我姐夫一样！”

付锦绣拉了那里的手不舍得让他们走：“咱都是一家人，说那些见外的话干啥？”

米晓佩呱啦呱啦个没够：“大娘，我可给您买了一大包糖哦，那糖是我和那里的喜糖，下午我们就去领证，闪婚。”

付锦绣迷糊，问清秀：“啥叫闪婚？”吴玉芳在一边不爱听了，说：“我说你们还是再处处，别今儿结了，明儿又闹离婚！”

清秀也问米晓佩：“你们认识了多久？”

米晓佩扬了扬头：“今天是我们见的第四面，在法庭上，我跟他求的婚！”

付锦绣吃惊不小，现在的姑娘小伙子都想的什么啊？清秀跟一凯通过那什么网认识的，这见面了，连学都不上了就要结婚，这都够神的了。这云朵的舅舅和这漂亮得洋娃娃一样的小姑娘见了四面就要结婚？

唉，也是呢，自己当初跟清水爸不是相亲见面后一个月就过门了吗？这男人和女人啊，也是个碰，碰对了人，就怎么都好。自己跟清水爸一起过了不过是五年的光景，两个人却是情投意合的……只是，出了自己这档子事，清水跟那恩……一想起这个，付锦绣就后悔，早知道这样，自己来什么北京啊，在望山村待着就好了。

付锦绣真的想望山村了。一闭眼睛就想。望山村这会儿雪很大了吧？大良子每天都帮自己烧屋子吗？自己那只叫花脸的猫一定是想自己了吧？

可她不能回去。清水对那恩那样，自己这一回去，他们真的离婚可怎么办？她的小孙女粉白粉白的，说起话来娇滴滴的，她可不想小孙女像电视里那些离了婚人家的孩子一样缺爹少妈的。

清水就是犟，怎么就那熊样呢？一天到晚吊个脸，这样，哪个女人喜欢啊？她都看出来了，那恩在极力地忍耐着。那恩又不是自己身上掉下来的肉，能这样对自己已经不错了。人家是这大北京城里长大的姑娘，能嫁给你林清水，你还有什么不满足的呢？唉，自己这当妈的得劝着点清水，骂着点清水。

自己这事儿，也不能全怪人那家。自己的儿子不也冲自己喊了吗？他喝了酒，他心情不好，自己不怪他。可他也不能把这事都怪媳妇身上啊。唉，自己要是早点死就好了，听说这事也连累到儿子了。他从望山村走到这大北京，一点依靠都没有，凭的全是自己努力，这家啥都没帮上他不说，自己还给他添堵，唉！

那晚，清水弯腰给付锦绣洗脚时，林清水说：“妈，明天我跟那恩去办离婚手续！”

付锦绣哭了起来。

出事后，这是付锦绣第一次哭。

林清水慌了，把擦脚巾扔进了水盆里，问老妈怎么了，他说：“那恩说什么了？妈，您别哭，有儿子在，谁也不能给你气受！”

付锦绣给了林清水一巴掌，巴掌打得很轻，却把林清水打愣了，“妈，你……”

“你还当我是你妈吗？清水，你4岁你爸过世，我是怎么咬着牙拉扯你跟清秀的？大冬天，上山捡柴火，雪都到大腿弯了，人冻得恨不得往雪堆里钻。大夏天，到密不透风的苞米地里拔草，苞米叶子把身上割得全是小口子……村里人说，付锦绣，你儿子比你都高了，还念啥书，回来种地得了，再过几年，娶上个媳妇，你就能享享福了！清水，妈没那样。妈咬着牙供你上大学，供清秀上大学。什么苦都往肚子里咽，什么难都不跟你们说，就是想你们能过上好日子，能走到人前，挺直腰板……可是你……”

林清水的眼泪也涌了出来，他说：“妈，我知道，我一直都知道您的期望，所以，这些年，我从没放松过，我兢兢业业，我勤勤恳恳，我就是想站在人前，挺直腰板，让您觉得您儿子没辜负您的培养。可是……可是我得到了什么呢？我努力争取的职位，一眨眼就没了。我努力经营的婚姻，说到了，她还是不能容下您。妈，我觉得自己太失败了，一败涂地，我不想过这样的生活了，我太压抑了！”

林清水痛哭诉说，那恩站在客厅里听得同样是泪流满面。

自己放弃了条件那么好的王凡嫁给林清水，自己不计较过一分钱掰两半花的日子。画院的同事小姚拎着名牌包，穿着大品牌的时装，换手机跟换衣服一样勤，她不是不羡慕，不过，她一直觉得自己是自豪的，自己没做物质女郎，自己嫁给了爱的人，面包会有的，一切都会有的。所以，即便在小姚面前，那恩还是觉得自己是有优越感的，那优越感来自于精神上的满足。

可是，到头来怎么就成了这样的结局呢？

她是没办法接受婆婆。她皆尽所能去努力了。婆婆粗门大嗓说话她可以忍，婆婆用乡下的方法带云朵她能忍吗？

婆婆被撞，那恩知道自己背上了沉重的十字架。林清水不会原谅他们那家，更不会原谅自己。

那恩还不甘心，她从没想过要跟林清水离婚，从没想过。只是看了林清水写的那些东西，它重锤打了那恩的心上一样，那恩的心寒了，累了，如果自己在他眼里那么不堪，徒留这婚姻的躯壳有什么意思呢？

林清水去单位写材料时，付锦绣把那恩叫到身边。她说："小恩，你跟妈说实话，你跟清水到底差在哪？如果是因为我，那你们放一百二十个心，妈没事儿，妈这身体硬朗着，不会拖累你们……"

那恩的眼泪涌了出来，她说："妈，你千万别这么想。我跟清水……"

付锦绣替那恩擦了眼泪，"有什么话你跟妈说，如果是清水对不起你，我不会饶了他的！"

那恩开始说，她自己都不太清楚自己在说些什么，说她跟林清水是怎么谈的恋爱，说她们结婚后怎么样生活拮据但从没亏待过望山村的来人，说自己是有些任性，从小就这样。说自己是跟婆婆别扭过，但她是什么事不往心里藏的人。然后说到了电脑里林清水写的那些"黑文件"，那恩泣不成声，她说："妈，再吵再闹，咱还都是一家人，只是，我没想到在清水心里我是那么差劲的一个女人，他不爱我，那这婚姻我还要着有什么意思呢？"

付锦绣有些没听明白那恩说林清水到底做了些什么，她又问一遍，隐约明白是儿子在电脑上写了那恩的坏话。付锦绣在心里骂了林清水一句："这笨小子，啥事心里想想就得了呗，还写到电脑上，让媳妇看见！"

付锦绣不识字，却说出了识字人才说得出来的话，她说："小恩，这肯定是你多心了。我知道那些爱写字的人没事就爱寻个愁觅个恨的，要死要活的。原来咱望山村在清水清秀考上大学之前，出过一个秀才，写书，那书写得跟真事似的，老村长看过直摇头，说，没影儿的事都写真了。清水肯定也是这样，写的东西不算数的。他跟你明白说不想跟你过了，不爱你了吗？”

那恩摇头，付锦绣说：“还是的呀，清水那脾气你还不了解吗，闷，啥事都放在肚子里，等我给你问问，你听着，如果他真的觉得你一千种一百种不好，过不下去了，那是他没福气，你们离，妈不拦着。中不？”

那恩第一次那么真心实意地抱了抱婆婆。

04

林清水下班回来，付锦绣坐在客厅里看电视。林清水往卧室里瞅了一眼，付锦绣说：“那恩去云朵姥姥家接云朵了！”

林清水“哦”了一声，问老妈晚上想吃什么。付锦绣说：“清水，晚上饭不忙的，你来妈这坐一坐，妈有话跟你说！”

林清水坐在付锦绣身边，故作轻松地问：“老太太，有啥吩咐？”

付锦绣的心里也很忐忑，但她必须问出儿子的真心话，知道他到底是怎么想的。她说：“那恩跟我说了，你在那电脑上写了黑材料。清水，媳妇是你自己选的，她真的这么不好，当初你干吗跟人家？你是觉得她是北京姑娘？再不，你是喜欢她漂亮？你没真心爱过她？”

林清水的眉头拧成了疙瘩：“妈，我跟她的事，您就甭操心了！”

付锦绣沉下脸：“还怪人那恩这那的，你还不照样是嫌弃你妈我是乡下老太太，不用我操心，不用我操心你能长这么大吗？”

林清水见老妈急了，急忙辩解：“妈，我是真心爱那恩的。不然，我不会娶她。这辈子我没爱过别的女人，我是说，男女那样爱！”

这就是付锦绣最想要的话，她不自觉地瞅了一眼卧室。卧室的门虚掩着。那恩在里面。

“爱人家，还给人家凑黑材料，清水啊，你现在不爱那恩了？”

“妈，我从望山村来到这北京城，我是带着咱全村甚至是全县的光荣来到这北京城的。这北京太大了，大得让人觉得孤单。你知道吗，每次回望山村我睡觉都睡得特别踏实，这才是我的家。碰到那恩，她不嫌我是凤凰男，哦，就是乡下长大的。她也不嫌弃咱们家，但人骨子里还是会觉得低人一等。虽然表面上，我很要强，但是，妈，我知道，坐在西餐厅里，我是害怕人家笑话的。这些年，怎么穿衣，怎么吃饭，这些东西，我跟城里人没什么差别了，但是，在我的内心深处，还是会觉得自己像戴着假面具活着。那恩看的那些我写的东西，她觉得我在写她的刻薄、她的不好，事实上，那是我的想象，我希望把她的缺点找出来，平衡一下我内心的不平衡……妈，这次您住院，我想通了很多事。我不能做别人，我就是来自农村，我就是在这城里要靠自己的一双手生活，没什么大不了。那恩当初选择我时，我就这样，我不是绩优股，我也没许诺要飞黄腾达……真的，一切都放下了，人也就轻松了。我不知道那恩会不会原谅我，我没想过跟她离婚，从来没想过，我舍不得……舍不得云朵……”林清水说不下去了，付锦绣搂住儿子，多少年没这样抱过儿子了。

付锦绣听不懂清水前面说的都是什么，只最后一句她听懂了，她喊：“小恩，你出来吧！”

那恩亦是泪流满面开门出来。林清水有些惊诧：“妈，你这是……”

付锦绣说：“把你刚才的话再给小恩说一遍。都挺大的人了，什么事不能好好说，动不动就离婚，离婚！老话说得好，百年修得同船渡，千年修得共枕眠。我跟你那死鬼爸想在一起都不能够，你们倒好，身在福中不知福！”

那恩跟林清水的脸上都是讪讪的。

付锦绣还没说完：“不管啥时，你们都记住了，两人走到一起不容易，哪怕只有最后一点希望，也不能随便就提分手。分手还不容易？可是，分了之后呢？”

那恩抹了眼泪，进了厨房。林清水跟进去，帮她系上围裙。

付绵绣看着在厨房里忙忙碌碌的儿子、儿媳妇，心里略略宽慰了一些。

林清水出来，说："妈，我去接云朵回来，顺便买点好吃的。"

从家里出来，林清水心里的那片阴云也似乎散了不少。

那些日子，林清水心里就像放了一只麻辣锅，各种滋味炖在一起。被老妈安排，自己说出了心里的话，但跟那恩怎么继续下去，林清水也是有些不知所措的。

老妈出了这么大的事，自己心理做了这么让人煎熬让人羞耻的挣扎，林清水本已咬牙将一切看淡了，甚至他想过要努力把跟那恩的关系也缓和了下来，却不想后面的事逼得他无路可逃。他都想：大不了陪老妈回望山村去种田。可那只是人在艰难到没退路时选择的"大不了"而已。真正一切都扛了下来，谁不奔着最好使劲呢？

好在老妈的病一天天好起来。这比什么都好。跟那恩也慢慢来吧，一切都会好起来的。林清水呼吸着清冷的空气，冬天再怎么样，也快过去了，春天就快来了。

只是林清水不知道这事儿的后续燃烧燎得他几乎体无完肤。

先是早报记者写了篇《村妪被撞背后的道德救赎》，那个记者竟然跑到望山村去做了调查，望山村人听说付锦绣在大北京被车撞了，送到医院一个多星期林清水都没出现，简直都要把下巴惊掉了。清水不是在大机关里当领导吗？怎么会让付锦绣躺在医院里没人管？村长帮着想辙："兴许是清水太忙，出差了呢？你想啊，北京的大干部管着全国呢，全国各地哪不去啊！"记者赶紧否认："没有，他就在北京，哪都没去。我想问问他平时跟母亲关系好不好？"

望山村的人简直被这北京来的记者给气着了："这叫什么屁话，跟母亲关系不好就可以让她躺在医院里不管吗？我们望山村没这样的混蛋王八蛋。"

村民们的话被满脸长着青春痘的小记者很认真地记在本子上了。

村里人争相给他讲付锦绣的不容易，一个女人家，寡妇失业的，带着一双儿女这么些年，那苦吃得就没数了。那一年，提早下了雪，苞米都被雪压在了地里，别人家都热腾腾的一家人去地里刨腾。付锦绣就一人儿。干到最后，累得站不起来，就跪到垄沟里往下掰苞米，风湿腿疼，一把一把吃止痛片，五分钱的不舍得吃，挑最便宜的三分的吃……村里人实在看不下去了，大良子带着人先帮付锦绣掰……

大良子先抹了泪，小记者也是农村出去的，他知道农家供出一个大学生的不容易，这林清水怎么能这么猪狗不如呢？娶了媳妇就不要妈了吗？

大良子带小记者回家吃饭，他说："明儿我跟你一起去北京，我把我大姑接回来，谁都不养她，我养！"

大良子妈踢了大良子一脚："虎的你，人家有儿有女，哪显着你了？"

大良子跟小记者喝酒，他说"兄弟，无论怎么样，你都别写清水哥不好，你要写他，毁了他，那就要了我大姑的命了！"

长青春痘的小记者当然没听大良子的话，他把这句一并写到了文章里，他文章的最后写道：我们拼命努力，想在城市里站稳脚，扎下根，得到幸福生活。可是，如果做城里的人代价是要我们丢掉生我们养我们的那片土地，弃养给我们生命的父母，这样的努力，这样的幸福有意义吗？

那份早报是顾处长摔在林清水面前的。他说："清水，我也是从农村出来的。我一直觉得你身上有我的影子，可是我看错了！我不知道你母亲走失这么多天，你还可以面无表情地上班，你还可以有心情坐在这里听我跟你谈位子、房子，羞耻啊，羞耻！我宁愿你连工作都不做了去找老妈，一个人连最起码的人情味儿都没有，还谈什么事业？还谈什么前途？狗屁！"

林清水不知道自己是怎么从顾处长的办公室里走出来的。不知道是怎么被叫到机关大门口的。

机关大门口站着大良子，大良子一拳将林清水撂倒。门口的警卫迅速将大良子拉开，大良子喊："林清水，你不是人，你带我去看我大姑，我要把她接回家！”

林清水站起来，抹了一下嘴角的血迹，他拦住要报警的警卫，他把手搭在大良子肩膀上说：“走，咱回家！”

大良子没想到在北京城里做干部的林清水住那么小的房子，不是说房子都是国家分的吗？林清水看出了大良子的疑惑，无声地笑了一下：“本来可以分到，现在不成了……”

屋里的付锦绣隐约听到了大良子的声音，急切地喊：“清水，我咋听到好像是大良子？”

在厨房里做饭的清秀拿着饭勺子出来，看到的可不正是温良吗！

温良换了鞋走进付锦绣说话的那个屋，他说：“大姑，我来看你了！”

清水和清秀站在客厅里，听小屋里自己的老妈跟大良子唠家常：望山村的雪很大了。老羊倌前些日子过世了，睡着了就再没醒；老姜家的二丫头出嫁了，嫁给了邻村做豆腐的，听说那家做豆腐发了财，跟《乡村爱情故事》里的那个王小萌似的……

清秀先说了话：“哥，妈养了咱俩，供了咱俩，咱俩还不如良子哥在她跟前更像儿女！”

林清水转过头去，眼里泛了泪花。

那恩领着云朵进来。云朵娇滴滴地叫爸爸叫姑姑。她突然发现林清水嘴角肿着，她说：“爸爸，爸爸，你受伤啦？”

那恩也看到，抬眼碰上林清水的目光。

林清水说：“没事儿，不小心撞门上了！”

那恩拉出了医药箱，找了药水和创可贴叫云朵：“给你爸爸送去！”

这些日子，那恩跟云朵睡在卧室的床上，林清水都睡在沙发上。

那个晚上，那恩让云朵去叫林清水进来。云朵去喊爸爸，林清水抱着云朵进了卧室。云朵睡在两个人中间。那恩熄了灯，半晌，那恩的手臂伸了过去，她问：“手还疼吗？”

林清水的手握住那恩的手，心顷刻化成了水。他起身，蹑手蹑脚地把云朵抱到老妈的屋里。付锦绣醒着，但她故意装成睡得很熟的样子。

林清水想，抽个空，要想着去给墙壁做个隔音。

他回到房间，心里竟是急切的。许多日子以来，两个人都是做错事的孩子，同陷困局，却又彼此伤害。这真是太不应该了。

欢爱是最好的和解。林清水把身体的压抑都发泄出来后，把头埋在那恩的胸口呜呜咽咽地哭。那恩也是眼泪涟涟，她搂着这个她爱过恨过的男人，她在他的肩膀咬了一口，她说："林清水，你听好了，你欠我幸福。这幸福不是车子、房子，不是光鲜的物质生活，而是一辈子真心实意地爱与呵护，你明白了吗？"

林清水吻住那恩，含混地说："这样还行吗？"

屋外，天寒地冻。屋内，春色旖旎。

那恩心里含混着想起书上看的一句话，再恩爱的夫妻，一辈子仍然有一百次想要离婚的念头和五十次想要掐死对方的想法。这次就算一次是想掐死他的事件吧，过了，翻篇儿了。不然能怎么样呢？真分开了，到哪去找陪她走过青葱岁月的人呢？

她没想到，这样的危局过后没多久，她和林清水极力往一起弥补的婚姻还是走到了尽头。

05

那日，米晓佩和那里的婚没结成。

那里在家软磨硬泡拿了户口本，兴冲冲地跟着米晓佩回她的出租屋去取米晓佩的户口。米晓佩的户口从大学里迁出来，还没往家里落，正好在手里。

米晓佩打开门，看到堂姐的大衣挂在衣架上，她转头对那里小声说："我姐好像在家，你小心说话哈，我觉得她有点不喜欢你！"

那里嬉皮笑脸："不是她太喜欢我吧？"

米晓倚穿着睡衣出现在米晓佩和那里面前。

米晓佩问堂姐怎么没去上班，晓倚沉着脸说："你们回来干什么？"

"拿……拿点东西！"米晓佩把堂姐和那里扔在客厅，自己奔到自己的房间。

那里四处瞅瞅看看，"原来你住这啊！这一个月多少钱？"

米晓倚显然不想跟那里攀谈这些。

"你真的跟晓佩好上了？"米晓倚想从那里的脸上找到个认真的答案。

那里手插着兜，目光直视着米晓倚："真的，怎么了？"

"晓佩很单纯，也很死心眼，你要是伤了她……"

"米晓倚，你有意思吗？我干吗要伤了她，我喜欢还喜欢不过来呢！"那里那副满不在乎的表情惹恼了米晓倚，"你干吗伤了她？笑话，那里，这些年，被你伤了的女孩还少吗？"

"请问，这里也包括你吗？"那里将了米晓倚一军。米晓倚恼羞成怒，伸出巴掌要扇那里。那里握住米晓倚的手腕："堂姐是吧，以后咱们就是亲戚了，请多关照！"

米晓倚咬着牙根恶狠狠地说："那里，我告诉你，你要是伤了晓佩，我不会放过你的！"

那里坏坏地笑："堂姐，我好怕怕……"

米晓佩从屋里出来，看到两人古怪的姿势有些不解："你们在干吗？"

那里松开米晓倚的手，换了一副很贴心的表情："户口找到了吗？去换件厚点的衣服，这件太薄了！"

米晓倚惊醒起来，问拿户口本干什么，米晓佩不答，那里说："一男一女拿户口本还能干什么，堂姐，我们去领结婚证吧，哎呀，晓佩，咱们忘给堂姐带喜糖了！没事儿，一会咱们领完证回来补上！堂姐，你别生气啊！"

米晓佩慌了，偷偷拉那里的衣襟。那里说："拉我干什么啊，咱俩光明正大结婚领证，我又不是拐带未成年少女，你又不是跟我私奔！"

米晓倚不理那里，而是拉住米晓佩：“你结婚跟谁商量了？二叔二婶知道吗？米晓佩我告诉你，你要是这样任性，不知深浅，将来有你哭都找不着调门的那一天！”

米晓佩很清楚地告诉米晓倚，这是我自己的事，我24岁了，我父母无权干涉，堂姐你也无权干涉。

阻力总像是给爱情增加的一个弹簧，阻力越大，被阻挡的两个人就越来劲。

米晓佩跟那里耀武扬威从家里出去时，摆的是战胜国的姿态。那里觉得是报复了米晓倚的自以为是。米晓佩是讨厌堂姐一副大家长的作派。

只是，两个人在民政局排队时，那里接到了一个电话，接到电话那里的脸色很不好看，他拉着米晓佩出来说：“我有些急事要处理，这证咱今天不办了！你先回家，我再跟你联系啊！”还没等米晓佩说些什么，那里伸手拦了出租车把米晓佩塞进出租车。

米晓佩坐在车里哭：“那里，什么事比咱俩的事还重要？”

米晓佩哭丧着脸回到家，米晓倚正在打电话。见了晓佩，急忙挂了电话，问：“证领完了？”

米晓佩高声嚷：“如你所愿，满意了吧？”说完，走进自己房间，“咣”地把门关上。

晚饭时，晓倚敲开了晓佩的门。米晓倚做了鸡蛋饼。两个人坐床上边吃边聊。米晓倚一桩桩一件件讲那里的风流罗曼史。当然，她跟他的一段，她有意隐去了。

米晓倚说：“晓佩，姐不是要诋毁他，而是让你知道，他是个对感情不负责的人，你跟他不是一路人。在感情世界里，最深情的是飞蛾，飞蛾扑火。最无情的是蜻蜓，蜻蜓点水。他是蜻蜓，你若做飞蛾，你得做好心理准备。”

米晓佩默不作声，眼泪却噼里啪啦往下掉。

许久，她说：“姐，再苦再难，也总要努力爱一次才行。如果这就害怕了，那还是爱吗？”

米晓倚握了握小堂妹的手，她知道，有些泥泞与艰难，只能自己一步一步走过去。就像对那里，无论多痛多恨，这一页，也只能翻过去。

什么事情也都讲究个火候，过了今时今日，米晓佩也不想什么闪婚了。当初，米晓佩头脑一热，觉得从被告席上把自己爱的人接到自己的怀里，然后两个人共同拿着一张婚姻的证书，像是坚贞爱的褒奖，那要多浪漫就多浪漫，要多与众不同就多与众不同，甚至有一点经历风雨见彩虹的意味，米晓佩喜欢这个。可是，那里破坏了情绪，有什么事那么急非得要在领证时把她扔下跑掉呢？

说到底，还是没把自己放在心上。那好吧，大不了从头再来，重新走一遍恋爱的程序好了。说着也亏，那里连束花都没送过自己呢。

米晓佩安安静静地画起了漫画。她画了个喇叭花姑娘和狗尾巴草王子的漫画。喇叭花姑娘背着大喇叭对狗尾巴草王子喊：“你再不娶我，我就枯萎啦！”狗尾巴草王子打着哈欠说：“你枯萎咱俩就相配啦！”

米晓佩轻轻地笑了。

她不知道，此时，那里正在解救前女友。

确切地说，是那里的前女友跟现男友闹翻了，站在17层顶楼要往下跳，跳之前想起了那里，死之前要见那里。

本没那里什么事，但是前女友也是女友，那里总不能见死不救吧，那里没想到自己做了次活雷锋，却把落到尘埃里的米晓佩打击得轻舞飞扬。

或者，爱情需要考验。那里尤其要吧。

第6章　像小言一样生活

幸福它是嘴里的糖，甜甜地从嘴里滑进肚子里；幸福它是一双脚上的鞋，带着我走啊走，不怕小石子不怕玻璃渣；幸福它是在天上一个大大的太阳，照着花儿照着我。幸福是像小言一样生活，细水长流。

01

春节过后，林家发生了两件大事。一件是林清水从机关辞职了。另一件是清秀嫁给了魏一凯。

副处长的位置如果真从外面调个人来，林清水也就算了。可是，偏偏是提拔了小汪。也就是说，小汪从林清水的下级一跃成了林清水的上级。小汪见了林清水，仍旧是满脸堆笑，说："林科，以后还多指教！"话说得张驰有度，自得之意却是溢于言表。没几日，小汪便挑剔起林清水写的报告，林清水气得脸都绿了，心里骂：老子写报告时，你还没初恋呢！

林清水那几个晚上一直在失眠。做胃切除手术时下的那个决心不断在脑子里晃荡。人挪活，树挪死，既然这样，算了，怎么活还不一辈子呢，老妈躺在医院病床上时，自己不连回望山村都想过吗？

过年那几日，岳父岳母来家里看云朵奶奶，那国祥看出林清水闷闷不乐的样子，特意约他出去在小区外的茶馆里喝了一下午茶。林清水把想法说了，那国祥沉吟半天，说：“我理解你的苦衷。我在机关里干了一辈子，到退休也不过是个副处。说是淡泊名利，淡泊名利，能从年轻熬到年老，谈何容易。芝麻大的事儿就能把你压得喘不过气来，方方面面的人际关系让你无所适从。然后像我一样退休了，总在想这辈子到底干了些什么呢？所以，清水，你有别的想法，想趁年轻出去闯闯，老爸支持你。老爸别的能耐没有，退休金供着云朵吃和穿总没问题！”林清水喝了口茶，头扭向窗外，他的眼睛是湿的，他很感激老岳父的这番话，无论何时何地，他都无比感谢这个春节的某一个下午，老岳父如同父亲一样给予自己的支持。

林清水辞职的事却并没有那么顺利，吴玉芳与那恩坚决反对。吴玉芳反对的理由自然是现在研究生还满街找不着工作呢，林清水万一找不到工作，女儿和小外孙女怎么办？房贷怎么办？何况，林清水还养着个老妈呢！那恩反对的理由没说出口，放在心里。她是想，自己跟林清水这关系已经是不咸不淡，他再在社会上晃荡，挣不挣钱另说，面对的诱惑就成百倍增长。更何况，公司里也未必就好哪去。

林清水去岳父家接云朵时，吴玉芳叫住了他。吴玉芳说：“人做大事，不能看一时一事，你是什么样的人，路遥知马力。遇到这点事，就拍屁股走人，让人看不起你林清水！”

林清水承认岳母说的有些道理。但他心意已决，他说：“妈，别劝了，我都跟我们顾处说了！”

那恩的脸顿时僵成冰川：“林清水，你还当我是你妻子吗？辞职这么大的事，你跟谁商量了？”

林清水不吭声。回家的路上，云朵唱着新学的儿歌。那恩拉着一张长白山的脸。临进家门时，林清水说：“别在我妈面前说这事，我不想她担心！”

那恩炸了庙：“林清水，你总说我自私，你不自私吗？你光想着你妈会担心，你想过我吗，想过云朵吗？”

云朵吓得哇地哭了起来。林清水抱起云朵哄，他说：“小恩，咱别闹行不行？你觉得我做这个决定容易吗？我三十了，外面吃鳖受气，家里做夹心饼干，我活着有意思吗？”

那恩不高兴时有个毛病，洗东西，把家里能洗的东西统统洗一遍。

那天从云朵外婆家回来，那恩把包括窗帘、床单在内的东西都洗了。累得浑身筋疲力尽，那恩想起和好那夜她自己下过的决心，以后，不能太强势，要设身处地替他想想。老爸曾经有次喝醉酒说过，在大机关里，做默默无闻的小兵没关系，有关系的是每个人都怂恿着你往前奔，奔来了，自然好，奔不来，便被人贴上“窝囊”的标签，这样“窝囊”一辈子的滋味肯定很不好受。这样一想，她就想，还是算了，趁年轻，出来闯闯也没什么不好。她不支持他，谁支持他呢？

那恩坐在床头，对躺着发呆的林清水说：“想好辞职后干什么吗？”

林清水坐起来，说：“祝和平开了家文化公司，让我过去帮忙！”

“祝和平是个开个小卖铺都能说成是上市公司的人，我这样想，那里认识的人多，你注册个公司做图书吧，我很多同学都在出版部门做，这个我也可以帮上忙！”

“那恩，我不想辞职了，还靠你帮忙！”林清水的目光里有感激，口气却是不容置疑地拒绝。

“清水，我们一直没有好好谈谈。我知道云朵奶奶的事出了之后，虽然你表面原谅我了，但是心结一直在。我不知道我做些什么才能弥补。但我希望你能体谅。你是儿子，尚且心里有很多挣扎、犹豫，我不是圣贤，我承认我自私，但我已经尽力往好处做了……这些年，也许我和我的家庭有意无意间给了你许多压力，但是，那没有恶意。你知道这些年，我为了这个家牺牲了什么，我不追逐名牌，我不贪慕虚荣，学院组织去奥地利旅游，不去的可以给六千块钱，你知道我多想去奥地利的，可我犹豫都没犹豫就选择了不去……我选择了你，我们是一个家庭，你的事也是我的事……刚刚我说的也只是个建议，仅供参考吧！”那恩无力地躺在床上，背对着林清水。

林清水从背后抱住那恩，那恩感觉出林清水在哭。她的心在一瞬间软了下来。她知道他的不容易。清水自尊到自卑的地步，他的头发一把一把掉，他不过三十岁，她还真是不想他把日子过得那么死气沉沉。

那恩说："没事儿，大不了咱们还住出租屋。无论什么时候，你还有这个家！"

那晚是正月十六，窗外的月亮很亮。

很长一段时间以来，林清水觉得自己跟那恩的心没贴得这样近过。他的脸埋在她的胸口，她的手轻轻引领着他，一如初欢时，她给他的力量与包容；一如初欢时，她和他爱得没有一丝一毫尘滓。

那一夜，她和他成了两只汤匙，一只拥着另一只，无比踏实。

那一夜，他们是有着共同面对排山倒海而来的生活压力的信心的。只是，两天后，那恩在单位门口见到了顾西辞，她说："清水哥要辞职的事，你知道吗？"

那恩知道顾西辞这样来找自己定是来者不善，这都清水哥了，她挑起眉反问："你这是什么意思呢？"

顾西辞嫣然一笑："那恩姐，实不相瞒，这主意是我出的，我想告诉你的是，想必你也知道，我一直喜欢清水哥，但你们在一起了，我也没那么大的野心拆散你们，这么多年，我都希望你们过得幸福，可是现在，事实证明他不幸福，所以……"顾西辞转着手里的杯子，似笑非笑。

"所以你打算出手，救林清水于水火之中？"那恩强压着心里的怒气，反问道。

"那恩姐，你是个明白人，我没想鸡鸣狗盗偷偷摸摸的，我想正大光明地跟人竞争！"

"林清水是有妇之夫，他有妻子有女儿，我想知道你有什么立场竞争呢？你投怀送抱想当小三，请问林清水同意吗？"那恩真是气炸了肺，但表面上，她还是不温不火，像给闺蜜出主意一样问顾西辞。

顾西辞说："幸福是把尺子，跟谁在一起更幸福，他应该会有选择。

有妇之夫也没什么了不起，现在离个婚不是啥难事，当然，如果你愿配合一下，就更好了！”

那恩一杯水扬在了顾西辞的脸上。

顾西辞抹了一下脸上的茶水，浅浅地笑着对那恩说：“如果你对你们的感情有自信，大可忽略我今天的话。可是恰恰相反，你没自信！”说完，拿起包转身走人。

那恩呆呆地坐在座位上。窗外晴空边际掠过一片云，慌里慌张，不知道飘向何方。街上倒是一片热闹，熙来攘往。那恩从没觉得这样孤单过。她问自己：顾西辞说得没错，如果她对她和林清水的生活有信心，大可不必为一个叫嚣着入侵的人弄得手足无措。

只是，有了之前那些沾满灰尘的过往，婚姻这只杯子上的裂痕四处可见，真的禁得起风吹吗？

那恩仿佛都可以听到那只杯子落到地上“啪”的一声碎掉的声音，闷闷的，却是碎得彻底。

02

清秀和魏一凯的婚事还是延到了春节后。按照魏一凯的意思，最好是春节前就把婚结了。然后自己就可以跟清秀出国旅游度蜜月了。这样，过了年，清秀在北京找份工作，就稳定下来了。清秀也很认可魏一凯这样的安排。老妈付锦绣是举双手双脚赞成，女儿这一出嫁，她心底的一块石头落了地，就是立时闭上眼睛去见清水爸，也有交代了。

只是，对不起大良子了。唉，这人生在世就没有十全十美的。大良子来北京看自己，自己这份情又欠了他几分。他结婚时，多随点礼给他吧，当自己半个儿对待。当然，如果能在这城里给大良子寻下个媳妇，那就更好了。

付锦绣悄悄跟清秀说了，这些年，她省吃俭用攒了五万块钱，她说：“妈都给你，你也别省着，把这钱都买成东西带过去，咱不能光着身子嫁到人家，会被看不起的！”

清秀的眼泪啪啦啪啦掉了下来。这几年，老妈的日子到底是怎么过的呢？她一个女人家守着几垧地，一定是汗珠子摔八瓣地侍弄，一分钱掰成两半花攒钱。清水结婚时，老妈连攒的带礼份子钱都加上才六万，然后又向温良妈借了二万，硬生生给儿子八万。这才几年，老妈还上了家里欠的钱，还给自己攒了五万……清秀说：“妈，你的钱我不要，他们家知道咱家啥情况，看中的也是我这个人，我不会被人瞧不起的！”

“净说傻话。你跟你哥都是一样的，妈本想也给你攒八万来着，可这两年妈干不动了，动不动就得雇工，什么费用都往上涨。这钱里面有你和你哥给我寄的呢……秀，你没生妈的气吧？”付锦绣小心翼翼地看着女儿的脸色，分辨她是真不要还是因为赌气说这话。

清秀简直被老妈气乐了。“生你什么气，咱家啥情况我不知道吗？妈，这钱给您养老。你别乱想，您养老有我呢，我是说兜里揣着钱，踏实！”

付锦绣听着女儿的话，眉头舒展开了。“我有儿有女，靠啥揣着钱踏实啊？这钱我明儿个打电话叫老村长帮着寄过来，寄给你。你就拿去买点啥，别犟，再犟，妈心里不好受了！”

清秀点了头：“妈，我真不要，我不一直在写杂志吗，我也攒了三万多，够了！”

付锦绣开始抹眼睛：“这北京啥都贵，看个病就十几万，妈知道这点钱不多……”

清秀赶紧打住老妈的话头：“得，那算我借您的，等我有钱就还您！”

付锦绣不高兴了，娘俩还犯得着说个借字？那不生分了吗？她又不放心地嘱咐：“这钱的事儿啊，别跟你哥你嫂子说。我这院住的把他们家花了个爪干毛净，我寻思又寻思把这钱拿出来，你偏赶这时候张罗着结婚，妈就自私了一回，妈不能让姑娘出门子，光着身子走！”

清秀抱着老妈眼泪汪汪的，“妈，我一定会让你过上好日子的。一定！”

“傻丫头，啥好日子？你过得开开心心的，那就是妈的好日子！”

清秀的婚事卡在了房子上。魏一凯的父母出了房款的百分之五十做首付在北三环上买了二室一厅的房子给魏一凯结婚。这本在清秀的考虑之外，她觉得自己挺幸运的，随手一摸就摸到宝了。要知道，现在很多人一结婚就得当房奴，拼死拼活就为每个月还银行钱。而自己一结婚就有房住，虽然每个月要还近三千的房贷，但这已经很好了。

清秀在哥嫂家的饭桌上把这天大的利好消息说出来时，付锦绣的脸上立刻绽出一朵大红花来。她给女儿夹了块红烧肉:“嗯，秀，这叫有福不用忙，没福跑断肠！”

那恩夹了块西兰花，也很吃惊，小姑子还真是捞到了宝，三环两室一厅首付，那至少也得一百多万啊，但她不高兴婆婆跟小姑这样兴冲冲的样子，她不紧不慢地泼了一瓢冷水过去：“你房子写谁的名啊？”

清秀想了一下说:“我看到那房产证了，好像写的是一凯父母的名字！”

那恩迅速地看了一眼林清水，林清水表情木然：“怎么了？”

“什么怎么了呀？清秀，这事你得弄明白，这只写了魏一凯的名字，将来离婚都没你的份，这还写了他父母的名字，这不更没你的份了吗？换句话说，你就是借住在人家这房子里，就一不花钱的房客！”那恩一直不太喜欢小姑子林清秀。但一家人终究是一家人，她也不想小姑子将来真的婚姻不幸福，吃了人家的亏。

“哎，嫂子，有你这么说话的吗？我还没结婚呢，你就咒我离婚啊！”清秀把筷子插在米饭上，满脸不高兴。

“清秀，你分分好歹行不行？这叫人无远虑，必有近忧。将来真有那一天，你连哭都找不着地儿了！”那恩对小姑子的拎不清深深瞧不起。

“我说也是，那恩，别总拿你们城市人那套算计的本事说事。清秀是嫁人，又不是图谋人财产，男方父母出钱买的房子，当然得写男方父母的名字了，清秀非要把名字加上，那不是抢劫吗？”林清水鼻子不是鼻子脸不是脸地当着老妈和妹妹的面就呛了那恩，这那恩哪受得住？

那恩把碗摞下，沉着脸说："好，是我小肚鸡肠斤斤计较行了吧？是我阴谋诡计算计人家财产行了吧？刚才的话算我都没说。云朵，妈妈带你去外婆家看小金鱼！"

那国祥养了一缸金鱼，云朵很喜欢。那恩自那日见过顾西辞，心里就放了一根刺。那无名火又不知道怎么发，自然地，她对林清水的行踪多了一份关注。她也给过林清水忠告："离顾西辞远点，不然，瓜田李下，好说不好听！"林清水用"有病"两个字回应老婆。那恩回说："但愿是我有病！"那恩其实也是讨厌这样的自己的，自己那样清风明月的一个人，现在缠在家庭的琐事里不说，还有往妒妇怨妇路上走的趋势。她不应该像小姚那样坐在咖啡馆里假惺惺地端着一小杯咖啡，捏着一块曲奇饼干，慢慢翻着一本时尚杂志吗？怎么就沦落到连小姑的幸福都容忍不下的地步了呢？

嫂子的话林清秀再不高兴听，还是走了心。

跟一凯亲热完，清秀吞吞吐吐把嫂子的话学了一遍，她的脸贴在一凯的胸口说："一凯，我嫁你，不是为房子，只是，你知道女人都没安全感，万一我成了黄脸婆，你不要我了，把我扫地出门，我咋办？"

魏一凯正在激情过后的疲惫里，他随口说："这有什么难的，反正我爸妈的就是我的，我的就是你的，改一下就得了呗！"

因为一凯这句话，清秀觉得自己真的爱对了男人。她在一凯耳边轻轻说："那你来吧！"

一凯总是带着清秀看那些乱七八糟的碟片，碟片里的男男女女很不知羞耻，做爱做出花来。一凯总要跟清秀试试，清秀不肯，她说："正经女人谁会那样！"几次都弄得一凯很扫兴。清秀也不高兴，觉得一凯很那个。她说："如果你只是想跟我上床的话，那你也可以随便跟别的妞上床啊！"

两人为这事吵了好些次。甚至，清秀让一凯戴上安全套，他也不戴，他说他不喜欢被橡胶束缚着的感觉，那样不贴心。

清秀担心："那有了孩子怎么办？"

"这个你放心，不会有的！"一凯一口咬定。

清秀不明白："为什么不会有？咱俩这样……多危险！一凯，你……"

"我什么啊，我是说，有了正好啊，反正咱俩又不是随便玩玩，马上就结婚了，带球跑，多有效率！"这个解释清秀欣然接受了。

这次，清秀觉得一凯肯给自己这样落地的话，很提气，所以，一凯有什么要求，她也只有以身相报了。在一凯的点拨下，清秀成了勇攀高峰的体操运动员。在心爱的人面前，有什么放不开的呢？况且，身体上彼此愉悦，也让清秀觉得幸福。

只是清秀没想到，日后用身体换房这件事，会落了一凯的口实。

一凯把这事摊给父母说时，父母当然不同意。一凯妈贺淑敏说："我就说农村姑娘玩心眼吧，你看，你看，这来不来，就算计上家产了！"

一凯拉长声叫了声妈。"早晚这房子还不是我的吗？我的不就是她的吗？"

贺淑敏脸拉得老长："你这才新鲜几天？你能保证你俩会过一辈子？你是我儿子，我还不了解你？小时候，再好的玩具没有玩过一星期的。这长大后，你说来来回回你换了多少女朋友了？我的是你的没错，但你的可不一定非要给她。这房写上她的名字，这一离婚，就得分她一半，她一分钱没出，凭什么啊？"

"那你让我怎么办？这婚不结了？"一凯哭丧着脸。

"没出息的东西。你去跟她说，这过户费不少呢，还有，你哄女孩子那套本事都哪去了？我看这清秀也不见得懂这些，有人给她支招吧？这周约她妈和她哥嫂来咱们吃顿饭吧！我吃的盐比你吃的饭都多，我来探探她们家的口风！"

一凯觉得很烦了，他甚至想，自己到底是为什么要结这个婚啊？只是之前的那一场病，他真的想有个人陪在自己身边了，他爱林清秀，结个婚，这是他此时此刻想要的。

有人说，结婚就是一个念头，想结，就要快点结，否则就结不成了。

魏一凯恰好想结婚，恰好遇到了林清秀。他相信命中注定。

03

见魏一凯父母那天，那恩没去。她当然不会去。尽管付锦绣说了又说，那恩还是以系里要开会为由拒绝了。清秀倒不以为然，她也不用拉大旗做虎皮，让到是理，爱去不去。

清秀给付锦绣从上到下换了个遍，甚至头发也请了小区边上的一个美发师上门给修剪了。依照清秀的意思，要给付锦绣烫一烫。可付锦绣坚持不同意，那也就算了。

一凯开车接付锦绣去餐馆。付锦绣住回清水家后，这还是第一次出门。原来北京人过年这么热闹啊，到处都是张灯结彩的。

一凯说："妈，哪天天暖和，我开车拉你咱可着这北京城转一转！"

"那哪儿行啊，你那么忙！"话虽这样说，付锦绣却是乐的。这女婿有这份心就知足了。尽管女婿的相貌没入她的眼，但念在他对女儿的这份好上，念在女儿喜欢的份上，她也就接受了。

想起那恩，付锦绣心里还是有些堵。自己住回儿子家，她是看出来儿子、儿媳有些别别扭扭的。儿媳妇跟自己客客气气，但是那份客气透着生分，透着距离呢。就连清秀都说："妈，看我嫂子脸上那霜，都三尺厚了。这要不是因为她弟撞了您，她家欠着咱家情分呢，我这么天天往你这跑，肯定给我甩脸子了！"

付锦绣当然会看眉眼高低，但她能说的也只是自己闺女。她说："不许胡说，人不能要求别人都跟你一样。你嫂子就是那样的人，心眼不坏！"

一凯把清秀母女带到烤鸭店时，清水来了电话，说自己临时有事，不能过来了。清秀撅着嘴嘟囔了一句："结了婚的哥哥就跟外人没两样！"付锦绣白了清秀一眼。

三个人进了包间，一凯父母已经落座了。

一凯父母很热情，跟付锦绣说起庄稼院的事，尽管问了很多外行的问题，但还是迅速地拉近了彼此的距离。

一凯爸是老好人模样，人胖胖的，先开了口，“亲家母，清秀这丫头我一看就喜欢着。她也给我们说了，说您一个人拉扯着两个孩子，苦肯定吃了很多。现在，您把女儿送到我们手上，您就放心吧，我们怎么疼一凯的，我们就会怎么疼清秀，不带二样的！”

贺淑敏人有些冷，脸上的笑像浮着一层蜡。付锦绣寻思着，清秀这以后的日子也不会太好过，这婆婆不是个善碴儿。她虽是个乡下妇人，但总归是看的人多。

清秀握着一凯的手被一凯爸的一席话感动得眼泪汪汪的。

付锦绣忍下对贺淑敏的担忧，顺着一凯爸的话往下说：“放心，放心着呢！我也说清秀有福，这孩子前半辈子受苦受多了，老天爷这是往回找补呢！”

贺淑敏给一凯爸丢了个眼色，老魏赶紧接碴儿说：“亲家母，我听说您可能因为房产证上名字的事心里有些不痛快。其实呢，这真不是我们老魏家小气，怕怎么样，哪有老家儿盼儿女过不长的？不过，这房子买时，一凯还没跟清秀好，就写了我们的名字，现在这一过户，钱也挺多的，我们就想反正都是他们的，咱们这么大岁数了，钱财生不带来死不带去的……如果你们非坚持呢……”

“不坚持，不坚持，谁的名字都一样。只要他们俩好好过，这就啥事都没有！”付锦绣觉得人得识抬举。一凯那么贵气的父母这样和颜悦色地跟她这个农村一个大字不识的老太婆说话，这已然是种态度了。自己不能给脸不要脸不是？

贺淑敏刚刚松一口气，却不想付锦绣来了个大转折：“亲家母，我没文化，一辈子只知道种地，但是呢，如果只是嫌着过户的钱多，这倒没啥，我闺女结婚，我这当妈的没啥好陪送的，我有多大能耐使多大能耐，我手头就五万块，这些钱过个户够使不？”

贺淑敏没想到这看着精明利落的农村老太太竟是这么不好说话，当场有些傻眼。“这倒也用不了，只是，用不着，真的！”

“我也不知道这有啥用，但听我们媳妇说的，这跟婚姻法啥啥的有关系，咱种地的人呢，实在，就想着法总是没错的，咱也别整歪门邪道的，该怎么规定的就怎么办，错不了！”付锦绣的话说得不急不徐，却寸步未让。为了女儿，她真是豁出去了。

贺淑敏看了一眼一凯，又看了一眼清水，满肚子气不打一处来，心里想：谁整歪门邪道啊？按规定办事？规定了结婚必须在男方买的房子上写上女方名吗？

贺淑敏端起茶喝了一口，“这哪是我们要的绿茶啊？这明明是大麦茶！”贺淑敏高声喊服务员，脸上拉了阶级斗争的表情。清秀赶紧说：“一凯，你去看看！”

一凯起身去找服务员，清秀说：“阿姨，这事算了。反正将来就是有什么，我跟一凯分开，这房子写谁名，我也不会争一分的。”

贺淑敏看了清秀一眼，又看了付锦绣一眼，说：“那我们这是聊什么呢？你跟你妈一个唱黑脸一个唱白脸的！”话说得很难听了，清秀被堵在那，没话好说了。

付锦绣恨得咬牙根，真是女生外向，自己这还一力替她争，她自己倒投降了。唉，算了就算了吧，自己从望山村走到这北京来，能看的也只有一亩三分地，清秀读的书多，幸福也是她的，大主意还得她定。付锦绣叹了口气说：“既然孩子都说算了，那就算了。将来是好是坏，还看个人造化。我们这当父母的，也是干着急！”

魏一凯换了茶回来，听到自己老妈已经在和岳母大人在谈结婚的日期了。贺淑敏总得为难一下这对母女：“我们这边亲戚朋友多，春节前来不及了，春节后吧！”

付锦绣看了看清秀，清秀没意见，她也没意见。

付锦绣在望山村也是个说一不二的女人。那一年，邻居占了她家的园子，付锦绣拎着铁锹就出去掘出一道沟。邻居家那男人也赖，撸胳膊挽袖子要打付锦绣，付锦绣说：“不打还想赖上你呢，你打试试？”到了，那男人把多占的园子让了出来。

可那是在望山村，进了这北京城，付锦绣自觉不自觉地变得熊了。在儿媳妇面前矮了半截下去，唯唯诺诺，这在女儿的公婆面前也没硬起腰来。她自己也在心里对自己说：你啊，这是怕城里人呢，还是越老越完蛋了呢？都得看自己的儿女脸色说话，这人活着啥意思呢？

再转念一想：唉，还是算了吧。赵本山小品里不都说了吗，小时候，要听老的。老了，就要听儿女的。完蛋就完蛋吧。儿女过上好日子，比啥不强啊？

要强了一辈子的付锦绣老了学会了妥协。不然要怎么办呢？

04

过年米晓佩回了老家。坐在回老家的火车上，米晓佩给那里发了条彩信，彩信是米晓佩自己画的，一只白兔对一只小黑猫说：“遇见你，幸福和不幸同时跑来了！”

彩信发出去，米晓佩又后悔起来，自己不都忘记了吗？干吗还自找没趣呢？那个混蛋王八蛋说跟自己结婚领证的人呢，一撒手就跑得一溜烟不见了，过分。自己何苦来着又去招惹他？如果他不回短信，自己又难过……只可惜纵是千手观音也没法把那条发出去的彩信抓回来。

米晓佩关掉手机，躺下，忧伤弥漫。起身看着窗外，窗外暗蓝色的夜空想都能想到那暗藏的清冷。车厢内的灯发出橙黄色的光，不知由哪飘来泡面的味道，这一切都是欢乐而世俗的温暖。米晓佩的手指在车窗的水汽上乱画着，画来画去，她发现自己傻瓜一样写的全是“那里”的名字。

那里跟米晓佩详细地解释了那天在民政局放鸽子的原因。米晓佩说：“她为什么不找别人单找你啊？那里，你怎么伤着人家了？你还真别跟我解释，解释就是掩饰，掩饰就是讲故事，姐从小故事听过了，过敏！”

那里情急之下说：“我还就给你讲故事了，怎么着啊！”说完，拿起电话就找了那天跳楼的女孩扬子。事实证明，打电话叫扬子过来，绝对是个昏招。那妞跟现男友闹矛盾跳楼都能打扰到前男友，这人能靠谱到哪去啊？

扬子过来得很快，进来也没含糊，一屁股挨着那里坐下。

那里扬手替她要了杯橙汁，说：“这速度，真跟抛头颅洒热血似的！”

“那是，你是谁啊，远的说是爱人，近的说是恩人！”扬子撇着一口京腔，是那种爱谁谁的口气。

米晓佩注意到从进餐馆到坐下，扬子只瞟了自己一眼。而米晓佩的目光却一直不离不弃地落到扬子的脸上。

扬子是个漂亮得很打眼的女孩。以米晓佩学美术的眼光看，她都是黄金比例的最佳代言人。

漂亮是最直接的武器。纵然骄傲如米晓佩的女孩也会在爱情里不自觉地卑微到尘埃里。

那里说：“妞儿，你得跟我家晓佩说一下那天的情况，告诉她，你真不是为我殉情，你就是有病，觉得自己是长翅膀的超人，想试试气象局报的风向准不准，是吧？”

米晓佩觉得那里真贫，贫得让她觉得陌生……甚至讨厌。

扬子的橙汁没上来，她喝了一口那里杯的茶，目光直视着米晓佩说：“叫米晓佩是吧？我跟你明说了吧，我跟那里是分手了，但我们分分合合也不是一次两次了。所以，我希望你就别跟这儿瞎掺和瞎耽误工夫了！”

米晓佩的目光移到那里脸上，那里显然也被扬子吓着了，他伸手摸了摸扬子的额头：“不发烧啊，没吃错药吧？没失忆吧？我什么时候跟你分分合合来着？”

扬子伸手把那里的手打下去：“哦，那就不是你。那就是我希望跟你分分合合……行了吧！”

米晓佩再看不下去他们俩人的表演，她提醒自己保持住风度，深呼吸，生生把涌到眼眶里的眼泪给憋了回去。她说：“那我不做电灯泡了，祝你们幸福！”

这话说得比PS的照片还假上一百倍。米晓佩从来没想过自己这辈子会说这么没营养的话。从前，她对那些分手后，祝对方幸福的话嗤之以鼻，什么只要你过得比我好啊，再没有比他四面楚歌拔剑自刎更好的消息了，不是吗？

米晓佩从餐馆出来，不听话的眼泪就纷纷涌出来现丑。那里跑出来，跟在米晓佩后面，他说：“你别理她，她就那样，恨不得每一任分手的男友都打光棍才对得起她！你不知道那天她跳楼的盛况呢，楼底下齐刷刷站着十来个帅哥，当然，我还是鹤立鸡群的！知道的，明白这是扬子前男友出现场呢，不知道的，还以为是消防队现场招形象代言人呢！”

米晓佩不理那里，伸手拦下一辆出租坐了进去。那里也开了车门坐了上去。米晓佩开了车门下来，那里也跟着开车门，人司机不愿意了：“嘿，小两口吵架也不带你们这么玩的。我这还顶着挣份钱呢！”

米晓佩再次坐进出租车，那里这回没跟上。

米晓佩转头看灯光下的那里，灯光把那里的影子拖得很长。米晓佩的眼泪轻轻落下。司机递过来纸巾，还挺文艺范儿地劝：“美女，得饶人处且饶人，放过了别人，也就是放过了自己！”

米晓佩回家倒头大睡。米晓倚敷着面膜问东问西，米晓佩一概不答。昏天地暗的梦压了下来，米晓佩站在雪地里，那里在前面走，她怎么追都追不上，她喊得嗓子干得发不出声音，米晓佩醒了过来，堂姐在她面前，端了水，拿了药，她说：“吃下去吧，你发了一整夜烧！”

米晓佩抓了手机，手机上风平浪静，没有未接电话，也没有短信。米晓倚看了心疼：“我都跟你说了那里不是值得爱的男人！”

米晓佩的大眼睛盯住堂姐：“他在最需要帮助最无助的时候想到了我！”

“男人都那样，走投无路时，他需要的不过是个女人的怀抱，也许，他恰好想到了你！你不在他的生活圈子里，是最无害的。”话说得冷冰冰的。

米晓佩泪眼婆娑，她不知道堂姐说的对还是不对。只是，她觉得堂姐在此时此刻，说这样冰冷无情的话很伤人。“我不管，反正他想到的人是我！”

这很任性的回复让米晓倚中了一箭。她说：“那还痛苦难过什么呢？飞蛾扑火，扑过去就行了！”

米晓佩扫了米晓倚一眼，淡淡地说：“姐，我怎么觉得你有些幸灾乐祸呢？”

“你这话说得没良心的，我有什么幸灾乐祸的？只不过看着你那么傻，友情提示罢了！”

事实上，米晓佩根本没处可“扑”，那里又没了消息。像第一次饭局之后一样，无声无息。那次病中，倒是堂姐尽心尽力，各种好吃的没断过，甚至有一次还捧了一大束玫瑰送给米晓佩，米晓佩的心“怦怦”跳，米晓倚倒是看穿了小堂妹：“别美，这是富二代送给本姑娘的，本姑娘借花献佛！”这也就算了，只是那大袋大袋的腰果一再出现在米晓倚的购物袋里，也让米晓佩生疑。她也笑自己，也太草木皆兵了。如果是那里送的，他又何苦隐身呢？光明正大走出来不就行了吗？

米晓佩没日没夜地画画，画到极累了，倒下就睡，睡得没空想念一个人。她开始画一只叫太极的兔子和一只叫八卦的猫的故事。太极兔暗恋八卦猫，却又讨厌八卦猫的自以为是，讨厌他身边的花花草草，太极兔于是极尽打击报复之能事，八卦猫各种惨……

当然，太极兔也纵容着八卦猫。太极兔对八卦猫说：你猜猜我的口袋里有几块糖？八卦猫说：猜对了你给我吃吗？太极兔点点头：嗯，猜对了两块都给你！八卦猫咽了咽口水说：我猜五块！太极兔笑着把糖放到八卦猫手里，说：我还欠你三块——因为爱你，所以爱你的傻、爱你的小贪心。米晓佩在这页画上写上这句，心里想的却是，因为爱，所以，她不介意这样痛苦纠结。她给他发了无数条短信，只是，它们都落到了她的信箱里，她还没想好要不要真的飞蛾扑火，在自己那样义无反顾当众表白了对他的爱之后。勇气如果滔滔不绝往外冒的话，那就变成了傻气，这点米晓佩清楚。

米晓倚看着那些画，她说："为着这些画，小佩，你这场恋爱都没白谈！"米晓佩风清月白地看着堂姐，她说："跟他无关！"

不过是嘴硬。那里再给米晓佩买东西让米晓倚捎回去时，米晓倚把偷偷塞进包里的那张太极兔给八卦猫糖的画塞给那里，她说："别以为排着队等着你的姑娘都爱你，过了这个村没这个店了，那里，你好自为之吧！"说完还嫌不解气似地加了一句，她说："我就不明白了，卖火柴的小女孩还有根火柴呢，你有什么啊？还有，你心里有她，你未娶，她未嫁，怎么就这么磨叽呢？有意思吗？以后爱送自己送去，我没这闲工夫管你们这破事！"

那里收下画的那个晚上，他又给米晓倚打了个电话，上来就说："姐，我想让你帮个忙！"米晓倚骂了一句"我靠"，心说：这就认上亲了。她说："我都说过不帮你做二传手了！"那里说这是最后一次。

火车到了某个站，一些人下去，一些人上来。米晓佩醒了过来，扒开窗帘往窗外看。突然窗子上印上了模糊的一张人脸。那张脸被她手指画出的名字分得零零碎碎，但米晓佩仍然一眼就认出来了。

是那里。米晓佩以为自己在做梦，又以为自己是花了眼。她不敢转过头，火车慢慢开动了，忽明忽暗的灯光映着那张脸，米晓佩松开扒着窗帘的那只手，她听到一个梦绕魂牵的声音说："太极兔，你猜猜我的手里有多少朵玫瑰？"

米晓佩的眼泪一滴一滴往下淌，她的手被另一双手握着，他说："我没来找你，我是在考验我自己。我想看看，你在我的心里能停留多久？"

米晓佩抬了头，那里俊朗的一张脸上也挂着泪水，她怯怯地问："我还在吗？"

"在，你是钉子户，拔不掉！"

“你可以强拆！”米晓佩娇嗔，她居高临下，手捧着那里的脸，两个人的脸离得很近很近，彼此可以感受到对方的呼吸。

他说：“我不。”他吻住米晓佩。

于米晓佩来说，那一刻，全世界的花都开了。

换票的乘务员走过来，很奇怪地瞅着两个人，指着米晓佩对面的铺问：“这铺有人吗？”

“有，我睡那！”那里的唇离开米晓佩，有些恋恋不舍。

乘务员转身离开时，扔了句：“差不多就行了，别影响别的乘客睡觉！”

米晓佩吐了吐舌头，才想起来问那里怎么知道自己坐这趟车的，怎么会在这一站上车的。

那里说：“我在你身边发展了间谍，其实我是跟你一起上的车，票都是咱姐一起买的，只是，我一直在那边潜伏着，等到夜深人静时才好下手嘛！”

米晓佩撇了嘴，“哼，看我怎么收拾你们俩！”

“我将功补过行不行？”

“怎么补？”

“在丈母娘和老丈人面前好好表现！”

米晓佩满意这个答案。她想，这个新年礼物别把老爸老妈吓到才好。

那里还迷恋着刚刚那个吻，他的头凑过来，米晓佩含混地说：“你这个贪吃鬼！”

那里亦是含混地答：“我要把浪费的那些时间都补上！”

米晓佩突然想起一件至关重要的事，她推开那里：“这段时间，你跟她在一起了？”

“没有！我发誓。我脑子里每天想着你，想你想得睡不着觉！”最后的话那里凑到米晓佩耳边说的，米晓佩的耳朵痒痒的。

“花和腰果都是你买的？”

“嗯！”那里的牙齿碰上米晓佩的牙齿，那姿势相当的不舒服，只是两个人都不想改变。

下铺的人大概忍无可忍，翻了个身嘟囔了一句：“拍偶像剧下车拍好不好？大半夜的，还让不让人睡觉？”

米晓佩吐了下舌头，顽皮地笑了。

那里冲米晓佩咧了咧嘴，他爬到米晓佩对面的铺上，两个人发短信聊。

“恨死你了，都不来找我，我都发誓再不理你了！”

“我来找过你，你姐挡了驾，她说你不想见我，可最终，你把她感动了！”

“这算不算是我追你？我好丢脸啊！”

“妞儿，真的是我追你，我都赶上孟姜女了，千里追妻！”

米晓佩笑，伸出手，两个人隔着卧铺的过道，手紧紧地握在一起。

“回北京咱俩就结婚，妞儿，我受到惩罚了，相思太苦了！”那里一只手发短信，另一只手不舍得松开米晓佩的手。

米晓佩侧过身子，眼泪汪汪地看着那里，她说：“你说的，不许反悔！”

这是必须的。

那里想起了这段无所适从的日子，他去找姐姐那恩，那恩对他说的话：“别急着说爱，说了，就要担负起那个责任！”

责任在那里的眼里还显得太凝重，太有压迫感。他不过是看腻了浓妆艳抹的姑娘，碰到个惊为天人的小清新姑娘，小清新没有把他捧在手里，却在最困难的时刻借给了他一个肩膀。那些个与米晓佩不联系的夜晚，那里像电影里那句台词一样，想她想得睡不着觉。再看了米晓倚拿来的漫画，那里被一击倒地。他不希望米晓佩再从自己的视线里消失了。他必须给这份爱情买个保险，这保险就是结婚。

那晚，在西去的列车上，在所有人温暖香甜的睡梦里，身陷爱情里的那里给米晓佩发了条短信：让我们像小言一样生活吧，细水长流。

幸福如米晓佩想象一样把她击中。列车的摇摇晃晃中，米晓佩头脑中出现在幅画面：八卦猫背着一大捆玫瑰跪倒在太极兔面前，他说：嫁给我吧。太极兔假模假势地说：我得问问我妈妈，我妈妈说卖花的一般都花心。八卦猫说：其实，其实，我有颗玻璃心。

米晓佩笑了，花心她也不怕，她有铲奸除恶的信心以及决心对付那些觊觎那里的一切女孩。

米晓佩美美地做了个梦，梦里她变成了超级无敌美少女战士。来一个，打一个，来两个，打一双……

米晓佩并不知道婚姻并不是一加一等于二那么简单，婚姻还是复杂的人际关系，还是男人与女人不断磨合的过程。

05

清秀真正的婚后生活是从买旅行箱开始的。

婚后，一凯有个假期，两人计划着去巴厘岛转转。旅行当然要买个旅行箱。清秀去哥哥家回来路过秀水街，便拐了进去花了三百块买了个拉杆箱，回来兴冲冲地跟一凯显宝，“你猜要价多少？八百多呢，拦腰斩一半，还减了一百！”

一凯斜着眼睛看了清秀一眼：“你确定要提着它去旅行？”

“怎么了？”清秀本以为一凯就是不表扬她讲价得力，也会对这旅行箱满意的，或者全凭自己作主，不参言。没想到他是这个态度。

“哦，没什么，就是以后别去那买东西了！”一凯转过身，继续打游戏。结婚后，清秀才发现一凯是真真正正的工科男。沉默少言，除了吃饭睡觉上班，大部分时间都是耗在电脑上。她其实是很期望着一凯能带她出去走走的。哪怕去小饭馆吃点饭，或者是去看看电影，都好。可是，一凯宁愿叫外卖回来吃，也不愿意两个人出去吃饭看电影，他说：人山人海的，看着都饱了。

就是这次出去旅行，也是清秀极力撺掇的。就当是蜜月，况且巴厘岛也不大，不用辛苦地奔景点，就住一住，看看海。一凯竟然同意了。

隔天，清秀在家做面膜，快递敲门送来一个大旅行箱。清秀有点蒙，打电话给一凯，问是他订了旅行箱吗？一凯正在开会，有些不耐烦，说：“别人订的会送给你吗？签收就完了！”

清秀签收了，然后打开，那是一款银色的新秀丽拉杆箱，很漂亮。清秀还挺高兴的，一凯很会买东西，只是，自己都已经买了，再买一只多浪费啊？

一凯下班回来，清秀摆上饭菜，说：“老公，还是你会买东西，跟你这个一比，我买那个就太逊了！”

一凯扒了一口饭进嘴里：“那是，我这个能买你那个十个还带拐弯呢！”

清秀一口饭没吃进嘴里，差点呛到。“你这个多少钱？不会三千多吧？”

一凯伸出四根手指：“四千，还没算运费！”

饭清秀是吃不下去了。她必须跟一凯严肃地谈一谈。结婚时，老妈给的五万，加上自己攒的三万，还有哥哥清水给的二万，一共十万块钱，清秀拿出四万给家里添置了各种电器，用四万预留起来想着贴补着还房贷。剩下二万想着去蜜月旅行时花的。

魏一凯每个月的薪水水是七千多，扣掉四千多的房贷，再扣掉车的费用、水电物业费小一千，再还个人情情债，每个月两个人的生活费满打满算也就两千，这还不包括穿衣呢！清秀早就打算旅行回来找个工作，这样两个人也能宽松些。

不当家不知柴米贵，自己花三百块买个旅行箱，都已经咬咬牙，思虑再三了。这老先生可倒好，上嘴唇下嘴唇一碰，一个旅行箱就花掉四千，这不疯了吗？自己的笔记本用了四年了，动不动就无缘无故地死机，自己都没舍得换，赶情这一个旅行箱就买一挺好的笔记本。清秀说：“一凯，你现在不是单身汉，一个人吃饱了全家不饿。你是有家的人，你要还房贷，要交各种费用，要吃饭，不能想买什么就买什么，出手阔绰得像富二代……”

一凯“啪”地把筷子摔到饭桌上，“我怎么了，我？我不就买个名牌旅行箱吗？好东西是为人服务的，不好的东西要人为它服务，这点你明不明白？”

林清秀自然是明白的。好东西谁不喜欢，一凯买的旅行箱提着轻不说，里面的设计也都很合理。可是钱也好啊！“这世界上好东西多了去了，咱要是有钱，还说啥了？咱不是没钱吗？没钱就要过没钱的日子……”

一凯冷笑了一声：“林清秀，我真是看错了你，我妈说得没错，你就是眼睛里看到的全是钱，钱，钱！你放心，这钱不从我的薪水里扣的，是我从我妈那拿的！”

清秀的眼泪涌了出来，她气得发抖，她问：“魏一凯，你说这话是什么意思？是谁跟我求婚时，把银行卡送给我的？”

那些日子，清秀一直犹豫着要不要为了一份爱情把在上海的研究生课程丢掉。那天，她在浴室里洗澡，披着浴巾出来时，一凯突然变戏法似地拿出一束一束玫瑰半跪在自己面前，他说：“秀儿，嫁给我吧！”清秀还没反应过来时，一凯把背在身后的右手伸到她面前，那是一个红纸包。

清秀纳闷：“是什么？”

“打开看看！”

清秀在浴巾上擦了擦湿漉漉的手，打开纸包，眼泪瞬间化作倾盆雨。纸包里是一凯的全部银行卡，还有一张白纸，白纸上打印着开户银行和银行密码。

魏一凯替清秀擦眼泪，他说：“虽然现在卡上的钱不多，但我会努力让你过上最好的生活的！”工科男的浪漫实在且贴心，有什么比一个男人主动上交“财政大权”给一个女人更让人觉得踏实可靠的吗？

那一幕就在眼前，感动还热乎乎地存在清秀的心里，一凯便把她当成了视钱如命的女人，这怎么能不让清秀心寒呢？

“我把银行卡给你，也没让你做守财奴。提着你那三百块买来的旅行箱出去，不够丢人的！”一凯起身扔下这句话摔门而去。

清秀一个人坐在饭桌前，手脚冰凉。

敲门声响起来，清秀以为一凯后悔了回来，急忙去开门。门外站的是婆婆吴淑敏。

吴淑敏看了泪水还没擦干的清秀一眼，走进屋里，问："一凯呢？"

清秀犹豫了一下，撒了谎："他……加班！"

"那你哭什么？"

清秀又犹豫了一下，说："刚刚看电视，挺感人的！"

吴淑敏是什么人，自然不会相信清秀的话。但她也不想揭穿儿媳妇。她从经典款老花 LV 包里掏出来一个信封扔在茶几上，她说："一凯今天打电话向我要钱，这是一万！"

清秀木然呆立在茶几前，不知道该说句什么。吴淑敏也没有想听清秀发表意见的意思。她顿了顿，瞟了清秀一眼，说："按理说呢，我这当妈的本不应该管你们小两口的事。但是，你既然是我的儿媳妇，很多事，你爱听也好，不爱听也罢，好赖我都得说说。这过日子呢，要有算计。你们一个月才交二千块的房贷，还不赶人家租房子贵呢，一凯的薪水也不算低，这才结婚几天，就嚷着没钱花，这哪行啊？咱家是开着个店，但那店一年的房租是多少，交税多少，要打点多少人，一年下来，挣的也不过是个辛苦钱。清秀，我说话你还别不爱听，如果你觉得嫁了个有钱人家，撺掇着一凯当啃老族，那就打错算盘了！"

清秀的脑子"嗡"地一声，她提醒自己要冷静，不许哭，不许发飙。她欠着半边屁股坐在了吴淑敏旁边，略坐一下，又站起身来，去把那只银色的旅行箱拉了过来，再次坐到吴淑敏对面，她说："妈，你刚才问一凯去哪了，问我为什么哭，我就告诉你，就是因为它！"

清秀把一凯花四千块买旅行箱的事原原本本跟婆婆说了一遍。她本想着会消除婆婆对她撺掇着一凯回家要钱的误会。却不想吴淑敏瞟了一眼墙角林清秀买的那个暗红色的旅行箱，轻描淡写地说："一凯从小穿好的用好的用惯了，这地摊货，他哪能用？算了，既然是买了旅行箱，我也就不说啥了。要不怎么说找对象论及婚嫁要门当户对呢，别怪我这当婆婆的说话嘴黑，当初说你们，你们都不听，以为爱情可以当大米吃，现在好了吧，这从小生长环境不一样，价值观、金钱观都不一样，这才哪到哪，吵架的日子在后头呢！”

吴淑敏身上的高级香水味留在了房间里，清秀的心里空空荡荡的。

人是自己找的，婚是自己要结的，好歹总得过下去。旅行回来尽快找个工作吧。自食其力，总会好些。

一凯回来躺在另一间卧室里不过来。清秀心里不是不气，只是，她不想这么快两个人心里就建了一堵墙，她抱了被子和枕头过去。给他盖上被子，他握住了她的手，她的眼泪涌出来，身子却热热地靠过去。最缠绵处，她是清醒的，清醒得有些许迷茫，自己的婚姻一路走下去，会到哪里呢？

她说：“亲爱的，答应我，别扔下我一个人走！”

他没再背张枣的诗，也没再说温存的话，他的身体强有力地撞击着她的身体，那似乎是个回答。林清秀理解为那是爱。

机票送来时，林清秀又吓了一跳：“怎么三张？”正在换衣服的一凯“哦”了一声，头也没抬说：“妈没去过巴厘岛，她也跟咱们一起去散散心，爸看店！”

林清秀的心里又落了一地冰碴儿，“怎么不跟我说一声？”

“怎么了，你不同意？”一凯的目光直直地落在林清秀的脸上。林清秀无可逃遁似的，“不是，我是想，早知道你妈去，那就给我妈也买一张票，俩老太太也是个伴儿……哎，对了，亲爱的，咱们现在订也不晚吧？你打电话问问，能订就给我妈也订一张票，费用都我出！”

一凯坐在玄关处换鞋，嘴角咧了咧：“开什么玩笑，你觉得我妈和你妈能做伴儿？”

清秀觉得浑身的力气都被抽走了一样，她倚着墙：“你什么意思啊？你能孝顺你妈，我就不能孝顺我妈吗？”

一凯换了鞋站起来，走过来拍了拍清秀的脸：“宝贝，咱出门，妈一会儿就到，别闹别扭啊，乖。下一次，下次咱专门带着你妈出去玩，去欧洲。这次真的来不及了，这时间也不赶趟儿了啊！”

门响了，吴淑敏打扮得跟撒切尔夫人出访似地站在门口，清秀别无选择，她只能调整心情招呼婆婆。心里想的是，真是够滑稽的，天下有度蜜月带着婆婆的吗？这次旅行算是毁了。吴淑敏却很高调："清秀，你不会不高兴我跟你们一起去吧？我不是上不了台面的婆婆，我跟着你们去，先说好了啊，不许什么钱都叫我花，咱们 AA 制！"

林清秀在心里冷笑了一下，心说："随便吧！"

巴厘岛的七天，林清秀一直有种错觉，觉得自己是跟着夫人与大少爷出来游玩的跟班兼保姆。当然，跟班兼保姆是不用陪床的。这样想着，这场蜜月秀林清秀成了最旁观的人。

后来许久，清秀反省自己这段婚姻时，才惊觉感情这回事有时候就像陶瓷，一旦有了裂纹，第一反应就是煞费苦心地去修补，修补到筋疲力尽的时候，才惊觉它早被自己修补得触目惊心。老妈之前说的话也是有道理的，这两口子的事儿，谁占了上风，下次还仍然会占上风，谁妥协退了一步，下一回，还理所当然是你往后退。林清秀退了第一步、第二步，就有了后面的一步步往后退。只可惜，那时，林清秀并没有意识到这一点，她以为爱着那个人，做些退让，那是应该的。为爱做牺牲，有问题吗？

蜜月归来，清秀找了个旅游公司的工作。这一点，贺淑敏是不满意的。她的意思是让清秀到自己家里的体育用品商店工作，她说："钱好说，我不会给你低于旅游公司的工作！"一凯也觉得与其给别人打工，倒不如回家来帮自己父母。清秀却不这样想，自古婆媳就是一对矛盾体，老妈和哥嫂的例子明晃晃摆在那。更何况，吴淑敏在家里的两个男人面前向来是说一不二的老佛爷作风，嫁进门来，不在一处住，偶尔吃顿饭倒也相敬如宾。这凑到一起去，端了婆婆的饭碗，那情形可就难说了。跟婆婆搞不好关系，再影响了夫妻关系，得不偿失了。如果自己没能力，那也就另说了。自己读了大学，有本事找一份工作，况且，趁年轻，借着工作的因由还可以全世界走走，这是多好的事？

新婚燕尔，清秀跟一凯撒撒娇，发发嗲，下点功夫，一凯也就乐颠颠地去做老妈的工作了。

06

那恩一再追问林清水到底是怎么决定辞职的。林清水说了机关的种种不如意，也说了祝和平的拉拢，那恩脸上的疑云始终不能散去。她问：“没了？”“当然没了？那你以为呢？单位把我开了？”

这当然不是重点，重点是那恩想知道顾西辞说她劝说林清水辞职的，这话有影儿没影儿。这话那恩不愿意直接问出口，问了，即便是有，林清水能承认吗？自然不能啊，还白白让他加了小心。

祝和平是林清水上大学时的下铺。上学时，此人就能力无限，天上的事办一半，地上的事全能力。那恩说过，祝和平就是林清水的反义词，他的浮躁与林清水的踏实完全是两极。林清水倒没觉得祝和平有那么不好。单说大学四年，跟祝和平混吃混喝就省了很多钱。

大学毕业后，同学如豆荚一样四散。很多人就不再联系了。倒是祝和平每隔上一段日子就拉上林清水喝顿酒，当然，林清水买单的时候也不少。尽管酒桌上，祝和平常常给一些名头吓人一跟头的人打电话，聊些不着四六的话，林清水还是知道这老同学混得并不怎么样。有钱时胡吃海塞，没钱了便如流浪狗一样穿梭在城市里，还要保持着最后的尊严。有次喝醉酒，祝和平抱着林清水哭，鼻涕毫不客气地往林清水身上蹭，他说：“你知道哥们儿羡慕你吗？醒了，知道自己这一天要干吗，下班，知道家里有老婆孩子在等着你，哥们儿就想过这种日子！”林清水知道那是祝和平这些年来跟自己说的为数不多的真心话。

祝和平有阵子红光满面的，兴冲冲地打电话来说他从一堆鱼眼睛里发现了一珍珠，他说，现在这年头拼的就是软实力，就是眼光，有眼光才能发大财。果然，他捧的那作家那一套在林清水看来写得极不着调的书在祝和平的强力包装下，迅速窜到各大图书榜的前一百。当然，这也是祝和平跟林清水说的，说这话时，祝和平正在带着这作者全国108个城市签名售书。他兴冲冲地在电话里跟林清水描述签售盛况，林清水在这边揶揄祝和平：“一卖书的，108个城市签售，当自己是流窜犯吗？再说了，这108个城市不会是‘乡级市’吧？”祝和平全然不在意林清水的调侃，老朋友就这点好，照着彼此的软肋捶，不是打击报复看不起，而是亲密。

108个城市的签售没签完，那变成珍珠的作者便被更大的文化公司挖了去。祝和平倒也想得开，他说，咱这庙小，养不住大和尚。还好，哥们儿的眼光还在，还可以继续在鱼目中找珍珠。

这许多年来，能让林清水一直对祝和平青眼有加的是他对乔佑楠的一往情深。用那恩的话说，这是祝和平做的唯一靠谱却又无望的事。这些年，林清水跟那恩恋爱、结婚、生子，祝和平和乔佑楠却一直在原地踏步。乔佑楠出国、回国，有男朋友，失恋，祝和平都是见证人。林清水问过他到底想怎么样，他说不知道，只是一个人在心里待了那么久，别的人很难走进去了。

一次喝酒，祝和平跟林清水讲过一件事。有次路过世贸天阶，看见一对保洁夫妻坐在台阶上，开心地望着头顶巨型LED屏幕上游过的鱼群。他们对面坐着许多喝东西的人，男的问：“你渴吗？”女的说：“这里的东西死贵的，可别瞎糟践钱了！”我走到星巴克买了两杯星冰乐，托服务生送到他们手中，并转告他们，有个陌生人希望他们永远幸福、甜蜜。祝和平抹了一下脸，说：“清水，你知道我多羡慕他们吗？这许多年，我就像阿甘一样，不停地跑，不停地跑，我不是不想停下来看看头顶LED屏幕上游过的鱼群，我是害怕停下来，停下来一个人……我最害怕的就是过年过节，别人都一家人团圆，我回了老家，我弟的孩子都能打酱油了，我混得孤家寡人的，没劲，真他妈的没劲！”

林清水给祝和平倒上酒，“你倒是跟乔佑楠怎么着啊，好好谈谈，如果真不成，谁也别耽误着谁，该干吗干吗得了！”

“谈不了，谈了就一点希望都没有了。不谈，还有这么一丁点希望扯着，日子还能过下去！”祝和平的满脸悲凄让林清水很难过。他回家把这事儿说给那恩听，那恩问，他们俩到底差在哪啊？这些年，如果说乔佑楠真的跟祝和平没什么又不像，俩人就这么不咸不淡地把岁月给蹉跎了。

也就是这一点痴情，让那恩能放心林清水跟祝和平在一起。

祝和平知道林清水家里发生的事后，请他在五星级酒店吃了顿饭。林清水落座，说：“咱俩还贪这个虚荣干啥？”祝和平给林清水倒上红酒，说：“我这些年到处是朋友，但我知道，哥们儿真正有难，能拉我一把的没几个，你林清水算一个。”一句话说得林清水的眼热，他说：“别整《艺术人生》那路子，咱哥们儿不需要。”祝和平拍了拍林清水的肩膀说：“那天你在电话里说大娘的事，我一宿没睡着。换了别人可能会骂你混蛋王八蛋，但我不会，清水，我知道你，你不是那样的人。别给自己太多压力，就权当咱还年轻，遇着事糊涂。最关键的是老太太救了过来，以后好好孝顺咱妈！”

那晚，两个人喝得酩酊大醉。但林清水是高兴的。朋友的好处就是遇到为难遭灾的事，你可以倾诉，可以把心里最见不得人的小私心拿出来晒，朋友给你最真心的开解或者是棒喝，心中的块垒顿失，比吃了健胃消食片好使。

分手时，祝和平塞给林清水一张卡，他说：“这点钱拿着，给大娘买点营养品，改天我闲了去看她。还有，清水，你要真觉得机关人际关系复杂，趁早出来，跟哥们儿一起混得了。吃海参鲍鱼我不敢保证，但哥们儿喝粥也绝不会让你饿着！”

就是这番话，林清水决定跟祝和平一起干的。那张卡上是五万块钱，正解了林清水的燃眉之急。清秀结婚，那恩跟林清水商量，怎么也得给两万，从前两万还不算什么，现在还房贷，还要给老妈付一些后续治疗的费用，每个月那点钱捉襟见肘。那恩说：“我联系了几个朋友，看能不能出去做个兼职。”

结婚时，林清水承诺一定要让那恩过上幸福生活的。可承诺太窄，现实太宽。贫穷进了门，爱情夺窗而逃，那微小的关于幸福的承诺落入现实的大海里，便无影无踪了。

从祝和平那张卡里取了两万给清秀结婚。清秀死活不要。清水说："拿着吧，不然……"林清水哽咽了。清秀只好收下。

卡里另外的三万清水和那恩没有动，商量着这钱迟早是要还给祝和平的，暂时放放，万一有个急用也好渡渡难关。

辞职跟祝和平一起干，林清水也不是没做考虑，跟他混来混去，很可能仍然混不出个前程。自己到底跟祝和平不同，他光棍一条，一人吃饱了全家不饿。但以自己的资历，跟那些大学生去公司竞聘个什么工作，也不太现实。不如先跟祝和平干干，试试水深水浅，然后再做打算。

祝和平倒也慷慨，林清水进去就给了他个副总的位子，他给公司里的十几个人介绍时说："这是我兄弟，我说的话可以不算数，他说的话必须全算数。"林清水先笑了，这是老总该说的话吗？

林清水的办公室在十六楼，从十六楼往下看，街上车水马龙，是另外一种繁华。

林清水的心里莫明地有些惆怅，那惆怅如同那一年，他一个人背着行李从望山村坐火车来北京时的一样。

这是个开始。

林清水在心里重新做了承诺：林清水，你要努力，让老妈幸福，让老婆幸福，让云朵幸福。

只是，幸福是太虚妄的感受，他真的给得起吗？

第 7 章　不往拉起的网里投鱼食

女人总爱说的一句话是：谈恋爱时，你对我如何如何，男人嗤之以鼻。男人想说的是，谁会给落到网子里的鱼投鱼食啊？那不瞎耽误工夫吗？

01

米晓佩跟那里去老家回来，就定了结婚的日子。米晓佩的父母千里迢迢从老家赶过来，老大地不情愿，他们就晓佩一个女儿，急火火地把她嫁掉，终究不心甘情愿。但女大不中留，嫁也就嫁吧。

婚礼上的小插曲还挺多。先是前一天彩排，米晓佩的爸妈提出为什么娘家的那桌席在婆家的后面？司仪来解释说，因为前面放着音响，并排放不下两桌。米晓倚代表二叔二婶争权益："那就不能往后一排并排放吗？"于是，调了桌。吴玉芳是满肚子气，那恩也气，但是只能安抚老妈。他们是客，好好招待着送走了就完了。改口叫爸妈时，米晓佩的爸妈又将了吴玉芳和那国祥一军，他们拿出一个大红包给那里："这是一万零一，你是我们万里挑一的好女婿！"你们家那里是我们家万里挑一的，我们家米晓佩你总不能用个小红包对付了吧？婚礼现场，到哪去找一万零一去？大家随的份子钱倒是不少，可都红包包着，总不好现拆现数吧？还是那恩急中生智，从包里掏出张银行卡包进了红包里，说是一万零一，总不好立刻拿到ATM机上去查一查吧？好歹蒙混过关，吴玉芳已是惊出一身冷汗。

米晓佩跟那里结婚后搬进了那家。

那恩私下里跟老妈提过，让他们出去租房子算了，晓佩好倒是好，但是小孩子脾气，天长日久难免……

吴玉芳叹了口气："以为我不想让他们搬出去吗？只是那里那一点薪水，吃了上顿没下顿的，晓佩又没个稳定工作，要是冬天还行，穷极了还可以喝两口西北风。这都春天了……"

那恩扫了一眼老妈，并没被她的幽默逗乐。她知道老妈还是心疼那里。算了，自己枉做坏人。

米晓佩住进那家的第一天就吓了所有人一大跳。早上，米晓佩穿着睡衣冲进洗手间。那里随后起来，站在洗手间门口转磨磨。他喊："米晓佩，你再不出来，我就杀进去啦！"

米晓佩不吭声。

那国祥的目光从报纸上移开，不满意地看着儿子："大清早的，鬼吼什么！"

那里继续在洗手间前面转圈子："米晓佩，你这是想谋杀亲夫啊，你快点啊！"

洗手间里仍然是寂寂无声。

吴玉芳从厨房出来，"大早上的，杀杀杀的，你能不能有点正事！"

"妈，吃饭拉屎哪个不是正事啊？米晓佩进去都半小时了，死活没个动静，喂，米晓佩，你是不是掉马桶里去了？"

那国祥其实也是在等着上洗手间的，这晓佩是怎么回事啊，占着个洗手间就不出来，这也太没公德心了吧？但是那国祥也只能腹里想一想，他这个公公能有什么发言权呢！

吴玉芳敲洗手间的门："晓佩，你没事儿吧？"

没声儿，死活就没个声。

吴玉芳的心有些慌，“会不会是晓佩晕倒在里面了？哎，老头子，洗手间的钥匙放哪了？”

老头老太太进卧室去找洗手间的钥匙，那里继续敲门，这回是急切的，“晓佩，晓佩，你没事吧，啊？”

吴玉芳哆哆嗦嗦地拿着一串钥匙出来，“你看看是哪把？”

那里刚要往门锁里插钥匙，洗手间的门开了，米晓佩满脸通红走了出来，对眼前的三个人视而不见，直接进了卧室，卧室的门“砰”地关上了。

那里冲进洗手间，洗手间里稀里哗啦水响。

吴玉芳看了那国祥一眼，说：“没事儿？没事说句话会死啊？”

那国祥摇了摇头，回到沙发上刚坐下，想起自己也是要用洗手间的。他站起来敲洗手间的门：“快点！”

那里倒是快，立刻冲出来，让位给老爸。

那里进了卧室发现米晓佩重新躺回床上，他问：“刚才怎么不说话？把人都急死了！”

米晓佩一把拉开被子坐起身，她说：“那里，我得跟你说一事儿！”

那里看米晓佩一脸郑重的样子，急忙坐床沿儿上：“宝贝，怎么了？不会是……你有了吧？”

米晓佩捏着那里的脸：“想什么呢？真把自己当成是神枪手啦？再说了，有也不会这么快就能查出来啊！”

“那到底怎么回事啊？”那里一头雾水。

“我……”

“嗯？”

“我有个毛病，就是……就是……”米晓佩脸憋得通红。

“咱俩都夫妻了，还有什么说不出口的，说！”那里更急，说话嗓门很大。

“就是……便秘！”米晓佩的声音像蚊子。

那里哈哈大笑，“米晓佩，就是个便秘，值得你……”

米晓佩赶紧去捂那里的嘴，“小点声，小心让爸和妈听到！”

“听到就听到呗，不就是个便秘嘛！那你就答一声嘛，干吗不说话？”

“我坐那就得酝酿情绪，不能被打扰，否则……前功尽弃！可刚才，你们……”

那里看了米晓佩三秒钟，再次哈哈大笑，他扑拉扑拉米晓佩的头发：“小可怜，你这个还真够可爱的，上个大号还要酝酿情绪，这算不算艺术家的怪癖？”

米晓佩拿起枕头打那里：“人家多难受，你还说风凉话？”

那里举手招架，米晓佩一脚踩到床下，那里一步跨过去，抱个正着。

“老婆大人息怒，说真的，刚才……成功了没？”

“你们那样闹，能成功才怪呢！”米晓佩一脸沮丧，“早上拉不出来，一天都不好受！”

“这怎么办啊？我去跟妈说说，看有没有啥好主意。”

米晓佩一把抓住那里，眼泪汪汪地摇头。

那里坐下，“你早点跟我说就好了，我哪会犯刚才的错误啊，你不知道刚刚妈一说你也许会晕倒，我吓出了一身冷汗！”

吴玉芳跟那国祥听到小两口的房间里鸡飞狗跳到没了声音，吴玉芳说：“这才开始过日子就这样，以后不定折腾出啥事来呢！我这辈子操心就操心在他身上了！”

“你就少说两句吧！那里、晓佩，出来吃饭！”那国祥心里也遮着云，这俩孩子都这闹腾的脾气，能过得长远吗？唉，儿孙自有儿孙福，这当老家儿的，能管得了多少呢？

那里一个人出来，讪着一张脸，“晓佩不舒服，早饭不吃了！”

“刚才怎么了？不高兴你敲洗手间的门？”吴玉芳问。

“没事！”那里喝了一口粥，欲言又止：“爸、妈，跟你俩说个事儿……”

老爸老妈齐齐抬头，目光聚焦在儿子那张俊脸上。

“晓佩……以后……每天早上，晓佩用洗手间时，咱们都让让，好不好？”那里从来没用这种口气跟老爸老妈说过话，自己先不适应，低头喝了一口粥，呛到。吴玉芳急忙帮着拍背。“她怎么了？便秘？”

老妈就是老妈，一语中的。

那国祥小声提醒老伴：“人正吃饭呢，你就不能吃完饭再说这事？”

“这有啥不能说的？有谁是光吃不拉的？”吴玉芳豪迈起来，可真是谁都挡不住，起身就进了厨房，一会儿端了个特大号的汤碗进了米晓佩的卧室。

“晓佩啊，起来，这便秘啊，就是活动少闹的，得多活动，还有，妈有偏方，来，把这一大碗蜂蜜水喝下去，保管你痛快！”

米晓佩把被子拉到头顶，不肯出来。“妈，我一会儿喝！”

“你这丫头，这有啥不好意思的？这不就是你家嘛，我是你妈，你有啥不好意思的？便秘又不丢人！”

那国祥跟那里坐在餐厅被老妈左一句便秘右一句便秘的弄得一点食欲都没有了。那国祥撂下筷子说：“我跟你说，你踏实工作，赶紧挣钱搬出去，这样下去，迟早我也得……便秘！”

那里“噗”地笑出声来：“老爸，不会吧？”

那里在公司里剪片子，心思还转在早上那场闹剧上。往家里打电话，米晓佩一直在打嗝。那里说：“喂，老婆，老公不在家，这是偷吃什么好吃的啦？”

米晓佩的声音小了下去：“还吃什么好吃的，妈一碗蜂蜜水，我的胃都要撑爆了！”

“那我问问……那个，拉出来没？”那里的声音很小了，还是被耳朵贼奸的头儿听到：“什么拉出来没？我说那里，你看你拉的这字幕，这得什么眼力能看见啊？”

那里抬头看了一眼头儿，嬉皮笑脸说：“我拉不好，你拉啊？”说完，又笑，这都哪跟哪啊，怎么就跟“拉”干上了呢？

02

北京的春天比望山村的春天来得早。

天渐渐暖和了，小区里的柳树冒出了鹅黄色的嫩芽儿，地皮儿上也隐约有了绿色。晚上，清水跟老妈和云朵在小区里散步时，清水教云朵背诗：“天街小雨润如酥，草色遥看近却无！”清水给云朵解释着两句诗的意思，付锦绣听着感叹：“这写诗的人还真是啥都知道，可不一场雨下来，黑土地跟桃酥一样嘛，那地也是，远远看去，绿雾一样，走到跟前，却看不到哪绿儿，最早开花的是婆婆丁，挖了蘸酱吃，那可是春天咱们望山村见着的最早的菜，苦是苦，败火着呢！”

云朵仰着脸问：“苦不是药吗？”

付锦绣看着云朵笑：“不是药，云朵，吃了苦，才会觉出来甜啊！”

云朵不懂这些，林清水说：“妈，你是想望山村了吧？”

“咋能不想啊，我做梦梦到咱家后院的那棵李子树开花了，白啦啦的，醒了就睡不着！”付锦绣的腿还没完全恢复，走得很慢。

林清水扶她坐在长椅上，“妈，我一直想问你，在我这住着，真那么不舒服吗？你看我跟清秀都在北京，你再一个人回望山村，我们哪能放心呢？我跟那恩都说好了，给老村长打个电话，让他帮着把房子处理处理，咱就在北京住下得了。云朵，奶奶不走了，高兴不？”

“高兴！”云朵大声答。

付锦绣叹了口气：“我这不老不小的，在这也帮不上你们啥忙，净添乱。再说了，回望山村自在。老了老了，不就图一自在吗！”

林清水握了老妈的手问：“妈，我一直没问你，怎么好好的，就不打呼噜了？在医院住院时，您那呼噜还打得山响呢！”

“这有啥好问的，不打就不打了呗！”

云朵举手说：“爸爸，爸爸，我知道，奶奶不睡觉！她都困得直磕头了，就是不躺下好好睡觉，奶奶不乖！”

林清水的目光移了出去，他说："妈，再暖和暖和，我送您回去！"

那恩果真找了个兼职，乔佑楠介绍的，教一个外国研究生学汉语，周六、周日一下午。钱不是很多，但那恩有些兴冲冲的，她跟林清水说："画院的课不多，我就死靠着那份工资，人都混傻了。接触接触社会，没准哪天，我也像你一样下海了，去个教育机构什么的，何苦受这份气。你知道吗，老孟不是要退了吗？系主任提名里竟然有小姚，系里都炸锅了，凭什么啊？小姚连徐志摩跟林徽音有一段都不知道就敢讲当代文学……"

林清水在机关里这种事见得多了，早就见怪不怪。他铺好被子，暧昧地看着那恩说："李老师，我想和你一起睡觉！"

那恩的嘴巴张得可以吞掉一只鹅："林清水，你——"

"这是流氓。李老师，我想跟你一起起床，嗯，这是谁？"

那恩反应过来，哈哈大笑："这是徐志摩！"

"回答正确，那么，李老师，咱俩是一起睡个觉呢，还是一起起个床呢？"林清水坏坏地转身去关门，然后从背后拥住正往脸上抹晚霜的那恩。他在那恩耳边轻声说："我想看书。"

看书是那恩跟林清水的暗语。那是大学谈恋爱时，那恩逼着笨嘴笨舌的林清水在QQ签名上写情话，林清水憋了两天，签名上写："你像一本书，翻开第一页，就被你吸引了。"

那恩对着那签名笑，寝室里的姐妹问什么状况，那恩略有些显摆地指给姐妹看。寝室大姐"哇"地叫："你这书，他翻了？"

大家愣了一下，觉出这是句太意味深长的话，逼着那恩交代她这页书是怎么被林清水翻的。那恩的脸红成了草莓，"没翻，真没翻！"

"还不承认，人家都说翻了一页就被吸引了，欲罢不能了啊！"女孩们起哄，那恩大叫："你们这群色女郎！"

那恩把这话说给林清水听，林清水木瓜一样："什么意思？"那恩也不好意思，却又不得不问："清水，你是真傻还是装傻啊？"

林清水是真傻。

老爸老妈去三亚旅游，那里住校，吃过晚饭，那恩把林清水引到家里。林清水一直磨叨着夜不归宿会不会被查到，那恩说："我不管，我才不枉担虚名，我要看书！"

傍晚，夕阳还明亮着，红彤彤地给房间点了一盏灯。

那恩从浴室出来，身上穿着宽大的睡裙，头发是湿的。林清水好学生一样端坐在床头，她把吹风机递给林清水，林清水笨手笨脚地给她吹头发。床前的梳妆镜里，是两个人年轻得新鲜果子一样的脸。睡裙的领开得很低，露出白白的颈子和凛冽的蝴蝶骨。她的头发掠到他的脸上，痒痒的，像阳光里落了很多毛毛。林清水的心动了一下，手有些抖。她的唇肉肉的，像饱满的果子。林清水伸手摸了一下，想起小时候吃的甜李子，一咬，一股水那样的甜。那恩的眼睛带了钩子，转过身，手指在林清水的眉毛上轻轻摩挲，林清水的身体某一处有了熟石榴笑开口的感觉。

他说："丫头，我可不是柳下惠。"

她抬起头，直视着他的眼睛，倒是他没挺住，眼神一下子闪开了，像丛林中的兔子跳到草丛中躲了起来。她低下头，轻声说："我要你翻第一页，我要让你读到第一页就欲罢不能！"

林清水叹了一口气，败下阵来，他把红通通的一张脸埋在她的胸口间。

那是太美的一页书，林清水读到舍不得读，他仰面躺在那恩的单人床上，他说："我终于看到了幸福的模样。"

"嗯？"那恩把脸埋在他的臂弯里。

"幸福就是你的模样！"

后来很多次，那恩都耿耿于怀，说林清水你这个榆木脑袋，看个书都要我上赶着，我那恩上辈子肯定是欠你的。

林清水说人要有魅力，那真是没办法的事，上赶着的人乌泱乌泱的。那恩揪了林清水的耳朵问哪呢，林清水说，我都没给她们机会。只让你钻了空子。

那之后，两个人便常常会约着"看书"。有时是"写论文"，有时是"看小说”，某一次，那恩打电话被那里听见，那里说：“你们谈个恋爱有劲没劲啊，泡泡吧啊，蹦蹦迪啊，还看书！”

那恩回嘴：“谁像你啊，那么没层次，我们可是……”说到这，那恩自己的脸倒红了。

日子过得局促忙碌，那恩上着班做着兼职，林清水跟祝和平应酬，再就是看那些送上来的不着调的小说或者剧本，想从中挖出个“宝”来。晚上给云朵讲完故事，跟老妈扯几句闲嗑，上床，累得连话都不想说，哪还有力气看书。

这个周末，云朵在姥姥家没回来，那恩的学生出去旅游了，林清水也难得地在家。晚饭前，清秀把老妈接了过去，家里只剩下了夫妻二人。

林清水难得有了兴致，想“看书”。那恩有些哀怨，“我以为你都忘了你是读书人了呢！”

林清水把头埋在她的颈间，他说：“今天我们读小说！”

在暗号里，写论文是中规中矩，读小说是有些创意动作。那恩在梳妆镜里看到自己的脸颊绯红，林清水也看到。结婚这么久，在老公面前仍然会脸红的女人，林清水学着电影里说：“你是奇葩！”那恩没听明白，问什么，林清水不再解释，只是做了劳动模范。那恩习惯性地咬着嘴唇。婆婆在的这些日子，尽管“看书”的次数少得可怜，可还是“看过书”，看书时，林清水小心翼翼，那恩更是咬着被子连气都不敢喘。

他转过她的身体，他说：“我想听你朗读，亲爱的！”

那恩的浅吟低唱鼓励了林清水，他问：“好吗？”她闭着眼睛，手抵住他的肩膀，点头。他问：“小恩，你幸福吗？”

那恩睁开眼，泪里噙着泪水，她说：“我以为我们再没有幸福了，你知道你那样写我，有多伤我吗？”

林清水把那恩抱在怀里，他吻掉她脸上的泪水，他说：“我欠你的幸福，我想做个赖账的人，你明白吗？”

那恩仔仔细细看着她的男人，她认认真真地告诉他：“你不欠我什么，清水，幸福是靠我们共同努力寻找来的。寻找幸福的路上，拉紧我的手！”

那是一场真正的和解，两个人心里的块垒在一场淋漓的鱼水之欢中烟消云散。

日子还要继续下去。

03

清秀在一本书里读到：人生就是在胡同里穿梭的过程，你不知道下一个路口会撞上什么，开始一段怎样的生活。

的确如此。在微博上遇到四条魏一凯时，她怎么也想不到会抛弃学业来北京过这种日子。

林清秀所说的那种日子是指她跟一凯几乎是刚结婚，感情就淡得像水一样。除了在床上的交流，几乎就没什么话说。也真是奇怪了，从前在网上，两地，两个人聊上一两个小时都聊不够，怎么面对面，躺在同一张床上，就没话说了呢？

林清秀开始接国外的团，一般是十天半个月回来一次。林清秀想这样也好，不是说小别胜新婚吗？可是，每次，林清秀走，一凯都很冷漠，不会表现出特别的舍不得，甚至有时还有些冷言冷语。清秀理解为他不愿意自己成天在外面跑，但是休假在家，他也没特别的热情啊？清秀从外面回来，是很想把那些旅行见闻讲给一凯听的。在南非，一个黑人酒保死活缠上自己，硬让她嫁给他。她把这事才说了一半，一凯的目光里就全是蔑视，就好像她做了什么见不得人的事。

倒是在床上，一凯是绝对的劳动模范。只是，上来就直奔主题，速战速决，完全没有了刚认识时的那种缠绵。这边清秀刚刚进入状态，那边一凯已经睡着了。清秀就像往高处爬的过山车突然就落到了地上一样，失落如潮水一样整夜覆盖在心里。她在北京没有朋友，也不知道跟谁诉说。

一凯睡得很沉，清秀起身坐在了电脑前。夜那么漫长，她想着自己很久没上微博了。

清秀在微博上写：生活中，眼泪是必需品吗？

很快有个叫“水依冰寒”的人回复：怎么了，不开心吗？

清秀想了半天想起水依冰寒是自己的一个杂志编辑。她登陆了QQ，她果然在线。水依冰寒说：“才女，怎么很久不给我们写稿子了！”

话匣子就此打开。

现代的人越来越奇怪，越是熟悉的人越不能讲心里话，倒是陌生人或者是半生不熟的，可以无话不谈，反正谁也不在谁生活的河流里，讲了，听了，都是无害的。

清秀把自己的生活状态前言不搭后语地讲了，水依冰寒说：“感情，没有捷径，只有经营！你跟你老公认识的时间太短，最初的热情全是费洛蒙做的怪，天长日久，要靠一些实实在在的东西维系，比如彼此的兴趣爱好，比如彼此交叉的生活细节！”

重新躺在床上，清秀觉得水依冰寒说得太有道理了。幸福不能等、靠、要，幸福要自己争取。

这样想着，天就亮了。清秀起身去做早餐，像个真正的贤妻良母一样。

从前，清秀跟一凯都是夜猫子，两个人在两台电脑上奋战到天明，沉沉睡去。早晨基本从中午开始，常常是一凯叫了外卖，两个人吃一顿了事。晚上，若不出去，清秀就煮面。

一凯上洗手间时，闻到煎蛋的香味，转到厨房，看到清秀正在盛粥，他捏了片火腿放嘴里，转身想回床上继续睡觉去。

清秀黏黏甜甜叫声老公，一凯转过头：“怎么？又要带团走？”

清秀的胳膊搭在一凯的肩膀上：“是不是舍不得我走？”

“无聊！”一凯拨拉清秀的胳膊。

若在从前，清秀早就烦了。这次，清秀笃定了当“牛皮糖”黏住一凯不放：“吃饭，吃完饭咱们去看爸妈！”

一凯有些愣：“为什么？”

“傻瓜，看爸妈还要为什么啊？快点，今天天气好着呢，还有，我想放风筝！”俩人在网上聊天时，一凯说起过他小时候有一阵特别迷恋放风筝，只是，每次都出包，不是挂树上就是落水里。

果然，一凯的屁股挪到了餐厅的椅子上：“这天，能放风筝吗？”

“咱们去北海那看看，我要把我老公英俊潇洒放风筝的照片放微博上晒一晒，得多少姑娘羡慕嫉妒恨啊！”清秀觉得自己简直就是加入了丁春秋的星宿派，马屁拍得那叫一个肉麻。但很显然，一凯很吃这一套，他拿筷子拔拉了清秀的头发一下：“嘁，虚荣心！”

清秀很想大声叫：“刚洗的头发！”可是，她忍住了，脸上挤出潘帕斯草原上的牧草一样浓密的笑，她说：“嫁了好老公不晒给人家看，无异于锦衣夜行，明珠暗藏，可惜了啊！”

一凯撇撇嘴：“知道你是学中文的，别卖弄词啦！”话是这样说，倒真的喝了一碗粥，兴冲冲地去找运动鞋和运动衣，准备跟清秀出门了。

清秀早有准备，掏出很久前买的情侣运动衫，说：“喏，穿这个。”

一凯嘴里说着“幼稚”，却还是把衣服套到身上。

北海公园里还真有人放风筝。一凯握着清秀的手去边上的店里挑，挑来挑去，看中个八卦，小小的一个竟然要二百多。清秀很心疼，但看着一凯势在必得的样子，清秀把到嘴边的话咽了下去。

一凯果然是出包大王。风筝还没放，线就绕到了一起，清秀忙着帮解线，一凯却不耐烦了，“去再买一个线轴吧？”

再买一个？说得轻巧，一个十几块呢，清秀说：“没事，一会儿就好！”费了九牛二虎之力把线解开，一凯拿着八卦顺风跑了几步，风筝摇摇晃晃飞了起来，清秀刚想称赞，风筝一个转身扎到了树上。一凯黑着一张脸去抖落那棵树，风筝安心了要在树上安家似的，死活不下来。

“要不，咱再买一个？”清秀问。

“买什么啊买，这天没风，根本不适合放风筝，就你，想一出是一出。”一凯本就鬼斧神工的一张脸再放了各种不耐烦与不高兴的表情，更加让人觉得那是后现代的艺术品。清秀觉得好笑，却不跟他争辩："正好，咱们买了菜去爸妈那吃饭！晚上，我陪你去看《变形金刚》。"

一凯看了清秀一眼："你不是不爱看这种吗？"

清秀心说，你倒是知道我不爱看这种，别的，你可也得陪我看才行啊？

其实，一想到要去面对婆婆那张冷脸，清秀也是直冒冷汗。清秀有点理解嫂子那恩了，这当人家媳妇，真不是开玩笑的。

果然，那一场清秀投诚的见面不欢而散。

清秀想买别的菜，做起来还麻烦，结果买了羊肉片、火锅料，回家吃火锅。

也是一凯特别不会说话，拎菜进门就喊："妈，清秀说，咱们吃火锅吧！"清秀掐了一凯一把已然来不及了，她想：坏了，就冲这句，这顿火锅也吃不消停了。

果然，瑜珈垫上的贺淑敏一脸寒霜站了起来，清秀不由得赞叹婆婆这身材从背后看真跟十八岁似的，只是，脸上欠了一点亲切感。

清秀把赞叹说出口，加了一句："妈，您也教教我学瑜珈吧！"

贺淑敏扫了一眼清秀："不是叫个人就能练瑜珈的，你这胳膊腿跟木头棒子似的，练什么练？"

清秀的笑在脸上凝固成蜡。公公从里屋走出来，盯了一凯的裤脚："你这是上山打猎啦？"

贺淑敏的目光也落在了一凯身上："人家结个婚，都精神的，瞧你这蔫头耷拉脑的！"

一凯再次犯了大错，他踢了鞋说："哎呀，我都困死了，一大早被清秀拉去放什么风筝，我的睡衣还在柜子里吧？我睡一觉，吃饭别叫我！"

一凯卧室的门关上了，清秀把菜提进厨房，心里不是没埋怨，一凯真是太粗心了，明知道自己跟公婆还很陌生还就这样孩子气地不管不顾地去睡觉，真是。

贺淑敏换了居家服跟了进来，拎了羊肉片说："你没看电视报道吗，说这削的羊肉片是用死鸡肉什么的上色弄的，这是好的吗？”

清秀洗菜的手顿了顿，几乎是深呼吸，然后平心静气地说：“大超市买的！应该没什么问题吧？”

“算了，我练完瑜珈不想吃油腻的，一凯睡觉不吃，老爹有应酬，中午拌蔬菜沙拉吧！”

清秀答应着，心想自己放着好好的周末不过，来这看脸色还要吃兔子吃的菜，自己又不减肥。

“清秀，有句话我这当妈的得提醒提醒你们，你们年轻，你还十天半个月地不回来，这一回来，没好吃不下桌，色是刮骨刀，你看一凯都瘦得快脱相了！他年前才做的手术，男人的身子得养。”

清秀的脑子嗡嗡响，脸上一阵一阵跟被火燎过一样。她恨不得冲进客厅抓起衣架上的包就离开这个羞辱之地。但是，她什么都做不了。

选择了一个人，选择了跟这个人的婚姻，就是选择了一种生活。从没有一种东西像婚姻这样影响到一个人的全部生活，每个缝隙。它会影响到你早餐的质量，会影响到你晚餐的心情，会影响到你对这个世界的判断。比如，在遇到婆婆之前，没有人可以称之为敌人的。遇到后，有了。

清秀站在那里，她很腹黑地在心里问候了贺淑敏的亲人，很鄙视地想，你们不上床会有儿子吗？这样想一想，清秀脸上浮现出一点笑来，她说：“妈，这种事，我觉得你跟你的儿子说说会更好！”

贺淑敏没想到一直在自己面前都还算柔顺的清秀会这样不软不硬地给自己塞了个软钉子。她有些恼羞成怒：她有什么资格跟自己这样叫嚣？她以为她进了魏家的门就可以轻视她这个婆婆了吗？做梦。

两个人还是坐在了一张饭桌上，坐饭桌上前，清秀已经做好了心理准备，能怎么样呢？反正我嫁的是你儿子，好呢，就多走动走动，不好呢，少见面就好了。

吃饭前，清秀还是去叫了一凯。一凯睡得迷迷糊糊，拉着清秀的手哼哼着说：“不吃饭，想吃你！”

清秀很居心叵测地笑了，因为这句话，她觉得自己赢了这场拔河比赛。她的脸在他的脖颈处厮磨："回去让你吃个够，乖，你妈刚还批评我来着，说我缠你缠得太紧，是美女蛇，狐狸精来着。"

一凯的手不安分地插进了清秀的领口，清秀吃力地拉出那手，整理了下头发，心里笃笃实实地走出去，坐在贺淑敏面前。

蔬菜沙拉清秀真的吃不下去，她切了块圆白菜用水炒了下，把酱油放热油里炸了一下，拌到圆白菜上。两个人，一人一小碗米饭，贺淑敏没见过清秀那样的吃法，问："那些能吃吗？"

清秀说："妈，您尝尝！"

贺淑敏没尝，话题转到清秀的工作上："你这工作打算做到什么时候？"

清秀抬起头，目光看到贺淑敏的眼睛深处，经历过厨房那无异于耳光的羞辱，清秀倒坦然起来，她说："不知道呢，做两年再说！"

"两年？"贺淑敏的声音高了八度："那你就打算让你丈夫这样孤魂野鬼，有家跟没家有老婆跟没老婆似的过两年吗？这么想玩，你还结婚干啥？"

清秀以为婆婆会说要小孩什么的话，贺淑敏没说，这让清秀很诧异。

回去的车上，清秀看了一眼一凯，她问："你后悔跟我结婚了吗？"

一凯看也没看她一眼，赏她三个字："神经病！"

晚上，清秀跟参加奥林匹克选拔赛一样，主动赖皮地一次次撩拔得一凯一次次勇攀高峰。黑暗里，清秀听到一凯粗壮的喘气声，心里是赢了比赛的快乐。

04

米晓倚走进酒吧时，亮了所有人的眼睛。黑色深V露肩连身裤，腰上系着大红的宽腰带，脚上穿着红色的船鞋，头上戴着黑色的小礼帽，长发及肩，米晓倚摘下眼镜坐到米晓佩的对面，米晓佩"哇塞"地大叫，她说：

“姐，你也太靓了吧？你又不是约会，就跟我吃顿饭，你至于吗？”

米晓倚上上下下打量了一下小堂妹，轻启朱唇：“米晓佩，人家是一秒钟变格格，你还真是一秒钟变欧巴桑啊？你这样出门，你家那里就没个意见？”

米晓佩的头发卷在脑后，身上套着件图画不详的T恤，下身穿着条牛仔短裤，波鞋。听堂姐这样说，她撅了撅嘴说：“拜托，我这是日韩甜美系好不好？”

米晓倚站起身，“得，这饭甭吃了，我受不了跟一欧巴桑一起吃饭，咱直奔商场，姐让你知道知道啥是时尚，啥是流行。晓佩，你可别怪姐没提醒你，你别以为嫁了人就可以高枕无忧了，这年头，驽着要当小三的妞大把抓呢。那里本就不是让人省心的主，再在一传媒公司，里面的姑娘个个都是倩女幽魂，你就想啊……”

米晓佩很无奈地看着米晓倚：“你约我来吃饭，合着就是奔着打击我来的啊？那你不用说了，我已经伤透心了！”

一听米晓佩话里有话，有内情，米晓倚那双奔向商场的腿收了回来。“有什么不开心的事儿，说出来让姐开心一下！”

米晓佩瞅了瞅四周，“这也不是说话的地儿啊，咱换一个地方吧！”

“怎么着啊，你家那点事还是个谍战片啊，还怕被监听？”米晓倚说着，还是让屁股再次挪了窝，两人换了个角落的位置。

米晓倚催：“快说！”

米晓佩从包里扔出来一叠画，说：“自己看，没心情说！”

米晓倚瞄了两眼那叠画，“还有心思画画，应该没事儿！”

“怎么没事啊，我要跟他离婚！”米晓佩眼泪汪汪。

“你没事吧，米晓佩，你当这是玩啊，你的结婚证还没捂热乎就离？你真当民政局是给你家开的啊？”尽管米晓倚不看好堂妹跟那里的婚姻，但她也不想这两个人跟小孩子过家家似的，说散就散啊！

米晓佩开始掉眼泪。

米晓倚抽了纸巾递给她："擦擦，说说到底为什么？"

"那里……他怎么那么恶心啊，简直就是流氓，哦，不，是禽兽……"

米晓倚皱着眉一把撸起了堂妹的衣袖，又搬了米晓佩的脖子看："他怎么你了？动手了？"

米晓佩挣脱出来，"这倒没有，就是……姐，你说男人都那么……色吗？"

"色？他跟别的女人上床让你知道了？"

"不是，他要那样，我早就废了他了。是……是他总没完没了，每天晚上都缠着我……"

米晓倚觉得餐馆里的温度"刷"地降了十度。她的目光一眼不错地落到米晓佩身上，"就是为这个？"

米晓佩点了点头，很无辜地说："姐，你说他这是不是病啊？那有什么好玩的，挺疼的，也没意思，还不如就亲亲抱抱……"

米晓倚都被自己的笑声吓到了，她笑出了眼泪，她万没想到小堂妹会因为这个要离婚。米晓佩被堂姐笑恼了，她说："这有什么好笑的，人家都快烦死了！早知道就不跟你说了！"

米晓倚不笑了，拿纸巾擦了眼泪，然后把一块纸巾叠来叠去，想着怎么跟小堂妹说这话："你该不是商朝穿越过来的吧？你在跟那里之前，没跟别的男人上过床？"

米晓佩摇了摇头，"我们上人体素描课，看那些男模特的身体都恶心死了！"

米晓倚长长地叹了口气："不都谣传贵圈乱得一塌糊涂嘛，真没想到还真有清水出芙蓉的。晓佩，男女之间，性是一条非常重要的纽带。这没什么觉得羞耻的。那个过程也是彼此了解，水乳交融的过程，嗯，我要怎么跟你说呢？"

"那里说我是外星人，他肯定跟好多女孩上过床，一想到这个，我就不愿意碰他，觉得他脏死了！"

“那你想怎么办？跟他离婚？你不爱他了吗？”

“就是爱才烦啊！他白天上班，有时还加班，怎么精力就那么旺盛啊，往床上一躺，碰到我……”

“他不碰你，他碰谁？你是他老婆啊？如果他躺在你的床上，碰都不想碰你，米晓佩，那你真是该哭都找不着调门了呢！米晓佩，你该不是饱汉子不知道饿汉子饥，性生活太幸福在我这来臭显摆吧？”

米晓佩举起手：“姐，我发誓，天地良心！”

米晓倚把米晓佩的手拉下来：“咱们姐俩，我也不瞒你了，人是会有生理需要的。即使我没找到我爱的那个人，我也会有生理需要，你知道炮友不？”

米晓佩的嘴巴能吞掉整张桌子，“姐，姐……你该不会是有炮友吧？”

米晓倚笑着端起一杯酒：“咱俩住时，有时我说去天津或者通州出差一晚上，你以为我真的是去工作吗？傻妹妹，性的乐趣要自己慢慢体会，还有，你家那里也是个棒槌，你不懂，他要带你走进桃花源啊？他还强来啊？”

“他很迁就我，每次都求我，然后……反正啦，就是很不高兴！这两天，他干脆在公司都不回来！”米晓佩一脸委屈，指着一张画说：“你看，你看，太极兔望眼欲穿，八卦猫也不出现……”

米晓倚哑然失笑：“你啊，还没长大呢，得，赶紧吃饭吧，吃完饭，我带你去买衣服，然后打扮得漂漂亮亮去公司接你老公下班！”

“我才不去，我又没错！”米晓佩的嘴上可以挂油瓶了。

“走吧，纯洁妞，唉，我怎么感觉你像两头猪呢？”

“什么？”

“我的意思是，一头猪都不能形容你的愚蠢了！你说你，长得这么漂亮，胸是胸，屁股是屁股的，躺床上，还是合法的领了证的，让人那里憋着，你穿一低胸装还用手捂着，你有公德心吗？”

米晓佩笑了，“姐，我看出来了，你跟那里一样是流氓！”

“要不然，我找一炮友，把床上那点事教教你？我就怕回头那里拿一刀跟我玩命！”

米晓佩撇了撇嘴，“没准那里都后悔娶我没娶你呢！”

米晓倚的脸呱嗒一下落脚面子上：“米晓佩你什么意思啊？合着我们米家的姑娘就都得嫁给那姓那的？惯得他熊猫脾气！”

米晓佩赶紧哄，“姐，我就是这随便一说，我说话不经大脑，你还不知道啊？”

米晓倚伸手拦出租车，后面有一人高马大的男的冲了过来：“等等，小姐，这些画是你们落下的吧？”

米晓倚接过那些画递给米晓佩，说了谢谢。人高马大男说：“小姐能否留个电话吗？我是个编辑，对你的画很感兴趣！”

米晓佩说：“好啊——”她的后半截话被堂姐的目光瞪了回去。米晓倚说：“先生，这招泡妞，招术太老了吧？”

人高马大男满脸通红，“我叫蒋寒，我忘带名片了。”

米晓倚上上下下扫了一眼人高马大男，会脸红的男人在这地球上跟熊猫与中华鲟的数量相当，就算坏也坏不到哪去。米晓倚抽了一张米晓佩的画，写上了自己的电话号码。

坐上出租车，米晓佩还可惜着：“万一是次机会呢？你知道我做梦都想成为大陆的几米，还有，你干吗给他你的电话？”

“你一有夫之妇，还是纯洁妞，万一碰上骗子咋办？”米晓倚回头看到蒋寒立在路边，正摆着手，心里恍然动了一下。

“是骗子，你还把我的画给他，你就不怕骗？”

“我这样的姑娘，不骗他，他就得念阿弥陀佛了！”米晓倚从倒车镜里看到自己，自己的脸竟然也有些红，真是见鬼了。

05

清秀是早上九点多进门的。

早上又是一场兵荒马乱。云朵有些感冒，叽叽歪歪，那恩要准备一堂什么课，付锦绣是弄不明白的，清水有个什么活动，晚上又弄到半夜。付锦绣就不明白这城里的人，白天忙活一天不够，晚上非得干半宿吗？望山村，只有玩麻将的人才点灯熬油的。

付锦绣早起用电饭锅做了粥，煎了鸡蛋。然后就坐下看着他们三个人忙活了。尽管这段日子以来，云朵跟她亲了许多，但云朵不高兴时，她还是闪得远远的，能帮上忙帮忙，帮不上忙，也不添乱不是吗？

好歹清水一家三口出门，付锦绣长舒了一口气。

她收拾完秋来北京看儿子，怎么也没想到在这里一住就这些日子。日子快得跟做梦似的，清秀那么快就结了婚。日子又慢得跟蹲了监狱似的，在医院里一天恨不得都当一年熬。在这家里也是。白天空空荡荡的，电视里那些吵吵闹闹的连续剧她看着看着就烦了。躺在沙发上一小觉一小觉地睡，再不必害怕打呼噜了。整间房子被自己的呼噜占满了都不怕。可怕的是晚上，晚上清朗朗地醒着，恨不得自己这辈子的往事都涌进脑海里，放电影似的一遍一遍地过。

付锦绣想望山村了。想端着饭碗站在院子里跟大良妈没完没了唠嗑的日子了，想一个人在地里一根垄一根垄往前铲，腰酸到软，直起腰看看天空那种日子了，想东北豆腐和玉米馇子的味道了……这北京有什么好？人跟困在笼子里一样，自己被困在家里，云朵被困在幼儿园里，那恩跟清水被困在各自的办公室里。哪像望山村敞亮啊。整个山、整条河、漫无边际的黑土地都是咱们的，还有人仰马翻、鸡飞狗跳的村子，还有这家那家的热炕头，尽可以撒了欢地走。哪都是熟人，哪都是满的、热腾腾的……

付锦绣边擦地边想着望山村。除了擦地，在这个家里，她很自觉地不再动微波炉，哪个是可以放进那里的盘子，她永远搞不清。她也不再动洗衣机，哪件衣服能放进洗衣机里洗，哪件要拿到外面洗她也搞不清。她能做的就只是擦地，把地当成热炕擦。起来倒水时，门铃响了，付锦绣愣了一下，这钟点谁会来呢？

是清秀。她的心里瞬间绽开了一朵花。清秀大包小包地进来，她问："哪天回来的？"清秀低头换鞋，说："前天！"她听出清秀声音有些哑，心忽悠了一下："怎么了？"

清秀抬起头，冲她笑了下，"没事儿！我给你买了柚子，你总上火，吃点这个败败火！"

付锦绣很敏锐地从女儿那笑容里抓到一些讯信，她哭过，她的脸……

"到底怎么了？这么磨叽呢？"她火了。

清秀挨了打。她从小再苦再累都没舍得动一巴掌的清秀被她结了婚几个月的男人给打了。这还了得吗？

"因为啥？"付锦绣能听出自己声音里的火气。

清秀进厨房拿了水果刀出来，拍了拍那柚子，说："这个皮不厚，拿着压手！"

她真的生气了，清秀这丫头不知道她这个当妈的心吗？这些年，她像老母鸡一样时刻张着翅膀护着她的一儿一女，那是她最后的底线，谁也不能触碰的。

为了这，她跪着去替清水借上大学的钱；为了这，她拒绝了一个又一个要走进她生活的男人；为了这，她原谅那恩的种种挑剔，她也原谅了云朵舅舅撞伤她逃跑。当然，为了这，她不能容忍她的女儿挨打。她能容忍儿媳妇或者女婿对她不好，却不能容忍他们对她的儿女不好。这坚决不行。

她把这些话说给了清秀，清秀的眼泪流成了一条河。清秀开始讲那天发生的事，她听得仔仔细细，生怕落了哪个细节。

贺淑敏过生日，上次清秀回来去婆婆那，公公特意提了这事，清秀算了下，自己那时大概得带团在外面回不来，所以，那次，她特意用自己留下的钱买了一对金耳环，包好，放在床头柜的抽屉里。她想着过生日那天打电话让一凯带过去。结果就忙忘了。

想起来时，已是贺淑敏生日第二天。清秀心想这下可真是坏了，想起婆婆那张冰冻了的脸，她的心上盖了一片乌云。清秀打电话给一凯，让他赶紧把那耳环给婆婆送去。电话那端一凯懒洋洋地答应着，显然还没睡醒。

清秀正犹豫着要不要给婆婆打电话时，一凯打电话过来，说床头的抽屉里根本就没见什么盒子。一凯很不满意，问清秀跟他还做什么戏啊，没买就没买吧，他妈又不缺她这点东西。清秀火了，说："魏一凯，你这话是什么意思？我有那么愚蠢吗撒这个谎？"

两人在电话里不欢而散。清秀也纳闷了，再仔细想了一遍，自己的的确确把盒子放在床头柜的抽屉里了，怎么会没有呢？

清秀给婆婆打了个电话，说自己带团回不去，前一天手机刚好没电，清秀说："妈，回去我跟一凯请您吃饭，我还给您准备了礼物呢！"这端贺淑敏很冷淡地说："过不过的吧，这养儿养女也就是这么回事，一凯连个人都不见，你连个电话都没有，还好有个老头子，做个伴……"

清秀的心堵成了北京二环的晚高峰，喘不过气来，又不知道说些什么好。

带团回来，清秀踢掉鞋就冲进卧室里，拉开抽屉翻个底掉，可不就没有吗？清秀有点蒙。

一凯回来，清秀坐在黑暗里，没开灯。他开门看了清秀一眼，"啪"地把灯打开："在这起什么妖蛾子呢？"

清秀的脸色很难看，她说："魏一凯，你到底想怎么样？"

一凯侧身倚在门框上，说："你十天半月不回来，一回来，别惹事啊！"

清秀从小到大，在家是付锦绣手心里捧大的，在学校是老师手心里捧着成长的。清秀不容忍别人这样跟她讲话。她咄咄逼人："是你交代呢，还是我给你拿证据出来！"

一凯笑了，走过来想抱清秀："老婆，咱不闹，我饿了，咱是先上床，还是先吃饭？"

清秀使劲推开一凯，她说："我还真是看错你了，耳环你找到了吗？"

一提耳环，一凯也急了："你有完没完？你什么时候买耳环放这抽屉里了？我都说了，妈那没买礼物，什么时候咱补上，况且她也不缺那个……"

"你放屁！她有是她的，我买了，你妈还不定给我个好脸呢，我不买，你妈还不吃了我？"

"好，好，好，你买了，那在哪呢？"

清秀打开抽屉，抽屉里有一支口红，她冷冷地问一凯这是谁的东西，怎么会在她的床头？

一凯愣了一下，拍着脑门喊"晕倒"，清秀冷眼看着一凯，她说："用不用我给你倒杯水，你慢慢说，编好了，别出纰漏。"

一凯说："秀儿，你真误会我了，是这样，我们公司聚会，喝得挺晚的，方炎和楚洁几个住得远，就蹭到咱家来了……那耳环，不会吧，完了，完了，这事整复杂了，他们不会拿这个吧？"

清秀的目光半刻也没离开过一凯的眼睛，她的嘴角微微向上弯了一弯，她说："你知道我给杂志都写些什么东西吗？一凯，这个故事太平凡了，换句话说太俗套了，我写这样的稿子交上去，根本就过不了稿你知道吗？"

一凯急了，翻手机，"我打给方炎，让他跟你说！"

"说什么呀，春晚小品你没看过吗？男人打电话给哥们，肯定瞒着啊！改天，他女朋友打给你，你也替他瞒！你说吧，你是把女网友给弄家来了呢，还是叫了鸡？"清秀似笑非笑的表情彻底将一凯激怒了，一凯照着清秀的脸就是一巴掌，清秀一趔趄，扑倒在床上。只停留了一下，清秀像小狮子一样冲向一凯，一凯也被自己打的那巴掌吓呆了。清秀上来跟他厮打时，他举着手："秀儿，秀儿，我错了，我不是有意的！"

清秀泣泪横流，一凯的脸上、手上都被她挠出了血印子。

"你们这是在干什么？住手！"清秀跟一凯一抬头，看到贺淑敏手里拿着钥匙站在门前。

"妈！"一凯推了清秀，站起身来。

清秀随着站起来往外冲，一凯一把抓住她。贺淑敏冷冷地说：“你要是今天走了，就再别想回这个家！”

清秀觉得后背冒凉风，她清醒了一下，明白了自己的处境，偌大的北京，能去的也只是哥哥那。去哥哥那跟老妈挤吗？老妈身体还没好利索，为自己的事再着急上火……还有，嫂子会看笑话吧？

清秀转回屋，坐在沙发上。贺淑敏去找了医箱，给一凯脸上、手上的伤处理了下。她说：“挠死你也不多，自己找的！”

一凯打电话给方炎，他说：“你问问楚洁，那晚在我家睡，看没看到抽屉里有个小盒子，是我老婆给我妈买的生日礼物！”

挂了电话，三个人三个方向坐在客厅里，谁都不说话。

半晌，电话响了，方炎说：“哥们儿，你在家等着，我跟楚洁这就过去。”

贺淑敏转头瞅了儿子、儿媳一眼：“你们谁先说？这真长出息了，结婚这才几天啊，把农村妇女的优良传统就带过来了，接下来怎么着啊，一哭二闹三上吊？”

一凯赶紧护着清秀：“妈，不怪清秀，是我先动的手！”

贺淑敏白了儿子一眼：“你英雄，到底怎么回事，谁先说？”

一凯磕磕绊绊地把事情说了一遍，清秀始终一言不发。

方炎跟楚洁满脸通红进来，楚洁把包倒出来，那只装耳环的小首饰盒就在一堆化妆品和日用品中间。楚洁说：“我早上找口红，没找到，就快到点上班了，把东西往包里一划拉，没想到……我这人就乱七八糟的，回去也没仔细看这包，也没发现……”

方炎一个劲道歉，说改天请嫂子吃饭赔罪，一凯拍了拍方炎说：“没事儿！”

一场误会，却明明白白伤了两个人。清秀不知道说点什么好，本来为讨好婆婆，不想这次却更深刻地得罪了婆婆。贺淑敏别的都不提，单说清秀挠了一凯这事，她说：“清秀，我跟你说，男人的头女人的腰，那都是不能碰的。他是男人，要脸面，你这明天叫他怎么出门？”清秀的半边脸火辣辣地疼，一凯去拧了热毛巾递给清秀，清秀的泪滚滚而下，止也止不住。一凯转头冲老妈嚷：“妈，你都不清楚怎么回事，说什么啊说！”

贺淑敏气哼哼地拿起包：“算我多管闲事，魏一凯，我跟你说，有你的好日子过！”

那个惹了事的耳环连同盒子摆在茶几上，清秀起身把它扔进垃圾桶里。

那天晚上，清秀睡在了另一个房间里。

付锦绣听了清秀讲的这些话，她倒是长长舒了一口气，事情远没她想象的严重。她说：“秀啊，妈跟你说，这过日子没有马勺碰不到锅沿儿的。你这脾气也是，急，不容人，你要是好好问问，能有这事吗？我这些天看电视啊，那个电视剧里说的挺好，这夫妻俩在一起，要都迁就这点，针尖对麦芒，那可不得干仗吗？”

清秀的心亮堂了很多，她说：“妈，反正我闲着没事，陪你出去转转。”

清秀跟付锦绣晚上回到家里，一凯正陪着云朵打游戏。清秀进厨房帮那恩洗菜，付锦绣跟一凯聊天，她说：“一凯啊，秀从小没爸，事事要强，你要多让着她点。”一凯答应着。云朵看了小姑夫一下，跑进厨房告诉妈妈：“妈妈，妈妈，我跟你说，咱家千万不能养猫，我小姑夫的脸就是被猫挠的！”

清秀在云朵的小脸蛋上亲了一口，她说：“姑姑给你买了蛋挞，赶紧吃去！”

那恩似是而非地瞅着清秀笑。清秀没打算把这事跟嫂子说，那恩也就没好意思问。

那晚，一凯凑到清秀的床上，她踢他，他也不躲，她再一脚，他抱着肚子“哎哟哎哟”地叫，清秀慌了，问怎么了，一凯趁势抱住她，说：“看你还谋杀亲夫不？”

06

那恩牵着云朵进家门，那国祥赶紧给那恩使眼色，偷偷指了指吴玉芳，然后招呼着云朵："走，姥爷带你出去买冰淇淋！"

那恩看到老妈正嘟着嘴生闷气的样子，忙问怎么了。吴玉芳叹了口气没回答。

那恩从冰箱里拿出柳橙汁倒了一杯一口喝干，追问道："天这么好，怎么不跟你那些老友出去玩？那里又惹你啦？晓佩呢？没在家？"

"米晓佩的堂姐找她出去了。我哪有心思出去玩，我都让她给气死了。"

"米晓佩？怎么啦？新婆婆遇到老问题了？"在老妈面前，那恩变回了调皮戏谑的小女儿。

"晚上几点几点不睡，早上几点几点不起。"吴玉芳剥了橙子递给那恩。

"这个你不用说她，我也这样。"

吴玉芳白了那恩一眼，接着说："这家又不是只他俩住，晚上那个叽叽嘎嘎啊，也不知避着点人！真是，这叫我这个当婆婆的咋说？"

"这事，你不能说人米晓佩啊，怎么不说你儿子，那里什么样，你不是不知道，唉，这人心都是弯的，只知道向着自己儿子，怪罪着媳妇！你说我这当媳妇的，容易吗？"那恩把一瓣橙子放嘴子，酸得呲牙咧嘴。"这什么橙子，往里打醋了吧？"

"人家傻啊，打醋？你说她成天也不出去工作，年纪轻轻的，就成天在家耗，你不知道啊，天天披头散发地坐在电脑前，你说你做好饭吧，人家睡觉呢！我跟你爸这是吃啊还是不吃啊？不吃得等到啥时候？你说等你要睡觉了吧，人家醒了，我这当婆婆的心还善，能不起来帮她弄口吃的吗？弄了吃的，又只吃一口猫食，这家里住个外人啊，真是别扭死了！"

"打住，打住，老太太，那可是你儿媳妇，你未来孙子的妈妈，是外人？妈，你就把心放得平平的，就当米晓佩是你自己闺女，我看那丫头挺好的，没啥心眼，不会斤斤计较，你闺女我也做着儿媳妇，这里面的难知道着呢，晓佩的父母不在跟前，你不疼她谁疼她？你想想咱那里出事那段时间，他那些女友哪个往前凑了，还不是人晓佩送他去自首，等他从里面出来，单就这份情义，就难找！"那恩尽量掰开了揉碎了给老妈说。吴玉芳仔细看了女儿一眼："你这儿媳妇做得不怎么样，大姑子倒是做得挺像样啊！"

"妈，你一句话冤枉死我了。我儿媳妇也做得好着呢。不过，谁还没些小脾气？我要有八百万，我也雇四个老妈子伺候我婆婆，保管就啥矛盾都没有了！"

吴玉芳看了眼表，起身准备做饭："晚上在这吃吧？"

"我来就是蹭饭的。云朵奶奶去了清秀那，清水有饭局。"吴玉芳系了围裙进厨房，那恩倚在厨房的门边继续劝老妈："她吃不吃饭，什么样的作息，那是人的习惯。现在能在家工作的人，那才叫本事，叫SOHO，你这时髦老太太不懂？你吧，做好饭就吃，把她的那份留出来。她起来，你也不用像小媳妇似地起来伺候她。她又不是小孩子，微波炉什么的她也会用，让她自己弄。妈，关键就是你还是没把晓佩当成自己的孩子。"那恩还挺喜欢米晓佩的，人漂亮，还没那些漂亮女孩拈轻怕重的坏毛病，更主要的是，自己婆家这边已经够闹心的了，她可不想老妈这边再来个婆媳大战。

"得，就听你的。我这一生气血压就高，这是何苦来的呢？"吴玉芳拉开冰箱往出拿鸡翅，云朵最喜欢吃可乐鸡翅。

"你得想人米晓佩的好啊！怎么样，那里结了婚，还像从前那样，成宿半夜在外面混不？他俩吵架不？"

"你不提这事，我还忘了说了，那个米晓佩啊，便秘！每天早上，她一进洗手间，咱们家就跟鬼子进了村似的，全体人大气都不敢出一声。"

"这么严重？"

"唉，我跟你说，明年好歹给他们租个房让他们搬出去。这谁能受得了啊？说是不能受干扰，受干扰就便不下来，一天都会心情不好！"

"她是在家宅得太多了吧？得活动啊。不过，这是挺痛苦的，你们就将就将就呗！"

"可不将就着呢嘛？你爸都快神经衰弱了，早上三点就起来上厕所，还有好几回，跑小区对面的商场里去的。她从洗手间一出来，我就先看她脸色，我这买了上好的蜂蜜水每天给她送，我这哪是婆婆，简直成小媳妇了！”

那恩想象着每天清晨家里那番兵荒马乱，忍不住笑了。“妈，我还真错怪你了，你真是一等一的好婆婆。我跟那里说，他要是敢不孝顺你，看我怎么收拾他！这晓佩结婚有日子了，没怀上？”

“怀上还能这么折腾？”那恩一句话提醒了吴玉芳，这晓佩的身体还真不是她自己的，她还是未来孙子的单元房呢，兹事体大，不能掉以轻心。

“妈，你是什么人，你是一向走在时代前端不甘落后的时髦老太太，你能跟我婆婆那样的比吗？”

“哎，我说那恩，这段时间我跟你婆婆接触，虽说她是个农村老太太，但明事理，识大体，就咱那里那事，调个个儿，我都未必能这么深明大义！再不许说你婆婆怎么着，多检讨检讨你自己！”

“知道啦，我婆婆救了你的宝贝儿子，这算把你交下了。我没说我婆婆不好，我就说，你应该跟她们那些婆婆不同境界，你应该跟米晓佩树立个新型的婆媳关系！”

“啥叫新型的婆媳关系？”吴玉芳对那恩说的很感兴趣。

那恩知道自己扣的高帽子奏效了，正想着怎么给老妈往下扯，门响了，那里、米晓佩连同那国祥和云朵一起进来。米晓佩兴冲冲地跑到那恩面前：“姐，让你吃吃醋。云朵，告诉你妈妈，这世界上谁最漂亮？”

云朵歪着头，想了想：“你跟我妈妈都漂亮！”

“不行，你刚才是怎么说的？不许当叛徒！”米晓佩有点急。

云朵跑到那恩身后，露出小脑袋：“我妈妈最漂亮！”

那恩和吴玉芳哈哈大笑。

米晓佩追云朵：“哼，把我的草莓派给我吐出来，小骗子！”

“姥姥救我！”云朵躲在吴玉芳身后。吴玉芳拦住米晓佩：“这不用嫉妒，这叫羊肉贴不到狗肉身上，自己生一个，谁都抢不走！”

那里从洗手间出来，赶紧喊打住，他说：“妈，我让晓佩给缠住进了婚姻这围城已经很无奈了，你再让我们生一孩子，可真就暗无天日了！”

米晓佩的目光落到那里的脸上：“那里，谁求你娶我来着？你后悔可以啊，又不是许结不许离的！”

那里赶紧举手：“马有失蹄，人有失言，老婆，我错了，我真的错了！”

那恩安抚米晓佩：“他就那满嘴跑火车的脾气，你别理他。不过，晓佩，姐提醒你一下，离婚这两个字，真不能当儿戏。闹着玩就说离婚，彼此都不当真了，那才叫真糟了！”

米晓佩撅着嘴：“姐，你不知道那里多花，他的 QQ 上全是些女孩，个个叫宝贝儿，还有，深更半夜的，就有女孩打电话找他，上来就叫老公！我抗压能力够强的啦，换一般女孩，早发疯了！还有那个扬子，一个月失恋八十回，每回都找那里，把那里当成垃圾桶了，他对我都没那么有耐心……”

那恩转头看那里，那里打开笔记本正给云朵找游戏。听米晓佩说这话，他转过头来看那恩：“姐，你还不知道我们公司吗，俩男的相互之间都叫宝贝儿！再说了，我要在外面真有什么，我能这么光明正大的吗？你们女的啊，就是小心眼儿。姐，你也这样看我姐夫吧？还有，我要跟扬子有什么，早就有了，还轮到现在偷偷摸摸？”

那恩的心里想起了顾西辞，这段日子倒没见什么动静，只是，她的那些话悬在那恩的心头，谁的家庭能容忍一个女孩耗着青春虎视眈眈啊？将心比心，那恩严肃起来，“那里，你给我进来！”

米晓佩冲那里吐舌头，那里瞪了米晓佩一眼。那恩看见了，感叹，这明明还是俩没长大的孩子，愣玩起了过家家的游戏。

相对于老妈的娇纵，老爸的严厉来说，那里倒一向更听姐姐的话多一些。

那恩也最知道弟弟这类男孩身上的毛病，他们漂亮、会玩，时尚，自我感觉太好，在女孩面前又假模假势地装着绅士，被一众女孩捧着爱着，个个惯出了熊猫脾气。感情在他们心里不过是电脑里的一场游戏，这一秒，生生死死着这一款，下一秒又对另一款欲罢不能了。如果没有那次车祸，没有那里在看守所里蹲那些日子，那里肯定不会这么快走进婚姻的。

那天，那恩很郑重地警告了玩心未泯的那里，她说：“你跟一个女孩走进一段婚姻，你就对这个女孩负有一份责任，这份责任要靠忠诚来守护，如果你缺少了忠诚，将来你会失去她！”

那里嬉皮笑脸：“姐，你吓唬我没啥，你可别吓唬晓佩，这没事儿她还给我凑案例呢，你再危言耸听，她可啥事都能干出来！”

那恩拍了那里的肩膀一下：“你还真别不当回事。晓佩这种女孩不爱是不爱，一旦当真的，还真就什么事都能干出来。还有，你要伤了她，想挽回恐怕也没那么容易。你姐夫任是哪点不好我都能原谅他，只一点，如果他有了别的女人，我看都不会再看他一眼！”说这话时，那恩的心又颤了颤。如果林清水真的在外面有了什么，自己真的不会原谅吗？

“他敢对你有二心，我这个小舅子这一关他就过不去。不过，我姐夫那人，连个玩笑都不会开，人又活得那么沉重，也就你喜欢他吧！”

“就你好，一天到晚没个正形，还有，你跟爸妈住，能不能别那么嚣张啊！”

“妈跟你说什么了呀？唉，早知道四处不落好，这婚结了干什么啊？”那里一脸委屈。

“别抱怨！婚是你自己选择结的，当初，八匹马拉都拉不住，这么快就后悔，刚说完你没责任心，就举例子！”

云朵开门探着头进来，她说：“舅舅，妈妈，你们别吵架了，唉，真拿你们没办法！”

那恩笑了起来。那里过去抱起云朵：“宝贝，你妈妈欺负舅舅，呜呜呜——”

云朵很乖地拍那里的脸：“男生要让着女生啊？我妈妈欺负我爸爸，我爸爸都让着她啦！”

那里唉了口气：“姐，你们女人给孩子都洗脑，我们男人算是没有翻身的机会啦！”

那恩撇嘴：“你们男人的福利够多了，还敢叫苦？真是。”

在婚姻的世界里，男人跟女人，谁更强势，谁更委屈，谁更占便宜，谁更吃亏，这事，还真没办法说得清。

只是，在婚姻里的男人，不会再像恋爱里追求女人那样主动放弃主权。用韩剧里的一句话就是，谁还会给网子里的鱼喂食。

男人这梯子撤得太快，嘿，女人还真就不适应了。

第8章　婚姻贬值的速度如飞毛腿

有人说，别拿婚姻当儿戏，那是最快的贬值方式。携手走上红地毯的那一刻，红男绿女没有谁想着婚姻是场儿戏，只是，在之后的每个日子里，鸡飞狗跳墙，生活成了一场戏……

01

虚荣是让女人发光的神秘武器。那恩那个浪漫的法国学生安德森一而再再而三地夸赞他的女老师是他见过的中国女人中最漂亮的时，那恩知道那不是真相，但她还是高兴的。甚至她在照镜子时也居然看出自己如成熟的浆果一样饱满的美丽。去欧洲旅行当串门儿的小姚说外国男人就这点比中国男人做得好，你就是一平常妞儿吧，也能把你夸成天仙，而且夸得特别真诚特别赤裸裸，这些话让中国男人说，那简直是要了他们的命了。林清水更是嘴拙的中国男人中的代表，想让林清水说出句赞美的话，得，那恩不做这个梦。一想到林清水电脑里的“黑文件”，那恩的支离破碎的心真的伤好痊愈了吗？更何况还有顾西辞那根生生扎进来的刺。她像是个隐形的敌人，你知道她的存在，却看不到她什么时候出招，出什么招。好几次，那恩想把自己跟顾西辞那次见面讲给林清水听，但是，总是欲言又止。无可否认，在婆婆离家遇车祸之后，在电脑“黑文件”之后，她和他之间，并非像表面看到的那样风平浪静。

尽管那恩跟林清水的和解不见痕迹，宛如那碎掉的碗被生活这个锔补匠补得不见一丝裂纹。但那恩是知道的，林清水写在暗藏文档里的那些字如刀似剑般地摧毁了她的自信心。甚至，她会觉得绝望，自己在相濡以沫这么多年的男人心里，评价如此低。她不懂这是男人与女人的不同。男人林清水写下那些话时，有些像写武侠小说的男孩子，只顾着当时的快意恩仇，砍砍杀杀，砍杀完了，痛快漓淋，他并不记得那砍那杀是为的什么。

林清水表面太过压抑自己，因此心里才有了另一个策马奔腾的自己。很不幸，离他最近的那恩成了靶子，这于林清水并无特别的意味。换句话说，她在他心里的地位远不是“黑文档”里写的那样。只是，男人跟女人本就不是一个星球的物种，彼此的误会与纠结也就在所难免。他更不知道那恩心里还安插着一个假想敌。

每周末给安德森上课的那几小时，那恩是暂时忘却了婆婆的万般不妥，小姑的百般挑剔，老公的十分小心等凡尘琐事，她是漂亮优雅讲唐诗宋词元曲明清小说的女教师。那些古意森然的词语从她的口中轻吐珠玉，落到安德森那里如同挪威森林的迷雾一般让人似懂非懂，但这似乎也不重要。那恩享受那样的时刻，甚至想象着自己真如小姚一般过上那样物质丰富到要午夜梦回端一杯咖啡寻几许闲愁的地步，自己也会是快乐的吧？

那短短的逃离并不能拂去生活里的尘埃。房子的贷款要还，云朵的托儿费要交，家里的隔音墙壁一直说做没做，每次做爱都像是偷情，初是新鲜，久了是腻歪与厌烦。谁愿意鱼水之欢时还要分散精力想着隔壁有婆婆的耳朵？

好在，婆婆终于要回望山村了。

那恩给安德森上课回来，略一转念，想着这一遭婆婆来遇到这么多事，再有温良回去渲染，自己的好媳妇形象肯定是一败涂地。但这也没什么好介意的，她不是活在望山村的人的目光里。不过，还是好好把婆婆这尊大菩萨送回去为好，哪怕是为着林清水的面子。

那恩转路进了商场，从头到脚给婆婆买了一身，不贵，五百多。她乡下老太太，这已很奢侈了。转来转去，心思一转，想到老妈的不容易，不能厚了婆婆轻了老妈，终究一咬牙，把那条一千多的香云纱裙子拿下来。

回到家，清秀在。眼睛红红的。那恩想，肯定又是夫妻吵架了。清秀这结婚没几天，在家的日子也没几天，倒是吵架的频率高。

付锦绣推着清秀："你嫂子回来了，你跟她说说，让她给你出出主意！"

那恩知道婆婆的用意，在她和清秀面前，付锦绣总是说些和稀泥的话。这世界上，就清水清秀兄妹俩，清秀在这北京城，有个什么心里话，不能跟哥哥说的话，还不就得当嫂子是亲人吗？

那恩一直对这个小姑敬而远之。她跟清水谈恋爱时，进出林家，清秀就不拿好眼睛看她，隐约那恩觉得清秀一定是把自己当成了入侵者，是来抢夺他们家唯一的顶梁柱林清水的。也的确，在缺失父爱的家庭里，林清水对这个妹妹来说，是兄长，也像个父亲。

那恩不与清秀计较，甚至有些刻意讨好她。小姑学习很刻苦，那恩就建议她也考北京的大学，这样，以后一家人在一起，也省得天远地偏地往望山村跑。

清秀抬起头，盯到那恩的眼睛深处，她问："你是为我好，还是不愿意回望山村？你不愿意回，就不用回，不用装！"

那恩被噎在那。说给林清水听，林清水说："不用理她，她青春期总过不去，看眼睫毛都碍事！"

清秀考到上海读书，那恩觉得那肯定是某种故意。但就是这么弯弯绕绕，一场婚姻，还是把这小姑拉到了北京，拉进了自己的生活里。无论那恩高不高兴，她都得认真应付林清秀。她是林清水的亲人，也便是自己的亲人。可是婆婆被撞的事发生，清秀那股子把自己当仇敌的劲上来，拦都拦不住。这事那恩又理亏，所以清秀凶巴巴的，自己只能吃了哑巴亏。那恩不说，但对小姑子的友善之心凉了又凉。

这天的状况略有不同，婆婆就要回老家了，那恩心情不错。况且心里也是有着小小的幸灾乐祸的。你不是很了不起吗？怎么样，你的婚姻华丽的袍子下面也是爬满了蚤子吧？当然，这份小心思半点不能表露出来。

那恩把衣服摊在婆婆面前，一面让婆婆试，一面对清秀说："怎么了，跟嫂子说说！"话一出口，那恩都听出自己的居心叵测。好在，清秀沉浸在自己的悲伤里，没有注意到那恩的那一份不合时宜的关心。

上一回，清秀跑来大骂婆婆不是东西、好好的一场蜜月旅行生生被她搅和了。她说："他们家什么意思啊，他妈能去，我妈就不能去吗？"

付锦绣是识大体的老太太，很压事。她说："你这丫头昏了头了，你妈这腿脚还不利索呢，你让一凯背着我去那巴篱子啊？"

"奶奶，巴厘岛！"云朵认真纠正付锦绣。

"就是他们让妈去，妈能去吗？要真有那份孝心，你跟妈什么时候去不行啊？清秀，我跟你说，如果你一直用这个心态跟一凯和他妈相处，那以后的日子还怎么过下去？"林清水说完这话，心有些虚，偷瞄了一眼那恩，果不其然，那恩正似是而非地看着他。

作为嫂子的那恩如果什么都不说，显得太置身事外了。但说什么，怎么说，又至关重要，说不好，还真不如不说了。依照那恩的真实想法，她想说，那个婆婆的确很过分，人家小夫妻蜜月，她跟着去算怎么回事啊？可不能这样说，这样说会流弹伤着婆婆，就不好了。投鼠忌器，又不能像婆婆与林清水一样一味责备清秀，那恩觉得有话不能直抒胸臆，真是件悲催的事。那就夸，自己是老师，老师里不有赏识教育吗？

"清秀也是孝顺，想带着妈出去转转，是好心。不过，妈肯定不会去啊，这是你们两个人的蜜月，再说了，巴厘岛也就跟个小村子差不多，我看还没咱望山村好呢！秀儿，哪天天气好，让你哥开车拉着咱妈咱们去植物园逛逛，哎，清水，桃花快开了吧？"

"还得些日子吧，我查查！"

那恩很漂亮的话说得像是高明的泥瓦匠抹的墙，四面光，没得罪婆婆，也没怪着小姑。那恩觉得自己这水平都够去参加朝韩四方会谈了。

付锦绣一边抖落着那恩买的衣服，一边埋怨："我这衣服都够穿到死了，小恩，你还买。这得不少钱吧？给云朵的姥姥拿回去穿吧？"

清秀白了老妈一眼："云朵的姥姥多时髦，能穿这个吗？"

付锦绣急忙抬头看了那恩一眼："就你这死脾气，别说你婆婆看不上你，我都看不上你！"

清秀的脸变得很难看，张嘴想说什么。那恩赶紧灭火："秀儿，你来帮我点忙！我写了个东西，你帮我看看。"

林清秀坐着不动，那恩伸手拉："走吧！"

坐在那恩的卧室里，那恩给清秀倒了杯水："怎么了？"

清秀喝了口水，半天才说："嫂子，能帮我找个工作吗？我在一凯的衬衫领子上看到了个口红印！"

如果说，姑嫂之间一直还都是冷眼打量彼此，从清秀说出自己老公的领子上有口红印那一刻，两人的关系破了冰。

女人之间的情谊都是从说出自己的秘密开始的。我把我最不能示人的东西讲给了你听，你也要把你心底的秘密讲出来，这样，彼此的友谊才牢固。

那恩与清秀并无血缘关系，姑嫂更像敌人。只有她坐下来，对她说出了心里的难过与委屈，寻求她的抚慰与妙计时，她们才真如闺蜜般心贴心。

"你确定是口红印吗？你问了他是怎么回事吗？"

"问了啊，他说他也不知道。打死不知道！你说他这不是气人吗？"

"可能真的就是误会呢。有一次，你哥喝酒回来，我帮他脱衣服，衬衫的领子上真就有个拇指大的红色印子。我的脑子就蒙了。我知道那晚是他们顾处长请客，你不知道吧，顾处长那女儿挺大年纪了，不结婚，上大学时暗恋你哥来着，反正那一宿啊，脑子里就跟走马灯一样，各种猜想。第二天我问你哥，他也不知道那是怎么弄的，他说那晚就几个同事喝酒，连服务生都是男的！我当然不信。总不能那印子无缘无故跑到他的领子上去的吧？后来你猜怎么着？"

清秀对那恩讲的事很有兴趣："怎么回事？"

“你哥突然低头看到自己的手，手指头都是红了，他大笑，说，你看，这就是美女。原来他们机关布置会场，用大红纸写大字，你哥给按着来着，手染红了，然后去洗手间大概就拉了衣领子。你哥把拇指往那红印子上一比画，可不就是嘛！”那恩说起这段自己都笑了，觉得林清水那样的男人都不值得信任还有谁值得信任呢？

清秀笑了：“我哥那人，你怀疑他什么都行，就是没这事儿。他坐机关都坐傻了。总不能魏一凯这也是写红字自己弄的吧？”

那恩喝了一口水，顿了一下，说：“秀儿，你读的书多，你肯定也听过这句话，结婚前要睁大双眼。结婚后，要睁只眼闭只眼。婚姻里的很多事，都没有标准答案，都不能一是一，二是二地弄个一清二楚。就像我跟你哥，你知道他在电脑里开了个文档写我什么吗？他写的我自私、刁蛮，反正就是各种恶劣。我看了那个，死的心都有了。但是要怎么样呢？离吗？我舍不下这么多年的感情，舍不得让云朵做单亲的孩子。不离，那根刺就扎在那里。后来自己劝自己就想开了，我不也在心里骂过他吗，他不过是写出来而已，况且他也解释过了，因为这点对不住我，没准他还会加倍对我好呢。想着想着，这根刺就化脓了，血肉模糊地烂成了一块，不去想就完了。”这话像是说给清秀听，其实更是说给自己听，那恩在自己说服自己。

“我哥那肯定就是瞎写呢，在他心里，你可比谁都重，你别瞎寻思啊！”有清秀这句话，那恩觉得自己的劝说都值了。她拍了拍清秀的肩膀：“我也赞成你别在外面跑了，这都年轻着，你们婚前相处的时间就不多，婚后这再不赶紧谈谈恋爱，那哪儿成啊？”

“其实，我选择做导游，心里谁都没说的想法是，我害怕两个人长时间相处，我害怕越了解，越陌生。”

那恩听了这句话，仔细地打量着自己的小姑子。从外形上看，清秀完全是这城中时髦的女人了。半点不见来自山村的影子。跟清水一样，清秀的五官是那种舒展大气的，舒眉朗目，如同望山村山上长的白桦树，有种英气在里面。清秀又是挺拔的，胸前的双峰藏在衣衫里，简直是跃跃欲出。

清秀是冷美人的气质，不大爱笑。但是那恩看过她在一凯前的样子，她的目光里波光轻转，那是爱的模样。

那恩握了小姑子的手，她说：“如果真因为了解而分手，那也是没办法的事。你知道，这世界上的事，怕是没有用的。你会幸福的，我相信！”

林清水牵着云朵回来，付锦绣指着卧室的门说清秀跟那恩在里面，林清水心忽悠了一下，开门探进半个身子，看到那恩的手握着清秀的手，他挠了下头说：“双边会谈结束没呢？肚子打鼓了！”

清秀笑了，站起来：“咱们今天出去吃吧，我刚拿了一笔稿费，我请云朵吃回转寿司！”

那恩意犹未尽：“秀儿，你会写东西，不如让你哥帮你策划策划，在家当自由撰稿人不挺好的吗？”

林清水赶紧说：“别打我的主意，我自己还满头包呢！”

两个女人大笑：“瞧把他吓的！当了资本家，倒是不一样了。”

那恩回头看着给云朵换衣服的清秀，她觉得自己还真的很快乐的。记恨一个人，处处跟她别扭着，那实在是要费太多的体力和心思，是件让人不高兴的事。

02

付锦绣到底要回望山村了。那几日，她都睡不好。她在筹划着一件事，她想请客。请两位亲家母——清水的丈母娘吴玉芳、清秀的婆婆贺淑敏。

付锦绣晚上睡不着时，就想着要怎么请这两位亲家母，要说些什么。说什么至关重要。自己是个农村老太太，在两位亲家母这不能露怯，不能给儿子女儿跌份。

付锦绣是先跟那恩商量这件事的。那天晚饭，林清水没回来。最近他常常很晚回来，回来喝得醉醺醺的，付锦绣看出那恩的眼里全是怒火，她悄悄说过清水，外面的酒少喝，喝多了伤身体，还有，那恩也不放心。林清水答应是答应了，但该喝的酒一顿也没落下。有好几次，刚进屋换了鞋，屁股还没挪到沙发上，就被电话叫走了。

饭桌上，那恩似乎心情不错，跟婆婆聊起了望山村。她说：“妈，我刚刚知道咱们那叫扫帚梅的花就是西藏那边很有名的格桑花啊，那花开一大片很好看啊！”

付锦绣的心思显然没在这花上，但这是个唠嗑的引子，她顺着往下说：“是啊，咱们望山村的夏天，路边、家家门口都是这花，一直开到上冻呢！这花皮实，种一年，第二年自己就长出来了，泼泼实实的，不用管。对了，小恩，我想跟你商量件事！”

那恩显然对婆婆想请自己妈吃饭这事有点吃惊，她说：“我妈还说着要来看您！那里跟晓佩也要来……”

“不用那么麻烦，我就想着我们亲家三个，找个清静的地方唠唠嗑儿，清秀那婆婆咱接触的少，咱都多见见，老姐妹仨，将来还得做个伴儿呢，这人啊，不处哪来的感情？”

那恩冰雪聪明，已然明白了婆婆的心思，婆婆为儿女还真是想得周到。她说：“妈，这样，让我妈跟贺阿姨都来家里，我跟清水还有云朵回我妈那，你们可着劲地唠！”

“我想着呢，咱还是订个饭店，要好点的，钱我准备好了，妈请客，吃顿饭，中不？”

那恩点头，说没问题。

付锦绣没跟清秀说请她婆婆吃饭的事，而是直接让清水打电话给一凯，她跟一凯说了吃饭的时间、地点，一凯说：“妈，这顿我请吧！”

付锦绣说：“那可不成，我请！你请的日子在后头呢！”

在坐到饭店包间里的前一刻，付锦绣的心还打着鼓，她问送她来的那恩：“你说清秀那婆婆不会不来吧？”

那恩也担心着，她跟贺淑敏见过两次，印象不是很好。但她跟婆婆说：“一凯没打电话说不来吧？妈，你放心好了！”

说话间，一凯陪着穿着旗袍盘着头的贺淑敏进来了。正寒暄着，吴玉芳也来了。那恩说：“菜我点好了，你们要什么，跟服务员说就好。我跟一凯这就回去了。你们吃完了，打个电话，我让清水来接你们！”

包间里只剩下了三位亲家。付锦绣是有些紧张的。在望山村这么多年，清水考来北京那年，县长带着大车小辆地停在她付锦绣家的门口，她也没紧张过。这真是越老越不中用了。跟亲家母唠唠家常嗑儿有啥紧张的？

吴玉芳问贺淑敏：“你属啥的？云朵奶奶是我的老姐姐，咱俩看谁大些？”

结果是付锦绣最大，吴玉芳老二，贺淑敏老三。

付锦绣端起酒杯，清了清嗓子说：“我虚长两位几岁，今儿我就敬两位妹妹。我一个农村不识字的老太婆能跟你们结亲家，放十年前谁跟我说，我也不会信啊！我先干为敬！”

付锦绣把一杯酒喝下，吴玉芳和贺淑敏也把酒喝了下去。付锦绣接着说:“我们东北有句话说，这儿女幸福不幸福，前半辈子看父母。父母有正事，儿女就幸福。后半辈子呢，看另一半，另一半找得好，才有下半辈子的幸福。这清水娶了那恩，清秀嫁了一凯，我看着都高兴。清水四岁，我守的寡，这一晃就是一辈子啊。清水兄妹俩自小没了爸，我这当妈的也没本事，牙咬碎了把他们拉扯大，两个孩子还挺出息。可我这一个大字不识的老婆子不会教育啥，所以说呢，他们兄妹现在在你们跟前，是自己的女婿、儿媳妇，就跟自己儿女一个样，有什么就说什么，我一点事儿都没有！”

付锦绣说这话就跟清水、清秀小时候上学时，她把他俩送到老师面前说的话一样：“孩子不听话，你使劲管，该骂骂，该打打，我一点事儿都没有！”

贺淑敏看了吴玉芳一眼，接了话碴儿：“现在的年轻人，一个个主意正着呢，亲家，您可别说这话，谁管谁还说不定呢！”

吴玉芳一看贺淑敏把这嗑儿往散里唠，赶紧打圆场：“老姐姐，你这是多虑了。儿孙自有儿孙福，他们都老大不小的了，自己管自己就好，咱们乐得享清福。像我家那儿子儿媳妇，我就睁只眼闭只眼，爱怎么着怎么着吧！”

付锦绣也听出了清秀婆婆话里有话。她想说说清秀和一凯的事，但又实在不知道从何说起，况且说不好，再闹僵了，还不如不说了。

接下来，付锦绣跟吴玉芳说得多，贺淑敏菜也没吃几口，说正减肥。吴玉芳搜肠刮肚地跟贺淑敏找话题聊，问她的体育用品商店效益怎么样，贺淑敏不冷不热地说：“也就那样吧。其实也没什么意思，挣多了，我们老两口能吃多少喝多少？留给儿子，不定落到谁手里呢！”

这话说得很难听了。付锦绣的心颤了一下，她很替清秀难过了，跟这样的婆婆相处，她的清秀得受什么样的委屈呢？

吴玉芳看了一脸尴尬的付锦绣一眼，尽力往回找：“这钱啊，挣多少是够呢？还是身体重要，硬硬朗朗的，有个小孙子哄一哄，就啥愁事都没有了！清秀有喜讯了没？”

那原是吴玉芳岔开的话头，却不想正冲了贺淑敏的肺管子。

“哪有什么喜讯啊？这结婚才几天就成天在外面跑，我说过让她到我家的店里来管管账，比什么不强啊，就不听，没准就安着不要孩子的心呢，本来年龄就不小了，能不能生出来还是个问题……”

付锦绣的脸就像被人来来回回扇着耳光一样，热辣辣的。她说：“清秀想要孩子，我问过她，她那么喜欢云朵……她跟她嫂子说了，这个月结束，她就不干了，找个上班的工作……”付锦绣说得语无伦次。

其实，贺淑敏本就没想赴这个约，是一凯求了又求，老头子劝了又劝，说这个面子总得给过去。贺淑敏本就没看起清秀生长在农村的背景，想着清秀的娘家人，更是能不接触最好都不接触。她见过吴玉芳，说句实在的，也没太把吴玉芳放在眼里。坐在这桌上，勉强应付几句，算是尽到理儿了。贺淑敏接了个电话，起身说不好意思，店里有事，要走了。

付锦绣的脸又涨红了起来，她说：“打电话叫一凯来接你吧？”

“不用，我的车在外面！”贺淑敏趾高气扬地走出去。

吴玉芳都觉得挺过分的。她说："她走走吧，咱老姐俩唠唠！你尝尝这鱼，我尝着还挺好吃的！"

付锦绣的脸上扯出一点笑容。

那晚，那恩问婆婆三方会谈有什么新动向，付锦绣笑了，说："就是吃顿饭！"

这顿饭让付锦绣担心起女儿来了。她叫来清秀说："在没个孩子前，两口子，还你是你，我是我，有个孩子就不一样了。秀儿，你也老大不小的了，我瞅着你稀罕云朵稀罕得厉害，赶紧自己生一个吧！"

清秀说："那也不是说生就能生得出来的啊？"

"你没不想要吧？"

清秀笑了，"妈，这个真没有。好啦，我记住了，下面的任务就是要个孩儿，满意了吧？"

付锦绣握着女儿的手，心想，女儿，你一定要过得开开心心的才行啊！

03

林清水送老妈回望山村那几天，祝和平出了事。

祝和平弄了些过气明星去乌拉尔演出，结果遇上地头蛇来勒索，当场动了刀子。祝和平平常只是能吹，遇到只野猫都能吓得嗷嗷叫的人，那天不知怎么就来了勇气，冲上去就打。那地头蛇小弟平常都是一吓唬对方就熊了，哪见过这样不要命的，结果腿一软，手里的刀对着祝和平的腿砍了下去，血像条蜈蚣一样在小剧场里蜿蜒。祝和平跟林清水学这段时，脸上浮现着奇异的笑容。他说："哥们儿真是捡了一条命，要不是小剧场边上就有个老中医弄了点不知道是什么的草药给我和上，那就是血染的风采了。"

林清水给了祝和平一拳："亏你还笑得出。"他的下巴指了指端着饭盒出去洗的乔佑楠说："交代吧，什么时候孟光接了梁鸿案，莺莺铺了张生的床？"

祝和平叹了一口气，眼睛却红了，他说："我一直没弄明白这倒是好事还是坏事呢？我活蹦乱跳时，怎么去找她，死活不给我一好脸。这倒好，哥们儿躺在这病床上，废了，她倒主动来伺候我，哭天抹泪的，就跟我是她亲老公似的！"

"你别得着便宜卖着乖啊？这说明佑楠心里有你，患难见真情，要因为这事，你们真能走一起去，你这刀也没白挨！"林清水也挺感慨的，祝和平这么多年爱的这个女人终究是没辜负他。

"你刚见过大夫吧？你们还都别瞒我，腿长我自己身上，我还不明白什么样吗？这腿这些天跟木头棍子似的，一点知觉都没有。我这辈子还能站起来吗？我站不起来，我有什么啊？我跟她在一起，不坑人家呢嘛？"祝和平一句话把林清水说得鼻子酸了。那恩一直诟病祝和平不爷们儿，到哪吹吹乎乎，说的话里八分水，可这件事林清水觉得祝和平很爷们儿。他说："先别一生病，立马就高尚成道德楷模了。身体的事还有大夫，感情的事也不是你一个人能说了算的。她心里有你，你心里有她，有什么不能在一起的？"

"清水，哥们儿今儿就跟你来个《鲁豫有约》，掏心窝子说点实诚话！"

"行，我倒要看看你那肠子里有实诚话没有！"

祝和平那句"这些年，我欠她幸福"一直在林清水耳边萦绕。

那天，医院病房里，温暖的阳光推开了一道门，躺在病床上的祝和平讲了他跟乔佑楠这些年剪不断，理还乱的情感。林清水终于知道了乔佑楠为什么这些年对祝和平不冷不热的。也知道了祝和平为什么对乔佑楠不离不弃。

祝和平的确欠乔佑楠幸福。当年祝和平跟乔佑楠是被全班同学最为看好的一对，祝和平才华尚可，能扣上才子的帽子。乔佑楠温婉美丽，铁定是男生眼里的佳人。才子配佳人，郎才女貌，都是佳话。可后来谁也不知道他们为什么好端端地就分了手。

祝和平跟林清水有个共同点，是单亲家庭长大的。不同的是，祝和平的父亲不是早逝，而是带着个女人跑了。祝和平考上大学那年，他的母亲心梗过世，祝和平那时孤魂野鬼，一人吃饱了全家不饿。每年寒暑假，祝和平都耗在学校的宿舍里，他给自己的封号是“楼长”。有次喝醉酒，他说他最害怕过年过节，过年过节，大家都回家了，他一个人看哪都想哭。

后来，他追乔佑楠得手，他不止一次在同学面前说乔佑楠是老天给他的补偿。因为有了乔佑楠，他又有家了，过年又有地方去了。

大学毕业的第二年，祝和平跟乔佑楠正准备结婚时，他的父亲出现了。跟随他父亲出现的还有个十岁的脑瘫儿。祝和平说：“清水，这就是命，早不来晚不来，偏偏我跟佑楠结婚前一周出现了。”林清水是知道的，祝和平的结婚请柬大家都收到了，结果就通知说婚礼取消了。婚礼取消的那两年，祝和平几乎从大家视线里消失了，没人知道他在干什么。两年后，祝和平重新出现在林清水的视线里，吹嘘着无比庞大的生意，每句话的抬头都是“为中国的文化产业如何如何”。那恩死看不上他，那恩说，开家小卖铺都想上市的人，连对一个女孩的幸福承诺都负责不了，还好意思活着？

这些年，林清水跟祝和平喝过很多次酒，有时喝多了祝和平就哭，说自己对不起乔佑楠。林清水以为是祝和平跟别的女孩暧昧，辜负了乔佑楠。

午后的阳光里，祝和平的脸泛着瓷一样的光泽，他说：“清水，你知道吗，亲情太奇怪了。我恨了他这么多年，怨了他这么多年，我甚至想过改姓，我不认他这个父亲。可是，他在我面前一站，那么沧桑，那么悲苦，他讲了跟我母亲的种种过往，我就什么恨都没有了。真的一点都恨不起来了。他是我在这世界上最亲的人，我能怎么办呢？”

祝和平父亲带的那个女人在生下脑瘫儿的第二年就扔下他们走了。这些年，父亲带着祝和平这弟弟在一个山里种树，那位欠了祝和平幸福的父亲用粗糙的手抹了下眼泪说：“我没脸来看你，但我怕我现在不来看看你，以后就没机会了。”

祝和平不知是哪根筋搭错了，执意要把那脑瘫的弟弟和父亲都留在北京，为这事，他跟乔佑楠吵得天翻地覆。乔佑楠说："你想过我没有？咱们在北京还是租着房子，他们来，住哪？"

祝和平也嚷："他们是我的亲人，我不管他们，我还是人吗？况且那孩子在北京可以接受康复训练，我爸岁数也大了，这是我的责任。"

乔佑楠不知道该说什么了，那是他的责任，可是他对她的责任呢？她给他两种选择，选择自己还是选择那个脑瘫的弟弟。祝和平说，这根本就不是一个量级的比赛，你离开我，还可以过好日子，我放弃了他，他跟我父亲回到山里，自生自灭，我受不了，我怕我会后悔……

婚自然没结成，两个人分了手。祝和平的父亲仍然回到山里种树，祝和平雇了个保姆照顾弟弟，然后从公司辞职，自己创业。

说到这，祝和平抹了一把眼泪，他说："我知道佑楠恨我，半年后，她就出了国。我辜负了她，但是，我真的没办法。"

祝和平说这些时，林清水的脸上火辣辣的。同样是男人，祝和平这个平日里有骆驼不吹牛的家伙担起了那么重的家庭责任，而自己呢，老妈住院时，竟然还有那样逃避责任的私心……

两年前，祝和平的老爸包的那片荒山卖了出去，他把祝和平的弟弟接了回去，两个人现在过着挺好的生活。祝和平说："我不后悔，虽然我很希望我跟佑楠能重新开始，但我对我自己做过的事，不后悔！"

林清水拍了拍祝和平的肩膀，他说："哥们儿，你让我看到了自己的渺小！"

其实，林清水从望山村回来，心里也是压着一块大石头的。

望山村撤村并镇，老妈难道真的要一个人去镇上孤零零地住进楼里吗？林清水跟老妈说："这样正好，你踏实地跟我回北京，望山村再不是望山村了，你也没什么念想了！"

付锦绣一夜之间嘴上就起了一层泡。好好的村子，怎么说拆就拆了呢？她怎么都想不明白。不明白也得明白，很多人家都张罗着搬家了，是好事情，把地空出来种上，去镇上，有好的学校，有好的生活条件。只是，付锦绣不愿意。

那也没办法。林清水知道老妈不愿意跟自己回北京，在北京她不自在。但是，现实如此，老妈一天一天老下去，身边没个儿女怎么行呢？他说："妈，您放心，那恩那边我去说，我保证不会让您再受委屈。"

付锦绣抹了眼泪："我走了，你爸孤零零地留在这……"

"我会跟清秀回来的，嗯？云朵放假时，咱们一起回来，我答应你！"

付锦绣勉强同意，电话来了，祝和平出了事。林清水不得不先回北京。他走时，把老妈交代给温良。温良说："清水哥，你放心，我会把我大姑好好送北京去的，我也正想着去北京打个工……"

林清水回北京好些日子，也没对那恩说老家的事。那晚，他躺床上，把祝和平的事说了一遍。那恩沉默不语，林清水以为她睡着了，他起身，看到那恩睁着眼睛看着天花板，她说："佑楠上辈子一定是欠祝和平的。这辈子还都还不完！"

林清水躺下，那恩上辈子是欠自己的吗？他不相信有上辈子下辈子的事，他只有这一辈子，他要好好想想。他说："你说佑楠当初如果一直陪在和平身边会怎么样？"

那恩坐起来："林清水，你们男人就是这么自私。你们可以选择你们自己的生活，但你们不能要求女人都逆来顺受跟着他一起承担不属于她的痛苦。那明明不是祝和平的责任，他完全可以选择另外的方式，但他非要做大英雄，把父亲跟小三生的孩子弄到他自己的生活里来，他把佑楠置于何地？把他们将来的孩子置于何地？"

林清水也急了，"说你们女人物质，你还不爱听。还不是一切都看钱，如果祝和平是个有钱人，乔佑楠还会离开他吗？"

那恩的目光直直地立在林清水脸上十秒钟，她扔下枕头，骂道："林清水，你能说出这些话，你就是他妈的混蛋！"

那恩睡到了隔壁房间，林清水一脚把枕头踹到了地板上。本来是想跟那恩说说老妈的事的，怎么就这么压不住火呢？其实，他也就是逞一时口舌之快，女人物质不物质，他的心里是有杆称的。祝和平伤成这样，乔佑楠回到他身边就说明了问题。自己什么都没有，那恩也嫁给了自己，这也很说明问题。

只是，话赶话儿，说到这，便恨不得用上最利的武器，一招致命。

人通常如此，越是对自己的至爱亲人，越是无所顾及撒了欢儿似的无所不用其极，殊不知，越是来自至爱亲人的伤害，越是比最毒的鹤顶红还要毒上一万倍。

04

那恩跟林清水冷战。他们似乎习惯了这样的沟通模式。每次吵架，那恩带着云朵回娘家住上几天，然后林清水去接。在岳父岳母家吃上一顿饭，林清水跟岳父聊聊国际局势，聊聊食品安全，聊聊网上新闻，然后抱着睡着的女儿，在丈母娘的唠叨声里跟在那恩身后回家。

至于之前为什么吵两个人都不提，或者根本已经忘记了。洗澡上床时，那恩还都是一副不理不睬的模样，清水会指着云朵扯东扯西说几句话，会让云朵问问妈妈他的衬衫放在哪了。那恩对林清水的把戏心知肚明，大半夜的问问睡衣在哪还靠谱，问什么衬衫啊？那不过是传递和好的信号。真正和好要在上床关灯之后。

林清水长臂猿一样把胳膊伸到那恩这边，那恩使劲把林清水的手臂拔拉开："讨厌，那么大床还睡不开你！"

林清水发扬不屈不挠的精神继续缠过去，他在她耳边轻声细语："是讨厌，你不在时，我就躺在这床上想，林清水，你就那么没志气？你就那么想老婆？"

那恩被林清水的口气吹得痒痒的，她问："你真的想我了？哼，没准就盼着我们别回来呢，你好趁机约个西辞东辞的，你们男人那德性……"

"没良心的，我要是那样的人，我早就……"

那恩捂住林清水的嘴，“哪想了？”

林清水在那恩耳边说了一句，那恩笑。一场欢爱完美收场。

很多时候，夫妻俩的小吵小闹，更像是前戏，有了这样的铺垫才让婚姻疲惫期左手摸右手的两个人像小孩子一样有了新鲜感。

那天林清水一不小心嘴吐噜了说了女人物质，这正好冲了那恩的肺管子。自己虽不是大富之家，但好歹也是北京城里的小康人家的好女孩，长得不说是沉鱼落雁的容貌，好歹也是被人夸着漂亮长大的，上了名牌的大学，嫁了他林清水，这叫物质？简直是没良心。

那恩在娘家住到了第三天，林清水还没来接她，连个电话也没有。要知道，三天可是历史上的极限啊！

吴玉芳开始碎碎念：“小恩，这女人啊，过了三十岁，就再不能拿自己当公主了，你不能回回都让清水低头，万一哪一天……”

“哪一天他能怎么着啊？”那恩用牙签扎着一块苹果放进嘴里，眼睛盯着淘宝网上的一款东西：“现在的姑娘现实着呢，就是梁朝伟是个穷光蛋也没人理他啊。没听人说吗？宁肯在宝马车上哭，也不在自行车后面笑。林清水要钱没钱，要事业没事业，也就我吧，相信爱情嫁了他，这倒好……”

云朵站到那恩面前：“不许说我爸爸坏话！”

“我没说你爸爸坏话啊？”

“你说了，你说我爸爸穷，没有钱。我爸钱可多可多了呢！”

那恩看了老妈一眼，哈哈大笑：“没错，你爸最有钱了。”

吴玉芳坐过来：“这小人精，说话得背着她点了！你婆婆怎么样？”

那恩没心思跟老妈对话，看了看表，把电脑合上，“我还是回去看看吧。别再有什么事！”

吴玉芳瞥了女儿一眼，“这么晚了，你不会打个电话啊！”

那恩才不打，一打电话，自己不先棋输一招吗？

那恩打车在自己家小区门口下来，等着出租车司机找钱时，林清水的车停在了出租车前面。林清水从出租车上下来，那恩正纳闷他怎么不把车直接开进小区里时，一个短发女子从驾驶位置上下来，是顾西辞。

夜风很凉，那恩打了个哆嗦，从心里往外冷。司机喊了她两声她才听到，她一屁股坐进车里，说："回我上车的地方！"出租车司机看了她一眼，打了方向盘。

车子从林清水和顾西辞身边开过去。那恩突然清醒了，她说："不好意思啊，师傅，这钱给你，我下车！"

出租车司机瞪了那恩一眼："要是捉奸的话，你这小身板可不成，再找几个兄弟吧！"那恩把出租车门摔得山响，林清水和顾西辞同时往这边看。

那恩头也不转往家走，后面顾西辞喊："嫂子！"林清水说："甭理她，车你先开回去，明天送我公司那就行！"

这才三天，就热络成这样了。

那恩坐在沙发上，林清水开了门进来，他说："小恩，别跟我吵，今天我喝多了！"

"跟美女一起，不喝都多啊！"

林清水过来搂那恩："媳妇，别生气了，生气老得快！"

那恩把林清水推一边去："我再年轻也比不过西辞小妹啊？你说，这三天你都干什么了？"

"我能干什么啊？和平做了最后一次手术，顾西辞认识主刀医生，我跟佑楠请主刀医生吃饭，我喝了酒，顾西辞开车送我回来的，就这档子事，不信，你打电话问佑楠！"

"早打过草稿了吧？说得这个溜！"

林清水拿起电话就拔："喂，佑楠啊，那恩找你有点事！"

那恩往下抢，却已经来不及。那恩瞪了林清水一眼，接过电话："佑楠，啊，没啥事，就是清水说和平又做手术了，还好吧？"

那恩跟乔佑楠东拉西扯了几句挂上电话，林清水已经睡在了沙发上。

那恩手里握着林清水的手机，很想翻一下，犹豫再三，还是放下了，她突然想起淘宝上看到的那个测谎仪，她打开电脑，用了一分钟时间，买下了那个78块钱的测谎仪。

快递到那天，正是周日。那恩在家洗衣服，林清水擦地板。他看着那恩拆盒子，拿出个小电饭锅一样的东西，他问是不是烤面包的。

那恩擦了擦手，看了说明书，说："来，咱俩做个游戏，你把手放这，嗯，我问你答哈。除我之外，你对别的女人动过心吗？"

"动过啊！"一排绿灯。他说的是实话，那恩有点恼。

"是顾西辞吗？"

"不是！小恩，这到底是啥东西？"

一排绿灯，他说的是实话。

"别乱说话。对谁动心了？"

"我闺女啊，林云朵！"林清水的答案让那恩很崩溃。她掐了林清水一下，"哎呀，疼死了，那你说，你想让我对谁动心？你这什么破玩意啊！"

"测谎仪，林清水，我告诉你，你要骗我，你就死定了！"

林清水把那圆乎乎的东西搬起来，翻来覆去看，"就这破东西，能测谎？小恩，你玩点十岁智商的好不好？"

"网上……"

"我问你答！"

那恩把手放到上面，很紧张地看着林清水。"你是50岁吗？"

"废话！我才18岁呢！"一排绿灯。林清水大笑，"恭喜你，你太诚实了，答得太对了！"

"再来！"

"除了我之外，你对别的男人动过心吗？"林清水请君入瓮。

"很不幸，没有。"一排绿灯。"你看，准吧！"

林清水拍了拍圆圆的测谎仪："小恩，这红灯咋从来都不亮呢，不会是坏了吧！"

俩人拿各种不靠谱的问题测，结果，所有答案都是绿灯亮一排，一个、两个亮都没有。那恩急了："这破东西，我得投诉店主，给差，必须的！"

林清水拿了抹布继续擦地板。"人那店主不定怎么笑话你呢。亏你还在大学教书，嘁！"

那恩不知道，这一幕也在她的娘家上演了一回。由此可见啊，信任是夫妻间多重要的一项。这世界上真有靠谱的测谎仪，估计店主挣得不比乔布斯少，只是，这世界上，还会有安定的家庭了吗？

林清水擦地时想，自己还是对顾西辞动过心的。只是，那只是偶然的走走神，陈道明曾经说过的：出轨就像走神，人生那么的漫长乏味，谁能保证一辈子不走神，只是走神后知道回来就好！

林清水走掉的神被理智喊了回来，只是，这不能老实交代给那恩，真交代了，恐怕又是没完没了地纠缠。

05

那里做节目的后期制做，反反复复36小时没沾床，拖着疲惫的身子回到家，他恨不得一头扎在床上睡个天昏地暗。

那里的身子刚沾到床，就听到米晓佩被踩了尾巴一样的尖叫。那里的第一反应是，自己把米晓佩给压在身子下面了。

那里"腾"地站起来，发现米晓佩端端地坐在电脑椅上，身子面向着自己，那里一屁股坐床上："喊什么喊，胆小的都让你吓死了！"

米晓佩指着床："你没换衣服没洗澡，就往床上躺！"

"我累死了，我先睡一下！"

"不行！"

那里的上眼皮和下眼皮热烈拥抱，他的意识很难与米晓佩纠缠，人往床上倒。米晓佩过来揪着那里的耳朵："洗个澡，换了睡衣好好睡，老公，你最乖了！"

那里烦，站起身起进父母的卧室，"咚"地躺床上就睡。

吴玉芳听着米晓佩在那里吵，心里的火苗子就噌噌往上蹿。当妈的到底心疼儿子，从前那里没日没夜地加班回来，鞋都不脱躺床上就睡。那又怎么样，她给他脱鞋，给他盖被子，床单被子脏了，洗就行呗。可这米晓佩……她还没来得及说点什么，那里就跑到自己屋，吴玉芳叹了口气，给那里翻被子盖，却不想米晓佩冲了进来，进来就拉那里："洗澡去！"那里一甩手，米晓佩差点摔倒。米晓佩委屈地看着婆婆："妈，你看他！"

吴玉芳忍无可忍，她板着脸说："晓佩，你跟我出来！"

米晓佩倒真没看出个眉眼高低，说："妈，你快让他洗澡去，脏死了！"

吴玉芳先走到了门前，说："晓佩，你过来，我有话跟你说！"

米晓佩恨恨地跟在婆婆后面。吴玉芳坐在沙发的一侧，指着另一侧说："晓佩，你坐下，我有话跟你说！"

"妈，你干什么啊？这么严肃？"米晓佩很大咧咧地歪在沙发上。

"晓佩，有些话，我这个当婆婆的一直不想说，我是觉得婆媳之间不必总像猫和老鼠，非得针尖对麦芒，势不两立。我要当个开明的婆婆，所以，你跟那里怎么样相处，我都不做干涉。但是今天这事儿，我不得不说两句，那里是我儿子，我知道他不是个邋遢的孩子，他两天一夜没回家，加班，这都困成什么样了？你是他妻子，你不心疼他谁心疼他？"

米晓佩撅着嘴："妈，您不能就偏着那里，谁知道他好几天不回家是去干什么了？你没看他的手机里、QQ上，到处都是宝贝宝贝的！"

"如果你不信任他，你为什么跟他结婚呢？晓佩，夫妻间的感情基础就是信任，你是上过大学有文化的姑娘，你现在就疑神疑鬼，你们将来的日子还长着呢，这要到哪天算一站呢？"

米晓佩闷声不语。

"晓佩，妈还有句不当讲的话，你还年轻，不能总耗在家里……"

傍晚，米晓佩在西餐厅跟米晓倚吃饭时，绘声绘色学这段时最后总结道："我婆婆还自封先锋婆婆呢，跟我说啥，不愿意婆媳之间像猫和老鼠，可还不是对我指指点点，让我出去工作！我妈我爸都没管这事，我又不是从小吃他家饭长大的，她凭啥管我啊？”

“你这话说的，你不做人家儿媳妇，你花钱雇人家，人家还未必理你呢！”

“那也是，就不应该住在一个屋檐下，现在能在家不上班有钱拿的人多牛啊，我婆婆还写微博还跳交际舞呢，怎么就不明白呢？对了，姐，我把八卦猫和太极兔的漫画放网上，点击率超高啊，还有出版社的编辑找我要给我出书呢，你说我……”

米晓倚把一块牛排切来切去，听得心不在焉。米晓佩把手在堂姐眼前晃了晃，“喂，米晓倚，你——谈——恋爱了？”

米晓佩说得没错，米晓倚的确陷在一场恋爱里。她爱的那个人米晓佩见过，就是那日拦着她送画的那位人高马大的编辑蒋寒。

米晓佩眼睛放光：“快讲，快讲，进展到哪步了？”

米晓佩幽幽地喝了一口红酒，她说：“不知道是我追得猛了，吓着他了还是怎么的，我跟他吃过两回饭，书生气，有点冷幽默，是我喜欢的类型。只是，我连他有没有老婆都不知道！”

“对，这个一定得问清楚了，别再莫明其妙做了小三。天涯上骂小三骂得多厉害啊！”

米晓倚把餐盘一推，骂了句：“靠，什么年头了，我这还暗恋着，浪费脑细胞！”

米晓佩当然知道那种滋味，那里没给她打电话那些日子，她生怕他的人生里生生出现一很猛的女孩，三下五除二就把那里拿下了，然后，他的人生就跟她啥关系没有了。后来，好在后来他给她打了电话，幸好，幸好。再后来呢，两个人还是差点失之交臂……能走到一起，能结了婚，这得多大的缘分啊，多不容易啊！这样一想，米晓佩真的很想见那里了。

还真是心有灵犀，米晓佩这边也心不在焉了，手机响了，是那里，他问米晓佩在哪呢，米晓佩的声音里放了十个加号，她说：“老公，我就回去，你想吃什么，我带给你！”

放下电话，米晓倚用异样的目光看着米晓佩：“啧啧，米晓佩，你至于吗？”

“你赶紧把那个蒋寒拿下，然后你就知道我至于不至于了。噢，对了，他成了我的堂姐夫，我那漫画肯定让他出，这叫肥水不流外人田！”米晓佩说完，忙三火四地跑出西餐厅。西餐厅里正放着一只忧伤的曲子，米晓倚咬了咬牙，拔了蒋寒的电话，她说：“喂，我是米晓倚，姑娘我看上你了，如果你没有妻子没有女朋友，如果你对我有意思的话，那限你一小时之内赶到‘红磨坊’西餐厅！”

说完，米晓倚不等蒋寒说话，急忙挂掉电话。

十分钟后，电话响了起来，米晓倚看着手机上闪动着蒋寒的名字，她紧张得手心冒汗，她抓起手机喂了一声，她说：“如果你不想来也没关系，我就是喝了一点酒……”

“我想问‘红磨坊’西餐厅在什么地方！”

那句话简直是世界上最好的一句情话。米晓倚把这句话发微博上，许多人问米晓倚是什么意思，米晓倚甜甜蜜蜜地回答：“你们不懂，姐很幸福！”

06

林清水想过祝和平的公司乱，但没想到会乱到那种地步。祝和平进了医院，林清水每天都会收到员工的小报告，有直接来林清水办公室说同事如何如何不好的，有发邮件给林清水给公司献计献策的，更有甚者，在林清水下班的电梯里拦截，说手里掌握着公司的资源，愿意跟林清水另立山头。

祝和平跟林清水深谈了一次，他说他的人生恐怕要跟病魔纠缠在一起了。他说这些年，他的牛皮吹得自己都害怕，拆东墙补西墙，好几次都觉得自己救不回来自己了，每每还都化险为夷，走到今天，他也知足了。祝和平坐在轮椅上，如苍凉的老者，人是平静祥和的，少去了他一贯的张狂或者是表演成分。

乔佑楠出出进进帮祝和平打理着吃穿，人很明显地瘦了一圈。林清水问乔佑楠有没有什么需要帮忙的，直说，别客气。

乔佑楠笑了笑，说有事会说的。她蹲下去帮祝和平穿鞋子，她说："外面的阳光很好，也不热，我推你出去走走！"

祝和平手一甩，乔佑楠差点坐地上，林清水下意识伸手去扶，祝和平说："跟你说过多少次了，我不想出去，我也不想见到你。乔佑楠，当初你不能接受我弟弟，现在，轮到我选择了，你不知道我很小心眼，不会原谅你吗？想学雷锋，你找错人了！"

"和平，你干什么呢？"林清水看到乔佑楠眼里的眼泪直打转。他是知道祝和平的用意的，乔佑楠也是知道的，她说："没事儿，我的神经早就比光缆还粗了，他打击不了我的！"

林清水对乔佑楠说："你回去歇歇，我跟和平也有事谈，我推他出去走走！"乔佑楠拿了个薄毯子放床边，"也正好，我去超市买点东西。这个……出去带上点，腿没知觉，容易冷！"林清水点头，乔佑楠走到门口又返回来，把保温杯倒上水，说："这个也带上，他喝不惯矿泉水！哦，对了，他不能在外面待得时间过长，他会想去洗手间……"

乔佑楠终于离开了两个男人的视线。林清水说："明明相爱，何必彼此折磨呢？"

祝和平的眼圈红红的，他说："哥们儿，我这辈子算是失败透顶了，你说我早干啥去了？"

在医院不远的小公园，林清水跟祝和平讲了公司的现状，他说："咱们别什么都做，最后什么都没竞争优势，目前我想还是先做图书，不图大，但求脚踏实地，一点一点来！"

"我就知道我没看错你，你是做事的人。清水，这一住进医院里，闲来没事我就听李宗盛的《写给自己的歌》，真他妈的过瘾，听得我眼泪哗哗的。我也反省自己，男人能做的就是努力在土里刨食，让你的家人与爱的人幸福，除这了，什么都是瞎扯。”

李宗盛这首《写给自己的歌》也是林清水最爱听的歌，“想得却不可得 / 你奈人生何 / 该舍的舍不得 / 只顾着跟往事瞎扯 / 等你发现时间是贼了 / 它早已偷光你的选择……岁月 / 你别催 / 该来的我不推 / 该还的还该给的我给 / 岁月 / 你别催 / 走远的我不追 / 我不过是想弄清原委……

在小公园的长椅上，两个男人哼着这首歌，哼得泪花四溅。

“如果你还爱着佑楠，那就别再说那些话折磨她了。我们活得都够辛苦的了，不用自己再给自己找痛苦品尝，没意思！”

林清水送祝和平回病房后，特意去超市买了菜，回家里系了围裙进了厨房。有多久他没有好好给那恩做顿饭了呢？他打电话给那恩，他让她下班后直接回家，明天周末，云朵他会接了送到外婆家。

林清水买了油豆角和排骨，他做了油豆角炖排骨，又爆炒了一个大头菜，紫菜蛋花做了一个汤，配上从东北带回来的白米饭，林清水自己都有些感动，一菜一饭，这不就是最庸常却也是最踏实的幸福吗？

那恩进屋，林清水给她递了拖鞋。那恩看了一眼餐桌，去洗手，出来，她问：“今儿太阳从西边出来了吗？”

林清水盛饭，他说：“你还人民教师呢，不会鼓励教育吗？是叫赞美教育吧？不管叫啥，反正老公辛辛苦苦做好饭，等着老婆大人回家吃饭，就算不表扬，讽刺挖苦也是不能要的是吧？”

那恩笑了，坐下吃了一块排骨，说：“香！”再吃一口，抬起头问：“哎，林清水，没事献殷勤，不是好现象啊？你是不是做了什么对不起我的事了啊？”

林清水也被那恩气笑了，他说：“你看你看，你们女人就是矛盾。男人在外面干事业不着家吧，你们说不陪你，不爱你。男人在家里陪着你吧，你们又说男人没本事，只会窝在家里，你说，这男人到底该怎么活？”

“哟嗬哟嗬，瞧把你委屈的！”那恩也笑了。“你没再见顾西辞？”

林清水给那恩挟了一块排骨："你这也太发散性思维了，咋又扯到她那了？"

"我今天可看到一个段子，我觉得写得特别对，送予君听哈！"

那恩翻手机，煞有介事地念："不要让你的女朋友有蓝颜，因为她蓝着蓝着你就绿了；不要让你的男朋友有红颜，因为他红着红着你俩就黄了。怎么样，有道理吧？"

林清水琢磨了一下，笑了："这都谁想出来的啊？男女之间，就没有纯友谊了？嘁！"

"你还真别嘁，这夫妻睡在同一张床上，心灵还有着老大的距离呢。这老公老婆，有了啥烦事愁事不跟自己的另一半说，总在外面找啥知己说，谁知道怎么回事啊？更何况，那个顾西辞对你那是明晃晃的别有居心呢！"

林清水心里有些不痛快，但他提醒自己千万要忍住，不能发作。他说："就算她别有居心，也只能说明你老公有魅力，你要珍惜哦。"

"看，臭美了吧？这男人都巴不得外面有一百个狐狸精等着他呢！"

林清水说："这些年，我要跟她有事，早就有事了，还用等到今天？你别光说我，你不说女人也不能有蓝颜吗？那我能不能干涉你别教那个法国安德森呢？什么玩意，七月初七还送玫瑰，牛郎和织女是谁他能整明白吗？"

那恩似笑非笑地看着林清水："这菜怎么放这么多醋啊？"

"哪个？爆炒大头菜？醋多了吗？不酸啊！"

那恩哈哈大笑，林清水意识到被算计了，撇了撇嘴，"我跟你说，法国人浪漫，而且还没啥道德约束……"

"其实呢，网上教育男人要想教育女人，就得让女人知道他永远都不会走掉；女人呢，要想留住男人，就得让他觉得你随时可以从他身边走掉。这才是上策。但我还告诉你，安德森不行，你忘了，我不吃羊肉，我怕膻！"

林清水很满意那恩的回答，他说："得，我代表中国男人也不能输给法国佬不是？吃完饭，我请你看个电影，想看啥，说！"

“妈呀，事大了，林清水，你到底做了什么对不起我的事了，你告诉我吧，不然我心里不踏实！”

林清水起身捡碗时，手指敲了那恩一下：“你那意思是以后我不用对你好了是吧？”

那恩从背后抱住林清水：“你敢不对我好，看我怎么收拾你？”

那晚，两个人还是没出去看电影，他们在家里看了电影频道上的一个老片子《魂断蓝桥》。那恩哭得稀里哗啦的，林清水不停地给老婆递纸巾。然后，他很煞风景很没铺垫地说：“小恩，我事先声明，我今天陪你，真跟这事没关。我刚刚想，你是我老婆，这事儿事关你以后的生活品质和幸福程度，我真得跟你说！”

那恩把脸上的面膜撕了下来，“什么事，你说吧，我都能承受得住！”

林清水把望山村撤村并镇的事说了，那恩沉默了好一会儿，她说：“林清水，我觉得你一直在小看我，虽然我并不希望这么早就跟婆婆一起住，但我那恩也绝不是个把婆婆扔大街上不管的恶媳妇！”

林清水变成了“林黛玉”，他一把把那恩揽到了怀里，眼泪止也止不住。这几天一直纠结在心里的一块石头落了地。他说：“小恩，你放心，我会好好努力的，我一定要让咱们全家都过上幸福的生活！”

那恩靠在林清水的肩膀上，她说：“清水，你总说让我们幸福，让我们幸福，其实，一家人健健康康地在一起，那就是幸福。”

林清水想到了祝和平和乔佑楠，他说：“有空，你陪陪佑楠吧，她心里肯定特别难过！和平能站起来，医生说，只能等生命奇迹了。”

那恩点了点头，一时间，婆媳矛盾什么的在生与死，在疾病与健康面前，都成了浮云。

07

清秀怎么也没想到编辑“水依冰寒”是个人高马大的男人。

在绿扬茶社，清秀坐在“水依冰寒”对面，脸上泪痕犹在，人却是局促的。早知道是个男人，她或许不会出来了。既来之，则安之，总不能见是个陌生男人，转身就跑那么小家子气吧！

水依冰寒的笑很温暖，他说：“没关系，就像网上一样，把我当成是朋友就可以了！”

清秀想起自己在网上唠唠叨叨说的那些话，脸微微发烫。她说：“蒋老师，不好意思哈，我一直以为你是女的，然后跟你说了那些话……”

“我很荣幸当‘妇女之友’！”蒋寒的一句幽默化解了两人之间的距离感。他说：“你文笔很好，完全可以靠写字养活自己！”

清秀轻轻地转动手里的茶杯，茶上热气袅袅婷婷冒出来，消失在两个人的眼前，她说：“我只是很困惑，如果一份感情，要让我放弃外面的工作回来守着它，这份感情我还值得珍惜吗？更何况，这里面还有欺骗……”

跟嫂子那恩聊天之后，清秀决定重新审视自己的婚姻。她的确跟一凯相处的时间太少，婚后自己又带团四处跑，这样的婚姻难免会有些问题。一个人不能什么都想要，做了什么样的选择便会有什么样的生活。还是回归家庭，找份稳定的工作，或者就在家做自由撰稿人，怀孕生个宝宝，日子也就过下来了。做了决定，清秀自己也松了一口气。

清秀带团去洛杉矶之前给公司递了辞职信，她没有跟一凯说，想着回来给他个惊喜。在洛杉矶，清秀特意抽时间去逛了下，给公婆和一凯都带了礼物。清秀先到婆婆家，在小阿姨的帮助下做了一大桌子菜，公婆和一凯进屋时，饭菜上桌了，一家人就着电视新闻说说哪出了毒豆芽，哪又有扶了老太太被人讹上的事儿。也算和乐融融。

吃过饭，清秀端上水果，把自己买的礼物都拿出来。贺淑敏虽然表现得很冷淡，但也没有挑拣毛病，清秀已然很满足。趁着气氛尚好，清秀说自己辞职的事，她说暂时在家里把过去写过的东西整理一下，哥哥林清水那公司大概可以出版，然后，清秀瞥了一凯一眼说：“爸，妈，我会努力要个宝宝的。”

清秀没有等来大家的热烈响应，相反，三个人的表现都有些奇怪。贺淑敏被吃到嘴里的西瓜呛了一下，一凯手里的遥控器又拨了一圈才在他最初看的那个台停下来。公公脸上扯出来一点笑，说："好，好！"婆婆也点了点头，说："在这点上，我很开明，孩子这事儿，有当然好，锦上添花；没有，也没关系，不强求。清秀，这点你放宽心！"

清秀痛恨了一下自己的敏感。很快，她就明白了婆婆为啥这样说了。

一下子闲下来，还真是很难受。一凯上班走了，清秀睡到自然醒，起来拉开窗帘，在阳光下伸个懒腰，觉得真挺幸福的。一低头，看到窗台上落了一层灰。女主人总在外面跑，这个家里很多地方都很脏了。清秀从来都是个勤快的丫头，她系上围裙，包上头巾，开始大扫除。

一凯的书架清秀都没动过。她自己一直在外读书，手里的钱生活还勉强着，所以，林清秀读书全靠混图书馆。跟一凯结婚后，生活像懒人的大衣柜，一拉开门，呼啦一下子全倒过来，压得清秀喘不过来气。这才安闲着，清秀对一凯读的书很感兴趣。大多数是技术的书，还有一些是侦探小说，还有一些是杂七杂八的文学书，有本张枣的诗选，也有北岛的，那些都是清秀喜欢的，清秀把它们码齐放进书柜里，觉得自己一下子拥有了那么多书，像小时候有好吃的东西留在家里那样很有幸福感。清秀把《乔布斯传》抽了出来，她还没看这本，想着晚上睡觉前可以翻翻。没想到这本厚厚的传记带出来一个档案袋，是一凯的病例档案。清秀抽出来时，档案袋里的东西哗一下掉到地板上。她弯身拣那病例，目光扫到几个字：前列腺切除。

清秀翻了翻那些X光片还有其他一些单子，看不懂。她把档案袋装好，重新放到书架上，继续收拾卫生。心里却一个问号一个问号挂了起来：当初自己问一凯做什么手术，一凯说的是摘除胆囊，还开玩笑说以后自己就是个没胆的男人了。他为什么要撒谎？前列腺切除……清秀猛地想起那天自己说要宝宝时魏家人的神情变化……难道说……

清秀坐在电脑前，人像筛糠一样哆嗦个不停，握鼠标的手冒着冷汗，她不知道自己在害怕什么或者气什么。她把"前列腺切除"这五个字打进百度，搜出来的东西果然让她大吃一惊：可导致男性不育。

清秀跑进书房，把那病例拿出来再仔细看一遍，拿到电脑前一一对应，没错。清秀手脚冰凉。这意味着什么呢？自己这辈子没有机会做母亲？这念头在清秀的脑子里苏醒了一般，如果是这样，可以吗？以前清秀从没想过这样的问题，哦，不对，她在自己的某篇文章里写过，写过一个不能生育的女人用遍了各种方法仍然不能生育，最后割腕自杀的故事。那篇文章的最后她清楚地记得她写的是：孩子是上帝送给我们的礼物。有礼物固然是好的，但没礼物，我们也要如常生活，不是吗？

上帝没给她这份礼物，她就能生活下去了吗？她爱一凯，她爱她刚刚组建起来的这个家，没有孩子，他们可以收养，再或者就做丁克好了，自己不是一直很想跟一凯去世界各地旅行吗？没有孩子，将来就一起去养老院，白头偕老好了。像旅行社她带的那些夕阳红的团一样，两位满头银发的老人，彼此搀扶，相互依偎，不也很幸福吗？

清秀从某种情绪中醒了过来。但心里还是堵得喘不过来气。QQ上“水依冰寒”在，她问：“如果一对夫妻不能有自己的孩子，你觉得这是问题吗？”

“水依冰寒”说：“这有什么问题呢？我身边有很多夫妻都选择了做丁克家庭，这还减轻了社会负担呢。咱们中国啊，越有钱有知识有文化的越不生，越穷越没能力教育孩子的越生……”

清秀终于从乱麻一样的心情里抽出了线头，一凯骗了她。魏一凯在跟她结婚之前就知道自己没有生育能力，但他没有跟自己说实话，他骗了她。可以生不生，和根本就不能生是两回事，有伞不打和无伞可打完全是两种境界。他魏一凯根本就是用欺骗的手段剥夺了自己做母亲的权利，这才是真正的可恶之处。

清秀把这些话说给了“水依冰寒”，她说：“我在北京没朋友，我们一起吃个饭吧，不然，我要憋得快爆炸了！”

就这样，清秀坐到了编辑蒋寒面前。

蒋寒喝了口茶，说：“我理解你的难过。但是，男人通常都是胆小鬼，你可否理解为他害怕失去你，害怕失去你们的未来，他才故意隐瞒的呢？”

清秀点了点头，这样理解的确可以让她好受一些。自己跟一凯感情并没有多深，如果真的有这件事做了前提，自己还会义无反顾地跟他结婚吗？自己也没有肯定的答案。

跟蒋寒聊天很舒服，蒋寒和风细语，给清秀很大的心理安慰。一凯打电话来问清秀在哪里，清秀停顿了一下说了自己的位置，一凯说来接她。

蒋寒冲清秀笑了，他说：“婚姻不是1+1=2，而是0.5+0.5=1。就是，两人各削去一半自己的个性和缺点，然后凑合在一起才是完整的一个家。这些，都是你们写情感的作者教给我的！别当局者迷哦！”

“蒋老师，谢谢您。”清秀站起来抢着买单。

蒋寒先一步把钱付了，他说：“我很乐于当作者的知心哥哥，以后，用好稿子报答我就行！哦，对了，差点忘说正事了，有个作者漫画画得非常好，我想着你们可以合作一下，一起出个绘本书，怎么样？就讲婚姻的故事吧？”

“那好啊！”清秀很希望能尽快做些事，转移一下自己的注意力。

“好的，改天咱们一起吃顿饭，研究一下！”

林清秀坐到一凯的车上，魏一凯的一张脸比拉面还长。他说：“什么人啊，你就随便见，这年头骗子挺多的！”

一凯不提骗子这事，林清秀还不生气，他一说骗子，清秀的火忽地上了房：“我不也不知道你是什么人就见了你吗？魏一凯，你是骗子吗？”

一凯从倒车镜里扫了一眼林清秀：“我连人都给你了，我骗你什么啊？”

“你确定你没骗过我？”清秀侧着脸盯着一凯看，一凯说：“那你说，我骗过你什么？哎，林清秀，你不会见了那个人，然后看你老公不顺眼了吧？”

林清秀说：“我倒希望我能见一个爱一个，不像现在这么死心眼！”

一凯吹起了口哨，小得意了一下，问：“咱别回家了，我带你吃好吃的，然后去看电影！怎么样？”

林清秀实在没什么心情看电影，她说：“吃了饭，去我哥那看看吧，我们老家那撤村并镇，他说要接我妈来北京，我得探探我嫂子什么意思。一凯，如果我哥我嫂子那我妈住不下，她来咱们家，能行吗？”

“我倒是没啥问题，怕就怕……”

这是个让林清秀万分恼火的回答：“怕什么？”

“怕我妈不高兴，她出钱买的房，咱们没养公婆，倒先养了丈母娘……”

“那行，我妈来了，我跟我妈租房子出去住！”清秀看着车窗外的车流，刚有些回暖的心里一片荒凉。

“瞧你，这脾气！咱不还没到那一步呢嘛？我就这么一说，你还真是翻脸比翻书还快！”

清秀不吭声，她心里暗下的决心是，无论怎么样，自己都不会抛下老妈不管的。哪怕是不要这婚姻，哪怕是自己过得再辛苦，自己都不会让老妈再受半点委屈。

08

那里问米晓佩，为什么自己是八卦猫。米晓佩歪着头，手指替那里梳着头说：“你们做传媒的，今天说这个跟那个在一起了，明天说那个和这个分手了，我没把你画成是八卦狗仔，都算笔下留情了！”

那里“哦”了一声，说：“看来你的帅老公在你心里地位不高啊？”

“天地良心，我老公在我心里的地位可比梵高还高，比犹大还大！”

那里真是被米晓佩打败了，在认识米晓佩之前，他一直觉得自己够酷够无厘头了，可是，在米晓佩面前，他还是甘拜下风。那里也问了为什么米晓佩把自己画成太极兔，米晓佩说：“我嘛，神勇无敌，举重若轻，有深度，有宽度，有温度……”

那里把米晓佩揽在了怀里，他在她耳边说了句：“我要试试你的深度！”米晓佩羞红了脸捏那里的脸叫他流氓。

那日米晓佩见过米晓倚，米晓倚给那里打了个电话，她说：“堂妹夫，有空吗？有空见个面呗！”

米晓倚仔仔细细看着那里，看得那里浑身不自在。“怎么啦？我说堂姐！”

“老革命遇到新问题了吧？怎么当的色狼啊？”米晓倚忍笑忍得很难受。那里的脸“腾”地红了，这米晓佩，怎么什么都能跟她说啊？

“我说堂姐同志，做做功德，给我那小爱人进行进行性教育这一课呗，水至清则无鱼，人至纯难上床啊！”那里索性就摆出了没皮没脸的范儿。

“凭什么啊？你‘性’福跟我有一毛钱关系吗？”

“那我想问问堂姐，今儿找我来，就是想看看色狼长得什么样吗？那看完了没，看完了我就回了！”

“坐下。惯你熊猫脾气。你的性福跟我没关系，我妹的幸福可不跟我有关系着呢嘛？你知道对她这种纯纯的小女孩要怎么办吗？亏你还情场浪子，现在猪肉价这么高，怎么没把你给宰了呢？”

“不带人身攻击的哈！堂姐有何高见，愿闻其详！”那里重新坐下，坐得四仰八叉，那叫一个放松。

“坐好了，咱俩什么关系你得清楚，大姨姐和妹夫，这关系庄重着呢！”

“好好好！”那里坐好，搞怪地把手背到了身后。

米晓倚笑了：“你和晓佩啊，还真是够般配，都跟长不大似的！对晓佩这样的姑娘，得哄。得找那些画家的风流韵事给她看，让她知道那些她崇敬的大人物们是怎么样享受……性爱的！”米晓倚说到这有些后悔自己干吗来跟那里说这些了。那里倒真对米晓倚肃然起敬了。这太靠谱了。这的确是个润物细无声的好办法，省得自己洗完澡一上床，米晓佩就像防贼一样防着自己，亲热一次，那里跟扒层皮差不多，好几次，他瘫倒在米晓佩身上说：“宝贝，再这样下去，哥们儿非ED了不可！”米晓佩还委屈：“谁叫你一天到晚总想着这事来着？活该！”

那里恨得直牙痒痒，他说：“你把我逼急了，我就去夜店逮一妞开房去。”

他不过是一玩笑话，米晓佩却当了真，但凡他加班晚回来，她就一遍遍没完没了地打电话，还让他开了视频看看他是否真的在加班。

上有政策下有对策，那里还真就在网上搜了一款软件，有多种场景的背景声。那里坐在酒吧里跟一帮哥们喝酒，米晓佩电话查岗，那里就拿着手机去洗手间，对着墙壁说自己正在等地铁，手机的那款软件里就出现地铁站里的喧哗声，那里心满意足地笑了。他心想：米晓佩啊米晓佩，哥们儿这是不稀得出轨，要真出个轨，骗你还不就是一轻松加愉快？

那里从网上找了好些大画家的隐秘情史、风流韵事打下来，假装很不经意地放在电脑桌前。米晓佩看了问那里看这些干什么，那里支吾着说做节目需要。米晓佩撇了撇嘴："你们那什么节目啊，净整这些没层次的！"

但那里知道米晓佩还真就看下去了。再恩爱时，那里问米晓佩，听姐姐那恩说，美院都特开放，女孩换男朋友跟换衣服似的，还有，就是普通大学，上个床不也是个吃饭睡觉一样的事吗？

米晓佩说："所以我才珍贵啊，米晓佩，绝对值得拥有！"她还弄了一广告词出来。那里撅了嘴说："拥有是拥有，只是……"

"只是什么？你是不是觉得风骚女人才可爱啊？那里，你交代，你真的在外面找没找女的？不然这些天，你怎么都没缠磨我呢？"

那里简直是叫天天不应，喊地地不灵。他总缠着她，她说他是色狼，他冷落了她几天晚上，她又疑神疑鬼，到底想让他怎么样啊？

那里诅咒发誓，好歹安抚了米晓佩，他心里想，这妹妹究竟什么时候能长大啊？他把这事跟一最要好的哥们儿说了，那哥们儿倒很羡慕，他一脸疲惫地说："那里，我跟你说，她现在还是睡狮，没体会到这事的好，像我家那位醒狮，一直喊着我还要，欲求无度，唉，哥们儿的心情你真不是能体会啊，色字头上一把刀啊！"

看着哥们儿那小身板，那里哑然失笑。这还真是山有山的愁，水有水的烦。

米晓佩破例起了个早，坐在飘窗上开始对着电脑画画。

八卦猫对太极兔说："你呀你，就是个井字青年，横看竖看，都是二。你老公加个班睡个觉，你大呼小叫地干什么呢？惹慈禧太后发飙了吧？我就说嘛，这个家里的两个男人，谁不拿慈禧太后当太后啊？你一小答应，就敢造反啊？胆忒大了！"

太极兔伸了个懒腰说："别老鸹落到猪身上，只看到别人黑，看不到自己黑。你好，你好，你简直就是个四，除了二还是二，减去二还是二，真是二上加二，去掉一个二还有一个二，而且是二的二倍。"

八卦猫抱紧脸袋捂住耳朵："行啦行啦，服了你啦。上辈子你肯定是说相声的！"

米晓佩自己画得笑了起来。

吴玉芳敲门，"晓佩，快递！"

米晓佩说："妈，你替我签字收了吧！"只一秒钟，想不对劲，赶紧跑到客厅，"我来，我来！"

签完字，米晓佩捧着小盒子往卧室走，吴玉芳问："邮的什么呀？是擦脸的吗？"

"哦，是，是……面霜！"米晓佩脸有些红，匆忙进了卧室，门"砰"地被关上了。

吴玉芳纳闷："该不是……"她常在网上听人家说现在的年轻人都爱买那种性爱玩具，该不是……吴玉芳想，到底行不行啊？万一质量再不过关……唉，她再现代，再开放，这事儿怎么跟儿媳妇说啊？

米晓佩正躺在床上看说明书：

1. 把手放上去，按"start"直到试走一圈停止；

2. 提问环节，如：至尊宝，你最喜欢的人是不是紫霞？

3. 再按一次"start"，就会判断是否说谎。

这个是根据神经跳动以及出汗情况来判断是否触电，不触电说明你有三种情况：1. 老实；2. 淡定；3. 缺乏水分。机器我们都是测试完毕之后发出，出现不触电情况请及时联系我们解决。

米晓佩把手放在那个像热宝一样的圆乎乎的家伙上，自言自语：“那里啊那里，这回你惨了！”

吴玉芳端着洗好的葡萄进来，刚好听到米晓佩这句，她的目光盯着那圆乎乎的家伙上，她问：“那是什么？”

米晓佩明显慌张，她一把把那圆乎乎的东西塞进盒子里，“嘿嘿，妈，玩具，小玩具！”

这更印证了吴玉芳的猜测。她有些不高兴，年纪轻轻的，天天在床上噼里扑隆的也就算了，还弄这些花样，过分。

第9章　无声抽噎的生活默剧

至近至远东西，至深至浅清溪。至明至暗日月，至亲至疏夫妻。即使是一张桌上吃饭，一张床上睡觉，夫妻的心也并不是零距离，有时，甚至隔着崇山峻岭，大海汪洋……

01

在离开望山村的那几天，付锦绣吃不下睡不好，整个人像傻了一样，一会弄弄园子里的菠菜，一会看看房后的李子树。老村长过来转，都对付锦绣说："实在不愿意走，就跟清水清秀商量商量，咱一起搬到镇子上，大家相互做个伴儿！"他们一说这话，付锦绣就眼泪汪汪了。她活了快一辈子了，难也难过，苦也苦过，都没像现在这样没着没落过。

温良妈过来帮付锦绣收拾东西，她说："他大姑，这儿媳妇眼皮子底下的饭碗不好端，大良子这是没找媳妇，我还能过些自由日子，他这要找一媳妇，我端个饭碗不看人眼色啊？"

付锦绣说："那恩对我不赖，就是……城里的规矩跟咱这不一样，咱适应不了，住在火柴盒一样的楼里，憋屈都得把人憋屈出绿毛来！"

温良妈知道付锦绣要强了一辈子，也就是一儿一女最为荣耀，也因此在村里把腰板拔溜直。依温良妈的性子，很想给这老付婆子几句，有什么好牛的，她那清秀到了欠着她家大良子一份情呢，不然，她好好的大良子，十里八村的，多少闺女惦记着呢？何至于到现在娶不上媳妇啊？

这几年，粮食政策好，温良又能干，光水稻地就包了二百多亩，温良不差钱，说媒的都快把他们老温家的门槛子踩平了，这小子就是死心眼。这倒好，清秀嫁都嫁了，他又想着去北京闯闯。这可把温良妈愁坏了，她气得好些天没跟大良子说话，倒是大良子主动跟老妈唠，他说妈，你别寻思着我去北京是恋着这清秀，人家婚都结了，我再想也是白想，我就是觉得咱手头有了钱，也不能把眼光就放在这一亩三分地上，咱也得活出个生活质量。上回我去北京，清水哥带我去的那些地儿，那些东西咱都不知道咋吃，就跟傻子似的。你说咱差啥呢？清水、清秀不也是从咱望山村走出去的吗？咱家的地也不扔，还包着，农忙时我就回来，等我安定下来，我也把你接北京去看看天安门……

孩子把话说到这份上，温良妈还能说什么呢？她能做的就只能是带着讨好的心好好待付锦绣，在偌大的北京城，有付锦绣在，就跟她自己在一个样，她的大良子有个为难着灾的事，也知道找谁去不是？

也就是因为这，温良妈顺着付锦绣的话说。她说："人啊，就是个习惯，住惯了，哪都一样。那黑瞎子弄到动物园里咋还活蹦乱跳的？"

付锦绣瞅了温良妈一眼："这嗑儿让你唠的！"温良妈先笑了："可不是，还把你比成黑瞎子了！"付锦绣也笑了："理是这么个理。赵本山的小品里不说了嘛，小时候要听老的，老了要听小的！现在还有点用，儿女让去不去，难不成将来倒床上再去吗？清秀这要是生了孩子，我就给她带，自己闺女，怎么都好说些！"

温良妈叹了口气："你好歹还有一闺女，我三个儿子，结了婚的那两个我是不指望了，他们不回来刮我，我就知足了。你不知道温山和温河那两个小犊子隔些日子就派孩子回来整事，这个要买滑轮鞋，那个要买啥学习没烦恼，当我这老婆子是银行了！"

"你的钱不给孙子孙女花给谁花，你还能带进棺材去啊？"

温良妈再叹一口气："我家这大良子不还没结婚呢嘛！"

付锦绣满面愧疚，不管怎么说，是清秀负了大良子，她说："大良子那么好的孩子，会有好姑娘的，你别急，就等着享福吧！"

付锦绣那房子补了四万八，到了北京，她把四万给了清水，让他拿去还房贷。八千她让清秀给存上，想着有个病有个灾的用用。付锦绣每个月有八百多的养老金，零花也真不用再问儿女要。

那恩当着小姑的面跟付锦绣说："妈，这就是你的家，你踏实住着。打呼噜也不怕，你来前，清水找人把墙上做上隔音了。我呢，有啥不周到的，有啥毛病，你都别惯着，直说就行。我们北京大妞，都这毛病，说话不瞻前不顾后，想啥说啥！"

清秀很满意嫂子表的这态，她说："还有我呢，爱在哪家住就在哪家住！"

林清水长长地舒了口气，张罗着跟大良子喝两杯。

那恩在厨房里炒菜，隔着玻璃，看着桌上的人，心里还是遮上了一层雾。自己这小媳妇是要做定了，以后老老实实夹着尾巴做人吧！

想想，那恩是很想哭的。自己才不过三十岁，小姚还四处装嫩，成天跟那恩说被超市收银员当成是中学生啥啥的，自己这就直奔欧巴桑去了。林清水接了祝和平的公司，每个月不能往家拿钱不说，连油钱都搭进去了，自己还得很贤惠地支持着林清水创业，精打细算，恨不得一分钱掰两半花，难死了，婆婆这再一来，想想都一个头两个大……难怪人说嫁人就是第二次投胎，这人生真是悲催。

祝和平出院了，乔佑楠把祝和平先接到了自己的公寓里。祝和平的家正在装修，不能住。那家那恩去过，用家徒四壁形容一点不为过。从前祝和平一个人是不开火的，厨房装都没装。除了卧室里一张床外，就剩下洗手间里有马桶和洗手盆了。房子还要还贷。好在乔佑楠供职的那家外企薪水不少，只是，一边上班一边照顾祝和平，她能应付过来吗？

那些日子，那恩陪着乔佑楠找装修公司加班加点把房子装修好。交房那天下午，那恩叫上清秀和晓佩来帮佑楠打扫卫生，佑楠拒绝，说雇人就好了。那恩坚持，她跟佑楠说当然可以雇人，但是她需要一些来自于友情或者是亲情的援助，是那种心灵上的彼此支撑，明白吗？一句话把佑楠说掉了眼泪。

去之前，那恩把佑楠跟和平的事讲给了小姑和弟媳听，她说："他们俩在北京没亲人，朋友也不多，所以我才想着叫上你们俩！"

米晓佩早就泪水涟涟了，她说："他俩太感人了，佑楠姐太了不起了！"

清秀也很感动，但她没有像晓佩那样掉眼泪。她说："嫂子，反正我总在家，有什么能帮的就叫上我吧！"

晓佩很积极，但干活是真不行。清秀干活有着东北女孩的干净利索劲，她擦完了客厅的地板和门框，晓佩连个窗台都没收拾利索。但大家是高兴的，兴冲冲地说着话。米晓佩跟那恩说："姐，你得帮帮我啊，那里生我气了，都不理我了！"

那恩正在洗抹布，急忙问怎么了，吵架了啊？米晓佩一脸委屈，"一点娱乐精神都没有，还做娱乐节目的编导呢！真是！"

"到底怎么了？"

米晓佩撅着嘴说："就是我在网上花了78块钱买了个测谎仪嘛！"

"啊？你也买了这个？"那恩张大嘴笑。

米晓佩没注意听那恩的话，继续自说自话："这也不能赖我吧，他总说我不性感啥啥啥的，他说要去夜店泡妞，然后带去开房，他手机里还下载了个能骗人的音乐背景，你说，我能不心慌嘛，我成天宅在家里，这年头小三比大老婆都多……"

"谁说了？这屋里四个女的，个个都是大老婆，哦，有个准大老婆！"那恩这么一说，乔佑楠也跟着笑了。"昨天我跟和平领证了，寻思着找时间请朋友一起吃个饭呢！"

三个女人齐齐恭喜佑楠，佑楠笑得很甜蜜。

米晓佩接碴儿说自己和那里的事，她说："没做亏心事不怕鬼叫门啊，那里开始还挺配合的，他把手放在那小电饭锅上……”

“小电饭锅？”那恩不明白这丫头脑子里到底想的都是啥。

“哦，就那测谎仪，跟小号的电饭锅差不多，我老公把手放上，我问他答，姐，你们猜怎么着，我问他认识我后，对没对别的女生动心，五个红灯亮了四个。我再问他做没做过背叛我的事，五个红灯全亮了，全亮了啊！”米晓佩站在客厅中间叉着腰，清秀说：“那是个玩具吧，不准！”

“清秀姐，你早告诉我就好了。我哪知道啊，淘宝店里说得天花乱坠的，我也以为是高科技呢！我这眼里揉不得沙子，结果跟我老公一通闹，把我公婆都惊动了，我老公一生气，摔门走了。我哭死……然后，昨天早上，我起来自己试了试，我自问自答，我说我叫米晓佩，五个灯全是红的。我问，米晓佩，你结过几次婚。我回答：五次，结果全是绿灯，这是什么玩意啊！我给那里打电话，他也不接，我又不敢去他公司找他……”

那恩笑得直不起腰来，好半天，她抹了抹笑出来的眼泪，她说：“晓佩，你在网上买的玩具就是指的这小电饭锅吧？”

“是啊，不然呢？”

那恩扫了佑楠跟清秀一眼，“咱这都是女的，说点少儿不宜的也没啥。我妈，你婆婆给我打电话愁坏了，她说，你们好像……好像买了成人用品，她担心安全问题呢！我就猜会不会是……”那恩怕说漏嘴，说自己也买了这么一玩意儿，太丢人了，急忙闭嘴。

屋子里空气凝固了有两秒，几个女人都笑了起来。这联想也太丰富了，这老太太。米晓佩的脸红红的：“妈也真是的，我哪是那种人啊！难怪我们吵架，她进来一直盯着那测谎仪看呢！哎呀，完了，姐，我没脸回家了！”

那恩笑得下巴酸，她说：“活该，谁叫你们做来着。我跟你说，就是真的测谎仪，对那里也不管用。那里那嘴，我知道，说假话也脸不红心不跳，心理素质好着呢！”乔佑楠冲着那恩笑：“你这是亲姐吗？晓佩，你别听她这样说！那里这大半年，乖多了！”

米晓佩去搂了那恩：“姐，你不能见死不救啊，念在我这么乖巧聪明的份上，你也得帮我啊，万一我跟那里散了，再找个弟媳，一身毛病，咱妈也吃锅烙不是？”

那恩点了米晓佩的额头，真是又爱又恨：“就你嘴会说！”

打扫完祝和平的房子，天已经很晚了，乔佑楠非要请大家吃饭，那恩说：“那咱就吃，以后咱们四个轮流做庄，定期聚会怎么样？”

清秀第一个投了赞成票。她在这北京城连个朋友都没有，好不容易有个能说话的人，还是个男的，那次就喝了次茶，一凯的脸拉了好几天。清秀见晓佩跟那恩那样亲密很是羡慕。

晓佩举手问：“我能拉人进咱们的小团体不？我堂姐，保证你们会喜欢。”

乔佑楠说：“OK，改天带她来！”

四个女人那晚吃完饭又K歌，米晓佩乐得跟孩子一样。那恩跟米晓佩一起唱歌时，乔佑楠跟清秀聊天，清秀说：“佑楠姐，我时间自由，有什么事，尽管叫我！我也愿意出来透透气！”

佑楠点头，从包里掏出名片递给清秀，说：“我们公司做化妆品的，有折扣时，我告诉你！”清秀很高兴。真的很高兴。

还真是应了那句话，乐极生悲。

02

林清秀打车到自己家楼下时，接到了温良的电话，温良说他就在她家小区外面的咖啡厅里，他说：“如果你方便的话下来坐坐吧！”

也不晚，不过九点，清秀就直接进了那家咖啡店。

来北京没多少日子，清秀只在哥哥那见过温良两次。听嫂子说他兑了家东北饭店，生意还不错。

温良有脸有些红，他说：“清……清秀，没啥事儿，就是……想见见你！”

清秀知道温良这是喝了酒，她说：“良子哥，你的饭店在哪呢？改天我过去瞅瞅！”

温良也不知哪来那股劲，一把握住清秀的手：“行，秀儿，你来，良子哥给你炒土豆丝吃，炖酸……酸菜！”

魏一凯就是那时跟几个朋友进咖啡店的。清秀一眼看到一凯，把手往回缩，可是大良子背对着一凯，清秀越往后缩，他就越紧握着，那双干农活的手力道非凡。一凯一个箭步过来，“啪”地给了清秀一耳光，他说：“见过贱的，没见过你这么贱的。就是偷人，也得远点不是吗？”

清秀的眼泪汹涌而出，温良一拳挥上去把一凯打倒在地，两个人厮打起来，一凯那几个朋友也都不是吃素的，上来明是拉架，暗中这一脚那一拳都落到温良身上。清秀冲着温良喊：“你还不快走？等他们打死你啊？”

一凯站起身，一言不发走出咖啡厅。一凯的朋友在后面给咖啡厅包赔损失。

清秀跟一凯进了家门，她说：“你也看到他喝多了，他是我家邻居，我跟他一点事儿也没有！”

一凯“砰”地摔上卧室的门，把清秀关在了门外。清秀在沙发上哭得眼睛干干的，脸也火辣辣地疼。门开了，一凯把清秀的衣服扔了出来，他说：“你走，我不要你这样不要脸的女人！”

清秀的火冲上了头：“魏一凯，你再说一遍，我林清秀怎么不要脸了？”

“这就是不要脸，做了什么事，自己知道，还问我！”一凯那种半死不活的样子林清秀恨死了。

“说得对，魏一凯，做了什么事，自己知道，别光想着指责别人，不想想自己啥毛病！”林清秀冷笑着。

“我啥毛病？我做了什么事，你说！”

吵架都是话赶话，清秀没含糊，到书柜里把那装病例的档案袋拿出来扔到魏一凯面前：“这就你说的摘除胆囊是吧？魏一凯，你还真会说啊，你怎么不说你摘了心呢？”

“是，我做了切除前列腺手术，怎么了？”魏一凯看到清秀拿出那档案袋，心忽悠了一下，随即淡定下来，该来的总得来，怕也没有用。

“怎么了？这意味着什么，你不清楚吗？我失去了做母亲的资格，我不应该知道吗？你说，你为什么不告诉我？”清秀得理不让人，咄咄逼人。

“那是我自己的事，我愿意告诉你就告诉你，不愿意告诉你，就不告诉你！现在你知道了，你要是不能接受，咱们就离婚！反正，你跟我结婚，也不过是想住进不用花钱的房子，你忘了你当初还想在这套房子上写上你的名了？”

“魏一凯，你混蛋王八蛋！”清秀向一凯冲了过去，两个人厮打起来，一凯瘦，但是男人的力量再怎么样也比女人大，一凯一推，清秀的头磕到了大理石茶几上，她眼前一黑，世界变得清静了。

那恩跟付锦绣进门时，清秀已经醒了，她躺在床上虚弱无力，眼泪淌着淌着就干了，她不很想离开，但是离开后去哪呢？望山村拆了，老妈在哥嫂那……还真让一凯说对了，自己没有别处可以去……

一凯对那恩和丈母娘的深夜来访很吃惊：“妈，嫂子，你们……”

那恩瞟了魏一凯一眼，问清秀呢。那恩在家上网偷菜种菜不亦乐乎，家里的电话响了，是大良子，他颠三倒四把自己见清秀被一凯撞见、打架的事说了。他说：“嫂子，你跟清水哥过去看看吧，我害怕……”

林清水在外面应酬没回来，那恩本不想人家夫妻吵架，自己介入，她往小姑子那打电话，可电话响着，就是没人接，那恩有些坐立不安。她进了婆婆的房间，把大良子打电话的事说了，付锦绣立刻起身穿衣服穿鞋，她说：“小恩，你送我一趟吧，清秀那脾气烈，我怕真出点啥事！”

婆婆这样说，那恩还真就不敢怠慢，换了衣服跟婆婆打车直奔清秀家。

付锦绣看到清秀躺在床上，头上胡乱地缠着纱布，一边脸肿得跟红萝卜似的，她的脑子立刻炸了。这小犊子打了她的宝贝闺女？凭什么啊？从小到大，自己像老母鸡护着小鸡一样，一手指头都不舍得动她，这才跟他结婚几天啊，他就打了自己花一样的闺女？他凭什么啊？如果他不是北京人，如果她的清秀不是生长在农村，依着清秀的容貌能找一个大烟鬼一样的他魏一凯吗？她付锦绣没看中这个女婿，也没说出来，也没挑拣，他们魏家自己买了房，那恩说自己闺女若是离了婚就得净身出户，她们提了要在房证上写上名，魏家没同意，她付锦绣也没说什么。谁结婚也不是冲着离婚去的，只要两个人过得好，别的都没关系。可是，可是，这才几天……

那恩也急了，这魏一凯太不像话了，这不家庭暴力吗？那恩转头喊："魏一凯，你把清秀怎么了？"

一凯站到卧室门口："我没怎么样她，她自己……"

五十几岁的付锦绣，一场车祸骨折了多处的付锦绣，那一刻，身轻如燕，真的身轻如燕，她几乎是两步迈到魏一凯面前，伸手给了他那张鬼斧神工的脸一巴掌，她说："你娘是怎么教育你的，娶了媳妇是给你打的吗？"

一凯愣了，他正回答着大舅嫂的问题，他没想到丈母娘变成了孙二娘，伸手就是一巴掌。婆婆这水上漂般地敏捷利落把那恩也吓到了，她上前拉住婆婆："妈——"

清秀坐起来，站到卧室中间，"妈，是我自己摔的！"

一凯从小到大都是被宠被夸大的，这一晚是冲到了什么邪，先跟温良打了一架，若不是众朋友帮忙，能占到什么便宜？回来被老婆打，现在手上脸上还有挠痕，然后被丈母娘扇了耳光……一凯说："滚，都给我滚出去！"

尽管那恩觉得婆婆打了一凯有些反应过激，但是魏一凯让她们滚出去这种态度还真是欠扇。那恩说："清秀，你说说，你们俩到底为什么？"

一凯"咚"地一屁股坐在沙发上，二郎腿跷得高高的。

清秀的眼泪断线的珠子一样噼里啪啦往下砸，付锦绣把女儿推坐在床上："哭啥，熊玩意儿，你的娘家人这不还没死光呢吗？"

那一晚，那恩觉得自己对婆婆的认识深了很多，不，确切地说是立体了很多。清水一直说自己老妈的"光荣事迹"，什么村上有人欺负他们孤儿寡母，故意把分给他们家的好地的地牌换到差地那去，结果付锦绣拿了把菜刀去那人家的炕上一坐，也不说话，那人到了害怕了，先认了错，再贪黑去地里把牌子换了过来。但那些，那恩一直怀疑是杜撰的。自己认识的婆婆，尽管有些粗门大嗓的，有些自以为是，但是基本上还都是一副受气包的样子，老妈吴玉芳提醒过她，说她婆婆不是好惹的女人，她现在在你面前不声不响，不过看着他儿子的份上忍让着你。

车祸事件后，付锦绣顾着大局的做法，让那恩刮目相看了一回。这回婆婆在欺负女儿的女婿面前表现出来的强势，让那恩确定老妈的话是正确的。她不是吵不过自己，她是在“维稳”，她是用自己的忍气吞生来换取这个家的“和平”，这样一想，那恩的脸火辣辣的。

清秀说：“妈，我……我恐怕不能当妈了！”

这话不亚于一个响雷劈到了付锦绣的头顶上。她的清秀不能生孩子？怎么会呢？

一凯冲到门口，伸手指着清秀：“没人耽误你当妈，离婚，离了，你爱生几个生几个！”

那恩被清秀和魏一凯的话给搞糊涂了。到底是怎么回事？

等清秀把事情的原委说了一遍，那恩方才明白。付锦绣也长长地舒了口气，只要不是清秀的毛病，一切都好办。那恩小声问了句：“试管婴儿那种也不行吗？”

清秀抬起头，一双肿得跟桃子似的眼睛看着那恩：“这日子还怎么过啊？我就跟良子哥在门口见一面，你瞧他那样啊，疯了似的，把我当成什么人了？上次也是，我跟我的编辑出去见了一面，就鼻子不是鼻子，脸不是脸的，回来好几天没理我！魏一凯，你在单位没有女同事吗？你在外面没有异性朋友吗？我问过吗？没错，这房子是你们家买的，但我也不是房客，我跟你领了结婚证，我也有权住在这里吧？动不动就赶我走，我往哪走啊？魏一凯，我林清秀就是瞎眼睛了，挑肥挑瘦，最后跟你这样一王八蛋，我学业都扔了，你家不就有一破卖运动鞋的商店吗？还真当自己是豪门了，瞅你妈那脸，够十个神经病看一年了！”

付锦绣跟着抹眼泪：“现在说这些有啥用，谁叫你当初不长眼睛的？

这倒好，你一离婚，成二婚了，你咋跟妈的命一样苦呢？”

老妈这样一说，清秀哭得更凶了。

那恩觉得婆婆跟小姑都在气头上，真话赶话没完没了，这日子没准真就过不下去了。她说：“妈，他们小两口生起气来说的话都不当真的，离什么婚啊？这马勺哪有碰不着锅沿儿的，清秀，你也别灰心，嫂子跟你说，这过日子就像炒菜的锅，表面上看着干干净净的，翻过来看看，谁家的锅底都是黑的。你哥好吧，那还在电脑里给我凑‘黑材料’呢！一凯哪嫌弃你了？人对你那好你咋都忘了？他不高兴你见别的男的，那是在意你。你哥倒好，我一宿不回家，他找都不带找的。还有，现在科技这么发达，没孩子算什么事啊……”

那恩再次为自己的口才没调去联合国而感到遗憾。付锦绣听到那恩说这些，也开始劝清秀，她的心里也有杆称，说归说，闹归闹，给一凯点颜色看看也就算了，还能真离是咋的？

03

魏家的一场战火燃烧到吴淑敏那，实在非众人所愿，包括魏一凯。

吴淑敏临睡觉前突然想起来一凯上回说要的登山装她给拿回家了，让他有空回家取。正在看《伟大是熬出来的》的魏爸说：“反正今天也不能取了，明儿再说吧！”吴淑敏一边往脸上抹着保养品一边说：“明天又忘了，你帮我拔一下，我跟他说！”

电话接通了，魏爸把电话给了吴淑敏，吴淑敏跟一凯说了一句话，就敏锐地觉察出了儿子的不对劲，一凯很想 HOLD 住，但是老妈一问，想起自己这一晚上吃的亏，就哽咽了，于是事儿大了。

吴淑敏带着魏爸火速从东城奔了西城，好在已是十点之后，拥堵的北京城也如赛车场一样宽敞了。

一凯开门时脸都白了，“妈，爸，你们这是……”彼时，那恩正给林清水打电话让他来接，付锦绣执意要带清秀回去。那恩觉得这样不妥，但念在俩人都在气头上，别他们走了，俩人再吵起来，也就同意了。

这清水还没过来，清秀的公婆就杀上门来。那恩这心“咕咚”一声，心想：今晚这要热闹，别想着回去睡觉了！那恩跟吴淑敏和魏爸打了一声招呼，吴淑敏气冲冲地也没搭理那恩，直奔卧室里的清秀。

那恩犹豫了一下，跟了进去。这吴淑敏不是一般人，这大晚上的出门来，穿得仍然是雍容华贵，头发一丝没乱，嘴上还涂着口红。

“你到底还有哪点不满足，我们家有什么地方对不起你？你嫁到我们魏家，一进门有房住，有车坐，不缺吃不少喝，就这，你还不满足，还四处跑，导游？谁知道在外面干什么了？”吴淑敏的脸冷若冰霜，付锦绣本来是讪着一张脸打算跟亲家母打招呼的，可吴淑敏的目光连一下都没给她。讪笑凝固在付锦绣的脸上。清秀气得哆嗦：“我干什么了啊？我？”

那恩突然觉得自己是无助的婆婆和委屈的小姑的最好靠山，她劝慰：“吴阿姨，他们小两口就是闹着玩，不当真的！”

吴淑敏瞟了一眼那恩：“这是欺负我们家一凯老实吗？这丈母娘和大舅嫂都打上门来了！人多怎么样啊，人多也大不过理去。”

付锦绣缓过神来，她不急不慢地说：“亲家母，我也是做婆婆的，这小两口吵架，一个巴掌拍不响，你要是光说我闺女，那我还真就不乐意听了。”

“一凯哪点对你不好？从小到大，我连个杯子都没让他洗过，跟你，他得做饭。还有，吃饭，他给你夹菜，你是谁啊？农村长大的一个丫头，到我们家来装大小姐了！”吴淑敏的枪口直直地对准清秀。

付锦绣得向着女儿，“他们小两口吵架，你过来，这最好，但你能不能进来问问是怎么回事再骂？我闺女没嫁给你们魏家之前，也没睡在露天地里，也没缺吃少喝。我闺女在外面做了什么见不得人的事，你红口白牙也得明明白白指出来。倒是你们魏家，那是骗婚！”

一个婆婆一个妈，两个人各自说着各自的。

吴淑敏理都不理付锦绣："谁骗你啦？你不上赶着研究生都不读了，急三火四地嫁给我们家一凯吗？啊？现在说骗，我还说你骗呢，是谁当初要在我们家买的房产证上写名字来着？穷山恶水出刁民，这话说得果然没错。你们不是卖女儿放鸽子的吧？现在想怎么着？离婚拿钱走人？"

付锦绣再不生气，这会儿也气得说不出话来。此时此刻，那恩的倾向性明明白白，她是那家的儿媳妇，她有义务有责任在林清水没在时，保护好婆婆与小姑。

那恩揽着婆婆的肩膀说："吴阿姨，您是长辈，我很尊重您。您有知识有文化，清秀是您儿子千挑万选来的儿媳妇，你把屎盆子都扣在她脑袋上，那是不是也在否定您的儿子呢？"

清秀哭得喘不上气来，付锦绣骂："哭，哭，就知道哭，有点志气，没啥大不了的，这日子能过就过，不能过，你还有妈，有哥有嫂子，天塌不下来！"付锦绣骂着骂着也哭了。

一凯冲到门口喊："妈，你能不能别掺和了，说的都是什么啊？"

吴淑敏被那恩数落得正恼火着，儿子又来冲她吼，她一向被老公和儿子还有店里的店员们捧为老佛爷的，哪受得了这个，她伸手就去打儿子："说什么都不听，就跟给你亏吃了似的，这倒好，沾手上抖落不掉了吧？我不管，我不掺和，把你卖了还帮人数钱呢！"

敲门声响起，魏爸开了门，林清水进来。

那恩替清秀找了衣服，说："穿上，咱们走！"

清水看着屋里人的脸色，看着老妈和妹妹都在哭，问一凯："怎么了？"

一凯没吭声，吴淑敏说："把东西都收拾着吧，走了就别回来了！"那恩帮清秀翻了风衣的领子，她说："吴阿姨，有你这么当婆婆的吗？儿子儿媳妇吵架闹矛盾，您不说劝劝，这倒是怕不散伙是吧？"

吴淑敏瞪了那恩一下，扭过头去。

清秀站起来，拉出自己的皮箱往里装衣服。清水喊住她："清秀，懂事点，收拾什么东西啊？不就是吵几句嘴吗？有什么大不了的啊！走，先到我那去冷静冷静。”

一家四口坐进车里，林清水问那恩怎么了，那恩说：“回家说吧，见过不讲理的，没见过这么不讲理的。”

到了家，付锦绣主讲，但讲着讲着就跑题了，七百年谷子八百年糠都讲出来：“那魏一凯长得跟抽大烟似的，那妈不是妖精吗？”那恩赶紧接过话头简明扼要往下讲：“魏一凯结婚前做了前列腺切除手术，很可能不能生育，他刻意隐瞒了这事儿！”

林清水的一张脸铁青色，他数落着清秀：“这怪谁，谁让你把结婚当成是赶集了，认识才几天啊，就非结不可，连研究生都不读了，丧权辱国的条约都签，就那么怕嫁不出去？亏你还念了那么多书？”那恩踢了踢林清水，站在小姑这边说话：“你少说两句行不行？哪个人爱起来不盲目啊？我不盲目能嫁你啊？净站着说话不腰疼。当初你怎么没出来反对呢？这会儿说这风凉话，有什么用啊？”

“你们别吵了，我的事，我自己会解决！”清秀站起来，进了付锦绣的卧室。付锦绣叹了口气：“小恩，清水，你们洗洗先睡吧，明儿还上班呢！”

林清水穿衣服要出去，三个女人一起问去干吗，林清水说：“去买胃药，胃疼！”那恩利落地穿上衣服，“你烧点水，我去买！”

清秀躺在床上，记得某漫画中的一段台词：我认为人在爱上另一个人的那一刹那开始，就同时获得了最大的幸福与不幸。我越爱那个人，就会越不安……相信“爱”到什么程度？这就是自己给予自己的战争了。清秀一再问自己该怎么办，是真的一拍两散还是继续咬着牙走下去？这是她能决定的吗？

结婚这大半年的时间，自己像只陀螺一样，改变着自己的转速，改变着自己的方向，妄图用自己的牺牲来换取这段婚姻的平稳，可是，一凯呢？他努力了些什么呢？他和她在家时，他捧着电脑，旁若无人。她出去见个朋友，他嫉妒小气，他还隐瞒了他自己那么重要的身体情况，自己结婚，难道就是为了床上那点事儿吗？

她的眼泪淌下来。一边的老妈问："秀儿，没睡呢？没啥，没有不吵架的夫妻，谁家过日子不是磕磕绊绊过来的？不吵不闹那倒不是一家人了。你也别把你婆婆的话往心里去，她就那种人，被人揭了短，面子上过不去呢！"

付锦绣这样安慰着女儿，心里却还是千斤重。日子还长着呢，天长地久，清秀这命啊。依着她，大良子多好，要是秀儿嫁了大良子，还不当她是公主捧着吗？这年轻女孩啊，都望着攀高枝，却不知道嫁得好。

04

不怪林清水对清秀发脾气，那几天，他也正被各种事搞得焦头烂额。一整天都在给要账的赔着笑脸，然后给各家欠账的公司打电话催债，熬到大晚上，又碰上清秀这事儿，能不火吗？心里也是心疼妹妹的，这夫妻感情本就不牢靠，再没个孩子，将来这日子可怎么过下去呢？

那恩躺在床上翻来覆去的也睡不着，她问林清水睡了没，林清水哼一声，她说："清秀在咱家住两天，你别没个好脸色，她够可怜的了，哪个女人知道这种事不难过啊，她婆婆那个刁啊，把自己当贵妇了，简直了……"

林清水拉开灯，很仔细地看着那恩，那恩白了林清水一眼，"怎么啦，不认识？"

林清水躺下把那恩揽在怀里，"小恩，过去老人总说，家有贤妻，夫无横祸。咱这家里，上有老下有小，还有清秀，辛苦你了！"

那恩"哼"了一声，又长长地叹了口气："我就这样，在人那'黑材料'里还是堪比河东狮吼啊！"

清水上下其手，人不安分起来："要我认多少遍错，你才能不提这事呢？"

那恩在清水的亲昵中败下阵来，她满足这份平常的幸福。她想起了小姚，白天她去国贸的咖啡厅见那里时，看到小姚那猪头样的秃顶老公的手正伸到一波涛汹涌的年轻女孩的胸口。也难怪猪头忍不住，那女孩白嫩嫩的巨乳在蕾丝的小衫里几乎喷薄欲出，谁见了都像见到新出锅的馒头一般吧？那恩低头喝咖啡，嘴角微微泛起一丝笑。她心里很不厚道地想：如果自己现在告诉小姚，那会是什么样呢？不是总晒幸福吗？用雅诗兰黛的那张脸怎么还总是跟内分泌失调似的干枯着呢？有钱有什么用啊？男人有钱，倒可以住大房子，开好车子，去欧洲旅游，但是枕头边呢？谁难受谁知道罢了。

幸福通常都是比较出来的。自己给婆婆小姑撑了腰的义气，自己老公给了自己的肯定，再相较于小姚华丽袍子下的寂寞痛苦，那恩与林清水尽享鱼水之欢。当然，隔壁住着老妈与清秀，两个人的欢畅隐忍着，也因为这隐忍，变得愈激情。

清水汗淋淋地倒到床上，他趴到那恩的耳边说：“哪天……哪天你来我们公司的写字楼，家里……太……”

那恩的牙齿轻轻地咬着清水的耳垂，清水喘息着把那恩抱在怀里。

那一夜，林清水很幸福。第二天起床洗漱时，嘴里哼着歌。他对清秀说：“什么都不用想，踏实住着，还有，今天云朵回家，有空你去接接她！”

那恩帮付锦绣往上端早餐，她说：“是啊，清秀，这几天你跟你哥好好聊聊，他们之前不是捧红过好几个作家吗，也把你捧红了，看他们魏家还敢狗眼看人低！”

清秀点了点头。却还是很仔细地听着自己的手机响没响。

清水走得早，公司要开个会，路上堵车时，他一直在给自己打气，和平的团队做得跟团伙似的，公司挣钱不多，员工薪水倒定得很高。这个坏人就得自己来做了，一定不能心慈手软，手起刀落，公布完辞退名单，谁找都没用。

林清水在机关里唯唯喏喏惯了，很难举起杀罚的大权来处理掉那些人浮于事的员工。但是，公司日益窘迫，不裁人，不想办法，恐怕真就要关张大吉了。

林清水要挣钱供房子养孩子和老妈，祝和平要拿到钱做康复，这一切逼得林清水不得不痛下决心。

把公司的困难说了一遍，林清水站起来，眼睛扫了一遍众员工，他说："祝总身体一时半会儿很难重新工作，我呢，不避讳地跟大家说，我是职场菜鸟，公司前景如何，我也心没底，所以，我也不希望耽误了各位的好前程……"林清水觉得自己有些说不下去了，小会议室里静悄悄的，针落可闻。

不知谁低声说了句："林总，公司正是困难时期，我们不离开！哪怕你每个月只给我们个吃饭钱呢，我们也跟着你！"

底下好些人跟着附和："虽然我们跟祝总没挣多少钱，但哥们儿义气还在呢，我们不能这时候离开公司。

几句话，把林清水的眼泪给逼了下来，他说："那好，从现在起，为了祝和平，也为了我林清水，更为了你们自己，我希望咱们能拧成一股绳，把公司的业绩搞上去。"

那晚，林清水让公司财务把账上仅有的三千块钱都取出来，大家去吃了一顿火锅。那原本是顿跟离职人员的散伙饭的，这回倒成了众志成城的誓师大会。

饭桌上，坐在林清水旁边的一个人高马大的员工引起了林清水的注意，他问："蒋寒，上次你跟我说的那个漫画作者谈好没？"

蒋寒转身从包里掏出 IPOD，手画出一个网址，说："你看看这博客，上千万的点击率，你再看看这故事……"

林清水看的那则是：八卦猫扮成青蛙跳上正要沉没的月亮，忧伤地说："怎么办？美丽的公主就要亲吻我了！""这有什么怎么办的，你不想变成英俊的王子吗？"月亮不解地问。八卦猫愁眉苦脸地说："但愿这不会真的发生！我希望它只是个荒唐的童话故事，因为我还是比较喜欢我的癞蛤蟆小女朋友。"藏在一旁的太极兔跳出来大吼一声："八卦猫，你说谁长得丑！"

林清水笑了："签，赶紧签。这作者叫什么？"

"米晓佩，小姑娘很有灵气，明天我叫她来公司……联系她的公司特别多，她都交给她堂姐全权代理……我想着快点签下来，没准就救活咱们公司了！"

林清水说："这就叫老天爷饿不死瞎家雀，米晓佩是我女儿的舅妈。只要她没签给别家，这个就肯定是咱们的啦。"

蒋寒张着嘴，好半天乐出来，他说："林总，有个事儿我一直想问也没敢问，请问林清秀是您的……"

"我妹妹，怎么了？"

"她是我在杂志社时的作者，她写了本长篇，写得非常好！"蒋寒给林清水带来的惊喜太大了，那一晚，林清水一直在跟蒋寒聊，既然都是自己人，那就一切都好说了。若是别的作者，还要谈价钱，先付定金什么的，晓佩和清秀，就当先支援前线做贡献了。

林清水怎么也没想到，自己在米晓佩那碰了个硬钉子。蒋寒说，米晓佩不签约，也不继续画下去。林清水皱着眉，抓起电话给这位小舅子媳妇打过去，接电话的是岳母吴玉芳，她叫来了米晓佩，米晓佩大概刚从床上起来，声音里是呼之欲出的慵懒。

米晓佩给林清水不签约的答复差点让林清水背过气去，她说："姐夫，我是有原则的人，我的原则就是看心情！我总不能为那点钱影响心情吧？更何况，姑娘我低碳生活，也要不了多少钱。"

林清水真真切切地感受到了代沟，真真切切地感觉到自己老了。米晓佩可以任性地选择要不要工作，反正有房住，有吃喝，那里可以任性地对待生活，反正出了事，有爸妈还有姐姐替他顶着。可是自己呢，从小到大，按部就班，什么时候任性过呢？想来想去，林清水觉得自己还就是辞掉机关的工作来了祝和平的公司算是任性了一把。

那日在酒楼遇到小汪，小汪调到另一个部门做了科长，那家伙热络络地跑来对林清水说："清水，你说你，怎么就不能忍一忍呢，忍一忍，你看看我……"

林清水的心里扯出一张翻白眼的脸，真正的脸上却也是热络地笑的，他说："挺好，挺好，只不过，我觉得我现在这样也挺好，自己管自己，不用点头哈腰，不用揣摩人的心里想什么……"

小汪脸上的笑像果冻一样凝住，但很快解冻，他说："清水啊，以后有什么用得着我的，尽管开口，咱们共事一场……"

林清水几乎没 hold 住笑出声来，小汪那是信访科，用得着他的？还是别了。林清水跟小汪别过，心里还是有些不舒服：这位置一变，就不跟着屁股后点头哈腰叫林科了，还管他叫清水，清水是他叫的吗？

林清水打电话给那恩，那恩大包大揽，她说："没事儿，我去跟晓佩说，这不是双赢的事嘛！"

有那恩出马，林清水自然放心。米晓佩再怎么着也得给她这个大姑姐面子吧，再不然，还有那里呢！

那恩也是这么想的，却没想到，计划没有变化快，米晓佩跟那里正在闹离婚。

05

那恩火速杀回娘家。吴玉芳在给茉莉换盆。那恩忙蹲下来帮忙，她问怎么这时候换盆，都冷了，不容易活。

吴玉芳叹了口气："还不是那俩冤家，那晓佩一发起疯来不管不顾，用碗砸的，没砸着那里，看把这花砸的……"

"啊？都武斗了？这米晓佩也太彪悍了吧？"

吴玉芳拍了土，起身，腰直不起来了，那恩忙去扶，又怕手上的土弄到老妈身上。急忙转身去洗手。那恩喊："妈，你别搬，我帮你搬！"

母女俩坐在沙发上，"他俩为啥啊？还要离婚？"

"为啥？为了一道测试题，你信吗？"

的确，米晓佩跟那里闹翻了是因为一道测试题。

米晓佩心情很不好，结婚跟她想的完全不一样。在她的想象里，婚后，夫妻两个人应该牵手逛街，应该去电影院看电影或者她躺在他腿上看碟，应该一起去旅行……可是，那里一直忙，有时忙得几天她都见不着他。米晓佩在北京朋友不多，堂姐米晓倚跟那个蒋寒打得火热，自己出去就做电灯泡，她在微博上感叹：唉，人又少了一个。没几分钟就有个叫“fangyu”的人问她怎么了，这人粉了自己不算，她的每条微博都评论，真够闲的。Fangyu 问什么，米晓佩都不回答。她为什么要回答？烦着呢。

那天上午八点多，那里加班回来，又是又脏又累，倒床上就睡。米晓佩这次吸取经验，没有让他起来洗澡，而是帮他脱了袜子，拿了被子给他盖上。

米晓佩画了几张画，斗了地主，偷了菜，她竟然发现那个 fangyu——（防御）竟然也是她开心网上的好友，米晓佩好不容易养出来的熊猫仔都让他给偷了。米晓佩很愤怒地给“防御”发过去了句话：“真不要脸！”

临近傍晚，那里醒了过来，洗澡，换衣服，吃饭，米晓佩很乖地在边上陪着，那里说：“去看个电影吧！”米晓佩简直是感恩戴德，头点得像捣蒜一样，点完，又偷眼看了婆婆一下，吴玉芳正在电脑上看连续剧，电视上那种广告里插播电视剧的看着着急，晓佩就教了婆婆在网上看。晓佩还叫吴玉芳别急着看，等“养肥”了一起看个爽。吴玉芳不明白晓佩说什么，晓佩解释说：“就是等网上更新多了，你一起看，多过瘾！”吴玉芳再跟那恩说起某电视剧时，便也说：“我没在电视上看，我等着网上养肥了再看呢！”那恩也不解，怎么电视剧还得在网上养着啊。有好几次，米晓佩出来倒水时，看到婆婆捂着肚子，米晓佩以为怎么了，原来电视剧养得太“肥”了，中间又不插广告，不舍得去洗手间。

米晓佩向那里指了指聚精会神看电视剧的婆婆，把手指在嘴边做了个“嘘”的动作，然后迅速回屋往包里塞了几样化妆品，蹑手蹑脚走到玄关处穿鞋。米晓佩都觉得自己这串动作行云流水天衣无缝了，却还是听到婆婆不紧不慢地问了一声："这么晚了，去哪啊？"

米晓佩弯着的腰直了起来，提着的气松了下来。那里说："出去走走，放松一下！"

吴玉芳还是站在了门前："这么累还是好好在家休息休息算了，外面车多人多的！那里，你也不能仗着年轻就这么拼，那天我遇到你杨阿姨，她那姑爷，二十八，过劳死，倒地就死了……"米晓佩眼巴巴地看着那里，生怕他一转念，两个人就只好灰溜溜地回房间了。

米晓佩一直挺宅的，就是跟那里在房间里也挺幸福的。但是，终究没有两个人的世界自在放松。米晓佩有时就后悔，怎么就那么急吼吼地结婚了呢，都还没享受一下恋爱的快乐呢！

那天好在那里坚持，两个人没去电影院，去了三里屯，在酒吧里坐坐，那里一直犯困，米晓佩让他喝咖啡，又想起婆婆说的过劳死的话，打了个寒战，她说："还是回家吧！"

回到家，那里又躺在床上。米晓佩腻在他身边说："人家要是不知道的呢，以为我没老公，再或者是我老公是个病人，一回家就变成死虫一条。"说这话时，吴玉芳刚好敲了下门，端了馄饨进来，那里皱眉："不刚吃完饭吗，不吃！"

吴玉芳好脾气地端着："赶紧吃，我打了鸡蛋在里面，你这天天在外面也吃不好，你最爱吃的韭菜鸡蛋虾仁的！"

米晓佩撅着嘴："妈，你偏心！我就从来没这么好的待遇！"

"你也有，要吃出来盛！"吴玉芳转身出去。米晓佩冲着那里撇嘴："我才不吃，还借你光！"

那里用勺子喂米晓佩吃，米晓佩赶紧跳下床把门关上。她盘腿坐床上，跟那里说她都快闷得长绿毛了。那里笑，"赶情我天天跟绿毛龟睡一起啊！"

米晓佩撅着嘴："你在外面多好，有漂亮女孩陪着，肯定不记得家有黄脸婆了！"

那里一边吃馄饨一边看笔记本上的微博，再一边应付老婆："你是黄脸婆？嘁，我们公司那些小编导就是抹上十瓶雅诗兰黛也没你白！”

米晓佩笑了，她把那里挤一边去，说：“下床吃，跟猪一样！”

米晓佩看着看着微博笑了，她说：“哎，老公，考你个题，某富翁想要娶老婆，有三个人选，富翁给了三个女孩各一千元，请她们把房间装满。第一个女孩买了很多棉花，装满房间的 1/2。第二个女孩买了很多气球，装满房间 3/4。第三个女孩买了蜡烛，让光线充满房间。你说，他会娶谁？”

那里说：“这还用问吗，谁胸大娶谁！”

“玩赖，你看答案了！”

那里喝掉最后一口汤，说：“我还用看答案？我是男人，男人都这样想啊！”

那里说完手机短信响了，那里翻看，骂：“骗子的技术能不有更新点啊，谁家孩子在医院啊，妈的！”他一抬头，看到米晓佩凶神恶煞地站在自己面前：“什么情况啊？”

米晓佩的拳头落到那里的肩膀上：“我就知道你不是好东西，那里，我米晓佩瞎了眼跟你结婚！”

那里忙放下手机来挡：“哎，哎，宝贝儿，怎么了，这就怎么了？”

“喜欢胸大的你早说啊，我就飞机场，你特后悔吧？还有，你在网上跟兔乖乖说的什么，你竟然说你没结婚，你竟然说咱们见个面吧！你是不是还想找个波涛汹涌的啊？”

那里放下手，拿起碗想出去洗，他说：“我就那么顺口一说，你还当真，我要真在意你是飞机场……”那里知道自己说错话，忙转换话题：“什么兔乖乖啊，米晓佩，你是不是没事找事儿啊！”

“你还赖？”米晓佩抢那里手里的碗，那里说：“我很累了，我不想跟你闹。”

这句火上烧油，米晓佩哭了起来：“是，你累，你天天在外面不回来，连个电话都不打，我给你发多少短信你都不回。你没空？你没空你在网上怎么跟乖乖兔聊得没完没了呢？你还有这个家吗？我在北京举目无亲，我成天在家盼星星盼月亮一样盼你回来，结果你回来躺床上就睡，说几句话就烦……那里，这样的日子我过够了，离婚。”

那里烦，说：“米晓佩，这可是你说的，别后悔！”

“不后悔！”米晓佩嘴硬。那里往客厅走。米晓佩急了，手里的大碗不管不顾地砸出去，那里一闪，那只碗正砸到门边那盆茉莉上。

吴玉芳差点被闪出来的那里撞倒，米晓佩看到砸了婆婆的花也有些害怕，但她很快开了衣柜，往出掏衣服，掏了两件，又不想这么麻烦了，抓起包穿了外套就往外跑，吴玉芳“哎哎”喊了两声，她说：“冤家啊，你还不快去追！”

电梯刚好停下，那国祥从电梯里出来，看到晓佩，问她去干吗，晓佩一双泪眼，头也不回冲进电梯，那里追出来，走了楼梯。

那恩问：“几天了？一直没回来？”

“就昨天的事儿，去了她堂姐那！那里跟到那才回来的，她一天到晚不上班，一点都不体谅着那里。那里那班就那样，忙起来没黑天白天的。她晚上不睡，早上不起，你做好了饭，你说叫她吃还是不叫她吃啊？没这么享福的了，衣服都我给洗好了，叠好了拿进屋，还点着吃，想吃什么，直接跟我说，你婆婆要是这样对你，我就念声佛了！”

“现在的孩子都这样，她从小被父母捧在手心长大的，自我为中心惯了。我还挺喜欢晓佩的，没花花心眼儿。你那儿子也没好到哪去。我婆婆，唉，那怎么比啊！”那恩感叹，她说：“这样闹也不是个事，他们俩就是小孩子脾气，晓佩任性些，再说成天不出去工作，在家里窝着，注意力不都放在那里身上放在哪啊？她还没怀上吗？该不是采取了啥措施吧？”那恩这样一说，还真就提醒了吴玉芳：“是啊，这都快一年了，也没个动静！不行，我得偷着问问那里，如果没采取措施，我带他俩去医院查查！”

“您也甭着急，该有总会有的！”那恩站起来要走，没忘嘱咐着老妈：“跟那里说赶紧去把晓佩接回来，然后您也帮您儿子说说好话，有什么大不了的事啊，就离婚！我跟林清水出了那么大的事儿都没离呢，这就离婚？

真把结婚当成过家家了！”

吴玉芳忙三火四地进厨房：“小恩，我包的馄饨冻的，给你拿点儿！”

那恩等在门口：“我家也烦着呢，清秀两口子也闹着离婚呢？这个月怎么了，离婚月啊？”

06

林清秀在哥嫂家住得坐立不安。一凯连个电话都没有，林清秀知道一凯那死性子，如果他真的就这样抻着，自己该怎么办呢？清秀想起毛姆的那句话：“在爱情的事上如果考虑起自尊心来，那只能有一个原因：实际上你还是最爱自己。”她决定收起自尊心，回家。那是她的家，她为什么要跑出来等着他给自己个面子呢？

付锦绣却是不同意的。付锦绣说：“秀儿，你消停给我待着。这两口子打架，谁先低头服软，以后就得谁总低头服软，这不行！他一个大男人，那天在你嫂子面前，一点都没给咱留着脸面，他魏一凯牛啥啊？你这巴巴自己灰溜溜回去，那他就赢了，那那天你还跟我们回来干啥？他魏一凯不懂事，你婆婆也人事不懂？甭回去，消停待着。”

清秀如坐针毡又坐了回去。

付锦绣却没唠叨完：“这几天哪，我就睡不着觉，这要真没个孩子，你说你可怎么好？老了，连个给你端杯水的人都没有……”

老妈这一句话把清秀的眼泪说了出来。付锦绣也跟着抹眼泪：“这魏家太不是东西了，这种事，怎么就都没事先说一声呢？”

清秀问自己，如果魏一凯事先说了，自己会不嫁给他吗？不会，在爱情里，人都是乐于牺牲的，仿佛唯此，才能让爱情显得更加纯粹。只是，他说了，她不计较，和他隐瞒没说让她被动接受，能一样吗？

娘俩的体己话隐入某种困顿中，温良来了，大包小包买了好些吃的，说是来看付锦绣的，付锦绣明白大良子这是心里放不下清秀，清秀跟大良子打了个招呼就进屋上网去了。付锦绣跟大良子东拉西扯说说话。大良子说：“大姑，我那店买卖还挺火的，得，反正你跟秀儿闲着也是闲着，去我那我让大师傅给咱整俩东北菜，咱乐呵乐呵！大姑，咱村那个四喜上灶呢，他做的菜，这北京人还贼爱吃！”

说得付锦绣动了心，她喊清秀，清秀是不愿意动的，无奈老妈兴冲冲的，清秀也恨恨地想：“凭什么自己在这里悲春伤秋的啊？怎么高兴怎么来吧！”

人生是由哭泣、抽噎和微笑组成的，而抽噎占了其中的绝大部分。现在，林清秀要把哭泣和抽噎放在脑后，她要微笑着面对生活。一切才刚刚开始，不是吗？

清秀没想到大良子的饭店有模有样，生生把东北的庄稼院给弄到这北京城里来了。下午四点，客人还都没上来，那一个个小包间里挂着玉米串或者辣椒串、大蒜串，清秀一间间走过去，说：“大良哥，你行啊！”

大良挠挠脑袋笑：“想吃什么，让四喜做！”

那晚，大良子和清秀娘俩守着一桌子东北菜说起从前的事。清秀喝了点大良子从东北老家弄来的高粱烧，脸热了，话也多了。她说：“大良哥，你小时候，我们家鸡下蛋，都被你偷着换梅花糕吃了！我哥特别想揍你，我俩一直想抓住你，结果每次都没抓着！”

大良红着脸看着酒杯笑：“没抓着咋就确定是我呢？没准还是被猫吃了呢？”

“猫？你要是敢拿你家的鸡蛋换梅花糕，我敢肯定你妈打折你的腿！”清秀的手搭在大良子的肩膀上。付锦绣想，清秀要真能嫁给大良子，那多好。女人找个能靠得住的能疼自己的男人最重要，哪像自己那个死鬼，把孩子扔给自己，自己躲清静去了……付锦绣也喝了一杯高粱烧，她是有些酒量的，从前干活累了，回家就喝上一点，这样才睡得好。

日子真快啊，转眼自己来这北京待在“牢”里一样的日子就大半年了。

这大半年，付锦绣看得出那恩在极力地跟自己处好关系。但是，那种努力是疏远的，客气的。而自己呢，也无不是小心翼翼，他们不在家，自己一个人对着个电视，看了睡，睡了再看。他们在家，自己又拘束得厉害，连去厕所都是悄没声的，生怕惹着人嫌。云朵最爱说的话是："奶奶，你怎么那么笨啊！"是啊，她真是不中用了，云朵都会知道是什么的东西，她都不知道那是干什么的。

清水不忙时，会陪着她在楼下走走。清水也说，你没事时，就出来转转，别整天在家里闷着。她下来过一次，清水住的这小区大部分住的都是年轻人，白天小区里空空荡荡的，离着市区又远，她一个人在小区里看看花看看树，太阳也晒，没着没落的。她想，还是回家里待着吧，可是到了家门口，手里的钥匙怎么都打不开门。从下午两点一直到晚上六点半，付锦绣就在小区里晃悠着。儿子和儿媳妇都忙，有好几次，小区里有人经过，她都想走过去跟人说让人帮忙把门打开，她又想到那恩交代的话，这北京不比望山村，什么人都有，别跟陌生人说话……

清秀给老妈买了手机的，只是，那手机她一直都没用。那会儿很后悔了，如果带了手机，把清秀叫来，再或者找找大良子呢。好在六点半，那恩回来了，她问婆婆怎么在外面，不进家，付锦绣说："我下来透透气！"那恩也没多怀疑。

那天在大良子那吃饭，说着说着话，付锦绣就把这话讲了出来，她说："我这每天一闭上眼睛啊，我就想着望山村，想着老村长有事就站在村口喊一嗓子，一村人就鸡飞狗跳地都聚了过来。就是白天，年轻人都下了地，还有老人可以聚到一起唠闲嗑儿。到了冬天更有意思了，哪家包冻饺子，一屋子人帮忙，包好了，先造一顿，就没剩下几个了！"

大良子瞅了瞅清秀，说："大姑，你要是真想那些人，过几天，我把你送回去，你跟我妈一块住！"

清秀心里一直在骂自己，自己光顾着自己那摊子事，怎么就没想过老妈在北京的不习惯呢？她说："妈，明儿起，我就带你认路，咱坐公交，坐地铁，去公园锻炼，去超市买东西，没啥！"

大良子叫四喜又做了两道菜打包给清水和那恩带回去，他打车送清秀娘俩回家。温良说在这北京太不方便了，连车都买不了。还是做北京人幸福。清秀笑了，说："也没见哪幸福，买车要摇号，买房，贵得要死！"

到了清水家楼下，清秀让老妈先上楼，说自己要去超市买些东西。温良的目光意味深长地看着清秀，清秀毫不犹豫地把打包的菜塞到他的手里，转身走出小区。

走在路上，清秀想起自己对大良子的霸道不讲理，甚至是某种介于亲情之间的暧昧。不能做夫妻，却在某种程度上，心理是有依赖的。还没走到地铁口，温良赶了过来，气喘吁吁地说："我送你回家！"说完又补充了一句："放心，我不会让他看到，上次的事……我挺不好意思的！"

清秀温温地笑了，说："有什么不好意思的！是他小心眼！"两人一抬头，几乎同时看到一凯的车子停在他们身边，车窗摇下来，露出一凯阴晴不定的一张脸。

清秀拉着一张脸从一凯的车子旁走过去，一凯下车拉住他说："上车，回家吧！"

林清秀转过身来，问："这位先生，你是说我吗？"

一凯一句话不说，拉着清秀就往车里塞，清秀挣扎了两下坐进车里，车子从站在路边路人一样的温良身边开过。那就像温良与清秀之间的关系，他与她之间，隔了文化差异与城乡差别吗？谁规定一个农民就不能跟一个青梅竹马的研究生有幸福的婚姻呢？只是，这种可能性落到现实里，几乎变成了不可能。车子滑过温良身边时，他突然意识到了这一点。自己所做的一切，不过是个痴心人的空等待罢了。

惆怅也只是惆怅，高粱烧的酒劲上来，温良那一路走得头重脚轻。

林清秀跟一凯跟着回到家，两个人谁都不说话，家里沉闷得像只沙丁鱼罐头。清秀的手抹了一下茶几，茶几上厚厚的一层灰。门边上大盆的绿植也都蔫了。清秀端了水进来浇。

一凯跷着二郎腿坐在沙发上问："我妈问，你到底想怎么样？"

一句话勾出了清秀的火，她扔下浇花的壶："魏一凯，你妈问？你妈要不问，你是不是都不来找我？那我倒想问问，你到底想怎么样？"

魏一凯火了，"你还好意思问我？你巴不得跟我离婚吧，你这后备都有了，我刚才看半天了，你们有说有笑，那叫一亲密，从小青梅竹马，也很般配啊？没准我这绿帽子早就戴上了！"

清秀骂了句："魏一凯，你就是一王八蛋。当初我林清秀瞎了眼睛嫁了你！离婚，咱明天就去离婚。"

"好，我奉陪！"

清秀摔门进了卧室。一会儿出来，手里拿了个离婚协议。魏一凯扫了两眼，他笑了："林清秀，我没看错你，你果然没摆脱小农本色，精于算计，你跟我结婚，就是看中我北京户口有车有房是吧？分家产？林清秀，你看看这屋里哪样是你的？"

清秀冷笑了两声："那意思是，我跟你结婚一场，你就把我扫地出门呗？"

魏一凯凑到清秀跟前："我没说要跟你离婚，是你说的！"

清秀扬起手："你无耻！你是婚姻有过错方，按理，你应该给我些补偿吧？"

"那你能不能给我些补偿呢？"魏一凯抓住清秀的手，顺势把她拉进怀里，清秀挣扎："你干什么？"

魏一凯说："你不还是我老婆吗？是我老婆就要尽我老婆的义务。你把我伺候好了，嗯，我就把财产分给你！"

如果眼睛能喷出火来，林清秀确定魏一凯一定已经被烧死了。魏一凯盯着清秀看，他弯腰把清秀抱起来，清秀拳打脚踢，终究无效。两个人滚在床上，厮打到一起，清秀说："你今天动我，动我，我就死在这，你试试！"

魏一凯气喘吁吁躺在床上，面朝天花板，他说："林清秀，你说，你爱过我吗？"

林清秀拿着枕头打魏一凯，打着打着哭了起来，她说："有钱了不起吗？我顶风冒雪来北京之前，我不知道你车有房，我不知道你们家有着一个什么店，那跟我有什么关系呢？你呢，你明明做了手术，知道后果，你没告诉我，你明明知道我在北京没朋友，我待在家里度日如年，你还是让我辞去了工作，你明明知道你妈看不上我，咱俩有什么事，你还是去跟你妈说……魏一凯，我一直以为工科男简单，我没想到……”

林清秀和魏一凯怎么都没想到自己的一场离婚会闹得这么难看。在林清秀看来，贺淑敏简直就是有些歇斯底里，她站在林清秀跟魏一凯的房子里，指着林清秀的鼻子说：“离婚没问题，你把你的东西收拾一下，走就可以了！”林清秀简直觉得那像某场戏里的场景。她说：“如果你有女儿，你女儿这样被婆婆赶出家门……”清秀说不下去了，她打电话给林清水，接电话的是那恩，那恩很快赶了过来，她叫了声贺阿姨，然后说：“即使是离婚，也是他们俩人的事，当父母兄嫂的，不能劝也就算了，不能火上浇油！”那恩的话不软不硬，贺淑敏却恼了，说：“行就签字走人，不行就法庭见！”她踢了一下在一边捂着脸的魏一凯：“别学你爸死没出息的样子！”

付锦绣终于显出了在望山村的泼辣劲。她对着哭个不停的清秀说：“眼泪是最没用的东西，不过是一汪水儿，上法庭就上法庭，我就不信没天理了！”

清秀不知道的是，付锦绣专程让大良子带她去见了一凯。在一凯公司下面的小广场上，付锦绣给了魏一凯一耳光。那耳光打得很突然，魏一凯完全没准备。那拿过锄头与镰刀的手也很有劲，若不是一凯很高，力道没有完全使上，魏一凯刀削一样的脸肯定一边变成了胖子。付锦绣说：“谁家的闺女都是娘生父母养的，跟了你魏一凯，你当初是怎么跟我这老太婆说的？”魏一凯瞅了温良一眼，一声不响往公司里走过去。付锦绣要追，被大良子拦住了，他说：“大姑，别气坏了身子！”

还是站上了法庭，从原告到被告八米远。清秀却觉得那距离比天涯还远。旁听席上坐着林家的人，一凯的父母竟然都没有来。

清秀听到自己陈述结婚这十个月的时间，她负责还房贷，她挣的钱也全都一分不落地花在了这个家里……说这些时，她的目光虚虚地落在某一处，她突然说："我不告了，我撤诉……"

从法院里出来，清秀走得很快，把付锦绣和哥嫂远远地落在后面。魏一凯从后面赶上来，拉着她的手把她塞进车里，清秀一直掉眼泪。魏一凯瞄了一眼清秀，还没想到要说什么，电话响了。魏一凯接听电话，只听了两句，放下电话，脸色煞白，清秀赶紧擦了下眼睛，问："怎么了？出了什么事儿？"魏一凯一把抓住清秀的手，那力道让清秀疼得呲牙咧嘴，他说："我爸……我爸……"

魏家出事了，出大事了。

在生与死面前，一切纠纷恩怨都变成了浮云。林清秀万万没想到是这样一个因由让自己的婚姻有了转机。

第10章　最浪费的是没笑声的日子

每个女人都有两个版本：精装本和平装本。精装本是给别人看的，平装本是给家人和丈夫看的。可生活又不尽然，在外人面前那么端庄和蔼的人，在家里完全可能是另一种模样，谁知道呢？

01

送走公公那天，正是冬至。

北京的天已经很冷了。总是大雾，能见度很低，人在那样的天气里行走，像走在让人压抑的心情里。

林清秀挽着婆婆，她穿着黑色的大衣，头发是清秀帮她盘的。她坐在梳妆台前盘头发，手哆嗦，盘了好半天都没弄好。清秀走过来，接过木梳，她没拒绝。

她戴着墨镜，没有能看得出她真正的表情是什么。付锦绣小声跟那恩说："怎么还戴个黑眼镜啊，怎么连声哭也没有啊？"那恩摇了摇头。付锦绣没说出口的是：这就是报应。那么好强有什么用，这男人还不说撒手就撒手了？还是自杀的。这老太婆活该，自己作的。这样想想也就算了，看到自己的女儿一袭黑衣与女婿站在一起，付锦绣还是长长地叹了口气。

站在灵堂里，林清秀陪着一凯与婆婆迎来送往，也不能相信一凯的父亲在体育用品专卖店的仓库里上吊自杀的这个事实。

那天，在去医院的路上，魏一凯一直不能接受这个事实，他一再问清秀：“这不是真的吧，怎么可能？”

清秀攥着他的手，她也不能相信那个温厚老实的公公竟然走了这样一条绝路。怎么可能？

在医院见到贺淑敏，她穿着得体的职业套装，盘起的头发一丝不乱，甚至从脸上，让人丝毫都不能看出她的老公刚刚以那样一种惨烈的方式离开了这个世界。

魏一凯扑过去，喊了一声妈。贺淑敏是这时开始掉眼泪的，她说：“你爸……你爸是个混蛋！”

也仅是那天那一刻，清秀看到了婆婆的眼泪。之前，清秀跑前跑后打理着所有的事，照顾着一凯和婆婆，贺淑敏都没有再表现出失态的模样。她甚至打印出了一份要通知的亲戚朋友的名单给清秀，后面附着电话号码。清秀不能想象一对生活了近三十年的夫妻，一方突然以这样的方式离世，另一方的内心会掀起多大的巨浪。倒是一凯像个手足无措的孩子，完全地依赖着清秀。清秀让他吃饭，他就吃饭，清秀让他睡觉，他就睡觉。极少说话。

那些天，清秀发现自己是爱一凯的，她心疼他，总想走过去把他抱在怀里，让他痛哭一场。

清秀不知道公公婆婆有那么多朋友，他们来送公公最后一程，跟婆婆握手，劝她节哀。婆婆的身体轻轻向前倾，说着谢谢。清秀和一凯给每个人鞠躬。

灵堂上，公公在大照片里轻浅地微笑。清秀偶尔抬头，与那照片里的人四目相对，时光中定格的相片，回忆里温暖的声音。那些逐渐模糊的话语背后，躲着怎样不能讲述的故事呢？公公自杀那天的事，婆婆把一凯叫到她的房间里，说了好久，一凯出来，眼睛哭肿了。清秀没问，如果他想说，他自然会说的。

清秀和一凯搀着婆婆往车子边上走时，她看到门边站着一个穿着深灰色大衣的女人，大概三十多岁，披肩长发，站在不远处。清秀叫了一声“妈”，贺淑敏显然也看到了那个女人，她视若无睹地走过去，与那女人擦肩而过时，清秀听到婆婆说：“你躺那，我就成全你！”

那是句比冰还冷的话。清秀注意到那女人瘦削的一张脸上肌肉哆嗦了一下。她说：“对不起！”

贺淑敏没有看她，更没有停下来，直直地坐进车里。一凯问那人是谁，贺淑敏厉声呵斥道：“不该问的别问！”

清秀的直觉觉得公公的死跟这女的有关系。不然，公公好好的，怎么就走上了绝路呢?

车子停在贺淑敏家楼下，贺淑敏突然说：“我去你们那！”

清秀从倒车镜里看了一眼婆婆，她虽然神态如常，虽然衣发如常，虽然她没哭，没闹，但她终究是个女人，是个失去了相依相伴近三十年伴侣的女人，她害怕那间屋子，她害怕进门撞上那许许多多的记忆。

清秀说：“妈，您和一凯等等，我上去把您换洗的衣服和洗漱用具拿下来。”

“不用了，一会儿去超市买吧！”

进了清秀的家门，贺淑敏直奔卧室，卧室的门关上，屋子里再无声息。一凯倒在沙发上，清秀拧了热毛巾让他擦脸。她说：“换个衣服你也去睡会儿吧！”

娘俩都进房间睡了。清秀坐在客厅里，十足地像个客人。她使劲把这个念头驱赶走，她拿了抹布收拾房间。那一刻，她决定要跟一凯好好过下去，是的，她不离婚。至于为什么，她也没想好，只是因为……舍不得吧!

清秀去商场给贺淑敏买了睡衣，去超市买了菜回来，两个人还在睡。一凯沉睡得如同小婴儿，时不时会皱皱眉，抽泣几声。贺淑敏则蜷成一团，无声无息。

清秀做饭时一直想，自己一直觉得自己这个媳妇做得很好了，其实好在哪呢，她从来没真心去关心过公公婆婆，从来都把自己主动回去吃顿饭当成对他们的好，当成是恩赐。她想起来有次回去，公公正在扫地上的碎杯子，见了清秀他们，他说："老了，连只杯子都拿不住了！"清秀记得那次一向端庄的婆婆披头散发地躺在床上，一凯进去，她都没起来。

那次她还问过一凯公婆的感情好不好，一凯说爸妈是朋友圈里最著名的模范夫妻。现在看来，这句话或者太表面了。模范给别人看吗？那个穿灰大衣的女人是谁呢？

如果婆婆不走，一直住在这里，自己有信心跟她好好相处吗？清秀的头很疼，她擦了下手打算去吃点药时，贺淑敏站在了门边，她说："那睡衣是你买的？怎么能买出那么怯的花来？"

清秀急忙说："妈，你不喜欢，我再去换……"清秀看到被她批评的那套睡衣已经穿在了她的身上。

晚上，躺在床上。一凯翻来覆去睡不着。清秀起身拉开灯，她问："你有什么要跟我说的吗？"

清秀看到一凯在哭。她伸手帮他擦去眼泪，他起身抱住她，他说："别离开我，答应我，别离开我！"

清秀也哭了，她说："嗯，你赶我，我也不走，好不好？"

冬至的夜是一年中最长的夜，但因为有爱人亲人彼此依偎，也可以安眠。

有爱不觉天涯远，有梦不觉人生寒。人生很奇妙，兜兜转转，没事时，一家人斗得乌眼鸡一样。祸事儿来了，一家人倒抱成了团，彼此温暖彼此做对方的依靠。

02

林清水喝得醉醺醺地回来，那恩气得骂："钱没见着你多拿回来一分，这酒量倒是见长！你那胃不要了吗？"

付锦绣心疼儿子，赶紧让清水快点去洗澡睡觉。林清水嘿嘿笑，他说：“小恩，你等着，你等着，我一定会让你跟咱妈，还有云朵幸福的！”

“幸福是成天挂嘴上说的吗？你看看这个，你看，你看！”那恩把幼儿园发的通知塞给林清水，林清水没看，问那是什么，那恩说：“是什么，是赞助费，你忘了你已经不是机关公务员了，你要是不交这五万块钱，咱云朵就得上私人办的小幼儿园！”

“我靠！”林清水骂了一句，酒清醒了一半。“五万，他们这是打劫啊！”

付锦绣这才明白为啥那恩下班一回来就鼻子不是鼻子脸不是脸的，饭也没吃就躺在床上唉声叹气。她偷偷问云朵妈妈怎么了，云朵说：“谁知道呢，要不就是出轨了吧？”付锦绣笑着骂小孙女：“这鬼丫头，说的都是什么啊！”原来是这档子事。这个家，单单是不能提钱的，一提钱，就一点辙都没有了。

林清水躺在床上，酒精的力量让头无比地疼。他脑子里一再筛选能帮着云朵留在机关幼儿园里的人。说是筛选，事实上，林清水能想到的可以帮他的人并不多。小汪吗？一想到小汪捏着嗓子叫“清水”的那副德性，林清水就腻歪。

还有谁呢？自己在机关里再怎么样都没开口求过人，机关里的其他人呢，人走茶凉，更何况，自己没走时，位卑言轻的，面前摆的就是一杯不冷不热的茶……老妈住院时，多难，自己都咬牙挺着了。可是，现在的境遇是，自己如果不能豁出这张脸去，女儿就没办法好好地上完幼儿园，不能顺利地进入好的小学，退一万步讲，就是真的狠下心来，进了私立幼儿园，电视上、网上那些打孩子的新闻要真落到云朵身上……自己怎么苦怎么难都可以，只是，云朵是他的心头肉，他怎么都不能让女儿受了委屈，不是吗？

林清水站在顾西辞的公司门口时还直转圈子。他想来想去还真是没辙了，如果祝和平没伤之前，托托他，没准还有点路子。直接去找顾处长呢，林清水怕他一口回绝，自己就真没辙了。跟西辞说说，行就行，不行，也不至于面子上多下不来。

坐在公司下面的咖啡馆里，顾西辞快言快语：“你怎么这么瘦啊，脸色看起来也不太好，没事儿吧，你！”

林清水笑了笑：“一天到晚瞎忙，有事儿，这不来求你了吗？”

把事儿说了，顾西辞答应得很痛快，她甚至跟林清水开玩笑：“我一直梦想着有一天你能来求我，然后欠我个大人情，再然后我可以跟你提个条件……只是不知道，这一次算不算？得，从小事做起吧！”

林清水很拘谨地看着顾西辞，顾西辞脸上的笑容阳光一样四溅：“别害怕，我没有居心不良！”顾西辞冲林清水眨眨眼睛，林清水很想伸手拔拉拔拉西辞的短发，像自己从前对清秀那样，但他忍住了。他说出来的话很官样儿文章，他说：“我实在想不出别人了，如果太麻烦了，我再想办法吧！”

顾西辞盯着林清水看了好半天，她说：“清水哥，你不必活得这么累。你不能什么都想担起来！”

林清水的笑像秋天无声飘落的叶子，顾西辞说得没错，他常常觉得累，觉得疲倦如潮水一样涌来，几近淹没意识，他想，如果就这样一觉不醒那多好。只有坐在祝和平家的小客厅里，跟祝和平说着远远近近的事，甚至说公司的事，听祝和平说看了什么片子，读了什么书，林清水是放松的，像一杯子倒在地板上的水，也以很恣肆地做任意形态。那是很奇妙的感觉，可是，从那间小客厅里出来，林清水这杯水变得沉甸甸的了，他是固定的形状。在付锦绣面前，是个好儿子，听她讲陈年往事，抑或者是电视上看来的冗长故事，他心里纵是跑着千军万马，在她面前，他也要举重若轻，告诉她那些都在我们的生活之外，您只要安心养好身体就行了。哪不舒服一定不能挺着，一定要说。在那恩面前，自己是个努力保持尊严的丈夫，千难万难都得好好撑着，告诉她事业在向前走，道路是曲折的，前途是光明的。在云朵面前，自己是个高大全的老爸，即使吹吹小牛也在所不惜。在吴玉芳那国祥面前，自己是一板一眼的女婿，在清秀面前，自己是个可以担事儿的哥哥……就是这些角色，让林清水的这杯水变得很步履匆匆内心焦虑。

那日，在小咖啡店里，林清水不知道自己怎么了，那些压在心底深处从不见天日的那些话如海啸一般巨浪滔天。窗外的天空晒褪了色一样的蓝，像曝光过度的旧照片。林清水从梦呓一样的讲述里清醒了过来，笑容浮现在清瘦的一张脸上，他说："不好意思，大男人还脆弱了……"

顾西辞低头擦了一下眼睛，她说："我喜欢你这样的脆弱，我可以把耳朵借给你，无论什么时候，都可以把你心底最难过的事讲给我听，还有，在力所能及的范围内，让我帮助你，别拒绝！"

那一整天，顾西辞的话都像一块大白兔奶糖，林清水则像一块偷吃了糖的孩子，那种快乐是无法隐藏却又必须秘而不宣。林清水意识到自己如同怀春少年一样的情绪来自于顾西辞时，是晚上见到那恩。

晚上林清水拎了只酱肘子回家，脸上有着喜气，甚至哼着云朵常看的《喜羊羊与灰太狼》的歌，那恩扫了他一眼，问："这么高兴？幼儿园的事搞定了？"

这话像根针，把一直在幸福的泡泡里的林清水唤醒了过来。他支吾着："哦，哦，在办了，估计没啥问题！"

那恩好奇地凑过身来："真的？你找谁办的？怎么说的？"

女人的好奇心是件太让人头疼的事，细枝末节都只有巴尔扎克的描写才能够应付得了。林清水把心里最后残余的那一点点大白兔奶糖的甜味抹净，然后恢复成一个厌倦疲惫的好儿子好丈夫好爸爸。他沉默寡言，吝于讲述细节，直接给个语焉不详的结果，然后，他躺在漆黑的夜里，想到自己这兴冲冲的劲头，那是只有在谈恋爱时才有的状态吧？即使躺在安稳的床上，他还是惊出了一身冷汗，愧疚漫无边际爬上心头，他转身揽了那恩过来。那恩在睡梦里搂住他的脖子，他有进一步动作，想用一场夫妻间的欢爱来抵御那袭来的杂念时，那恩推了一下他："不要，累！"

那一个字让林清水身体里的潮水迅速退了潮。是的，就是累！除了累还是累。

如果顾西辞帮不了女儿上幼儿园这个忙，自己又该找谁呢？困倦袭来，林清水却生生失了眠。还有，跟米晓佩说好了签约的事，她不会以自己的原则是看心情这么烂的借口再生波折吧？

林清水不知道，自己那走投无路之举，会在自己的婚姻里掀起多大一场波澜。

03

那几日，米晓佩正沉浸在幸福里。她跟那里那一架由于包括婆婆在内的所有人都坚定地跟自己站在了一边，她大获全胜。

那里去米晓倚家接她，米晓倚以家长的姿态没惯着那里，刀枪剑戟斧钺钩叉把那里一通修理。米晓佩心里乐开了花，表面就绷着，那里冲米晓倚作揖：“姐，我的好姐姐，就帮我说说好话呗！”

米晓倚的一张脸上仍是阶级斗争范儿：“谁是你姐？那恩才是你姐，少套近乎，你要不娶了我们家晓佩，我认识你是谁啊？”

那里心里冷笑三声：撇得可真干净，好歹也是有过旧情的。可是，这旧情还真不能提，这档口提了，依着米晓佩那性子，自己还真是搞不定。那里脸上抿着主持人的标准笑打哈哈，米晓倚说：“先解释一下吧，跟兔乖乖都能勾三搭四，肯定不是头一回啊！”

堂姐这不提，那里都快把自己跟晓佩为啥吵架给忘光了，她这一说，他才想起兔乖乖的事，他转头问置身事外的人一样的晓佩：“这兔乖乖到底是咋回事？就是死，你也得让我死个明白！”

米晓佩打开电脑，登陆 QQ，然后点出来“糊涂王子”的窗口，打开两人的聊天记录，她让开位子，说：“你非要死个明白是吗？”

其实，在那里来之前，米晓倚已经跟堂妹掰开了揉碎了说来着，结婚前要睁大双眼，结婚后要睁一只眼闭一只眼，男人都是下半身思考的动物，你当初选了他，就得有他现在这种表现的心理准备啊！现在这样考验他，那不一抓一个准嘛！米晓佩睁大眼睛看着堂姐："你说我当初选了他，就该有心理准备是什么意思？你是说那里一向就是个花心大萝卜？"

米晓倚一看事有点大，赶紧往回收着："他条件好，唉，他前女友一个加强排，你不是不知道，他结了婚，唉，这么说吧，你把玛丽莲·梦露那样的放哪个男人床上，哪个男人都招架不住吧？况且，网上聊天吹牛这种事，也不叫个什么事儿吧？"

米晓佩不依不饶："他说他没结婚，还约我……哦，不，乖乖兔见面！"

"你这主意哪来的？天涯上的怨妇帖学来的吧？晓佩，你就不能长长脑子啊，这婚姻是能看住的吗？他长着腿呢，人天天在外面不着家，你天天宅家里弄得跟一欧巴桑似的，米晓佩，我不是说你，婚姻需要经营，经营你懂不？你知道男女守住婚姻的秘诀是什么吗？男人要时时刻刻让女人知道他永远不会走，永远会守在他身边，女人要让男人时时刻刻觉得你不在意他，你随时可以离开他，这样，两个人才棋逢对手，势均力敌……所以，女人要有事业，你那漫画书抻个什么劲啊，该签就得签，到时候，你是名漫画家，那里恨不得24小时守在你身边……"

米晓佩给了堂姐一下："绕这来了，哼，不就为那男人吗？重色轻妹！"话虽这样说，米晓佩还是琢磨了一下堂姐说的话，有道理。她只是不知道有着深厚理论基础的堂姐为什么就嫁不掉。米晓倚说："有了理论再去实践呢，那叫事半功倍。没有理论就去实践呢，那叫瞎猫抓死耗子，机会总是给有准备的人的，喏，这人终于让我等到了！还多亏你……的画牵了红线。"

米晓佩也感叹世界太小，接头碰脸撞到的竟然都跑到一家来了。

那里看了一眼糊涂王子的聊天记录，也不说话，抓起手机就打，打通问："大新，我那QQ号是不是你在用啊？你他妈没事在上面瞎勾搭小姑娘啊？屁网恋，那是我老婆！"

米晓佩有点蒙：怎么个情况啊？

那里把电话递给晓佩："你自己审！"

那边先叫了嫂子，米晓佩倒不好意思了。那里这边跟米晓倚说：“她不知道我们公司，你还不知道吗？节目制作周期赶得人死的心都有了，一开会，都能睡过去好几个，还在QQ上泡妞，那都是几百年前的老节目了？我要真有个啥心，还用这么费事，直接……”

米晓倚“嘁”了一声，说：“那里，你少给我来混的。老婆得哄，得疼，不能总在家晾着，我告诉你，这是跑我这来了，晓佩这样的无知少女真跑到外面去，狼多着呢，各个眼睛蓝哇哇的，真出点什么事，你哭都找不着调门儿！”

接完电话，米晓佩正听着说自己是无知少女，脸红成一片，踢了那里一脚：“还待着干吗啊？打算给我姐房租啊？”

那里冲米晓倚做了个“OK”的手势，往门外走时说：“姐，改天请你和姐夫吃饭哈！”

两人回家，老爸老妈刚好都没在家，那里黏黏地抱住米晓佩：“老婆，真想死我了！”

米晓佩躲闪，却是欲擒故纵的架势，那里人高马大，弯身抱起米晓佩，他在她的脸上啄了一下，米晓佩不满足，嘴黏上去。

两个人滚到卧室的床上，米晓佩喊着：“门，门！”那里一回脚把门钩上，他坏坏地挑逗起米晓佩的欲望却不进行，米晓佩睁开眼看着那里，有些恼怒。如果说，做爱之前，女人瞻前顾后，警惕、自持，不肯轻易陷落的话，那么，做爱之后，女人就开始不理智了，她想她的一切就是你的一切，想不想要，你都得收着。那里问：“说爱我！”这个不难，本来就爱。

“爱！”米晓佩闭上眼睛，长长的睫毛在白皙的皮肤上落下阴影。“多爱？”那里安了心在床上惩治一下不听话又任性的老婆。“老公，你是我见过的最可爱的男人！”

满足的表情溢在那里帅气的脸上，他的嘴唇贴在她的嘴唇上，牙齿碰撞，发出清脆剥离的声音。含混间，他说：“我就喜欢你这没见过世面的样子！”

米晓佩的情绪在高处，她快乐地想：“就让你得瑟得瑟，哼，早晚你知道我见过的世面吓着你！”

外面的门响，米晓佩吓得在被子里不敢动，那里也是紧张的，吴玉芳的声音由远而近：“那里，晓佩接回来了吗？”房门开了，米晓佩使劲咬住那里的肩膀，那里哎哟一声，他回头：“妈，谁叫你进来的？”

吴玉芳赶紧退回去，嘟囔着：“谁叫你们不锁门的？”

晚饭，米晓佩都不肯出来吃。还是吴玉芳进去假装若无其事地找晓佩出来帮忙，她说：“一会儿云朵和你姐回来，你来帮我择择菜！”

一顿饭，那里话特别多，晓佩则是低着头数着饭粒，那恩悄悄问老妈这还没和好哪，吴玉芳说：“好大发了，这不好意思呢！”

云朵耳朵尖，学着姥姥说：“你们俩好大发了！”

米晓佩冲那里撅嘴，那里问云朵：“舅妈给你生个小弟弟好呢还是生个小妹妹好呢？”

云朵说：“当然小弟弟好了，那样我就可以嫁给他了！”

大人都被孩子的天真无邪逗乐了。那恩趁机问那里和晓佩：“是不是有了？”

“没——”两人答得异口同声。米晓佩瞪了那里一眼，“你瞎紧张什么！”

04

那恩劝清秀时说过一句话，心情好坏就像是手里的遥控器，如果你自己不换台，谁都没办法。

劝别人都好说，轮到自己，那恩手里的那个遥控器却怎么都换不了台。

那恩那天一进办公室就看到小姚的脸上“兴奋”两个字呼之欲出，那恩的心里飘过小姚的猪头老公手伸向波涛汹涌女孩那幅画面，有隐约的快乐，她语调轻快地一边跟小姚打着招呼，一边想着抽空给安德森打个电话，这家伙又失恋了。安德森好像很享受沉浸在失恋里的感觉，每次失恋都盛大得像一场节日，呼朋唤友，昭告天下。

小姚凑到那恩身边，说："我请你到日出·印象喝杯咖啡咋样？"画院边上毕业的学生开了一家恨不得直接抢钱的咖啡厅，大概是莫奈的粉丝，名字就叫了日出·印象。小姚有钱，却并不大方，她肯出钱请那恩喝那么贵的咖啡，那恩想：该不是婚姻出了问题，找自己充当闺蜜，答疑解惑吧？不过，看小姚那副兴冲冲的样子也不大像啊？那恩来了兴趣。周一领导都在开会，溜出去喝杯咖啡自然没人找。

坐在日出·印象那种像"作"的氛围里，那恩对咖啡兴趣缺缺，小姚显然也意不在此。她有些扭捏，欲言又止，那恩急："你不是闲着没事请我喝咖啡吧？"

"那个，有些话，我不知道该不该说！"小姚脸上做了个很生硬的痛苦的表情。她说："小恩，你知道我没啥朋友，我从前那些同学过得都不好，对我羡慕嫉妒恨的，我一直当你是我最好的朋友，所以……你看到我老公跟别的女人在一起，你是一定会告诉我的，啊？"小姚的脸上期盼之情让那恩的心"咚"地被敲打了一下。"小姚，你……"差那么两三秒那恩就打算跟小姚推心置腹了，甚至劝解的话都想好了："没什么了不起，男人都一个德性，你又不是家庭妇女，靠男人吃饭，你离开他，后面大把的追求者还排着队呢！"

可是，那恩没张开口，因为小姚把手里的IPONE伸到了那恩面前，小姚的声音成了背景："所以，我看到你家林清水跟这女的在一起，我觉得不管有事儿没事，我都不能让你蒙在鼓里，谁叫咱俩是朋友呢？我那天在等我老公吃饭，他俩就一直聊一直聊，有说有笑的，关系不一般……"

手机上，林清水正深情款款地看着顾西辞，顾西辞头歪了一点点，笑得跟幅画一样。

原来人同此心，你想着看小姚被人被叛的笑话，却不想，你还没出手，小姚回手一巴掌，打得你的脸火烧火燎。那恩的脸僵硬了一下，仅仅一下而已，她喝了口咖啡，咖啡没放糖没放奶，很苦，她把小姚的手机推回去：“你这拍照技术不错啊，如果用单反，那还不成摄影师啊，嗯，你有这方面的潜力，应该试一试！”

小姚眼巴巴的期待落了空，演技又实在不过关，脸上的失落明晃晃的，“我不会是枉作小人了吧？小恩，你老公中眼她……”

“哦，她是我老公上司的女儿，喜欢我老公是真的，我们家林清水吧，虽然没钱没权，但就是长了一副好皮囊，人见人爱型的，你不知道呢，他白白长着一张拈花惹草的脸，心眼死着呢，他们公司合伙人不是受伤了嘛，他的前女友回来跟他复合，把我们家林清水感动得眼泪哗哗的，他跟我说，就要那样的天长地久，也是，他妈二十多岁守寡，守了一辈子，这样家庭里成长出来的人，对家庭有着不一样的感情！所以啊，你要说我们家林清水有别的事，我都信，要说跟这妞有啥猫腻，那还真是……”那恩笑得从容不迫。

小姚脸上等着幸灾乐祸的表情偃旗息鼓，她又有些不甘心，说：“那恩，我还跟你说，这对男人不能掉以轻心，多老实的男人都有上演惊天大逆转剧情的可能，我们小区那看门老大爷前些日子还闹婚外恋了呢……”

这次那恩没让着小姚，她把杯子往桌上一墩，沉着脸说：“姚菁菁，那你什么意思啊？我们家林清水再不怎么样，也不能跟看门大爷做比较吧？看门大爷婚外恋，你就等着看我们家闹婚变呗？那对不起，让您失望了！”

那恩起身从包里掏出一张一百零拍桌上，小姚满脸尴尬：“小恩，你误会了，我不是这个意思，说好了我请……”

那恩从咖啡厅里出来，觉得天是黑的。女人的思维不连贯，却总能拨去重重迷雾，直中要害。那恩想到那日林清水拎着酱肘子回家哼着《喜羊羊与灰太狼》的情形有些怪异，难不成……难不成云朵幼儿园的事是顾西辞帮的忙？云朵仍然留在了原来的幼儿园，那恩问林清水是托了什么门路，林清水略有支吾，说找了从前的同事，还答应着替幼儿园园长出一套幼教书。那恩便信了。现在想起来那简直是要多傻有多傻吧。

那恩的脑子里闪出一个又一个想法：打电话给林清水，直截了当地问个清楚。不行，这样很可能就什么都问不出来还打草惊蛇了。那晚上回家旁敲侧击一下？可那恩怎么能咽下这口气呢？

那天晚上，那恩破例没有按时回家，她第一次参加了安德森的失恋趴。她坐在包厢的角落里看着五颜六色灯光闪烁下那一张张快乐的脸，她想：他们这么快乐，真的是在祭奠一段感情的结束，还是庆祝一段新感情即将开始呢？

安德森拿着一瓶啤酒过来递给他的老师，他说："你的眼里充满了忧伤！"那恩笑了，说："你失恋了眼里都没忧伤呢，我有什么忧伤！"

"真的，你的眼睛明明白白告诉我的！"这回那恩没否定，她的目光移了出去，心里很酸。林清水什么时候注意过她的眼里有没有忧伤呢？

回到家时，林清水喝醉了，一滩烂泥一样睡在沙发上。婆婆出来问那恩吃饭没，又絮絮叨叨地说起林清秀的事，清秀去林清水的公司做文字编辑了，婆婆跟那恩说这话的意思是，兄妹在一起，倒是比别人强。那恩心烦意乱地说："妈，我头疼，明天再说吧！"

大概是喝了一点酒的缘故，那恩躺在床上，像是躺在棉絮上，人轻飘飘的，门开了，付锦绣进来，拿了她常吃的止痛片给那恩，那恩耐着性子起来，接过水杯和药，说："妈，我没事，睡一会儿就好了！"她能清晰地看到婆婆脸上讪讪的表情，只是那恩无力顾及许多。

世界终于安静了，那恩关掉灯，眼泪开了闸。这一年多以来，日子过得磕磕绊绊，自己这究竟是在干什么呢？

05

清秀只去林清水的公司上了一天班就没再去了。魏家又出事了。祸不单行，这话说得没错。林清秀的公公刚刚自杀，贺淑敏和老公经营的那家体育用品商店居然就债主盈门了。

贺淑敏一直满足于做自己小世界里的女皇，丈夫唯唯诺诺听她的，儿子不谙世事一样，娶了个儿媳妇尽管不是很如她的意，但是每家的婆婆媳妇相处都是个大难题，贺淑敏也深知这一点。却不想，天突然就出了个大洞，她以为这洞会出在儿子儿媳这边，不想，出在老公魏文启身上。她竟然那么大意，大意到那个女人找上门来，她还浑然不觉。

那时一凯跟清秀正闹着，贺淑敏是赞成儿子离婚的。就凭他魏家这条件，又没孩子做拖累，说到孩子，贺淑敏还是很难过的。一凯是独子，他做了手术却落下这样一个结果，贺淑敏当然不甘心，她一直跟一凯爸唠叨着再找找医院，一定还有机会的。再不然，做试管呢，哪怕！只是一凯不配合，老头子也不哼不哈的，让贺淑敏徒有大志实现不了。也不是急的事，只是林清秀那副死样子想想就恨人，嫁了他们魏家，虽不是大富大贵，但对一个农村出来的丫头来讲，还不是灰姑娘拾了水晶鞋，有什么不知足的啊？这份闹腾，还动不动就全家总动员，还当是在村里呢，还有，跟那个什么发小不清不楚的，想想就憋气带窝火，依着她的性子，早就让儿子离了，可是看一凯那烟不出火不进的样子，还有不舍似的。气得贺淑敏骂魏文启："儿子这一点都没随我，跟你这窝囊废一模一样！"平素把贺淑敏的话当成耳旁风的魏文启那晚没让着贺淑敏，他说："你觉得儿子离婚你特光荣是不是？我看你还真是吃饱了撑的！"说完，他竟然抱着枕头去了一凯的房间，贺淑敏觉得老头子有些反常，但并没觉得这是多大的事，大概他更年期，要想着给他买点六味地黄丸吃吃。

贺淑敏的六味地黄丸还没买，一个女人倒找上门来了。确切地说是贺淑敏开着车子从店里出来，那个女人拉住了她，她叫她大姐，她说："大姐，我能跟您聊聊吗？"

贺淑敏本就是不平易近人的欧巴桑，她的眉撩起来，很不友好地问："你是谁啊，我凭什么跟你聊啊？"

女人莞尔一笑，笑得有些许妩媚，这份妩媚让贺淑敏无端地厌烦，她的手按在车窗按钮上想，以为她是卖保险或者推销之流，想快点开车走人。女人的手却隔在玻璃上，她说：“我跟文启……我们希望你成全！”

那是句每个女人听了都会五雷轰顶的话，跟她老公有什么，欲言又止，希望她成全？这是从何说起，任是贺淑敏多强的女人，这一刻也只得乖乖开了车门让女人上车一问究竟。她坐在贺淑敏身边，贺淑敏瞄了她一眼，问：“魏文启在哪？他让你来的？”话一出口，贺淑敏便把肠子悔青了，还没弄个青红皂白这就把老公跟自己离心离德的窘境给了这女人看，原来潜意识里，自己已经把魏文启打入十八层地狱万劫不复了吗？贺淑敏的身上开始燥热，车子一个弯拐过去，发现闯进了单行线，这张罚单肯定是拿定了，还可能被扣分……想也没用，只得硬着头皮开过去，旁边的女人倒是安之若素。

车子在一家茶室门前停了下来。贺淑敏进去看了一下，环境很差，前面不远处一个会所倒是贺淑敏常去的，只是，那样的地方，熟人撞头碰脸的，能把她带去那现眼吗？

好歹找了个肃静的地方停下，两个人相对而坐，侍应生上来问两位喝点什么，贺淑敏的目光扫了一下对面的女人，心想，不知道的会不会以为是母女？尽管贺淑敏在穿着保养上相当用心，但年龄这件事，放过了谁呢？

女人叫白素琴，细眉细眼，相貌上未见多出色，不过是个年轻，三十岁或者四十岁，看不大清楚。贺淑敏看得出这个叫白素琴的女人穿着做工很好的衣服和鞋子，那头发和那脸，显然也是精心做过护理的。贺淑敏的心“怦怦”跳得厉害，她想着自己应该吃片降压药，但是不能当着她的面吃。绝对不能。

白素琴讲述她跟魏文启的恋情，不，不能叫恋情，明明是奸情，能有多稀奇？不过是魏文启偶然的场合下认识了独自带着一个自闭症孩子的单亲妈妈，开始是善心发作，后来是日久生情。白素琴讲得很细致，她讲述里的魏文启是贺淑敏不认识的魏文启，他竟然会陪着白素琴的孩子做模仿训练。

从那间茶室出来，贺淑敏脑子里都在想象着魏文启装老虎狮子兔子让白素琴的儿子跟卡片对应上的情形。这太滑稽了。在贺淑敏的印象里，他从没对一凯那么上心过。一凯从小到大，什么事都是她在负责。她有时候生气会骂魏文启："这儿子是你亲生的吗？你这爹当得比后爹还逍遥呢！"魏文启总是不咸不淡地来一句："不有你呢嘛！"大概就是这句害了贺淑敏，害了这个家，什么都有她呢，他就当甩手掌柜的了。他的心闲下来，碰到一弱女子，他就把闲下来的臂膀替人家娘俩遮风挡雨了。

贺淑敏没想到自己给魏文启的两条路会把他逼到绝路上去。她明明白白告诉他她给他两条路：一条是净身出户，给那傻孩子当后爹去。另一条是把心收回来，好好过日子。魏文启盯着贺淑敏好半天，他说："那不是傻孩子，只是自闭，自闭症儿童。"贺淑敏几乎笑了，她的脸才打过一针肉毒杆菌，那些笑推动不了脸上的肌肉，怎么看起来都像是皮笑肉不笑。贺淑敏想起了白素琴的那张脸，是年轻的，紧绷的。

"淑敏，你是给了我两条路，但两条都是死路。净身出户，我这么大年纪，我怎么能照顾他们娘俩呢？就算素琴不是冲我的钱跟我在一起的，我又有什么资格去跟他们在一起呢？把心收回来，好好过日子，淑敏，我能做到，你能吗？"魏文启的脸色上浮现着某种洞察世事的微笑，笑得古怪，也让贺淑敏恼火，她的声音提高了八度："那你想我敲锣打鼓给你和那个贱女人张罗着一场婚礼不成吗？"像是刀刃划过玻璃那样尖锐的声音也吓着了贺淑敏自己，那天她没去参加儿子的离婚诉讼，她把自己关进了卧室里，然后，她接到公司的电话，魏文启在公司的仓库里上吊自杀了。

突如其来地发生，突如其来地结束，贺淑敏像经历了一场噩梦。她甚至心狠地想，他是罪有应得，他没脸面对自己才走的这一步。只是，生活里突然少了过了半辈子的伴儿，一切都那么不适应了。

她不愿意回那个他们共同的家，那太恐怖了，到处都是他的影子，她害怕。住进儿子家吧，跟最看不上眼的儿媳妇共处一个屋檐下，她竟然开始庆幸幸好儿子没离婚。幸好，幸好。只是，她已经开始懒得管儿子儿媳妇的感情，她把自己弥漫在悲伤里，难以自拔。她要强了一辈子，却不知道丈夫一直是自己的脊梁，没有了他，她会轰然倒塌。他再没有机会知道了，一想到这个，她就恨不得追他而去，她想告诉他，她那么强，她不过是仰仗着他的宠，不过像任性的小姑娘在爱她的人面前才诸事都要闹一闹，他背叛了他们的婚姻，她还没想好怎么做，他连一点时间都不给她……

她开始找清秀的毛病，仿佛唯有这样，她的日子才能有一点点滋味。清秀做的饭能吃吗？不是盐多就是酱油多。清秀买的睡衣那什么啊，还有，到底是农村长大的，连个咖啡都不会煮，喝速溶咖啡？请问她是喝速溶咖啡的人吗？还有一凯，简直就是……简直就是魏文启的翻版，窝囊，这是她常说的话，此刻却不敢说，甚至想都不敢想了。她甚至不敢想，一凯会不会恨自己。贺淑敏想得头疼，她把自己关在屋子里，一关一天。清秀进来叫吃饭，或者一凯进来说什么话，她听了，也都忘了。

魏文启烧三期那天，清秀跟一凯站在门前等她去祭奠魏文启，她没动，一凯进来叫第二次时，她急了，出来一把抢过清秀手里捧的花扔在地上使劲踩，她说："他那么狠心扔下我去死，那就死好了，谁怕谁啊！"她的哭声惊天动地，一凯说了句"别理她"转身走了。她心里所有的委屈都翻腾出来，林清秀成了唯一的听众。她讲了这许多年来她的不容易，她讲了白素琴和她的自闭症儿子，她讲了他说她给了他两条死路……

泪水滂沱，清秀陪着她哭，那一刻，她把林清秀当成了亲人。

06

的确如此，婆婆贺淑敏跟清秀讲那些心里不曾见过阳光的秘密时，林清秀跟婆婆变成了一国的人。她甚至会兔死狐悲地想，婆婆的今天会不会就是自己的明天。这念头刚一出现，她就把它掐死了，不会。她绝不会让这样的事情发生。

魏一凯身上有着家境良好的孩子身上的毛病，他们从小就在顺境里习惯了，从来不知道如何处理麻烦。所以麻烦来了，他们情愿躲也不愿意主动担当。于是魏家的那个烂摊子就落到了林清秀身上。

林清秀从小那股子不服输的个性派上了用场，她从来没觉得自己这么强大过。但很显然，她低估了魏家的麻烦。魏文启竟然在银行用商铺做抵押贷了三百万，而这三百万没有偿还方方面面的欠债，不知去向。

林清秀去银行问过，如果过期不还贷的话，银行就会拍卖体育用品店抵那些贷款，还有欠那些货款的债主也是纷纷上门，这么大的事，林清秀跟一凯说，一凯倒说得清风云淡："让他们收去好了，妈那状态还想让她去开店吗？"

清秀张了张嘴，觉得这么大的事，还是得跟婆婆说一说。

贺淑敏听了清秀的话，也是惊讶万分。这些年，店里的周转一直很正常，魏文启不赌博不炒股，怎么会有这么大的亏空自己不知道？答案很快被她揪了出来，他金屋还藏着个娇，他一定是把钱给白素琴母子了，贺淑敏让林清秀陪她把从魏文启办公室收拾回来的东西整理一遍，找到魏文启的一个本子，本子上记着一些账，记录着一些零散的心情。最近的一则魏文启写道：遇到琴是此生最大的幸事，却难以面对内心的道德底线……一了百了吧！

贺淑敏手里攥着那个笔记本，咬牙切齿地对清秀说："找律师，我要告白素琴，把那些钱一定要回来，咱不争馒头还争口气呢！"

作为女人，林清秀当然能理解婆婆的心情。她走过去抱了一下贺淑敏，她说："妈，没事儿，有我呢！"贺淑敏像个无助的孩子一样依偎着清秀。林清秀想，自己差一点就跟她和一凯变成陌生人，现在，却成了她最大的依靠，这事有点讽刺。

律师的回答很肯定，只要证据确凿，根据新《婚姻法》的规定，丈夫外遇给小三的夫妻共同财产，妻子有权利追回。证据也不难找，贷出来的三百万转进的账户就是白素琴的。贺淑敏拿出女强人杀伐绝断的气魄，打电话给律师，问能否提请法律程序封存白素琴的账户，看看还有没有大笔的来源不明的钱进账。

没用得着那么复杂，白素琴那边坐不住了，她打电话约贺淑敏见面。林清秀把降压药递给婆婆，小心翼翼地问："如果您不想去，或者我替您去？"

贺淑敏用眼皮撩了一下清秀，问："她要见的是我，又不是你！"清秀的心里快速腹黑了一下："还真是不识好歹。"

饶是这样说，贺淑敏穿戴整齐走到门前换鞋时轻描淡写地问清秀："你怎么还不换衣服？"林清秀赶紧换了衣服拿了包跟上。她知道婆婆早已从那个女强人变成了纸老虎。清秀把车子开到商场停下，说要进去买点东西时，贺淑敏几乎发飙："早干什么去了？总是这样拖泥带水，不清不楚的！"

清秀赔着一张笑脸，不解释也不跟她计较。

白素琴没想到会有人陪着贺淑敏来。贺淑敏不理会白素琴的表情，没给她好脸。清秀冲白素琴笑了一下，"我是她儿媳妇，你们聊你们的，不用管我！"

白素琴喏喏地开了口，仍然叫贺淑敏大姐，她说："大姐，我收到法院的传票，我知道我对不起你，对不起文启……"

"文启是你叫的吗？"贺淑敏像踩了猫尾巴一样叫起来，吓了清秀一跳，也把白素琴眼里摇摇欲坠的眼泪给惊落下来。

白素琴拿出一张卡："这上面是二十万，是文启……哦，是魏先生给我们娘俩的生活费，他是好人……还有，我们住的房子是他买给我的。大姐，我求你看在他的在天之灵上，放我们娘俩一条生路吧！我一个女人带着孩子不容易……"白素琴往下跪，咖啡馆里很多人扭过头来看是什么情况。

贺淑敏把一杯花泼到白素琴的脸上："你生活容易不容易跟我有什么关系？你是个小偷你知道吗？你偷了人家的老公不算，还偷了人家的钱，如果你要脸，痛快吐出来，废什么话！"

清秀搀白素琴起来，她没大自己多少，却落得这样的境地，清秀心情很复杂，不知道是该鄙视她还是给她施予一点同情。

白素琴伸出胳膊，那上面竟然满是刀片的划痕，她说：“大姐，请你相信我，如果我能知道我们的事会断送文启的命，我不会招惹他，我就是睡到马路上，睡天桥下，就是要饭，我也不会连累他……只是现在，我怎么都好说，孩子没地住……大姐，你看这样行不行，房子算您借我的，一年，给我一年时间……”

清秀看到了贺淑敏眼里的眼泪，但她说：“你没资格跟我讨价还价，你是谁？我是谁？我不跟我的仇人妥协！”那话是说给白素琴听的，却更像是说给自己听的。

在回家的路上，清秀把包里的录音笔拿出来，她说：“这个给律师，应该可以算证据。”贺淑敏突然痛哭失声，她大骂魏文启，她说跟他一辈子换来什么了，他为一个认识了一年的女人什么都想到了，对她呢？

清秀的手握住贺淑敏的手，她说：“妈，他就是没法对你交代，才把命交了出去！”贺淑敏泪眼迷蒙地看着清秀，她说：“清秀，你得好好看住一凯，男人都是不可靠的！”

那一刻，横亘在她与她之间的婆媳矛盾都化成了灰烬，她们同为女人。她们需要用自己坚强的肩膀扛起一个家，扛起婚姻与生活的责任。

清秀在把那段录音交给律师前，还是很犹豫，真的把那房子收回来，那个女人和孩子该怎么过下去呢？她给那恩打了电话。在某种程度上，她把嫂子当成了最可信赖的闺蜜。这种感情说不清是从什么时候开始的，但是，有这种感情存在，真的很好。

清秀见了嫂子吓了一跳。一向很注重容貌的那恩此刻却连妆都没化，黑眼圈，下眼袋都清晰可见，清秀试探着问：“嫂子，出了什么事吗？”

那恩喝了一口热咖啡，像给自己增添的某种能量才有力气把话说出口似的，她说：“秀儿，我要跟你哥离婚了！”

第11章 爱有所及方是幸福的证据

女人像猫，男人像狗，婚姻则是猫狗大战。所谓婚姻之道，不过是，给狗足够的空间，给猫更多的关注。

01

林清水整个人弯成一只虾从医院走出来时，天上下着小雪。风像小刀片一样刮着林清水的脸，他不觉得疼，他甚至觉得北京的风太过温柔，还是望山村的风劲道，像高粱烧酒，那风卷起大烟炮，人撞上去，兴许就是个大跟头。

走出去很远，有出租车招呼他上车，林清水才想起自己是开车来的，他转回头，仍是一只弓身的虾。耳边大夫的话又回响了一遍："你的胃部有很大的阴影，必须尽快住院做全面检查……"话被咀嚼第一遍时，汤汁饱满，苦涩得让林清水几乎张不开口，胃部仍是隐隐作疼，他才三十二岁，他上有老下有小，他还欠着他们的幸福，所以他……他不敢往下想，他的人生从来没做过提前谢幕的打算。话再次被林清水咀嚼了一遍时，干瘪了许多，但仍是苦涩，自己来这世上走一遭，到底做了些什么呢？自己没有很尽情地恣肆地玩过乐过，甚至，他是有些羡慕祝和平的，祝和平不惜牺牲了那么刻骨铭心的爱情去照料弟弟，然后他和她相守在一起……那句似是而非的话第三次、第四次、第五次被林清水咀嚼时，变成了无色无味的渣子，如果命运真要做这样的安排，你还能有什么办法呢，唯一的办法就是在还可以把握自己时，把一切做好，然后安然离去。

林清水的车子拐到了祝和平家。已是中午，轮椅上的祝和平系着围裙正在厨房里炒菜。看到清水，祝和平很高兴，说："正好，佑楠不回来，我一个人吃饭怪没意思的！"林清水看到厨房里的炉灶都比正常矮了一截。祝和平说那是佑楠特意让人弄的，这样用起来方便。林清水没忍住说："不然雇个钟点工吧，你一个人弄，再不安全！"

祝和平麻利地把菜盛进了盘子里递给林清水，把火关好，快速清理了一下操作台。然后转着轮椅进了小餐厅说："人什么不能适应啊？到什么山唱什么歌，我总不能当个吃干饭的闲人吧？这样也挺好，做做饭，收拾收拾家，日子过得就快了，不然，世界都在外面，只有我自己守着一间空屋子，你说，这活着，一天就是一年，一年就是一辈子，有啥意思？"

林清水点了点头，也对。他做好饭，等佑楠回来吃，那也是一种别样的幸福吧！祝和平拿出一瓶红酒来，"来，陪我喝点，为我即将升任奶爸行列！"

那天中午，林清水很少说话，他就听祝和平絮絮叨叨地说。佑楠怀孕了，预产期是来年七月。祝和平说，方便的话，你帮我带几本胎教啊，婴儿教育方面的书，我学习一下。

林清水点头答应。酒喝到一半，佑楠回来，她说下雪了，她想推他出去走走，看看雪景。祝和平嗔怪着说："那可不成，你现在是咱家的大熊猫，得重点保护！"

林清水说："我推和平出去走走吧！"祝和平却拒绝了，他说："得，你没事赶紧回家陪你家那恩去吧，我们俩要二人世界！"

从祝家出来，林清水把车子开到世贸天阶，他想起祝和平说的那对清洁工夫妻，他们可以为喝一杯可乐便觉得自己幸福，自己呢？

为了云朵幼儿园他求了顾西辞帮忙的事，那恩不依不饶。林清水不敢跟她吵，家里还有老妈在呢，老妈这些天也似乎看出了什么，总是看两个人的脸色说话。这让林清水无比难受。吃早饭时，那恩说她要出国，安德森帮她办去德国的手续，半年内大概就可以走了。

林清水没吭声，却一口饭噎在那。他不知道自己要说些什么，那恩不是在征求意见，不是要他表态，而是知会一声，告诉他那是她的决定。

这些年，那恩跟自己的确受了很多委屈。如果出国能让她更幸福更快乐，那他不会阻拦她。只是，他会难过。仅此而已吗？

手机响了，顾西辞的短信，她问："你的胃，没事吧？"林清水惊觉，转头竟然看到顾西辞就站在自己的对面。

"你怎么知道的？"

顾西辞莞尔一笑，露出小姑娘般的顽皮："有些事，想知道，就总会知道！"其实没什么神秘的，顾西辞的公司做年终体检，她刚好在医院看到林清水从消化内科出来，她便进去假装胃疼跟大夫聊了几句。中国医院里的大夫大多没有隐私概念，三五句便把刚才病人的情形说了。

又是刚巧，顾西辞出来办事，看到林清水的车，她便跟了来。她说："清水哥，你看，这就是缘分。北京城这么大，一天之内，我竟然两次碰到你！"

林清水苦笑了笑，他说："西辞，云朵的事，谢谢你啊！"

顾西辞的目光里燃烧了一把火，她说："清水哥，你这人什么都好，就是磨磨叽叽，你怎么不说我给你惹了麻烦呢？为这事，那恩跟你吵了吧？"

林清水又吃了一小惊，这丫头不是巫婆吧？怎么什么都知道？

顾西辞当然不是巫婆，她不过是关注了那恩的微博，女人那九曲十八弯的情绪与表达，作为她情敌的女人完完全全地接收到了。这些，林清水是不懂的，他没觉得自己有丝毫特别之处，甚至，他都没能给自己的妻女物质上的幸福满足，别的女人对他会有什么居心呢？在他看来，那恩跟他计较顾西辞的事，更像在为不如意的生活找一个借口。

"清水哥，无论什么情况，你都要相信，我会坚定地跟你站在一起！"

顾西辞的目光碰上林清水的目光，顾西辞的目光生出钩子来，妄图把林清水的目光钩出几分火花来。林清水却躲闪掉了。虽然，那目光里的热辣如一口高粱烧一样醉人，但是，此刻的林清水却在那样的目光里清醒了过来，他说："西辞，谢谢你！"

"谢谢你"这三个字像太极推手一样把顾西辞推到一米开外，医生的话让林清水把心里那点小虚荣赶了出去。他说："如果老天爷真的给我的时间不多了，我希望能够好好陪在那恩跟云朵身边，好好陪在老妈身边，每一秒都弥足珍贵！"

林清水觉得自己静了下来，不再像刚刚走出医院时那么慌张了。人生不过是如此，生老病死，还有很多事，你的努力真的改变不了什么，那就接受好了，然后以平常心去做好自己应做的本分，减少一点离开这个世界的遗憾就够了。

林清水跟顾西辞告别，先去给老妈买了个足浴盆。交钱时，想了一下，又转回去，给云朵的姥姥、姥爷也买了一个。这些年，他受岳父、岳母的照顾不少，但他从没表达过。他一直就是个暖水瓶，心里怎么热，外面也是冷冰冰的，不会表达。他一直以为这就是他，但现在，他突然想做改变了。

把足浴盆送到那家时，吴玉芳没给林清水好脸，她说："清水，我们家什么都不缺，你要想孝顺我们，就把这份心放在那恩身上，她好好一北京妞，这么些年跟着你，是吃着香了还是喝着辣了？"

那国祥白了老伴儿一眼："别理她，更年期，说话都像放火药了似的。清水，这东西咋用，你教教我？"

林清水拿出说明书跟岳父摆弄着，吴玉芳还没个完，"别以为小三都是好惹的，像我们家那恩这么傻的，打着灯笼都难找，你小子命好，碰上了，不珍惜，我告诉你，将来你哭都找不着调门儿！"

林清水知道必须得给岳父岳母一个交代。他坐了下来，清理了一下嗓子，像是在做一个艰难的演讲，事实上，话头一开，并没有那么难。

那个冬日的下午，林清水坐在那家的小客厅里，像敞开了一扇门，把自己的内心坦诚给这对他叫了许多年爸妈的老人。他说起这些年在北京，每时每刻心里都像跑着一匹马，慌张，累，不知道目标，只知道跑。从前在机关里，文山会海里，有时候茫然之间一抬头，会觉得自己在这个场景里活了几十年。吴玉芳有点不耐烦也不习惯于女婿在此时此刻做这种抒情，倒是那国祥感同身受，他经历过这些，他了解林清水的感受。

凤凰男不好当。他说到老妈来，那恩的种种时，有些哽咽。他没有责怪那恩的意思，婆婆不是妈，她做的够多了，只是现实摆在那，两个人的生活习惯摆在那，马勺没有碰不着锅沿儿的时候……他说起了顾西辞，他说他只是当她是一个可以信赖的朋友，他说家里和公司这些糟心的事已经够烦了，他真的没那份闲心去搞一次婚外情，那需要耗费的精力太大，而他林清水不是一个能拿得起放得下的玩家，对清水这话，那国祥表示了赞同。这个女婿身上有太多自己的影子。林清水几乎落了眼泪，他说："爸、妈，我和那恩走到今天不容易，我的确欠她幸福，但是，我在努力！"

那国祥拍了拍林清水的肩膀，他说："你的心意我们都知道了，那恩这边，我会跟她谈的！"

米晓佩从卧室里出来，她眼泪汪汪地说："姐夫，我不知道你这么不容易，我一定好好给咱们公司画画，多挣钱！"

米晓佩很孩子气的话像一根针把一屋子里的凝重气氛都挑破了。吴玉芳也不是不明理的人，她听了林清水的话把心放下了，那恩只是捕风捉影，她回来，得训训她。儿女虽然长大了，但很多事，还是得父母给拿大主意，这好好的日子，不能任性着就散了不是吗？

那天林清水离开那家，吴玉芳问那国祥觉没觉得林清水的情绪有点不对，那国祥很不满地瞟了老伴一眼："人家好心好意买了足浴盆给咱俩送来，你瞧瞧你说的那些话，搁谁谁都得情绪不对！"

吴玉芳说的不是这个，她说的是一向闷葫芦一样的林清水怎么突然就嘴上开了一条河呢？女人的直觉向来很准，吴玉芳在心里画了个魂儿，当然，很快她就忘了。快过年了，让她操心的事还多着呢。

02

那些日子米晓佩有些愁眉苦脸的，吴玉芳没太理，搞艺术的，好这悲春伤秋的范儿。直到那里看出来，他问：“老婆，是不是我又忽略你了？”

米晓佩的眼泪立刻涌了出来，她说：“我想家了！”

的确，又快过年了，想家也正常。那里说：“这有什么难的，过年我放假，我陪你回家！”

“真的？”米晓佩的眼睛亮了起来，破涕为笑，她说：“我得催着姐夫快点把书做出来，那样我就能带回家了，告诉我爸妈他们的女儿成了漫画家了，哎呀——哎，对了，我老爸说了，咱俩要是回家的话，来回机票他都包了不算，还要发红包！”

那里躺在床上，双手垫在脑袋下面。“我老丈人这是啥意思啊？收买咱们回家过年？”

米晓佩躺到他的身旁：“我老爸说他在天涯看了一个帖子，一对父母租自己的孩子回家过年，他打电话跟我说，囡囡，爸跟你商量一下，他就说了他的方案，当时我眼泪都下来了，他们就我一个女儿……”

那里拍着米晓佩的肩膀说：“没事儿，今年我跟头儿翻脸我也得跟他说多请几天假，陪你在家多待几天！”

米晓佩使劲亲了那里一下，说：“老公，我就知道选你没选错。只是……妈这边……”

“没事儿，我去说！”那里大包大揽。

那里没想到，这事会引得老妈无比震怒：“那不行，她米晓佩嫁到咱们家，就得在婆家过年。去年没过门，就把你拐到云南去过了一个年，今年你们结婚了，别的时间我不管，三十和初一，必须在咱家！”

那里揽着吴玉芳的肩膀说：“妈，我岳父想女儿都想疯了，宁肯出钱租我们回去过年……”

这话不说还好，一说火上烧了油，“租你们回去过年？那里，你是我儿子吗？你们钻钱眼里去了？这大老远地回云南过年，是为了挣钱？那你们说个数，多少，我租！”

吴玉芳的声音很大，卧室里的米晓佩听得一清二楚。她心想：这下糟了，婆婆这还杠上了。

“一百万，拿来！”那里嬉皮笑脸。

吴玉芳却没有玩笑的意思，“他们给多少，我双倍！”

“什么双倍？”那国祥从外面回来，带着一身寒气。吴玉芳忙接过那国祥的大衣：“你儿子在家这儿过年，得花钱雇！”

米晓佩赶紧跑出来，拿了一套运动服送给吴玉芳：“妈，你不是拉我跟你晨练吗？我今天跟我堂姐逛街时看到的，您穿穿试试！”

女人都很好哄。果然，吴玉芳的注意力被那大红的运动服吸引过去，但她不能一步下了台阶，她说：“你又不挣什么钱，给我买这么贵的干什么？”

米晓佩揽住婆婆的肩膀撒娇：“妈，你可不能小看你儿媳妇，我可是中国最有‘钱途’的漫画家哦，注意，不是‘前’后的‘前’，是金钱的‘钱’哦！买套运动服，那不小菜一碟啊！”

吴玉芳心想：哼，这么哄我，还不是想回家过年吗？这点小心思，还跟我耍花腔。不过，晓佩这丫头倒是学美术的，挑的这衣服真的很合自己的心意，吴玉芳问米晓佩是不是真的要跟她晨练，米晓佩咬着后槽牙说了句是。

米晓佩跟那里回了房间，那国祥问吴玉芳怎么想着拉晓佩去晨练，她那种作息习惯，晚上不睡早上不起的。吴玉芳一边往脸上涂保养品一边说：“你懂啥？我这才叫用心良苦，她成天宅在家里，大门不出二门不进，熬夜，不运动，咱啥时能抱上孙子？我要以身作则，带着晓佩过健康生活！”

那国祥扶了扶眼镜不以为然。现在的年轻人，一个个有主意着呢。能陪婆婆做晨练的儿媳妇什么样，他还真没看过。

吴玉芳“嘁”了一声，不相信她的领导能力，那就瞧好吧！

果然，第一天早上米晓佩就反悔了。吴玉芳在门前敲了半天，那里开了门，他说：“晓佩昨晚睡得很晚……”

吴玉芳讪讪地回到卧室合计着，不是睡晚了吗？那好，我监督着你早睡。

晚上十点，吴玉芳看到米晓佩卧室里的灯还亮着，她便去敲门说早点睡吧，明天我们还得晨跑呢！

米晓佩开了门跟婆婆商量能不能等春天，天暖和暖和的，这大冬天的……吴玉芳的脸拉下来，说了狠话：“晓佩，我一直当你是个很实诚的孩子，原来你给我买了运动服说陪我晨跑是忽悠我啊？”

“现在这么冷，这运动服也穿不上……”米晓佩辩解着。

“穿什么不是问题，问题是晓佩，你的身体还用我说吗？你为什么便秘啊？就是总在家里窝着不活动，还有，你跟那里结婚这么久了，你们没避孕吧？没避孕还没孩子，那不是你们身体有什么毛病吧？哦，对了，要不，改天我带你跟那里去做次检查吧？”

米晓佩一听，汗都快下来了，她举起手向婆婆发誓自己跟那里真都没毛病，至于没孩子的事，她说：“我们还都小……”吴玉芳阴沉着一张脸，扔下三个字：“随你吧！”一看婆婆真生了气，米晓佩头脑一发热，说：“妈，我这就睡觉，明天我一定起来陪你晨练！”

吴玉芳回头瞟了米晓佩一眼：“明天早上再说吧！”

米晓佩躺在床上跟那里说：“老公，我想要房子！”

那里正玩着游戏，说：“好，我送你一幢别墅！”米晓佩跳到地毯上靠在那里身边：“我不要开心网里的，我要一个小小的窝就好，能放下一张床，一口锅，一台电脑，就好！”

那里摸了摸米晓佩的头：“面包会有的，小窝也会有的！哎，你怎么了？”

还能怎么啊，还不是要起早陪婆婆晨练，这媳妇当得容易吗？米晓佩伸出五指作九阴白骨爪状：“那里，我警告你，你要是做对不起我的事，哼哼！”那里嘟囔着：“这又是哪受刺激了？”

米晓佩又画了一组漫画。太极兔问八卦猫说：“如果我疯了，你还会爱我吗？”八卦猫想了半天，很认真地点了点头说：“爱！”太极兔无比忧伤：“你爱的果然是我的外表！”八卦猫赶紧改：“不爱！”太极兔由忧伤变得抓狂了，她说：“人家说的没错，男人都靠不住……”这回抓狂的是八卦猫了，他可怜巴巴地问：“请问小姐，你到底想我怎么样？”其实，米晓佩也在问自己到底想怎么样，她把画稿扔一边，躺在床上睡觉，生物钟都不对，觉也不是想睡就睡得了的。她闭着眼睛对那里说：“老公，给我的手机上闹钟吧！”

米晓佩觉得自己一定有十年没起那么早了。

北京的清晨像白内障病人，到处都是灰白的颜色。米晓佩哈欠连天，倒是吴玉芳有些兴致勃勃，跟着熟悉的人打着招呼：“我儿媳妇，陪我出来锻炼的！”

米晓佩觉得自己陪婆婆出来锻炼这事的象征意义更大一些似的。她看着那些撞树的甩手的老人也觉得新鲜，好在，吴玉芳只是跟着米晓佩在附近的公园里散步，并没有让米晓佩甩手或者撞树。

吴玉芳甚至对米晓佩说，如果真的那么想家，那就定初二的票吧，一来呢，除夕在婆家过了，二来呢，那时也不那么挤，吴玉芳还说机票妈给你出了。

米晓佩是个给点阳光就灿烂的姑娘，她挽着婆婆说了几遍“妈，你真好”之类的话。只是，米晓佩还是回不了云南过年了，因为，她怀孕了。

03

不知不觉中，林清秀成了魏家娘俩的主心骨。这一点，她很像老妈付锦绣，在遇到大灾大难之前，一直是纤纤弱女子，风浪来了，关键时刻能顶上去。林清秀开始尝试着处理着家里的一些事。当然，在做这些之前，她得让一凯心安。这也是付锦绣一再叮嘱女儿的话，她说：“再大的男人也是小男人，心眼儿小着呢，你跟大良子的事如果现在不说清楚了，将来就会变成一根扎在嗓子眼儿里的刺，会化脓，会小病成大病。付锦绣叹了口气，抬抬下巴指了指云朵：“你哥你嫂子这不又闹什么呢！”

清秀安慰老妈没什么事，她想着自己的事忙过了，要好好找嫂子聊一聊。

清秀约着一凯去了温良的饭馆吃饭，大良子显然没有料到清秀会来这一手，有些手足无措，又有些坦然，他招呼着服务员倒茶招呼着四喜做几个拿手菜。清秀对一凯说：“叫良子哥就行。以后，他就是咱哥！”一凯明白了清秀的用意，他说：“大良哥，那天……不好意思啊！”温良憨厚地笑了，他说：“我忙着，以后想吃啥，来了直接点就行！”

温良掀了门帘出去，长长舒了一口气。其实，早就应该放下，如果清秀过得幸福，那他还有什么放不下的呢?

清秀跟一凯说了对白素琴的起诉，她说：“根据新《婚姻法》，咱们可以把钱和房子都要回来，但是，她一个女人家带着个自闭症的孩子，真的挺可怜的。这事儿我知道妈那过不去，放在谁身上，都过不去，所以，我想跟你商量一下……”

一凯的筷子去夹一根粉条，夹来夹去夹不上，清秀帮他夹到碗里。“你想怎么做？”一凯终于把粉条吃到嘴里。

清秀的目光坚定地看着一凯：“咱们收回房子，银行卡里的二十万给她，这样她可以租个房子，最起码在一段日子内可以渡过难关！”

一凯没有对清秀的决定说行或者不行，他自己给自己斟上酒，一仰头喝进去，清秀让他慢点，一凯慢慢坐直身子说：“我总是想，我爸这辈子到底爱没爱过我妈，从我记事开始，他就什么都听我妈的，他穿什么衣服，配什么裤子什么鞋，甚至他从来没在商场里自己选择过什么衣服，有一次，他指着电视上一个男人身上的格子衬衫说，好看吧？我死的时候，你就买一件这样的格式衬衫给我穿上，我就算你孝顺。”

清秀想起公公下葬那天，一凯坚持给他穿那件蓝白格的衬衫，为这还跟贺淑敏争执了一下。

“他过得不快乐，他喜欢看足球，可是她不喜欢，有好几次，我下晚自习发现他在路口的便利店里看球，他借口下来接我，他才能蹭着看会儿球。后来，我说我喜欢看球，家里才买了另一台电视，他才能安安静静地一个人看足球。他朋友很少，真的很少，有的，多是生意上有来往的。如果真有几个能够倾心交谈一下的朋友，他也不至于走这一步！也怪我，我结婚了，我也像她一样冷漠，盛气凌人，清秀，我不喜欢我妈那样，但很多时候，我真的很像她！秀儿，我不是真的要欺骗你，我是害怕失去你……虽然这样说很虚伪，但是我真的是希望有个家，离开他们！”

“一凯，我们好好过以后的日子，都过去了！”清秀握着一凯的手，她的心里变得踏实宁静。一凯的倾诉还没有完：“我太不成熟了，如果我成熟，我应该说服他们离婚，放了彼此，或者——”

人生没有如果，也不能假设怎么样。清秀知道如果一凯真的劝父母离婚，或者这场悲剧的主角就变成了婆婆贺淑敏。她把婚姻当成人生来经营，她不允许这个婚姻有任何失败的可能。

一凯又给自己倒了一杯酒，清秀想拦着，没成功，一凯一饮而尽。他说：“我一遍又一遍挥霍你的形象，只企盼有一天把你用完耗毁——可那与我相似的，皆与你相反。他是这样想的吗？他把自己吊起来，他得多疼啊！”一凯念的是张枣的诗，一凯的眼泪涌出来，清秀心疼，公公过世这些日子，一凯都很沉默，也很少与贺淑敏说话。母子之间有条河，清秀希望自己是桥梁。她劝慰一凯：“你不能恨她，即使她在这段婚姻里有错，你也不能恨她，她全心全意在爱着你跟爸！”一凯满是泪水的双眼看着清秀，清秀的眼睛也湿润了，“我们不能太绝情，哪怕她是个小三，但咱爸真心爱过她，不是吗？”一凯低下头。清秀继续说：“但这个让妈知道了，会很伤心，所以，我希望你保密！”

清秀带着律师去见了白素琴。白素琴啪嗒啪嗒掉了一茶杯的眼泪，终于点头签字。她起身离开时，清秀看着她的背略略弯着，一个人生的凄风苦雨中飘摇的女人，遇到一双肯承担的肩膀，又怎么会不热络络地靠过去呢？道德跟一粥一饭，跟一张床一个温暖的家比起来，力量太微弱了吧？

晚饭的餐桌上，清秀跟贺淑敏说律师跟白素琴聊过之后，做了和解，她同意把房子让出来，清秀说：“妈，她不是坏人！”

贺淑敏把碗摔到地板上，她说：“是，她不是坏人，我是坏人，是我逼死了你们模范的多情种子父亲，该死的是我，我应该成全这对苦命鸳鸯，对吧？”

一凯把筷子摔到桌子上，清秀叫了句：“一凯！”一凯不吭声，弯身收拾地上的碗碴儿。清秀说：“妈，我们不是那个意思，房子收回来，我想问问是租出去，还是卖了？”

“你觉得呢？你是不是特别高兴？这房子到了落到你的手里！”虽然这段时间感觉上贺淑敏跟清秀亲近了很多，但她说话尖酸刻薄的风格一点都没变。清秀不吭声，一凯没忍住，他几乎是吼起来：“你是不是觉得咱们这个家碎得还不够彻底？你是不是想让清秀跟我离婚，你才高兴？”贺淑敏没想到儿子会对她这样，她一辈子都在老公与儿子的宠爱里，在外面她呼风唤雨，在家里却不敢一个人睡一张床，此刻，老公背叛，儿子又这样对自己，贺淑敏的头往墙上撞去，她说：“我不活了，不就是死吗，谁还怕呢？”清秀死死地抱住婆婆，她喊：“一凯，一凯，你快点帮忙！”

一凯站着没动，贺淑敏的力量把清秀扑倒在墙上，清秀的头跟墙面来了个亲密接触，墙面发出闷闷的“咚”的一声，清秀的双臂伸起来，人像一块融化了的冰淇淋一样软软地滑了下去，血，一凯看到墙壁上清秀头发划过的地方有血迹，贺淑敏也吓呆了，两只手束在胸前：“我……我……”

“清秀！”一凯撕心裂肺地大喊一声，清秀的脸上浮出一点笑，头歪了下去。

04

那恩跟林清水谈了离婚。这是他们第二次说离婚。有些心平气和。像一对老朋友聊着从前的好时光，那种感觉，那恩都觉得很奇妙。

那国祥和吴玉芳跟她聊过了，他们说你别冤枉人清水，他不是那种人，他跟顾西辞是纯粹的朋友关系。那恩说："爸，妈，我俩的事，你们别管。就算没有顾西辞的事，我也不想跟他过了，没劲。安德森正在帮我办出国的手续，办成我就出去，只是，我不放心云朵给她奶奶照顾，恐怕得辛苦辛苦你们！"

吴玉芳还没发火，那国祥发了火，他叫了那恩的名字，他说："那恩，你这么大了，爸没跟你说过重话，这次我跟你说，你不是小姑娘可以任性，可以由着性子来，你这上有老下有小，放着好好的日子不过，跟什么安德森、贾德森的去折腾，那你就别让你的老爸老妈给你看孩子，孩子带走，以后也别回这个家！"

那恩哭着往外走，吴玉芳跟了出来。站在楼下，风很硬，吴玉芳只穿着毛衣，她说："小恩，当初你要嫁给清水时妈就不同意，可怎么说你都不听啊！这么些年，苦也吃了，累也受了，到现在，你才醒悟过来，是不是晚了呢？小恩，女人过了三十，再怎么不承认也是走下坡，况且，这么些年，清水这孩子人品性格也都还好……"

那恩抱了老妈一下，努力扯出一张笑脸，她说："妈，天怪冷的，您回去吧，我没事儿！"

没有打车，一路上走过去，车和人从自己身边经过，那恩一直在问自己到底要怎么做，真的要扔掉工作，真的要放弃家庭，独自一个人去德国吗？她真的腻烦了这样的生活。就像一个人踩着棉花奔跑，你用力，却仍然跑不远，甚至所用的力气都被看不到的力量消耗掉了。生活需要一点改变不是吗？如果顾西辞是给这段已然无味的婚姻找个结束的借口的话，那又何尝不可呢？虽然这样有些卑鄙，但这也许是最能让那恩下定决心的借口，没有之一。

付锦绣去了清秀那，云朵在幼儿园。平日里拥挤的家一时间竟有几分空旷。那恩看着窗台上那盆杜鹃，浇水过多，已经烂了根。跟婆婆说过多少次了，不能总浇水，但她总是记不住。那恩把花拔了出来，它斜躺在花盆里，有一枝上竟然有很嫩的芽。

林清水先开了腔："公司这个月起开始盈利了，几个跟网站合作的项目也开始运转起来了。晓佩那本漫画书年前会上市，宣传也会接着做起来。过了年，佑楠会辞了那边的工作来帮助打理公司，这一年总算没白忙……"

那恩擦了手，给林清水的杯子里续上茶，她说："我都听佑楠说了。清水，以你的能力，会越来越好的！"

"小恩，我有些话要跟你说！"林清水的心先"咚咚"跳个没完，他心里准备的那些话几乎要自己跳出来。

那恩端着茶杯喝了一口茶，结婚这许多年，她还是不能习惯像林清水那样喝浓酽酽的茶。"我也有话要跟你说！"

林清水把那些跳跃的探出头来的话压了下去，"你先说！"

那恩又喝了一口茶，口干得说不出话来似的。那些话还是艰难地说了出来。林清水仿佛没听懂，他问了一遍："是因为顾西辞吗？我这就打电话让她给你解释！"

林清水的手哆嗦着按手机上的键子翻顾西辞的电话，那恩按住了那只手，她说："不全是因为她。清水，我不想说咱们之间是谁的问题，婚姻里的事没对没错，我只是想说，我累了，我想换种方式生活！"

林清水额头的一缕头发落了下来，人看起来像极了那株失去了根横躺在花盆里的杜鹃。那恩的心钝钝地疼了，她故意轻描淡写："你呢，要对我说什么？"

"哦！"林清水清清楚楚地把那些打了几天草稿的话咽了下去，他说："哦，是这样——晓佩的新书发布会，我想请你去！"那是件什么事呢，能在这种场合说？只是，林清水把它拉了出来，做了垫背，然后，他自己结结实实松了口气。既然那恩做了这样的选择，自己能做的也只是成全吧，还能说什么呢？林清水站起来去给茶壶续水时，水倒在了手上，那恩听到声响跑过来，埋怨："怎么这么不小心？"那恩拖着林清水去水池边冲凉水。手疼，那种疼痛跟心里的疼痛紧紧地拥抱在一起，林清水很想就势哭一哭，但是，他说的是："哪天你有空，咱们去把手续办了！"

那恩松开林清水的手，背过身去，林清水从那恩一耸一耸的肩膀判断，她在哭。他说："小恩，你别哭。这么多年，你给了我很多机会，陪我吃了很多苦，这些我都记着。我一直承诺着要给你幸福，可是每一次都拖累得你筋疲力尽，这我都知道。我欠你的幸福，这变成了口号……我们还是云朵的父母，就算你从我的视线里走开，我仍会真心希望你幸福。真的……"林清水有些哽咽。那恩的背影沉默无助。她甚至希望他能给她一个踏踏实实的拥抱，然后她内心的想法会土崩瓦解，日子如常过下去。

林清水继续说的是："如果你很快出国的话，这事就别让我妈知道了。你出去后，时间久了，她的心思淡下来，再说！还有云朵和云朵姥姥、姥爷那边也是能不说就别说了。他们都血压高，说了，他们操心！"那恩点了点头。

那晚，付锦绣没回来，那恩煮了两碗面，林清水没有食欲，他却装得很饿的样子大口吃，只吃了两口，胃里就翻江倒海，他跑到水池边吐。那恩跟过来说："清水，你这胃去再查查吧？上次大夫说……"

林清水泪眼朦胧地抬起头，他说："没事儿，我是铁人！"

电话响了，是老妈。她让清水去接她。清秀摔了一跤，她过去看看，没大事。

05

米晓佩那段日子简直有些没事找事。那里说自己躺着也中枪。那恩呸了一句，说："你那叫躺着？你那叫往枪口上撞。"

那恩说的“事”是那里在微博里转了一张一外国妞丰乳肥臀的照片，还评论了一句：辣！“辣”字后面加了一大串感叹号。这事儿惹毛了米晓佩，她在那条微博下面评论：“流口水了吧？后悔了吧？”那里不知深浅地回：“如果流口水有用的话……你懂的！”

那时那里还好是在公司里，在家里米晓佩肯定用手里的鼠标砸他了。Fangyu 竟然也在那条微博下回复：又惹事儿，赶紧删了吧！

那里大概去忙节目了，没看到。即便是看到，以那里的劲头也不会在意。不过是转了个图片，他跟那恩说起这事时还满腹委屈：“那叫爱美之心，你们女人懂不懂？”

那恩点了点那里的脑门：“还都说你聪明，这明明就是一脑门子糨糊，晓佩要是云朵小姑那身材还说什么了？她那明明就是一飞机场，你别以为女人不在意这个……”

那里撅着嘴：“我又不嫌弃！”

“你不嫌弃你送人家丰乳霜，还特意跟她说明是从意大利带回来的。我告诉你，这要是你姐夫，我肯定收拾得他把胆汁都吐出来，太过分了！晓佩不是个难搞的女孩，从前你哄小姑娘的本事都哪去了？武功被废了？”

其实，那里真没有嫌弃米晓佩胸前是飞机场的意思，只是发了那图，米晓佩不依不饶，再一联想到那跳楼的扬子，米晓佩就越发觉得那里这是明晃晃地在嫌弃自己。那里解释得都快觉得自己是足球评论员了，还是没能让米晓佩的气消了。跟公司里的一姐们闲聊，姐们说：“送礼物啊！”那里一拍脑门子，怎么忘了这碴儿了。正好有一哥们去意大利出差回来给公司里的女编导们一人打赏一个丰乳霜，他说：“意大利那妞各个胸前扣着一痰盂，太猛了！”那里想米晓佩既然对自己的身材不满意，送这个肯定错不了。跟人女编导好说歹说，用两张陈奕迅演唱会的门票换了这丰乳霜。

谁知道那简直就是火上浇油。米晓佩把丰乳霜拆开，再一听那里的说明，脸“叭嗒”一下撂下来，她把那丰乳霜连同那里一同往门外推。那里问怎么了，这又怎么了？米晓佩拳打脚踢，突然肚子疼得蹲在了地板上，吴玉芳和那国祥出来，吴玉芳赶紧问晓佩怎么了，那国祥板着脸让那里跟他进里面的屋谈。

晓佩额头上的汗珠滚落了下来，脸色煞白。吴玉芳果断地给米晓佩找了衣服说："走，咱们去医院！"

是个好消息。米晓佩怀孕三个月了。吴玉芳惊得嘴像张盘子，米晓佩也很吃惊，她自己也纳闷这几个月大姨妈怎么都没来，真是糊涂，就没往这里想，可是怀孕不都呕吐什么的吗？自己怎么什么事都没有呢？

大夫说当然有什么反应都没有的人，这是福气。一同来的那里的表情有些复杂，当爸爸，这事听起来还很不可思议。吴玉芳当场给儿子下了命令："以后不许气晓佩，晓佩现在是咱们家的一级保护动物，不，不对，是国宝！"

米晓佩的眼泪啪嗒啪嗒往下掉，她说："我不想要这个孩子，我不想这个孩子来到这个世界上，就有一个不爱他妈妈的爸爸！"

那里刚想张嘴说话就被吴玉芳的眼神给逼了回去。

吴玉芳揽过米晓佩说："咱不理他，他那人不靠谱，跟妈回家，想吃啥，妈给你做！"

那里没陪着老妈和米晓佩回家，他去见了老姐。

美术学院下面的"日出·印象"咖啡厅里，那里向老姐作揖求救，难怪霍金连宇宙黑洞都能弄明白，却说女人是个谜。那里把前前后后的事说给那恩，那恩都被这一向被认为情商高的弟弟给逗笑了。这种事要是林清水做出来，还有情可原，那里能做出这事来，真是……那恩说："也不知道你倒是奸还是傻，你现在不是那个什么时候想花花草草都可以的单身贵族，你现在为人夫，也就快为人父了，你说话做事都得用用脑子。夫妻再好，也是两个人。她可以嫌弃自己胸平腿短，芦柴棒身材，你不能嫌……"

"我没嫌！"那里辩解。

"你是没嫌，但你的所作所为就是在嫌了！这比嘴上嫌弃还伤人，你转了那图也就算了，还送丰乳霜，你成心吧你？"

“我真就是什么都没想，就是想让她高兴，谁知道……我还瞎了两张陈奕迅演唱会的门票呢！”

“这别说是晓佩啊，换谁谁都得生气啊！”

“得了，姐，你别分析了，赶紧帮我想辙哄我家太平公主高兴吧，不然，我这日子没法过了。我真是疯了，好好的，结什么婚啊？”那里无比烦恼。那恩照弟弟头上给了一下子：“就你这态度，她能开心吗？赶紧想她喜欢什么，然后送啊！晓佩那么爱你，只要你真心诚意的，她还能怎么样啊？你追女孩子那些招都哪去了？”

“我什么时候追过女孩子了？都女孩追我好不好？”那里回家时，买了一束红玫瑰，他这才想到，自己还是那次在火车上送过米晓佩玫瑰呢。

米晓佩正在赶最后几张画稿。那里把花凑过去，米晓佩目不斜视，那里无趣，说：“八卦猫啊八卦猫，你快告诉太极兔，你五毛我五毛，这样咱俩就一块啦，你再告诉她，你六毛我六毛，这样咱俩就一块二了好不好？”

米晓佩的笑点低，唇边的笑呼之欲出。那里把脸凑上去：“咱俩一块二好不好吗？”

“谁跟你一块二？我看你这人就是个‘井’字，横看竖看都是二。”米晓佩点着那里的脑门。那里赶紧自我批评：“老婆大人，你说的是，我这人最大的特点就是二，二得有品位有格调还相当有气质，不然，你怎么会爱我呢？怎么会不离不弃呢？”

米晓佩终于笑出来，她说：“见过不要脸的，就没见过这么不要脸的！”

“我人都是你的，要脸干啥？”那里把脸贴到米晓佩的肚子上说：“儿子，快点出来帮着老爸，看你妈把老爸修理的！”

米晓佩拍了他的头一下：“我可不要儿子，要儿子跟你一样花心……”

“我哪花了？天地良心……”

吴玉芳端着碗汤圆从门口离开，唉，这俩小冤家。记得跟晓佩说一声，接她父母来北京过年吧！

第12章 你若不离幸福不弃

这世界上，如果说谁欠谁幸福，那么是父母欠儿女的，是儿女欠父母的，是夫妻间相互欠下的。因为“至爱”两个字连起就是“债”。我们唯有奋不顾身地努力才能把欠的幸福都补上。当然，这与物质无关。

01

付锦绣觉得自己身上哪哪都疼，却又说不上来到底是哪疼。她天天吃止痛片，吃上会好一会儿，过一会儿，就又哪都疼了。一闭上眼啊，就想望山村，漫山遍野的树，蓝得像块绸子一样的天，清得像一块镜子一样的河，还有那一眼看不到头的庄稼……人在地头上一站，啥病啥疼都没了。干起活来，累得恨不得拉着猫尾巴上炕，那时就睡不够，想着要是不干活，睡个七天八夜的。可是，一闲下来，就睡不着了。人就是这么贱，不是吗？像现在，天天守着这个空屋子，守得人都像要长蘑菇了。这跟把人关笼子里有啥区别？她觉得自己的作用就是这个家不至于招贼了。可是，贼要真进来，自己又能怎么样呢？

这个家里的人住的都是旅馆，晚上回来，睡一觉，白天再出去。儿子和儿媳妇也是有问题的，怎么好像都很少说话呢？那恩也是懒得说话的样子。从前，她大学里的课少，总是待在家里，现在待在家里的时间少之又少，即使待在家里，也是在卧室里上网，把门关得紧紧的。

付锦绣是心惊的，会不会是因为自己？她跟儿子聊，中间却像是隔着一堵厚厚的墙。清水总是躲闪着让她别胡思乱想，她是当妈的，当妈的能不为儿女想吗？她想跟那恩聊聊，那恩的客气又让她张不开口。想来想去，她决定去找吴玉芳聊聊，这俩孩子好好的，别真再出了什么事，她这眼皮跳起来没个完。

北京城就像是个大迷宫，付锦绣在这北京城是寸步难行的，她打电话给了清秀。清秀也忙着，但没办法，只能依靠她了。

清秀赶过来时已经是下午了，愁眉苦脸的样子让付锦绣很心疼。但还是要先顾儿子。清秀那边终于跟一凯统一了步伐，只是那个婆婆难缠。付锦绣一再告诉清秀要将心比心，你妈也在儿媳妇的眼皮子底下，你要想你妈过什么日子，就让婆婆过什么日子。付锦绣相信自己的女儿是个知书达理的孩子。那贺淑敏虽然刁，但家里出了这么大的变故，想来也没心情跟儿媳妇较劲。清秀叹了口气回复老妈："如果事情真的这么简单就好了！"

付锦绣不明白为什么城里人把什么事都搞得那么复杂，人简单了，事不也就简单了吗？

吴玉芳对付锦绣的来访很惊讶。付锦绣没拐弯抹角，直接把自己看到的说给了亲家公亲家母。吴玉芳没发表意见，倒是起身给付锦绣只喝了一口的杯子续上水，那国祥起身拿起外套出去："今晚就在这吃饭吧，我去买点菜！"

付锦绣忙站起来推辞，吴玉芳说："亲家母，你就别客气了，也不给你单弄，你不来，我们也得吃饭，你在家待着也没什么事，倒是应该常来常往的！只是，我这一天到晚也不着闲……"

"忘了恭喜你了，亲家母，我听云朵说小舅妈怀宝宝了！"付锦绣只得把话岔开去。

"是啊，这不还往外跑，今天去参加什么签书会了！清水公司的，清水把她捧得天上地下的，也不知道真不真行……这那里一天到晚耗在公司里，钱没挣几个，人瘦得跟猴似的……亲家母，要我说呢，这儿孙自有儿孙福，咱们这当父母的，也管不了许多……”

付锦绣点头，长长地叹了一口气：“我就是害怕因为我委屈着小恩。清水那公司也挣不来什么钱，我这什么都帮不上忙还给他们增加负担……”

“亲家母，刚才你说那些话时，我没接这个碴儿，现在话又说到这，我给你做个保证，小恩跟清水的事儿，你绝对可以把心放肚子里，之前的事是那恩不懂事，经过了那次，我和她爸都骂她了，谁都是人生父母养的，不是从石头块里蹦出来的，养父母这是他们的义务。那恩是想出国，现在的年轻人，说也说不听，咱又不能非拦着，出去吃点苦头或者就好了！只要咱清水这头不变心，那恩就不会变。她是个死心眼，谈对象就跟清水，这女人啊，一辈子还不就恋着一个家吗？”

“那就好，那就好！”

吴玉芳说了这话，付锦绣倒也不好再说什么了，七七八八拉些家常嗑儿，说到清秀，说清秀那婆婆要强了一辈子，到了被男人给了这样一闷棍不说，男人还死了，连个撒气的地方都没有。说话间，米晓佩回来了。穿着红裤子绿衣服，腰间系着条黑色的腰带。米晓佩问了好进去，吴玉芳小声说：“你看看，现在的年轻人什么都敢穿，这一身，搁从前穿出去，还不得挨打啊？”

付锦绣笑：“年轻的姑娘，穿什么都好看。我年轻时也就好个新鲜，现在老了老了，不也爱新鲜色吗！”

付锦绣白跑了一趟，倒是吴玉芳觉得有了个聊天唠嗑的伴儿，隔了两三天那国祥跟几个老友去钓鱼，吴玉芳来了女儿家，两个人倒还能聊得上来。中午付锦绣烙了几张凉水饼，炒了一盘土豆丝，两个人吃得还挺高兴。

那恩跟着画院的老师学生去凤凰采风了。本来轮不到她，小姚正闹着离婚，不是小姚闹，是她老公被那巨乳小蛮腰的小三逼得无路可走，回来跟小姚摊牌，小姚明知大势已去，再扛下去也没意义，不过，僵持还是有必要的，弄好了能在银行的存款簿上多个零出来。那恩感慨，婚姻到最后不过是牌桌上的筹码，你多我少，你输我赢。还好，她跟林清水没走到那一步。

跟林清水离婚那天离圣诞节还有两天。时间过得飞快，一年前，她和林清水正为婆婆的病纠结到心烦意乱。那时，他们找回失落的亲情，把彼此之间碎掉的感情重新弥合起来，没想到，最终还是走了这条路。

从民政局出来，那恩觉得自己浑身无力。林清水递给那恩一张卡，他说卡里有十万块钱，这是他目前能给她的最大数目了。他说："房子我们先住着，将来我有条件了，就一定会搬出去，这个你放心！"

那恩瞥了一眼林清水，他那种不温不火的劲头让那恩很生气。只是，都到这一步了，还生什么气呢。那恩觉得冷，又是个无雪的冬天，哑巴冷。她说："回吧！"

回到家里，林清水陪云朵玩，那恩陪婆婆下了厨房，如果包里没有那两张证，一切都跟从前一样。可是，那恩和林清水都知道，一切都不一样了。

那恩的出国手续办得差不多了，春节后就可以走了。一想到要离开，那恩就浑身无力。从一种生活状态里把自己像从泥里拔出来一样，也并不容易。

吃过晚饭，林清水说公司里有点事，他要回公司。那恩知道他心里不好受，他想躲出去。那恩问自己：现在这样的局面真的是自己想要的吗？

那恩破例没有收拾完碗筷就回自己的屋里待着，她陪着付锦绣坐在沙发上看电视。付锦绣指着电视上那吵得鸡飞狗跳的婆媳说："小恩，咱们俩从前这样吗？"

那恩突然抱了抱付锦绣，说不出话来。她从没觉得跟这位老人这样亲近过，她一直叫她妈来着，但此刻，在失去这个称谓时，留恋油然而生。

02

林清水没有去公司，他去了祝和平家，他在祝和平那里喝醉了，醉得大哭。他把自己的病例拿出来给佑楠和祝和平看，他说："老祝，我没得癌症，我就是他妈的胃病。可是，我得了绝症，我失去了我最爱的女人！"祝和平和乔佑楠都吓到了，不知道林清水说的是什么。

林清水从衣袋里把离婚证书掏出来扔到祝和平两口子的面前，他扭过脸去哽咽着说："老天爷真会开玩笑，我原来以为来日无多，我想告诉她我有多爱她，可是她提出离婚，我想这也好，她出国了，开始新生活，不必为我死多难过。可是，讽刺吧，哥们儿死不了！"

祝和平拍了林清水的肩膀一下："别那么没出息，哥们儿这样还活得有滋有味，你好好的，死什么死！就算离婚——嗯，也得好好活着，你还有老妈，还有云朵！"

说得没错，还有老妈，还有云朵，他还欠着她们幸福。只是，那恩今生今世的幸福都再与他没有关系了吗？这样想，林清水的眼泪又落了下来。这辈子，他从没像现在这样林黛玉过。但那又有什么关系呢？人总有软弱的时候，人总有撑不过去的时候。这样倾盆大雨一场，然后再继续撑下去不行吗？

乔佑楠到阳台上给那恩打电话，她说："小恩，以朋友的立场，我只跟你说一句话，拥有时不珍惜，失去了别后悔！"

那几天，在去凤凰的路上，那恩的心里一直盘旋着乔佑楠的这句话。在凤凰小城的客栈里，那恩从噩梦里惊醒过来，她一想以后，或者只能在梦里见到林清水，泪水抑制不住往下流。她拨了林清水的手机，接电话的竟然是顾西辞。她说："喂，那恩姐！"

那恩没等顾西辞说第二句话便把手机按掉。手机再次响起，显示的是林清水的电话，那恩把手机关掉。她已经没有权利再管林清水了，他跟顾西辞或者顾东辞顾南辞顾北辞在一起，她都没有了说话的权利。她和他终将变成陌生人，走在各自的人生轨迹里。终将如此，不是吗?

那恩躺在陌生的一张床上，躺在黑暗里，冷，孤独。她问自己：“这就是你想要的自由吗？这就是你想要的生活吗？这不过是在凤凰而已，若是在遥远的德国，在慕尼黑呢？”那恩疯狂地想云朵，想念家。泪水止也止不住。

彼时，林清水也正受着另一种煎熬。付锦绣——他那个看起来硬硬朗朗的老妈突然倒了下去。那天林清水喝了酒，佑楠要赶着回去照顾祝和平，正想着要怎么把林清水送回去，看到了顾西辞。顾西辞自告奋勇送林清水回家。看着顾西辞搀着林清水往车里进的背影，乔佑楠轻轻地叹了口气。

顾西辞把林清水搀到家门口，是付锦绣给开的门。付锦绣的脸色苍白，她上来就给了儿子一耳光，她说：“你越来越长出息了是不是？你嫌你妈多余是不是？”林清水的酒醒了一半，他说：“我怎么了？”

“怎么了？你和那恩离婚怎么不告诉我一声？”林清水的脑子“嗡”了一声，他把离婚证放在了书架后面……没错，付锦绣在家闲着没事东擦西擦，擦书架的玻璃时，一本书掉出来，带出了那本离婚证。付锦绣不识字，离婚证却是认得的，村子里有个被抛弃的女人成天捧着离婚证到处给人看。

顾西辞也是不知道林清水离婚了的。她看着林清水叫：“清水哥——”付锦绣是认得顾西辞的，她也知道那恩和清水为这女孩吵过架。她说：“他们俩离婚是为了你吧？”付锦绣转过身打林清水：“我就没想到咱们林家能出你这个陈世美啊！”林清水一躲，付锦绣人面口袋一样躺了下去。林清水急忙过来抱，付锦绣双眼紧闭，一句话都说不出来了。

03

贺淑敏第三次拿着拿着运动品店的账本还问清秀为什么欠了银行那么大一笔钱时，林清秀觉得自己就快失去耐心了，她不明白婆婆这是什么意思，如果不信任她，大可以把权利收回去，不必让她这样赶鸭子上架。清秀讲得心不在焉，贺淑敏使劲把账本摔到地板上，双脚踩上去，她说：“你们都是骗子，你们就骗我吧！”说完竟然号啕大哭起来。就算是公公自杀离世，贺淑敏也没这样。

一凯从房里冲出来说：“妈，你到底想让我们怎么样，你说，你别这样闹个没完行不行？”清秀把一凯推进屋里，她烫了热毛巾给婆婆，她把账本重新摊在婆婆面前，说：“妈，我知道你心里难过，很多事没办法说出来，憋着难受。我也知道您一直都不大喜欢我，可以现在，你能试着把我当成是您的女儿吗？就像是妈妈跟女儿那样诉诉苦……”

贺淑敏抬眼怔怔地看着清秀，看了好半天，转身往卧室里走，走了一半，回来把茶几上的账本抱在怀里进了卧室。

清秀跟一凯嘀咕，用不用带她去医院看看，她好像不大对劲。一凯说：“肯定不对劲啊，对劲那才怪了。只是，脚上的泡自己走的，怪谁？”

“一凯！”清秀厉声叫了一声老公的名字。她不希望他这样冷漠，即使她有错，她也依然是他的母亲，她活在痛苦里，做儿女的不能袖手旁观。

一凯不作声了。清秀说：“明天白素琴那套房子有中介带人去看，如果能出手，银行的钱就基本能还上了。”一凯抱住清秀，突然呜呜咽咽地哭了起来。清秀拍着丈夫的肩膀，她说：“没事儿，一切都会好起来的。我带人去看完房，就带妈去医院查查！”

房子卖得也并不顺利，限购令一出，新楼盘都纷纷降价呢，二手房市场也并不景气。来买房的挑三拣四，上来就给一不靠谱的价，清秀心里合计着如果抵不上银行的钱怎么也不能出手，那就再等等。

倒是贺淑敏跟公公原来住的那套房顺利脱手了，可以先用那钱还银行和债主，这套卖了，清秀跟一凯说好了，给贺淑敏，如果她不愿意跟儿子儿媳过，就再买一套，如果跟他们一起过，就换一个稍微大些的。

清秀回到家里，看到灶上的火开着，锅里的水几乎快干了。贺淑敏人却不在。清秀急忙关了火，往楼下看了看也不见人影。这大冷天的会去哪呢？清秀拔了贺淑敏的手机，手机在贺淑敏住的屋里响了。

清秀给一凯打电话，她问怎么办，别再出什么事。一凯也急，但是北京这么大，去哪找呢？他自我安慰似地对清秀说：“没事儿，可能就出去走走。一会儿就回来了！”

贺淑敏天都黑透了才回来。人很累很倦，清秀与一凯问去了哪里也不说，清秀问吃了饭没有，也不说。清秀急忙端了饭给她，她吃得有些狼吞虎咽。清秀回头看了一眼一凯，忧心忡忡。

第二天一早，清秀跟婆婆说带她去医院做检查，她眼皮也不抬一下，说：“你们想我死就痛快说，不用还把我弄医院去！”一句话把清秀噎到了那里。林清秀也不高兴了，爱怎么样就怎么样吧。

清秀的书稿因为家里的事一直没有落停，总得抽出点时间来整理一下了。婆婆在卧室里待着，林清秀赶紧坐在了电脑桌前。干起活来就忘了时间，想起来时，出去看看，婆婆已经不知道什么时候又不见人影了。

一凯晚上回来时，清秀跟一凯说：“你说咱妈是不是在外面有人了啊？这么神神秘秘的还不让问？”

一凯白了清秀一眼：“你别拿你编故事的本领编排我妈啊！”清秀撅了嘴：“你怎么说都行，我说一句，你就那样！”

没等回婆婆，清秀接到哥哥的电话，老妈住院了。

付锦绣得的是胰腺癌，晚期。

大夫很难以置信地问林清水：“你们家属真的就没发现病人有异常？胰腺癌是所有癌症里最疼的！”

林清水的脸上结着厚厚的一层冰，清秀哭个不停。是的，他们都没发现老妈的异常，他们在自己的情感世界里扑腾着，他们都忽略了她。即使他们把自己当成是孝子，把她接在他们身边，他们还是忽略了她的一切。

她在，不过是为了他们心安而已。

整晚，林清水都坐在她的病床边上，握着她枯瘦如柴的手。一年前的情景仿佛又出现在她眼前。

难道她只有躺在这里，他才会忏悔一下吗？

顾西辞发了短信来：清水哥，嫂子可能误会了，你抽空解释一下。

林清水删掉那条短信，他想，算了。没什么好解释的了，如果她不相信她，那解释又有什么用呢？

清秀每天往医院跑，一凯也是不高兴的。他跟清秀大吵了一架，他说：“我知道你妈得了这种病，你难过，但是，你也不能把家里的事都扔下天天守在医院里吧？”

清秀冷冷地看了一凯一眼：“我妈？魏一凯，我把你妈当你妈了吗？你也不拍拍良心，你爸过世这段日子，我是怎么做的？”

一凯软了下来：“我知道你做得很好，可是我今天下班回来，电磁炉烧着，上面的锅都干了，你看看那桌子都糊了，这要再晚回来一会儿，肯定得着火，妈这一天到晚也不知道是怎么了，丢三落四，跟她说话也不往心里去似的！”清秀张了张嘴想说点什么，房门响了，贺淑敏进来了，一身寒气，鞋子也很脏。

一凯奔过去，鼻子不是鼻子脸不是脸地呵斥：“妈，你干什么去了？电磁炉烧着，这家差点失火，你知道不知道？”

清秀拉开一凯，弯下腰给婆婆拿拖鞋，贺淑敏“哦”了一声，脱掉大衣，开门进了卧室。不一会儿出来，拿了账本来第四次质问清秀。清秀转头看了看一凯，耐下性子给贺淑敏做解释，这次她没说公公也没说白素琴，她只说进了哪些货，贺淑敏听得很认真，也很平静。但那平静下面却像埋着一座活火山。

果然，清秀说完，贺淑敏合上账簿，一脸寒霜，她说：“林清秀，我知道你恨我，但你不用这么阴险吧，你背着我帮那个女人，以为我不知道呢！你在心里是不是特别笑话我，你是不是说活该，活该你这样被背叛？”

清秀张嘴叫了一声妈，回头看一凯，一凯拉长声音叫了一声妈，他说：“妈，清秀不是这样的人，这件事我知道！”

“你也知道？好！好！你们都知道！你们都觉得那个女人好，是吧？你们都同情她，都可怜你爸，都当我是母夜叉是吧？你，恨我逼死了你爸是吗？你，终于找到了报仇的机会是吗？好，好！我就知道这个家就多余我这一个人！”贺淑敏的声音像是刀刃划到玻璃上，划得每个人的心都是一凛。

“妈，不是你想象的那样！我和一凯觉得你受了这么大的打击，不想再给你增加心理负担……”

贺淑敏没听清秀讲些什么，转身回屋，门“砰”地被关上，门口花架上的花盆被震落到地上，花盆碎成了两半，土散了一地，花歪在地板上。

清秀过去收拾，她说：“一凯，无论怎么样，咱们得带妈去看看，找个心理医生吧！”

一凯站在窗口，背影长长地落到地板上。

04

八卦猫跟太极兔显摆自己有摆平所有事的口诀——关我屁事。八卦猫说：“不信你试试！”太极兔转动脑筋，然后说：“老公，我怀孕了！”八卦猫想也没想：“关我——关我——算你狠！”

米晓佩画得自己先笑了起来。

晚上跟堂姐与蒋寒吃饭，蒋寒告诉她，那本漫画书《八卦猫与太极兔的婚姻小事》卖得很好，公司准备加印，也希望米晓佩赶紧画新的。米晓倚踢了蒋寒一脚：“小佩可是怀孕的人，你们也不能看到摇钱树就使劲摇啊！”蒋寒嘿嘿地笑了。米晓佩问：“我说那个蒋老师，我啥时能管你叫堂姐夫啊？”

蒋寒看了看米晓倚，很不满地说：“已经是啦，你姐啊，非得隐婚。你给分析分析这是啥意思？”

米晓倚说：“不用分析，就是等威廉王子离婚了，我就一脚踹了你，当王妃去！”

米晓佩抿着嘴笑，笑过了说堂姐：“姐，你也太不够意思了，你们俩领证，不告诉你别的男朋友，好歹得请我大吃大喝一顿啊，我这人别的缺点没有，最大的缺点就是馋！”

“这不请你呢嘛！”

“啊？这顿就是啊，那不行，我得把我家那里叫来！”米晓佩掏电话。米晓倚撇着嘴：“瞧瞧，瞧瞧，一结婚就老公老公的，吃顿饭都惦记着他，真是！”

蒋寒叹了口气：“我啥时能有这待遇啊！”米晓倚再踢蒋寒，却不小心一脚踢到米晓佩，米晓佩夸张地“哎哟哎哟”地叫着，米晓倚紧张得要命，急忙问怎么了，米晓佩笑了起来：“你就等我家那里来跟你拼命吧！”

那顿饭那里吃得有些心不在焉。回家的路上米晓佩就不大高兴：“你干吗拉着一张脸，人家结婚，你不高兴吗？”那里警告米晓佩别找事，米晓佩说：“我找事儿？是你心里不舒服吧？你不是说看着你前女友成了别人的老婆，就心堵得慌？”

“你别编故事编得真假不分了啊，我什么时候说过这话？”

米晓佩拿出手机翻微博，“我给你找啊！找出证据来，谁不承认谁王八蛋！”

“米晓佩，你无聊不无聊！”那里抢手机，米晓佩的眼泪涌了出来：“我就无聊，我就无聊怎么了！”

两个人一路吵着回了家。吴玉芳跟那国祥都躺下了。这些日子，他们去医院看付锦绣，看了回来，两个人都唉声叹气的。那国祥说：“云朵奶奶这一辈子啊，一点好日子没落着，这眼瞅着儿女都安稳了，得了这病！”

吴玉芳给那恩打电话，那恩的电话信号不好，两个人鸡同鸭讲了半天，也不知道说没说明白。

半夜，吴玉芳睡不着觉，起来喝水，听到那里的房间里传来说话声，是米晓佩跟那里在吵。吴玉芳叹了口气：“这俩小祖宗又吵，小佩这身子……”

吴玉芳敲门：“大半夜的，你们俩有什么事不能明天说啊？”

米晓佩穿着睡衣拉开门，哭丧着脸说：“妈，您来得正好，那里老毛病不改，我堂姐结婚，他就很不高兴的样子，他当我不知道他跟我堂姐好过呢！还有，他微博上有情况，有个叫防御的女的，是他的粉丝，也是我的粉丝，只要他一发微博，那女的就夸。还防御，防御谁啊？一看就是小三……”

吴玉芳哭笑不得地看着米晓佩，她说：“晓佩，那不是什么防御，更不是什么小三，那是玉芳反过来写的拼音，那是我！”

那里像踩了猫尾巴一样从床上跳起来：“妈，你潜伏得也太深了吧？”

米晓佩盯着婆婆：“你肯定在骗我！”

吴玉芳拉着米晓佩的手到电脑桌前：“真是的，你是不是以为我上网只会斗地主啊？太瞧不起人啦！”

吴玉芳把密码写进去，果然登陆了 Fangyu 的微博。米晓佩跟那里都傻了眼。半晌，那里说：“这下子服了吧？要不是妈的账号，这还把我的罪名给坐实了呢！我告诉你我为啥不高兴吧，我策划的节目被毙了，不想跟你说是怕你担心，你还没完没了了！”

米晓佩黏到那里身上，“老公，我错了，我错了还不行吗？”

吴玉芳关掉电脑，转身对小两口说：“你们现在不是玩呢，晓佩还怀着宝宝，别动不动就生气，我要是再听着你们俩闹别扭，别怪我不给你们脸！”

吴玉芳出去，米晓佩做了个鬼脸。“老公，别生气了，我错了！”

“错了就行了啊？给我捶捶背！”

“喂，我是孕妇好不好？”

吴玉芳摇了摇头，她回到房里给云朵盖好被子。云朵这些日子特别乖，也不找妈妈，也不爱说话。吴玉芳摸了摸云朵的小脸蛋，心想这那恩回来真得跟她好好谈谈，看在孩子的面上，这婚也不能说离就离了。哪能那么狠心啊。在医院看到瘦了一圈儿的清水，吴玉芳很心疼。清水这孩子本来就心事重，这一件事压着一件事……

付锦绣躺在病床上还在惦记着别人，她跟吴玉芳商量着让她有空陪她去看看清秀的婆婆，她听清秀说她的状态不好，找大夫看了，说是老年痴呆前兆。两个人唏嘘不已，看着还那么年轻能干呢，得什么病不好，老年痴呆……付锦绣叹气："我家秀的命跟我一样不好啊，婆婆这样，有她操心的了。她那男人从小当大少爷当惯了，玩点花样小浪漫啥的还中，要真是过日子，知疼知热的就不中了！"

吴玉芳说："亲家母，还是那句话，儿孙自有儿孙福，他们的事，咱们就是操心也操心不过来。还是照顾好自己的身体吧！"

付锦绣点了头。吴玉芳跟她约好找一天去看看那亲家母。都是这年岁的人了，难免有些同病相怜。

清秀跟在贺淑敏后面，来来回回坐了六趟公交车，好像也不是想去哪，就是见了一辆公交车就上，在某一站下来，再上另一辆。坐来坐去，贺淑敏到了家门口，下了车回家。再一天，贺淑敏去了公园，在公园冰冷的长椅上一坐就是一小时，清秀实在看不下去了，她走过去叫了声妈，她说："妈，天太冷了，咱们回家吧！"

贺淑敏看了看清秀，她说："你是谁？你是勾走老魏的那个妖精吧？你给我滚！"

清秀只得给一凯打电话，一凯过来，把贺淑敏抱在怀里，"妈，咱们回家吧！"

第三天清秀跟着贺淑敏去了墓园，她一个墓碑一个墓碑找，她站在一个长得跟魏文启照片很像的人的墓前，站了很久。清秀过去，贺淑敏说："你认得他吗？他是我老公，他跟我结婚时说一定会让我幸福的，他是让我幸福了一辈子……"

清秀的眼泪滑了下来，她抱住婆婆，说："妈，爸走了，我跟一凯也会让你幸福的，我们保证！"

贺淑敏用疑惑的目光看着清秀。

下雪了，大雪弥漫，清秀心里悲凉地想起龙应台的叫《目送》的书里写的：我慢慢地、慢慢地了解到，所谓父女母子一场，只不过意味着，你和他的缘分就是今生今世不断地在目送他的背影渐行渐远。你站立在小路的这一端，看着他逐渐消失在小路转弯的地方，而且，他用背影默默告诉你：不必追。

05

正月初十，林清水决定陪着老妈回一趟望山村。这些日子，她一直念叨着望山村，她说："你爸那死鬼啊，在那边想我了！"她从来都不说疼。她甚至也不再问他跟那恩的关系。她常常陷入长时间的沉默状态。像个雕像，长时间地不动。云朵说奶奶变成石头了。林清水呵斥云朵，让她别胡说。她笑了笑说："是啊，奶奶要变成石头了。以后，你看到石头，要想起奶奶啊！"云朵点了点头，在场的所有人都酸了鼻子。

医生告诉林清水说她时日无多，有些什么愿望尽量满足吧。

那个年过得很热闹。三家人，哦，不对，还有米晓佩的父母也过来了，林清水也叫上了佑楠和祝和平，他们在这北京城也无亲无故的，过年不就图个高兴吗？米晓佩跟那恩说："如果堂姐不去婆家就好了，跟蒋寒一起来，那就更热闹了！"

那恩笑，问米晓佩她什么时候能当大姑妈，米晓佩问那恩什么时候去德国。那恩沉默了，出国的手续都办好了，只是，付锦绣生了这样的病，清秀那边还要照顾着老年痴呆的婆婆……清水要顾公司，照顾老妈，还要照顾云朵，她自己这样撒手离开……

从凤凰回来，那国祥跟那恩深谈了一次，他说："每个人都有选择自己生活方式的权利，如果你真的不愿意再过从前的生活，真的想换一种生活方式，那老爸也支持你！只是，小恩，你要好好想想，你到底还爱不爱清水，如果答案是肯定的，那就要在他最难的时候跟他一起承担。如果不爱，也没什么好牵挂的，他做的也只是尽他当儿子的本分而已。而我跟你妈，可以帮你照看云朵……”

老爸的话那恩一直在想，自己还爱林清水吗？

给付锦绣准备回望山村的东西，那恩一样一样交代着林清水，哪样药怎么吃，平常要注意些什么。林清水一一点头答应。末了，他说：“这段时间，谢谢你啊！”

那恩没有抬头，也没有搭腔。她进到付锦绣的屋，握了婆婆如枯树枝一样的手，眼泪先淌了下来。付锦绣拍着那恩的手说：“颖啊，妈老说命不好，命不好，其实妈的命挺好的，妈有两个孝顺的孩子，妈还摊上你这样一个儿媳妇。虽然咱们娘俩红过脸，但谁家马勺不碰锅沿儿啊！我知道你跟清水办了离婚手续，办了就办了，妈相信，是姻缘就拆不散，是夫妻就打不跑！咱娘俩这缘分可能就尽了，妈要告诉你，你是妈的好儿媳妇，你永远是我的好闺女！”

那恩抱住付锦绣泣不成声。

清秀不能陪老妈回望山村了，贺淑敏变得很黏清秀。谁给的东西都不吃，只吃清秀给的。清秀抱着付锦绣哭个没完。付锦绣说：“别哭，你妈又没死呢，好好的，哭得丧气了！”

清秀果然就不哭了。小时候，清秀、清水哭时，她就这样说。她这样一说，兄妹俩就不哭了。

林清水和温良陪着付锦绣回到镇子上那天，下了大雪。厚厚的雪把路都封住了。付锦绣靠在林清水的肩膀上，她说：“清水，我就稀罕咱东北这大雪，雪一下，到处都是白的，白得人心里很宽敞，你呀，就是心事太重，什么都往心里装，你得常想想咱这大雪地，心就敞亮了……”

她又对大良子说：“良子，秀儿这辈子欠你的，恐怕还不上了。你是个好孩子，看个好姑娘就娶了吧，人这一辈子，不能没个伴儿……”

车子在望山村前的小路上停下了。林清水很犹豫，他问她：“咱还是先回吧，等雪停停咱们再来看爸！”

付锦绣摇了摇头，她指着一片地里的一棵大柳树说：“你爸就在那等着我……”

付锦绣在那座孤零零的坟头说了好些话，她说：“死鬼啊，我把活着的任务都完成了，咱清水做了老板，他出的书怪好看的呢！清秀也写书呢，没准能成一个作家，哦，对了，她还接了她婆家的啥店，咱闺女像个女强人呢，这像我，我就一身本事……”

大良子和清水来拉她走，她冲他俩笑了笑说：“我不走了，我得陪着他，他一个人单了这么多年……”

她在清水的怀里闭上了眼睛，林清水觉得时间都停止了，苍茫的大地上，就剩下了他跟老妈。

大良子拉清水，“哥，咱得回去，咱得找人来发送我大姑！”

清水缓过神来，两行泪流了出来。

付锦绣出殡那天，林清水一直像块木头一样。老村长让他怎么做他就怎么做，别的事都是大良子在张罗。

直到那恩出现在灵堂门口，直到那恩逆着光一步一步向他走过来，他的眼泪扑簌簌滚了下来。

她给了他一个最温暖的拥抱，她说：“坚强点，你还欠我跟女儿幸福！”

林清水的眼泪变成了瀑布，他说：“我一想到以后只有在梦里才能见到你，我这心就像刀剜一样疼！”

这句也正是那恩想说的。

他们站在付锦绣的遗像前，以后，他们也只能在梦里见到她了。他们在心里默默地发誓：“相信我们，我们一定会幸福的！”

大雪弥漫，天很冷，心很暖。

幸福拐了个弯，终于没走错方向。